白 夜

Белые ночи

————（俄）陀思妥耶夫斯基◎著　刘 爽◎译————

煤炭工业出版社

·北　京·

图书在版编目（CIP）数据

白夜/（俄罗斯）陀思妥耶夫斯基著；刘爽译．－－
北京：煤炭工业出版社，2018（2022.3 重印）
ISBN 978－7－5020－6323－8

Ⅰ.①白…　Ⅱ.①陀…　②刘…　Ⅲ.①中篇小说—俄
罗斯—近代　Ⅳ.①I512.44

中国版本图书馆 CIP 数据核字（2017）第 308360 号

白夜

著　　者	（俄罗斯）陀思妥耶夫斯基
译　　者	刘　爽
责任编辑	刘少辉
封面设计	新吉乐夫

出版发行　煤炭工业出版社（北京市朝阳区芍药居 35 号　100029）
电　　话　010－84657898（总编室）
　　　　　　010－64018321（发行部）　010－84657880（读者服务部）
电子信箱　cciph612@126.com
网　　址　www.cciph.com.cn
印　　刷　唐山楠萍印务有限公司
经　　销　全国新华书店

开　　本　710mm×1000mm $^1/_{16}$　**印张**　17　**字数**　280 千字
版　　次　2018 年 3 月第 1 版　2022 年 3 月第 2 次印刷
社内编号　9203　　　　　　**定价**　58.00 元

目　录

白夜

一个令人感伤而浪漫的爱情故事

——摘自一个梦想者的回忆

……也许他的诞生，

正是为了陪伴你的心，

虽然这只是片刻，

只是一瞬间！

——伊凡·屠格涅夫

第一夜

　　这是一个奇异美妙的晚上，亲爱的读者，这样奇异美妙的晚上只会出现在我们年轻的时候。天空中点缀着繁星——星光灿烂。我仰望星空，不由得想问一问自己：在这样的天空下面莫非还有各种爱使性子、任性胡闹的人？这也是一个幼稚的问题，亲爱的读者，只有年轻人才会提出这个问题，不过，但愿上帝让您在心中常常思考这个问题……说起爱使性子、任性胡闹的先生们，我不能不想起自己这一整天的所作所为。从清晨开始，一种莫名的怅然就笼罩在我的心头，我突然觉得自己孤单无依，所有的人都离我而去，所有的人对我都不理睬。当然，每一个人都理所当然地会问我：这些所有的人指的是谁呀？因为我虽然已经在彼得堡生活了八年，但却几乎没有结交一个朋友。不过，我有什么必要去结交朋友呢？我本来对整个彼得堡就很熟悉。正因为这样，当彼得堡人都行动起来，突然去了消夏别墅，我就产生了一种被众人抛弃的感觉。我一个人待着，我感到恐惧，于是整整三天我都怀着深深的失落感在城里到处乱逛，怎么也搞不明白，我到底是出了什么问题。我去了涅瓦大街，进了公园，沿着河滨大道散步，可是，无论走到哪儿，那些长年在确定的时间、固定的地方应该遇到的熟悉面孔却一个都不见了。当然，他们并不认识我，可是我认识他们，我对他们非常熟悉，我几乎研究过他们的面容。

　　他们眉开眼笑的时候，我喜欢观看，当看到他们愁眉苦脸的时候，我也会感到抑郁。我和每天固定时刻在丰坦卡河边看到的一位老人几乎成了朋友，他不苟言笑，整个人若有所思，他总是喃喃自语，不断地挥动左手，而右手握着一根有好多节疤、镶有金头的长手杖；他也看到了我，并且对我抱有浓厚的兴趣，如果在固定的时刻，我没有出现在丰坦卡河固定的地方，我相信他一定会闷闷不乐。正因为这样，有时我们几乎要相互点头致意，特别是在双方心情都很高兴的时候更是如此。不久前，我们整整两天没有会面，到了第三天碰面的时候，我们两人都举起手来准备脱帽致敬，幸好及时醒悟，又都把手放下，然后会心地擦肩而过。我对房屋也很熟悉。每当我走在路上，一幢幢房屋好像都赶在我的前面跑上街道，所有的窗户都望着我，几乎要说："您好！身体怎么样？"感恩上帝，我的身体很好，到了5月份我又要加高一层。或者说："您的身体怎么样？明天我就要开始维修了。"或者说："我差点儿被烧成废墟，真吓坏我了。"如此等等。在这些房屋中有一些我特别地喜欢、珍爱；有一些是我的亲密朋友，其中一幢今年夏天要请建筑师整治一下，到时我会天天都去探望，不让他们瞎整治，上帝保佑……不过，我永远忘不了的还是那幢浅玫瑰色、极其漂亮的小房子的遭遇：这座石砌房屋小巧玲珑，非常可爱，它总是那么亲切、和蔼地望着我，又那么高傲地望着它的那些笨头笨脑的邻居，每次我从它的身旁走过，内心总是充满欢喜。突然，在上个星期，我从这条街上走过，刚刚看到我的朋友，就听到哀伤地哀叫："他们要把我改漆成黄色！"这伙坏蛋，野蛮人！他们什么都不怜惜，无论是圆柱，还是墙檐，全部一一都要漆成黄色，于是我的朋友通身泛黄，就像一只金丝雀。为了这件事情，我气得差点罹患黄疸病，至今，我都不忍心去探望我那被抹上中国伟大皇帝的龙袍的黄颜色、被糟蹋得不成样子的可怜朋友。

亲爱的读者们，现在你们该知道了，我对整个彼得堡是多么得熟悉。

我已经说过，足足三天我一直心神不宁，后来我才想到心神不宁的缘故。在街上我心里不舒坦（因为这也不在了，那也没有了，我总在想：某某又到哪儿去啦），在家里我也坐卧不安。我苦苦思考了两个晚上：在我的小窝里究竟缺少了什么？为什么待在这里我感到如此不自在？我茫然地察看房间里已经被烟熏黑的绿色的墙壁，挂满蜘蛛网的天花板（这可是玛特廖娜精心培育的结果），反复审视全部的家具，检查每一张椅子，内心思忖：问题是不是出在这儿（因为在我的房间里，只要有一张椅子的摆法与昨天不一样，我就会感到不自在）。我又检查窗户，可是一切都是徒劳的……我没有感到丝毫的轻松！我甚至心血来潮，把玛特廖娜叫来，就蜘蛛网及不整洁的整体情况当场把她训斥一顿，可是她只是惊讶地看了我一眼，什么话也没有说就离开了，因此蜘蛛网直到现在依然悠然自得地挂在原来的地方。最后，直到今天早晨我才悟出了道理。嗨，这都是因为他们将我抛开，一个个都死到消夏别墅去了！请原谅我使用这个民间的粗俗词汇，我现在没有心情顾及文体的高雅……因为原先在彼得堡的人或者已经去了，或者正在打算去消夏别墅。因为每一位雇了马车的仪表堂堂的可敬先生（在我的眼中会变成可敬的一家之主），他在处理完毕日常公务之后正打算轻装前往消夏别墅与亲人共享天伦之乐，因为每一个过路人当时的神态都很特别，他们恨不得向所有碰上的人说："先生们，我们只是经过这里，再过两个小时，我们就要起身去别墅了。"只要有白皙得像白糖似的纤细手指先叩击几下窗玻璃，再把窗户打开，漂亮姑娘的小脑袋伸了出来，呼喊卖盆花的小贩，我立即就会认为买主买这些盆花完全不是为了在憋闷的城市住宅内欣赏春光和鲜花,只是因为大家立刻就要到别墅去,要把花儿带走。不仅如此,在这个特殊的新发现的过程中,我已经取得了很大的成果:仅凭外表就能准确无误地知道什么人住在什么样的别墅里。石岛和药房岛,或者彼得戈夫大道的住户举止力求优雅,夏装时髦考究。乘坐豪华漂亮的马车进城;帕尔戈洛沃和更远地带居住在乡村的人给你的第一印象便是明理审慎、矜持稳重;克列斯托夫岛上居民的神态则显得安详而快乐。有时,我遇到长长的一行载货马车,车夫手拿缰绳懒洋洋地走在车旁,车上装载着桌子、椅子、土耳其沙发、非土耳其沙发等各种家具以及其他杂物,堆得像山一般高,而山顶上则坐着羸弱的厨娘,她像爱护自己的眼珠一般守护着老爷的财物;有时,我望着满载货物的小船沿着涅瓦河或者丰坦卡河驶往黑河或者那些岛屿。这些马车、船只在我的眼中变成十倍之多、百倍之多,好像所有的一切都已整装待发,结成浩浩荡荡的车队、船队,迁往消夏别墅,好像整个彼得堡面临着变成沙漠荒原的危险,以致我终于感到羞愧、委屈、抑郁;我绝对没有别墅可去,也没有去别墅的原因。我愿意搭乘任何一辆马车、随同任何一位雇用车夫的外貌可敬的先生一同前往,但是,谁也没有对我发出任何邀请,绝对没有一个人邀请我,好像我已经被人们遗忘,好像对于他们来说,我确实仅仅只是一个外人!

我走了很长的时间,跑了很多路,照例已经记不清楚自己身在何处,待我突然清醒过来,已经到了城门的关卡处。我的内心豁然开朗,于是我跨过路栏杆,在播过种的田野和草场间信步走去,并不觉得疲惫,反而全身心地感到某种重负从心头卸下。过往行人非常亲切地望着我,真像在与我打招呼;所有的人都喜气洋洋,个个没有例外地抽着雪茄,使我也体验到从未有过的欢乐,我犹如突然置身于意大利一般,可见大自然对我这个几乎憋死在围城之内、带点病态的城里人的影响是多么的巨大。

一旦春季降临,我们彼得堡的大自然会突然充分展现上帝赋予它的全部魅力,树枝披上了翠绿的嫩叶,鲜花含苞欲放,让城市穿上五彩缤纷的盛装,有一种难以名状的动人之处……让我禁不住联想起病态恹恹的姑娘,您望着她,有时感到惋惜,有时非常爱怜,有时干脆就视而不见。可是,突然间,她一下不经意地变得美不胜收,美得神奇,而您在震惊、陶醉之余不由得反问自己:是什么力量使这双抑郁、沉思的双眼变得神采奕奕?是什么让她那苍白、瘦削的面颊变得红润?是什么使她柔和、清秀的面庞变得激情洋溢?

为什么她的胸脯高高翘起?是什么突然使可怜姑娘的面容变得富裕活力,

变得美丽无比，是什么使她的微笑光艳照人，使她的笑声清脆响彻、生动感人？您四面遥望，您寻找别人，您思量猜测……但是，转瞬即逝，也许明天您看到的仍然是以前那个忧心忡忡、淡漠茫然的眼光，那张苍白的脸，那种恭敬顺从、胆怯的举止，甚至还有遗憾，甚至还有某种为一时的冲动而无限沮丧、懊恼的痕迹……于是您会感到后悔，因为瞬间的美丽竟然凋谢地如此迅速，如此得无法挽回，因为出现在您面前的美丽竟是这样虚假、空幻，您会因为甚至都没有时间让您爱上她而感到深深遗憾……不过，我的晚上还是胜过白天，事情的经过是这样的。

我很晚才返回城里，在我快到住所的时候，时钟已经敲过十点。我走的这条路是运河的堤坝，此时此刻空无一人：确实，我是住在城里最偏僻的城区。我边走边唱，因为我在高兴的时候总喜欢哼哼歌曲，就像一个既没有朋友，又没有亲人，在欢乐的时刻无人与他分享他的欢喜的幸运儿一般。突然，一件绝对意料不到的事情发生了。

路旁，身靠河边的栏杆站立着一个女子，她的胳膊支撑在栏杆上，看上去非常专注地注视着混浊的河水。她戴着一顶非常可爱的黄色小帽，身披俏丽的黑色斗篷。"这是个非常年轻的姑娘，而且一定是黑头发。"我想道。她大概没有听到我的脚步声，当我屏住呼吸，心儿怦怦直跳地从她身旁走过的时候，她甚至没有动一下。"真怪，"我想，"她一定在专心致志地思考什么事情。"突然，我像一根木桩似的站住了：我听见了闷闷的啜泣。那是哭声！我没有听错，是那个姑娘在哭泣，过了一会儿又传来一阵阵的啜泣。我的天哪！

我的心抽紧了，虽然我不善于和女人交流，我总是害羞、胆怯，但现在是什么时候……我转身走到她的跟前。如果我不知道在所有描写上流社会生活的俄国小说中"女士"这个称呼已经被用过无数次，那我肯定会如此称呼她；可是我明白，因此没有叫出口来；正当我考虑用什么词汇的时候，姑娘回过神儿来，她转头一看，心有所悟，低着头，垂下眉头，沿着河边小道从我身旁溜走了。我立即跟在她的后面走了过去，但是她早有所料，已经离开河边小道，穿过马路，走上了人行道。我没有勇气穿过这条马路，我的心像被捉住的小鸟那样，突突乱跳。忽然，一个意外的机会帮助了我。

在人行道的另一边，离我邂逅相遇的姑娘不远的地方，突然出现了一位身着燕尾服的先生，他已经人到中年，但是他的步履却不像中年人那样稳健。他小心翼翼地扶着墙壁，一路东倒西歪。姑娘疾步快走，匆匆向前，有些惊惶失措，就像所有不愿意让别人在夜间主动送她们回家的女孩一样。摇摇晃晃的先生照理是绝对追赶不上她的，不过我的命运之神却提醒他发挥人为的能力。突然，没对任何人说一句话，这位先生转身就跑，飞奔着去追赶那位陌生的姑娘。姑娘快步如飞，但是，这位原来晃悠悠的先生慢慢赶了上去，终于追到了，姑娘发出一声尖叫——于是……感谢命运之神，这天我的右手正好握有一根极好的、多节的棍棒。我一个箭步冲到人行道那边，不请自来的先生顿时看清楚了形势，考虑到自己非常无礼，便不再开腔，放慢了脚步，一直等到我们已经离他很远之后，才用相当激烈的言辞发泄对我的不满，不过，他的话语传到我们这儿，几乎已经听不清楚了。

"把您的手给我，"我对这位陌生的姑娘说，"这样他就不敢再来和您纠缠了。"她默默地把手伸给我。由于受到惊吓，心里紧张，她的手还在哆嗦。"哦，不请自来的先生，在这个时刻我对您多么感激！"我匆忙地向姑娘瞥了一眼：她长得非常可爱，是黑头发——我猜对了。在她黑黑的睫毛上还挂着几滴晶莹的泪珠，是因为这场惊吓，还是原先的哀伤所致——我不清楚，但是在她的唇间已经露出笑意。她也悄悄地瞥了我一眼，脸微微红了，低下头去。

"您瞧，那时您做什么把我赶走呢？如果我在这儿，就什么事情都不会发生了。"

"我又不了解您。我以为您也是……"

"难道您现在了解我啦？"

"有一点儿了解。比如说，您为什么发抖？"

"哦，您一下就猜中了！"我欣喜地回答道。发现这位姑娘非常聪明。她又漂亮、又聪明——这永远是一件好事。"真的，您一下就猜出了我是什么样的人。确实，我在女人面前胆怯而腼腆，我不否认，我很紧张，不亚于刚才那位先生让您受到惊吓的程度……我现在还有点担心，真像是一场噩梦，而我即使在梦中也没有料到有朝一日能和一位女士交谈。"

"怎么会呢？真的……吗？"

"真的，我的手在哆嗦，那是因为从来未被像您这样美丽的小手握过，我已经完全不习惯如何与女人相处，我是说，我从来就不习惯和她们在一起，因为我孤身一人，我甚至不知道该怎样和她们交谈。就说现在吧，我不知道我有没有对您说了什么蠢话？请您直率地告诉我，我预先声明，我不会发怒……"

"不，没有，没有，恰恰相反。如果您希望我坦诚相告，那么我告诉您，女人喜欢这种胆怯和腼腆；如果您还想多知道一些，那就是我也喜欢，我会让您一直把我送到家，不会把您撵走。"

"您这样待我，"我兴奋得气喘吁吁地说道，"我立刻就会不再胆怯、腼腆，这样，再见啦，我的所有手段……"

"手段？什么手段？做什么用？这可不好。"

"对不起，再不敢了，我一时糊涂。不过，在这样的时刻，您怎么能让我不希望……"

"希望招人家喜欢，是吗？"

"是的，看在上帝的份儿上，请您，请您宽容一点儿。想想我的具体情况！我已经二十六岁，可是还从来没有真正认识过任何一个人，那我又怎么可能会说话，说得巧妙而又得体？如果一切都开诚布公，毫不掩饰，那对您更加有帮助……如果我的心要说话，那我就无法沉默。瞧，反正没有关系……您相信吗，我没有结识过一个女人，从来没有，从来没有！没有任何交往！我只是每天梦想着有朝一日我终于能够遇到一个人。您知道，我就这样爱过许多次啦……"

"是怎么去爱？爱上了谁？……"

"谁也没有爱上，只是梦想，爱上了我梦中的姑娘。我在梦想中构想一部又一部的浪漫爱情故事。哦，您对我还不了解！当然，我也遇到过二三个女人，这是不可避免的事情，可是，她们是怎样的女人啊！她们都是那样霸气……说起来您一定会觉得可笑，我告诉您，有几次我曾想和走在街上的贵族女子不拘礼仪地随便谈谈，自然是在她独自一人的时候，我当然会有点畏葸，有点毕恭毕敬，却又充满激情。我想说，我一个人闷得要死，盼望她不要将我赶走；我想对她说，我没有办法认识任何一个女人，要她相信，接受像我这样一个不幸的人怯生生的祈求甚至是女人的职责；说到底，我的全都要求只不过是对我说几句亲切、同情的话语，不要立即将我赶走，相信我，听听我说话，如果高兴，也可以取笑我；要给我盼头，对我说三言两语，只要三言两语，以后即便再不会面那也无妨……您在笑我……不过，我说这些就是为了……"

"您别气恼，我在笑您的敌人就是您自己；如果您试一试，您会成功的，也许，即便是在街上也行，越大方越好……任何一个心地善良的女人，只要她不愚蠢，只要当时没有特别惹她发怒的事情，她就不会不满足您羞羞答答提出的恳求，不对您说上几句话就把您打发走……不过，我说的什么呀！她肯定会把您当作疯子。我只是按照自己的想法在推测，其实，我对人生哪有多少了解呀！"

"哦，谢谢您。"我叫了起来。"您不知道，您刚才说的这番话对我是多么重要！"

"好吧，好吧！那您告知我，凭什么您看出我是那种……瞧，是那种您认为值得给予关注、给予友情的女人……总之，不是您说的那种霸道的女人。为什么您敢走到我的面前？"

"为什么？为什么？您是孤身一人，那个先生又太放肆，现在是晚上，您自己也得承认，这是一种责任……"

"不是，不是，还在这事之前，在那边的时候，您不是也想走到我这儿来吗？"

"在那边的时候？真的，我不知道该如何回答。我关心……您知道吗，我今天非常高兴，我一边走，一边唱；我到城外去了，我还从来没有过如此幸福的时刻。您……也许这是我的错觉……不过，真抱歉，我要说起此事，我觉得您在哭，于是，我……我就听不得这个……我的心揪紧了……哦，我的天哪！莫非我就不能为您而难受？莫非对您怀有兄长般的同情是一种罪愆？……请原谅我用了同情这个字眼……瞧，总之，莫非我情不自禁地想走到您的面前，这会惹您发怒？……"

"好了，您别再说了……"姑娘低下头，握着我的手说。"怪我自己不好，这件事情。不过我很高兴，因为我并没有把您看错……我已经快到家了，我要从这里折进巷子，就剩两步远的路……再见，谢谢您……"

"莫非，莫非我们就再也不会面啦？……莫非就这样结束啦？"

"您瞧，"姑娘笑着说，"您起先只要求三言两语，可现在……不过，我什么都不会对您说的……也许我们还会会面……"

"明天我到这儿来。"我说。"哦，请原谅，我已经有点强求……"

"是的，您太着急了……您几乎就是强求……"

"您听我说，您听我说，"我打断了她，"如果我又说出不得体的话，请您原谅……我是想说，明天我不能不到这儿来。我是一个喜欢梦想的人，在我的生活中，现实，实际的东西太少，因此，对我来说，像现在这样的时刻实在难得，我不能不在梦想中不断重温这个时刻。我会在梦中思念您，整夜、整个星期、春夏秋冬，一年四季思念您。明天我一定会到这儿来，正是到这个地方，正是在此时此刻，追忆今宵的一切，我会感到无比快乐。就连这个地方，我也感到亲切可爱，在彼得堡，我已经拥有二三处这样的地方。有一次，在回忆的过程中，我甚至自己哭出来了，就像您一样……谁知道呢，也许十分钟之前您也是因为回忆往事而哭泣……请原谅，我几乎飘飘然了。也许，曾几何时，您在这里有过特别幸福的感觉……"

"好吧，"姑娘说，"明天我也会到这儿来，也是在十点钟。我看得出来，我是阻止不了您的……事情是这样，我必须到这儿，您不要以为我到这儿来是为了和您约会，我对您说清楚，我是因为自己的事情必须到此处来。不过……我还是对您明说了吧：如果您也来，那也没有关系，第一，也许还会发生像今天这种麻烦的事情。这姑且不谈……总之，我只是想见到您……对您说上几句话。只是不知道您现在是不是会指责我？您不要以为我会这样草率地和别人约会。我才不会约您呢，如果……算了，就让这个作为我的秘密吧！不过事先得说好条件……"

"条件！说吧，请说，请您事先都讲出来。我都同意，我都接受。"我欣喜若狂地叫道。"我保证一切顺从，恭顺有礼……您是了解我的……"

"正是因为我了解您，我才请您明天来。"姑娘笑着说。"我对您完全了解。不过，您一定要遵守以下条件：首先（请您务必按照我的要求去做——您瞧，我说得非常坦率），您不要爱上我……我先告知您，这是不行的。我愿意和您建立友谊，我把我的手递给您……但是不可以谈恋爱，求求您了！"

"我向您发誓。"我大声说道，握住了她的小手……"得了，您不用赌咒，因为我知道，您会像火药似的突然点燃的。我说这样的话，请您不要见怪。如果您明白……我也没有任何人可以说说话，谈谈心，没有人可以商量，讨个想法，总不能到街上去找出想法的人吧，不过您是一个例外。我觉得对您非常了解，好像我们已经是二十年的朋友……您不会让我失望的，是不是……"

"以后会清楚的……只是我还不知道怎样熬过这一天一夜。"

"好好休息。祝您晚安……还盼头您记住：我已经对您有了信任感。刚才您的感慨很有道理，莫非对每一种感情，甚至兄长般的同情都要有个清楚的说法！您知道，这句话说得很有道理，当时我的脑子里就闪现一个念头，应当信任您……"

"看在上帝的份儿上，究竟是什么事情啊？"

"明天再说吧，暂时让这件事情仍然成为一个秘密，这样对您更好一些，从远处看也许会像一部浪漫的爱情故事。明天我也许会告诉您，也许不会……我还要和您再谈谈，让我们相互更加了解……"

"哦，明天我要把我的情况全部告诉您！出了什么问题？好像在我的身上产生了奇迹……我这是在哪儿，我的上帝？如果是别的姑娘，她们一定会面露怒色，立刻把我赶走，可是您没有这样做，告诉我，您是否为此而对自己不满？仅仅两分钟，您就把我变成了永远幸福的人，是的，幸福的人！谁知道呢，也许您已经让我排除了内心的冲突，消释了我心中的疑团……也许，这样的时刻正降临在我的身上……瞧，明天我会把一切都告诉您，您会了解一切，一切……"

"好吧，我愿意；您先说……"

"同意。"

"再见吧！"

"嗯，再见！"我们分手了。我在外边游荡了整整一夜，就是不想回到家中。我感到那么幸福……明天见。

第二夜

"瞧，不是挺过来了吗？"她握住我的双手，笑着说道。

"我已经在这儿等了两个小时，您不知道我这一天是怎么度过的！"

"我知道，知道……说正经事吧。您知道我为什么来吗？我不是来像昨天那样闲说话的。听我说，往后我们的行为举止要理智一些。昨天我对这一切思考了很长时间。"

"在什么方面呢，在什么方面要更理智一些？从我这方面来说，一定照做。但是，说实在的，在我的生活中还从未出现过比现在更加理智的事情。"

"真的吗？第一，请您不要将我的手攥得这样紧；第二，我向您宣布，今天我对您做了很长时间的思考。"

"那么，考虑的结果是什么呢？"

"考虑的结果？考虑的结果是一切必须重新开始，因为今天我最终认定我对您还完全不了解，我昨天的行为像一个不晓事理的孩子，像个小姑娘；这样，我得出结论：一切都只能怪我心地太柔顺，这又是我在夸奖自己，当我们剖析自己的所作所为的时候，通常都会如此。为了纠正错误，我决定对您进行全面详尽的了解；由于我无法从别人那儿了解您的情况，所以您必须自己陈述一切，毫无保留。瞧，说说您是一个什么样的人？快点，现在就开始，讲讲您的故事。"

"故事？"我惊恐不安地叫道，"故事？谁告诉您，说我有自己的故事？我没有故事……"

"要是没有故事，那您以前的生活是怎么过的？"她笑着打断了我。

"根本就没有任何故事，就这样，正像我们通常所说的那样，过着自己照顾自己的生活，也就是说独自一人——一个人，只有一个人，您知道一个人意味着什么吗？"

"怎么会是一个人？您就从来没有见过别人吗？"

"那倒不是，见是见过，但总之还是我一个人。"

"怎么，难道您就从来不和别人聊天儿？"

"从严格意义上说是这样。"

"那您到底是一个怎么样的人，请您讲个明白！等一等，我来猜一猜。您大概有个奶奶，和我一样。我的奶奶是个盲人，这一辈子，她从来不放我到任何地方去，因此我差点就已经完全不会说话了。大约两年以前，我做了许多淘气的事情，她知道管不住我了，于是把我喊到她的跟前，用别针将我的衣服和她的衣服连在一起，从此，我们整天坐在一起。虽然她的眼睛看不见，但她却能织袜子，我就坐在她的身旁，做做针线活儿或者读书给她听——就是这种奇怪的做法，我已经被别针扣住两年了……"

"唉，我的天哪，多么不幸！我可没有这样的奶奶。"

"既然没有奶奶，那您怎么能那么长时间待在家里……"

"听我说，您想知道我是什么样的人？"

"是的，是的！"

"我一定要说吗？"

"非说不可！"

"那好吧，我是一个很奇怪的家伙。"

"怪家伙，怪家伙！什么怪家伙？"姑娘高声叫道，顿时哈哈大笑，好像她已有一年没有这样笑过似的。"和您在一起真有意思！瞧，这儿有一张长椅，我们坐下来吧！这里没有人走动，不会有人听见我们说话，那，您就开始讲述您的故事吧！因为您无法让我相信您没有故事。您有很多故事，不过您不想说罢了。首先，怪家伙是什么意思？"

"怪家伙？怪家伙这就是与众不同，就是一种很搞笑的人！"我回答说，也随着她那孩子气的笑声哈哈大笑。"这是一种性格。我问您，您知道什么是梦想家吗？"

"梦想家！得了吧，这怎么能不了解呢？我本人就是一个梦想者！有的时候，我坐在奶奶身旁，脑袋里会产生各种稀奇诡异的念头，然后就想入非非，想得离了谱儿——瞧，简直就要嫁给中国的皇太子了……要知道，有的时候幻想也是一件美事；不过，也不是。只有上帝知道！特别是在没有幻想也没有事可想的时候。"姑娘补充说道，这一次她显得相当认真。

"太棒了！如果您曾经想过嫁给中国的皇太子，那您一定能够理解我，喂，听我说……对不起，我还不知道您叫什么名字。"

"终于想起这件事了！到这时候才问！"

"唉，我的上帝！我根本没有想到，我是那么兴奋……"

"我叫娜斯坚卡。"

"娜斯坚卡！就这么称呼？"

"是啊！难道您觉得还不够吗？真是一个贪得无厌的人！"

"不够？够了，够了，恰恰相反，足够，足够，娜斯坚卡，如果从一开始您就是我的娜斯坚卡，那您真是我的最好的姑娘。"

"就是吗！说吧！"

"好吧，娜斯坚卡，那您就听听，这是一个多么可笑的故事。"我在她的身旁坐下，摆出一副学究式的正经姿态，用类似照本宣读的语调开始说道：

"娜斯坚卡，恐怕您还并不知道，在彼得堡存在着一些相当奇怪的角落，普照所有彼得堡人的阳光照射不到这些地方，射进这些地方的好像是另外一个为这些地方特制的新太阳发出的另外一种特别亮光。在这些地方，亲爱的娜斯坚卡，存在着与我们周围蓬勃生活迥乎不同的另外一种生活，这种生活也许存在于极其遥远的、神秘未知的王国里，而不存在于我们当中，不存在于我们这个极其严肃的年代；而这种生活又是一个极其复杂的混合体，里面包含着纯粹的梦幻狂热的理想，同时也有（唉，娜斯坚卡！）如果不说是险恶庸俗，那就是乏味的平庸。"

"哟！我的上帝呀！多棒的开场白！下面我会听到什么呢？"

"您会听到，娜斯坚卡（我觉得，我会永远满足于叫您娜斯坚卡），您会听到，在这些角落里居住着一些奇怪的人——梦想家。梦想家，如果必须下一个详尽的定义，梦想家并非人类，而是某种中性的生物体，他多半居住在难以寻找的角落，好像隐藏在那里面，甚至怕见阳光。他们只要溜回家中，就会蜷缩在自己的角落里，犹如蜗牛一样，或者至少在这点上很像一种身体与住户同为一体，名叫乌龟的有趣动物；他非常喜欢自己那被漆成绿色、被烟熏黑而显得灰暗沉闷而且烟味呛人的四壁，您认为这是为什么？他的朋友为数很少（最后会全部消失），当有人前来探望的时候，这位可笑的先生会显得非常尴尬，脸色大变，惊慌失措，好像他刚才在家里干了什么罪恶的勾当，好像他在制造假币或者炮制了几行歪诗，准备投往某本杂志，并且附上一封匿名信，声称本诗作者已经去世，他的朋友认为发表他的遗作是一项神圣的责任，这是为什么？您告知我，娜斯坚卡，为什么宾主之间总是谈不拢？这位突然上门的来客在别的场合喜欢说笑，妙语连珠，也喜欢谈论女人和其他有趣的话题，可是到了这里以后，他却手足无措，没有了笑声，话锋顿挫，这是为什么？这位一定是不久前刚刚结识的朋友，在第一次拜访的时候（因为在这种情况下，不可能再有第二次拜访，朋友从此再也不会上门），即便平时俏皮睿智，应付自如，望着主人倒挂的脸，他自己也变得非常窘迫，呆若木鸡，而主人已经完全手足失措，虽然他尽了最大的努力想使谈话变得自然一些，轻松活泼一些，他想表现出自己对社交圈的了解，也想谈论女性，至少是以这种迎合的姿态来赢得这位走错了地方、不该到他这儿来做客的可怜人的欢心。但是一切都是徒劳，因而他也方寸大乱，完全糊涂了，这又是为什么呢？最后，客人会突然想起还有极其重要的事情必须去办（完全是子虚乌有），就抓起帽子告辞，主人千方百计地想表达自己的歉意，扭转一下已经弄糟的局面，他紧紧地握住客人的手，客人却用力抽出自己的手，很快离去，这是为什么？为什么离去的朋友走出大门就放声大笑，当场对自己发誓，再也不登这个怪人的门，只管这个怪人本质上是个顶呱呱的好人？与此同时，来客绝不肯放过让自己的想象力徜徉发挥的机会，风马牛不相及的把不久前与他交谈的主人在整个会面期间的面容比作一只不幸的小猫，这只小猫被不讲道义的孩子们抓住以后，遭到摧残，恫吓，百般的欺凌，被捉弄得狼狈不堪，最后小猫躲到椅子下面的暗处，躲开他们，在那里足足用了一个小时的时间竖起背上的毛，呼哧呼哧地出气，用两只爪子清洗饱受委屈的脸庞，此后很长时间一直用敌对的眼光看待外界，看待生活，甚至对好心肠的女管家特地为它准备的、主人饭桌上的剩菜也是如此；做这样的比较又是为了什么？"

"听我说，"娜斯坚卡打断了我，她一直睁大眼睛、张着小嘴惊讶地听着，"听我说，我完全不知道为什么会出现这些情况，也不知道为什么您要向我提出这些可笑的问题；但是有一点我敢肯定：所有这些事情都是出现在您的身上，和您说的情况丝毫不差。"

"没有疑问。"我带着极其严肃的表情答道。"好吧，如果没有疑问，那您继续说吧，"娜斯坚卡答道，"因为我很想知道最后的结局。"

"娜斯坚卡，您想知道我们的主人公——或者确切一点儿说就是我，因为这是我本人的亲身经历，您想知道我在自己的角落里干些什么吗？为什么有朋友突然来访我会整天心慌意乱，茫然无知？您想知道，当别人推开我的房门，为什么我会全身一震，满脸通红？为什么我不善于接待宾客，不堪尽地主之谊的重负，丢尽了脸面？"

"是的，是的！"娜斯坚卡答道，"我就是想知道为什么。您听我说，您讲得非常精彩，不过，您可否不要讲得这么精彩？否则，您说话就像是背书。"

"娜斯坚卡！"我勉强克制住，忍住不笑出声来，用郑重、严厉的口吻说道，"亲爱的娜斯坚卡，我知道我讲得非常精彩，但是，对不起，我不会用其他的讲述方式。现在，亲爱的娜斯坚卡，现在我就像被七道符咒锁住、在坛子里关了一千年的所罗门王的精灵,如今,这七道符咒终于全部一一都被揭去;现在,亲爱的娜斯坚卡,经过了如此长久的分离——因为我在很久之前已经结识了您,娜斯坚卡,因为我一直在寻找某个人,而这就表明,您就是我所寻找的人,我们命中注定要相遇——在久别重逢之际,我的脑海中数千个阀门全部打开,我必须让我的话语像河水般滔滔不绝,否则我就会被憋死。

因此,请您不要打断我,娜斯坚卡,您要好好地、乖乖地听着,否则我就不再说了。"

"不,不,不!别这样!您讲吧,现在我保证一句话也不说了。"

"那我继续讲。我的朋友,娜斯坚卡,在我的一天中,有一个时间我特别喜欢,在这个时刻,所有的事情、公干、任务都已结束,大家匆匆忙忙,各自回家吃饭,躺下休息片刻,在路上也会想起与晚间、夜里以及其他空闲时间有关的另外一些娱乐方式。在这个时刻,我们的主人公,娜斯坚卡,请允许我用第三人称叙述,因为第一人称讲这些事情怪不好意思的,在这个时刻,我们那个也并非无所事事的主人公走在别人的身后,但是,他那似乎无精打采的、苍白脸上的神情却表现出一种奇特的满足感,他动情地观望着在彼得堡寒冷的天空中缓缓消逝的晚霞。我说'观望',这种表达并不许确,他不是观望,而是无意识地望着,好像非常疲惫,或者那时被其他更有意思的东西吸引得入了神,因而只是匆匆地、迫不得已地挤出一点儿时间瞅瞅周围的一切。他很满足,因为到明天之前无须再做那些令他烦恼的事,他像放学后可以做心爱的游戏、可似尽情调皮捣蛋的学童一样高兴。如果从侧面瞅瞅他,娜斯坚卡,您就会发现,欢乐的感觉已经对他脆弱的神经和过于兴奋的想象力产生了奇妙的影响。瞧,他已经陷入沉思……您以为他在考虑晚饭?他在考虑如何度过今天晚上的时光?他如此专心地在看什么?是在观察那位向乘坐在疾驶而过的豪华马车里的女士潇洒致意的那位一表人才的先生?不是,娜斯坚卡,现在这些微不足道的小事根本不足以引起他的兴趣!现在他拥有属于自己的、与众不同的生活。他似乎突然变得非常富裕,落日的余辉在他的面前快乐地闪烁并非徒然,这在他温暖的心中勾起一连串的想象。过去,那条路上最不起眼儿的小事都会使他惊叹,现在,他对这条道路视而不见;此刻,'幻想女神'(亲爱的娜斯坚卡,如果您读过茹柯夫斯基的作品,您一定会知道)奇异美妙的巧手已经编织成金色灿烂的底幅,要把虚幻的光怪陆离的生活图案展现在他的面前,谁知道呢,也许,幻想女神奇异美妙的巧手能够把他从通常回家经过的花岗岩漂亮小道带往水晶玻璃的七重天上。如果您现在让他站住，突然问他：他站在何处？走过哪几条街道？他一定什么也想不起来，既不知道他走过哪些道路，也不知道现在站在何处，只会恼怒得满脸通红，胡诌几句以挽回面子，因此，当一位非常体面的老太太在人行道上彬彬有礼地将他叫住，因迷失道路而向他打听的时候，他会浑身一颤，差点惊叫起来，并且惶恐地环顾四周。他气恼地竖起眉头，继续走路，因为他隐隐感到不止一个行人望着他抿嘴发笑，还转身瞧他。一个小女孩恐惧地闪到一边，给他让路，睁大眼睛看了瞧他那无谓的满脸笑容和所做的手势，又不禁大声笑了起来。不过，还是那位幻想女神在快乐的飞翔中带走了老太太，带走了好奇的路人和发笑的女孩，带离了在占满丰坦卡河面的自己的驳船上吃晚饭的农夫（我们假定，此刻我们的主人公正走在河滨小道上），顽皮地将所有的人和物都织入她的绣布，犹如蜘蛛网缠住苍蝇一般，而那位怪人已经带着新的发现走进了自己的安乐窝，已经坐下来用餐，并早就用餐完毕，可是直到服侍他的玛特廖娜，这个忧心忡忡、总是愁眉苦脸的女人已经把餐桌收拾干净，给他递上烟斗的时候，他才如梦初醒一般，惊讶地想起他确实已经用过晚餐，而整个过程则完全没有在意。房间里已经昏暗一片，他的心头空虚而抑郁，整个幻想王国在他的周围坍塌下来，悄无声息、不留痕迹地坍塌了，他犹如做了一场美梦，而他自己已经记不清楚究竟梦见了什么。但是，某种使他的心口隐隐作痛、难以平静的神秘感，某种新的欲望颇具诱惑力地撩拨、刺激着他的想象力，不知不觉又招来大批新的幻想。小小的房间里静寂无声，孤独和慵懒为想象提供了温床；他的想象力在微微燃烧，渐渐沸腾，就像老玛特廖娜咖啡壶里的水一样（老玛特廖娜正在隔壁的厨房里不慌不忙地收拾着，煮着自己厨娘味儿的咖啡），接着，想象已经稍微冒出火花，那本没有目的、随手拿起的书还没有读到第三页，已经从我们梦想家的手中滑落；他的想象重又振奋，重又昂然，突然，又是一个新的世界，一种迷人的新生活以其灿烂辉煌的前景出现在他的眼前。又一个梦境——又一次幸福！

又是一帖精致的甜蜜毒药！哦，我们的现实生活对他没有意义！他钟情于幻想，在他看来，娜斯坚卡，我和您的生活非常萎靡不振，拖沓慵懒，缺少活力；他认为我们大家都不满意自己的命运，为我们的生活而烦恼不堪！确实如此，您看，事实上乍看起来我们周围的人都是冷冰冰的，那么阴沉，好像心有怨愤……'可怜的人啊！'我的梦想家想道。不过他产生这种想法不足为奇，您瞧瞧这些神奇的幻象，它们是多么迷人，多么奇异，它们在他的面前构造出一幅辽阔无垠、生机勃勃的神奇画面，而这幅画面的前景，这幅画面的头号人物无疑是我们亲爱的梦想家本人。瞧，多么丰富多彩的奇遇，无穷无尽令人心旌神摇的梦幻。您也许会问，他在幻想什么？

为什么要提出这样的问题呢？他的幻想包罗万象……他会幻想是一个起初得不到赏识，而后戴上了桂冠的诗人，幻想与霍夫曼建立友谊；还有圣巴托罗缪之夜，黛安娜·韦尔农，伊凡三世征服喀山王国的丰功伟绩，克拉拉·莫布赖、叶菲娅·邓斯，主教会议和面对主教大人们的胡斯，罗勃鬼魂的出现（您还记得这场戏的音乐吗？充满着死亡的恐怖氛围），米娜和布伦达，别列津纳河边的激战，在一伯爵夫人家中朗诵诗歌，丹东、克娄巴特拉和她的情人们，科洛姆纳的小屋，我自己的小窝，还有冬天的晚上，在您身旁张着小嘴、睁大美丽的眼睛听您说话的可爱的人儿，就像您现在这样听我说话一样，我的小天使……不，娜斯坚卡，我和您如此向往的那种生活，对于他这样一个贪欲的懒汉来说算得了什么呢？有什么意义？他以为这是贫乏、可怜的生活，预见不到有朝一日抑郁时刻也可能临到他的头上，到时为了换取一天这种可怜的生活，他必须付出自己所有幻想的岁月，而且不是为了欢乐而付出，不是为了幸福而付出，在那个抑郁、后悔和无限哀伤的时刻他不想再挑三拣四。不过，这个可怕的时刻暂时还未降临，现在他没有任何愿望，因为他凌驾于一切愿望之上，因为他拥有所有，因为他不愁吃穿，因为他就是自己绘制自己生活蓝图的画家，而且每时每刻都在按照新的愿望随时创造自己的生活；创造这个童话般的幻想世界非常容易，而且非常逼真！好像这一切确实不是幻象！真的，有时我会相信这种生活不是感情的亢奋所致，不是海市蜃楼，不是想象的幻觉，而是的的确确、真真实实的存在！您说，娜斯坚卡，为什么，为什么在这样的时刻会呼吸急迫？为什么，中了什么魔法，按照什么神秘的意志，梦想家的脉搏加快，眼泪夺眶而出，他那苍白、湿润的面颊泛起红晕，整个人都沉醉在难以言喻的欢喜之中？为什么无数个不眠之夜竟化为一瞬，在无尽的快乐和幸福中飞逝而去，当朝霞向窗内洒下玫瑰般的光亮，黎明就像我们彼得堡那样，用疑惑不定、离奇虚幻之光照亮阴暗房间的时候，我们的梦想家精疲力竭地扑倒在床上，在精神极度兴奋之后的麻木中沉沉睡去，心头交织着令人陶醉的饱含甜蜜的痛苦，这是为什么？是啊，娜斯坚卡，很容易受到蒙骗，从旁观者的角度来看不由自主地就会相信，真正的、出自内心的热情撼动着他的灵魂，不由自主地就会相信，在他那没有形体的梦幻当中有着活生生的、可以触摸的东西！这是多么虚幻——比如，爱情来到他的心间，既有永不枯竭的欢喜，又有各种令人痛苦的折磨……只要对他看上一眼。您就会确信不疑！亲爱的娜斯坚卡，望着他，您能否相信，他在疯狂的幻象中如此热恋的姑娘，实际上他根本就不相识？莫非他仅仅在诱人的梦幻中见过她，而这种恋情仅仅只是他的梦境？莫非事实上他们并没有离弃整个世界，没有把自己的世界、自己的生活和另一个人的生活结合在一起，组成两人世界，多年来手挽手地走过生活的岁月？莫非不是她在分离时刻来到的晚上，感觉不到阴霾四布的天空下肆虐的暴风雪，感觉不到从她黑色的睫毛上吹落卷走泪珠的狂风，依偎在他的胸前伤心地流泪？莫非这一切都是梦幻？还有这荒凉、凄惨、不见人影的公园里，小径上铺满青苔，幽静而阴森，他们曾双双在这里漫步，共同希望、共同忧伤，相互爱恋，爱恋得那么长久，'那么温柔，那么长久'，莫非这也是梦幻！还有这座奇怪的祖传的老宅，她在这里孤独、抑郁地生活了多年，陪伴着脸色阴沉、总是一语不发、却又暴躁易怒的老丈夫，她让他们俩感到恐惧，他们俩胆怯得像个孩子，小心翼翼地、沮丧地相互隐讳着自己的爱恋，这也是梦幻？他们受尽煎熬，惊恐不安，而他们的爱情是多么的无辜，多么纯洁，而人们又是何等狠毒（这是不言而喻的事情，娜斯坚卡）！我的天哪，后来，在远离故土的异域，在南方炎热的海外，在美妙的不朽之城，在奢侈的假面舞会上，在喧闹的乐曲声中，在金碧辉煌的宫殿里（一定是在宫殿里），在这座爬满香桃木和蔷薇花的阳台上他遇到的不正是她吗？她认出了他，匆忙摘下自己的面具，悄声说道：'我自由了'，继而颤抖着扑向他的怀抱；他们欣喜若狂地尖叫起来，相互紧紧拥抱在一起，在这个时刻，忘却了痛苦和离别，忘却了所有的困难，忘却了在遥远故土上的阴森可怖的老宅，年老的丈夫，凄清的花园，还有那张长椅，就是在这张长椅上，最后一次激吻之后，她挣脱了他那因为痛苦的绝望而变得麻木的怀抱……哦，娜斯坚卡，您也会点头同意的，如果一个高大健壮的小伙子，一个喜欢插科打诨的乐天派，作为不速之客，突然打开你的房门，若无其事般地大声叫道：'是我，兄弟，刚从巴甫洛夫斯克来！'你一定会激动不已，手足无措，像刚刚把从邻居花园里偷来的苹果塞进口袋的学童一般涨红了脸。我的天哪！老伯爵死了，难以用笔墨形容的幸福即将降临，此时却又从巴甫洛夫斯克来了人！"

结束了我那动人心魄的慷慨陈词，我悲凉地沉默下来。我记得，我竭力设法让自己哈哈大笑，因为我已经感到有种可恶的情绪在我体内骚动，我的喉头已经开始梗阻，下巴也哆嗦起来，我的眼睛越来越湿润……我以为正在睁大聪明的眼睛，听我讲述的娜斯坚卡会发出一连串天真爽朗、无法遏制的、高兴的笑声，心中已经后悔自己扯得太远，不该把早就积压在心头的话语一吐为快，这一切我可以说得犹如照本宣读般流畅，因为我早已对自己作了评判，现在不能容忍地要把它公之于众，我并不期待别人的理解。但是，令我惊讶的是娜斯坚卡一直沉默不语，过了一会儿，她轻轻地握住我的手，怯生生地用一种同情的语调问道：

"难道您真的就是如此度过了自己的全部生活？"

"全部生活？娜斯坚卡，"我答道，"真是这样，而且，看来还得如此结束今后的生活！"

"不，这样不行。"她不安地说道，"以后不会这样的。大概，我也要在奶奶身旁过一辈子。听我说，这样生活根本不好，您知道吗？"

"我知道，娜斯坚卡，知道！"我大声说道，不再控制自己的感情，"现在我比任何时候都更加清楚，我白白浪费了自己的大好岁月！现在我明白了，并且由于意识到这一点而深感痛惜，一定是上帝亲自把您，我的善良的天使，派到我的身旁，向我说明并且亲自证实这一点。此刻我坐在您的身旁，和您说着话，我就非常害怕考虑将来，因为将来又是孤独，又是这种陈腐的、没有意义的生活；既然我已经真的在您的身旁感到无比幸福，那我还要梦想什么呢？哦，可爱的姑娘，愿上帝赐福给您，因为您没有立刻拒绝与我交往，因为现在我已经能够说，在我的生活中至少有两个晚上没有白活！"

"哦，不，不！"娜斯坚卡大声说道，她的眼睛里闪烁着泪花，"不，以后再也不会这样，我们不能就这样分手！两个晚上算什么呀！"

"哦，娜斯坚卡，娜斯坚卡！您可明白，您让我平息了已经很久很久的内心冲突，您可知道，以后我不会再像以前某些时候那样，把自己想得如此不堪；您可知道，也许今后我再也不会为自己在生活中的罪孽、过错（因为这种生活就是罪孽，就是过错）而悲悲切切。您不要以为我对您讲述的内容有夸张的成分，看在上帝的份儿上，请您不要这样想，娜斯坚卡，因为有的时刻我是那么忧郁愁闷，孤独得难以忍受……因为在这些时刻我已经觉得我永远不能开始过真正的生活，因为我已经觉得我无法掌握待人接物的分寸，对真实的、现实的东西没有感觉；还有，因为我自己诅咒自己，因为经过无数沉湎于幻想的长夜之后，随之而来的是清醒的时刻，这样的时刻非常令人恐惧！这时，我会听见我周围的人群在生活的旋风中喧笑，旋转，我会听见、看到人们在生活，真真实实的生活；我会看到，生活对于他们来说没有禁区，他们的生活不会像梦境、幻象那样化为泡影，他们的生活不断更新，永远年轻，没有一个时刻与其他时刻雷同；胆怯的幻想却是那么烦闷，单调得近乎庸俗，幻想是阴影的奴隶，是思想的奴隶，是第一块浮云的奴隶；浮云会突然遮住太阳，用抑郁压抑真正的彼得堡人的心，而彼得堡人的心非常珍惜自己的太阳，那么，在抑郁当中还能产生什么幻想呢！我感到，它，这个永不枯竭的幻想，已感疲惫，在永无休止的紧张状态中枯竭了，因为我变得成熟，从过去的理想中挣脱了出来；这些理想已经碎裂，破成碎片，碎成粉末；如果没有另外一种生活，那就只能用这些碎片建造生活，可是心灵却有着其他的祈求和希望！于是，梦想者徒然无益地在自己旧日的梦想中翻掘，在这堆灰烬中寻找哪怕一星半点的火花，并想把它吹旺，让复燃的火光温暖这已经冷却的心，要在心中复苏曾经那么美好、能够触动心灵、让人热血沸腾、热泪盈眶、使人如痴如醉的一切幻象！您可知道，娜斯坚卡，如今我已落到何种境地？您知道，我已经只能庆祝自己感觉的周年，纪念那些曾经非常美好、事实上却从未存在过的东西——因为所追忆的仍然是那些愚蠢的、虚幻的梦想——我之所以这样做，那是因为如今连这些愚蠢的梦幻也已不复存在，我无法让它们再现，要知道，梦幻也会离人而去！您知道，现在我喜欢定期回忆、拜访曾经让我自得其乐的那些地方，我喜欢建立一个与永不回返的过去相谐和的现在，我常常像个影子似的，没有必要地、茫无目的地徘徊在彼得堡的大街小巷，心情沮丧、抑郁。此时，往事如潮，全部一一涌进脑海！比如说，我会想起，一年以前，就是此时此刻此地，就是在这条巷子里，我也曾像现在这样孤独地徘徊过，我也像现在一样的沮丧、抑郁；我会想起，当时的梦想也很抑郁，不过，虽然过去的情况并不见好，但是总让人感到似乎生活得比较轻松，比较安逸，没有现在紧紧缠住我的那些沉重的愁绪，没有现在让我日夜不得安宁的这些良心的谴责，没有这些阴郁的、令人难堪的自我为难。我问自己：你的梦想都到哪儿去了？我摇摇头说：岁月如梭！我又问自己：在你的岁月中，你做了些什么？你把自己最宝贵的年华埋葬在何处？你有过真正的生活吗？我对自己说：你瞧，世界变得多么冷漠无情；再过几年，随之而来是凄凉的孤独，是挂着拐杖的颤颤巍巍的老年，再以后则是哀伤和哀伤。你的幻想的世界会黯然失色，你的梦想会消逝，会像树上的枯叶凋零、散落……哦，娜斯坚卡，要知道，孤身一人是一种悲哀，甚至没有什么值得惋惜，没有，一无所有……因为失去的一切，这一切本身什么也不是，只是一个愚蠢的、圆圆的零蛋，只是虚幻的空想！"

"啊，别再让我伤心了！"娜斯坚卡擦去从眼角流下的泪珠，说道，"现在这一切已经结束！现在我们是两个人了，往后，不管我遇到什么情况，我们两人都要永不分开。您听我说，我是一个普普通通的女孩，虽然奶奶也为我请过教师，但读书却很少；不过，我真的能够理解您，因为您刚才对我说过的一切，在奶奶用别针别住我的衣服的时候，我自己也有过这样的体验。当然，我不会讲得像您那样精彩，我没有念过多少书。"她羞怯地补充说道，因为对我激情洋溢的自述和华丽高雅的辞藻依然有一种敬畏之感。"但是，您对我没有保留地坦诚相待，我很高兴。现在我对您已经了解，完全了解，彻底了解。您知道我有一个什么想法？我也想对您说说我的经历，什么也不隐讳，然后您给我出出主意。您是个很有头脑的人，您答应我，给我出出主意，好吗？"

"哎，娜斯坚卡，"我回答说，"我虽然从来没有给别人出过想法，更不是一个高明的参谋，但是现在我认为，如果我们永远这样生活下去，那倒是一个很聪明的做法，我们都可以给对方提供许多好想法呢！瞧，我的美丽的娜斯坚卡，要我给您出什么主意？您直截了当地说出来，我现在真是心花怒放，幸福无比，胆子又大，脑袋又灵，出点儿主意真是不费吹灰之力。"

"不，不！"娜斯坚卡笑着打断了我，"我需要的并不是高明的主意，我需要兄长般的忠告，就像您已经爱了我一辈子那样！"

"行，娜斯坚卡，行！"我兴奋地大声说道，"即便我已经爱上您二十年，那也不可能爱得比现在更加强烈！"

"把您的手伸出来！"娜斯坚卡说。

"一言为定！"我伸出手来，说道。

"好，现在开始讲述我的故事。"

娜斯坚卡的故事

"我的故事的一半您已经知道了，就是说，您已经知道我的老奶奶……"

"如果故事的另外一半也是这么简短……"我笑着想要打断她。

"别插嘴，听着。首先得说好条件：不许打断我，否则，我会乱套的，瞧，好好地听着。

"我有一个老奶奶，我被送到她那儿去的时候，还是个很小的小女孩，因为我的母亲和父亲相继去世。可以想见，奶奶从前比较富裕，因为直到现在她还常常念叨那些好生活。她教我法语，后来又给我请了一位教师。在我十五岁的时候（我今年十七），我们不再读书。就在这个时候我调皮捣蛋了一番，究竟做了什么，我不告知您，反正没有闯什么大祸。可是奶奶在一天早晨把我喊到她的跟前，对我说，因为她是盲人，她看不见，所以看不住我，于是拿出一枚别针，把我的衣服和她的衣服连在一起；而且她还说，如果我不改好一点儿，那就得一辈子这样坐在一起。总之，最初一段时间我根本无法脱身，不论是干活儿，还是读书学习，始终待在奶奶身旁；有一次我试着要了个计谋。让菲奥克拉坐在我的位子上。菲奥克拉是我们的女用人，她是个聋子。菲奥克拉就替代我坐在那儿，这时，奶奶在圈椅里睡着了，我就溜到附近的女友家中玩耍。瞧，结果糟透了：奶奶醒来的时候我还没有回来，她问了一句话，以为我还老老实实地坐在原来的地方。菲奥克拉看到奶奶在讲话，可她又听不见问的是什么，想来想去，不知如何是好，便解开别针溜之大吉……"这时娜斯坚卡打住了话头，哈哈大笑，我也和她一起笑了起来，她顿时收住笑声。

"听着，您不要取笑我的奶奶，我笑是因为觉得好玩……说实在的，奶奶就是这样，这也没有办法，而我还是有点喜欢她的。瞧，这下子我可受到了惩罚：立即又让我坐在老地方，再也不许动一动身子。"

"呵，我还忘了告诉您，我们，也就是奶奶有自己的房子，一幢小木头房子，总共只有三扇窗户，已经像奶奶一样老了；上面有一层顶楼，这样，一位新的租客住到了我们的顶楼上……"

"那么说，以前住过老租客啰?"我顺便问了一句。

"当然，住过，"娜斯坚卡答道，"那个人可比您沉默寡言，真的，他说起话来非常吃力，是个干瘪老头，又瞎又哑，还是个瘸子，所以最终无法活在这个世界上，他死了；这样就需要找一个新租客，因为没有租客我们就活不下去，房租和奶奶的养老金几乎就是我们的全部收入。但上天好像故意作对似的，那个新来的租客很年轻，还不是本地人，他是外地来的，因为他没有还价，所以奶奶就把顶楼租给了他。

事后，奶奶问我："娜斯坚卡，我们的新租客是不是年轻人？"我不想讲假话，就说："是的，奶奶，不算太年轻，不过也不是老头。"奶奶又问："他的长相招人喜欢吗？"

我还是不想讲假话，我说："是的，他的长相挺招人喜欢的，奶奶。"奶奶说："哎呀，坏了，坏了！孩子，我对您说这话是让您不要呆呆地瞧他。这是什么世道！一个不起眼儿的租客，居然也长得讨人喜欢，过去可不是这样！"

"奶奶恨不得什么都返回过去！过去的她更加年轻，过去的太阳更加暖和，过去的乳皮不会这么快就发酸——什么都是过去好。我坐在那儿一语不发，想着自己的心事：奶奶做什么呢？要自己提醒我，问人家新租客长相好不好，年纪轻不轻？不过只是想想而已，很快就又用钩针织袜子，后来干脆把这件事完全抛在了脑后。"

"有一天早晨，租客到我们这儿来问答应给他的房间张贴壁纸的事情，你一句我一句地扯着，奶奶可啰唆了，她说：'娜斯坚卡，到我的卧室里去把算盘拿来。'我立即跳起身来，不知所以地满脸通红，而且忘记我的衣服被别针别着呢，没有想到悄悄地解开别针，不让租客看到；我猛地向前一冲，奶奶坐着的圈椅都被拉动了。我看出租客现在知道了我的情况，顿时满脸通红，定在原地像根木桩似的，接着又哭了起来——当时真是又难堪又伤心，真不想再见人了！奶奶大声喊道：'你怎么还站在那儿？'我哭得更厉害了……租客见到我在他面前如此难堪，便鞠了一躬，走了。"

"从此以后，只要听到门廊里有一丁点儿动静，我就会吓得半死不活。每次我都以为是租客来了，于是悄悄地解开别针以防万一，其实并不是他，他始终没有来过。两个礼拜过去了，租客让菲奥克拉带个口信来，说他有许多法文书，而且都是好书，值得一读；问奶奶是否愿意让我读给她听，解解闷儿？"

"奶奶同意了，并且表示感谢，只是她一个劲儿地问这些书是不是正经书，她说：'如果不是正经书，娜斯坚卡，你无论如何也不能阅读，你会学坏的。'我会学到什么呢，奶奶？那里面写些什么？'啊！'她说，'那里面写的是年轻人怎样勾引良家少女，他们以娶她们为妻作为幌子，把她们从父母家中带离，然后又把这些不幸的姑娘抛弃，让她们听天由命，于是，这些姑娘都凄凄惨惨地毁了自己。'奶奶说：'我看过许多这样的书，写得非常好了，到了夜里就想坐在那儿静静地看。'她说：'娜斯坚卡，你要当心，不要看这些书。他送来的是什么书？''都是沃尔特·司各特的小说，奶奶。''沃尔特·司各特的小说！算了吧，里面有没有什么名堂？你瞅瞅，他在里面夹那些谈情说爱的小纸条了吗？''没有，奶奶，没有什么纸条。''那你在封皮里面瞅瞅，有时他们会夹在封皮里，这帮强盗……''没有，奶奶，封皮里也什么都没有。''瞧，这就好！'这样，我们就开始读沃尔特·司各特的小说，大约一个月的光景，我们几乎已经读完一半；后来他又一次次地捎书过来，还捎来普希金的作品，最后，我已经离不开书本，也不再幻想嫁给中国的皇太子了。"

"情况就是这样。后来，有一次我在楼梯上撞上了我们的租客，当时奶奶打发我去干什么事情。他站了下来，我的脸红了，他也脸红了，但他又笑了起来，和我打了招呼，问起了奶奶的身体怎么样，然后说：'怎么样，那些书您看完了吗？'我回答说：'看完了。'他又说：'那您比较喜欢哪些作品？'我说：'我比较喜欢《艾凡赫》和普希金'。这一次我们就交谈了这么几句。"

"过了一个星期，我在楼梯上又遇到了他。这次不是奶奶打发我出来，而是我自己有点事情。时间是下午两点多钟，租客通常都是这个时候回来。'您好！'他说。我也对他说：'您好！'"他又说：'您整天和奶奶坐在一起，不感觉到无聊吗？'他刚这样问我，不知为什么，我顿时脸上发烧，羞得面红耳赤，我又感到内心难受，显然这是因为别人也开始询问这件事了。我本来想走开，不作回答，可是身不由己。他说：'听我说，您是一个好姑娘！请原谅我这么和您说话，您要相信我，我比您的奶奶更盼着您好。您没有可以去串门玩玩的女朋友吗？'我说一个也没有。本来有一个，叫玛申卡，但是已经去了普斯科夫。'他说：'那您愿意和我一起去剧院吗？''去剧院？那奶奶呢？''您悄悄地，瞒着奶奶……''不，'我说，'我不想骗奶奶。再见！''好吧，再见！'别的他什么也没有说。"

"直到吃过晚饭他才来到我们这儿，坐下来和奶奶聊了很长时间，问她是否常出去走动走动，有没有朋友。忽然，他说：'今天我订了一个包厢，那儿上演歌剧《塞维勒的理发师》，朋友本来想去的，后来又不去了，票还在我手里。''《塞维勒的理发师》！'奶奶叫了起来，'就是过去演过那个理发师的？'

'是的，就是那个理发师，'说着，他朝我看了一眼，我已经明白了他的用意，脸红了起来，而我的心怦怦直跳，紧张地期待着。'当然啰，'奶奶说，'怎么会不知道呢！过去我在业余剧团里还演过罗津娜呢！''那么今天不想去看吗？'租客说道。'否则我的戏票也是白白浪费了。''当然要去，'奶奶说，'做什么不去呀？我们娜斯坚卡还从来没有去过剧院呢。'我的天哪，内心真是乐开了花！我们立即收拾停当，穿戴整齐，乘车前往。奶奶虽然眼睛看不见，但是她想听听音乐，此外，她是一位慈祥的老奶奶，更想让我高兴高兴，我们自己是绝对不会去的。关于《塞维勒的理发师》留给我的印象，我就很少说了，只是这个晚上，我们的租客望着我的眼光那么深情，说的话那么动听，我立刻觉得第二天早晨他会约我单独和他外出。哦，多么高兴啊，躺下休息的时候，我非常得意，非常快乐，心儿怦怦乱跳，还稍稍发了儿寒热，整夜说的梦话都与《塞维勒的理发师》有关。"

"我以为从此以后他会常常过来——可根本不是这样。他几乎再也不来了，大概每月来一次，到这儿来也仅仅是为了请我们去剧院，后来我们又去过两次左右。但是这完全不能使我感到满足，我看得出，他只不过是可怜我被关在奶奶身旁，没有人关爱，仅此而已。生活一天天过去，我的精神终于崩溃了：我坐也坐不住，书也读不进去，没有心思儿，时而傻笑，故意惹奶奶发怒，有时干脆伤心落泪。后来，我日渐消瘦，几乎变成病歪歪的模样。演戏的季节已经过去，租客再也不到我们这儿来了。当我们相遇的时候，当然还是在那个楼梯上，他只是默默地点头打个招呼，神色严峻，好像根本不愿意说话，径直下楼走上外面的台阶，而我还站在楼梯中间，满脸通红，红得像樱桃一般，因为每次我遇到他的时候，全身的血都会涌上头部。"

"现在已经临近结束。正好一年之前，5月里，租客来找我们，对奶奶说，他在这里的事情已经完全办妥，现在又要去莫斯科待上一年。我一听此话，顿时面如土色，像个死人一般，瘫倒在椅子上。"

"奶奶什么也没有发觉，而他通知我们要搬离之后，对我们鞠了一躬，就走了。"

"我可怎么办呢？我想了又想，愁了又愁，最后终于下了决心。"

"他明天就要动身，而我拿定主意，今晚等奶奶休息以后，结束一切。"

"我就是这么做的。我把我的所有外衣和需要换洗的内衣包在包裹里，拿上包裹，战战兢兢地到顶楼去找我们的租客。我觉得，上楼梯用了整整一个小时，当我打开他的房门，他望着我惊叫起来，他以为我是幽灵；他赶紧递给我一杯水，因为我已经支撑不住快要倒下了；我的心跳得厉害，因此感到头痛，神智也有些昏迷。等到清醒过来，我把包袱放在他的床上，自己在旁边坐下，双手掩住面孔，顿时泪流满面。他似乎一下明白了。他站在我的面前，脸色苍白，望着我的神情那么抑郁，我的心都碎了。"

"'您听我说，'他开始说道，'您听我说，娜斯坚卡，我实在无能为力，我是个穷光蛋，现在我一无所有，甚至连个像样的职位都没有，要是我娶了您，那我们怎么生活呢？'"

"我们谈了很长时间，最后我大使性子：我说，我不能生活在奶奶这儿，我要离开她，我不想让别人用别针将我别住。不管他愿意不愿意，反正我一定要跟他去莫斯科，因为没有他我就活不下去。"

"羞愧、爱情、自尊——全部一一涌上我的心头，我浑身抽搐，几乎倒在床上。我多么害怕他会拒绝！"

"他默默地坐了一会儿，然后站起身来，走到我的面前，抓住我的一只手。"

"'您听我说，我的善良、可爱的娜斯坚卡，'他也眼含着泪花说道，'您听我说，我向您发誓，如果有朝一日我有能力可以结婚，那么，我的幸福肯定是您，请您相信，现在只有您能够让我幸福。听我说，我要出去发莫斯科，在那儿待整整一年，我希望能够把自己的事情安排妥当。等我返回以后，如果您仍然爱我，我向您发誓，我们一定会得到幸福。现在不可能，我不能，我没有能力做出任何承诺。但是，我再说一遍，如果一年之后这还办不到，那么总有一天肯定能够办到，当然这是在您没有喜欢上别人的情况下，因为我不能、也不敢让您受到任何誓言的束缚。'他对我说了这番话，第二天就走了。我们说好这件事情对奶奶守口如瓶，他盼望这样。瞧，我的故事就要结束了。整整一年过去了，他回来了，他来到这里已经整整三天，可是，可是……"

"可是什么？"我叫了起来，迫不及待地希望知道故事的结局。

"直到现在他还没有露面！"娜斯坚卡好像鼓足了勇气答道。

"没有音讯……"说到这里她停了下来，沉默片刻，垂下头，突然双手掩面号啕大哭，哭得我内心七上八下，翻腾不已。

无论如何我也没有料到结局竟是这样。

"娜斯坚卡，"我小心翼翼、温柔地劝慰道，"娜斯坚卡，看在上帝的份儿上，不要哭！您怎么知道的呢？也许他还没有回来……"

"回来了，回来了！"娜斯坚卡接过话头，"他在这里，我知道。我们曾经有过约定，还在那个时候，那天晚上，动身的前夜：说完刚才我告知您的那些话并且相互约定之后，我们就到这里来散步，就是这条河边小路。当时是十点钟，我们坐在这张长椅上，我已经不哭了，听着他对我说的话，内心甜丝丝的……他说，回来以后立即来看我们，如果我不拒绝他，那我们就把一切都告知奶奶。现在他已经回来了，这我知道，可就是不见他的人影，不见他的人影！"说着，她又放声大哭。

"我的上帝！难道就没有其他办法帮助您消除折磨？"我非常绝望地从长椅上跳了起来，大声说道。"您说，娜斯坚卡，可不可以由我去找他？……"

"这能行吗？"她猛然抬起头，说道。

"不行，当然不行！"我猛地醒悟过来。"这样，您写一封信。"

"不，这不可能，这不行！"她断然拒绝，已经低下头去，不看我了。

"怎么不行？为什么不行？"我坚持自己的想法，继续说道。

"您要知道信该怎么写法，娜斯坚卡！信也有各种不同的写法……哎，娜斯坚卡，就这么办！相信我，相信我吧！我不会给您出坏主意，一切都可以解决。当初是您跨出了第一步，为什么现在……"

"不行，不行！那样好像我死乞白赖地……"

"哎呀，我的最善良的娜斯坚卡，"我打断了她，没有掩饰脸上的笑意，"不是这样，不是这样。说到底，您有这个权利，因为他对您有过承诺。从整个情况来看，我觉得他性格温和，讲究礼貌，他做得很好，"我继续说道，越来越欣赏自己论断的逻辑性了，"他怎么做的呢？他用誓言约束自己，他说：'只要他结婚，除您以外，他谁也不娶；'不过，他却给了您充分的自由，哪怕现在您也可以拒绝他……在这种情况下，您可以采取主动，您有权利，您对他拥有优先权，哪怕，比方说，如果您想解除承诺对他的约束……"

"告诉我，如果是您，您会怎么写呢？"

"写什么？"

"那封信呀。"

"我会这样写：'尊敬的先生……'"

"一定得这样写——'尊敬的先生'吗？"

"一定要这样写。不过，也不一定。我想……"

"算了，算了！说回去！"

"'尊敬的先生：很抱歉，我……'不对，不需要作任何道歉！事实本身

可以说明一切。您就直截了当地写:

'我在给您写信,请原谅我不能再继续等待下去。但我怀着幸福的期望已经等了整整一年,现在连一天的疑惑也无法忍受,难道这是我的过失?现在您已经回来了,也许您已经改变了自己的打算,那么,这封信会告知您,我并无怨言,也不责怪您,我不会因为我征服不了您的心而责怪于您,这是我命该如此!'

'您是一个高尚的人,看到我的信中所流露出来的迫不及待的心情,您不会见笑,也不会埋怨,您会想起,流露出这种迫不及待心情的人是一个可怜的姑娘,她孤身一人,没有人教她,没有人给她出主意,而她又从来不会控制自己的心情。我的心中产生了疑惑,虽然只是瞬间,这还得请您原谅。您不会欺侮一个过去和现在如此深爱您的姑娘,就连这样的想法也不会产生!'"

"对,对!这和我的想法完全一致!"娜斯坚卡叫了起来,眼睛里闪烁着快乐的光芒。"哦,您打消了我的疑虑,您是上帝给我派来的!谢谢您,非常感谢!"

"为什么谢谢我?因为我是上帝派来的?"我兴奋地望着她喜形于色的小脸蛋,回答道。

"好,就算是因为这个吧。"

"嗨,娜斯坚卡!要知道,我们感谢别人有时仅仅因为他们和我们一起活着;我感谢您,因为我遇到了您,我会一辈子记住您。"

"瞧,不要说了,不要说了!现在您听我说:当时我们约定他一返回彼得堡就立即给我信息,他会在我的一个朋友那儿给我留下一封信,我的这些朋友都是心地善良的人,对这件事情一无所知;如果他不能给我写信,因为写信有时难以说清一切,那么他在返回彼得堡当天的十点整到这儿来,我们约定在这里相聚。我知道他已经返回了,但是已经过去三天,既不见信,也不见人。上午,我怎么也无法从奶奶身旁溜走。明天,您亲自把我的信交给我告诉您的那些好人,他们会转交的;如果有回信,晚上十点钟您亲自送来。"

"但是信呢,信呢?首先必须写信!这事要到后天才可以办妥。"

"信……"娜斯坚卡答道,显得有点发窘,"信……不过……"她没有把话说完。她先是扭过头去,脸蛋儿红得像一朵玫瑰,突然我觉得一封信塞到了我的手中,显然,这封信早已写好、完全准备停当,并且封上了口。一段熟悉、可爱、优美的回忆掠过我的脑际:

"罗——津——娜——"我先开腔。

　　"罗津娜!"我们两人一起唱了起来,我高兴得几乎要把她搂住,她的脸通红,她笑着,而珍珠般的泪水在黑黑的睫毛上颤动。

　　"瞧,好了,可以了! 现在该再见了!"她快言快语地说。"这是信,这是送信的地址。再见,再见! 明天见!"她紧紧地握了握我的双手,点点头,然后像飞箭一般闪进了胡同,我久久地站在原地,目送她远去。

　　"明天见! 明天见!"当她从我的视野中消失以后,这声音还在我的脑海中盘旋。

第三夜

今天十分阴凉，外面下着雨，满天阴霾，就像我将来的老年一样昏暗。我的心头沉沉地压着非常奇异的想法，非常难受的感觉，那些我自己也不清楚的问题积聚在脑海之中——似乎无能为力，也没有愿望去解决这些问题。要解决这一切并不完全取决于我！

今天我们不会见面了。昨天我们分手的时候，乌云开始遮住天空，雾气慢慢升起。我说，明天是个坏天气；她没有回答，她不想反驳我，对她来说，这一天既明亮，又晴朗，任何乌云都遮挡不住她的幸福。

"如果明天下雨，我们就不会面！"她说，"我就不来了。"

我以为她不会在意今天是个雨天，不过，她没有来。

昨天，是我们的第三次约会，是属于我们的第三个黑夜……欢乐和幸福能使人变得多么美好！心中沸腾的爱情多么强烈！好像希望自己整个的心融入另一颗心，希望一切都快快乐乐。一切都在欢笑，而这种欢乐的情绪极具感染力！昨天，她的话语中包含了多少温柔，多少对我的善意……她竭力让我高兴，对我含情脉脉，好使我的心振作起来，使我无限愉悦！哦，幸福使她变得尤其妩媚动人，风情万种！可是我……我对一切信以为真，我以为她……我的上帝，我怎么能这样想呢？当一切已经被掌握在别人手中，一切都不属于我的时候，我怎么会如此盲目；我应当明白，就是她的无限温存，她的关切，她的爱……是的，她对我的爱，这一切也仅仅是很快要和另一个人会面的快乐，是她盼头我一定要分享她的幸福……他没有来，我们空等了一场，这时，她就皱紧眉头，顿时担心恐惧起来，她的举止言语已经不再轻松、调皮，不再快乐。不过，真是怪事，她却对我加倍地关切，好像本能地希望把她自己盼头得到，却又担心无法实现的东西倾注在我的身上。我的娜斯坚卡变得如此胆小，如此惊慌，看来她终于已经明白我爱她，并且对我可怜的一片痴情深深怜悯。是的，在我们处于不幸的时候，我们能够更加深切地感受到别人的不幸；感情不会分散，只会集中……好容易挨到约会的时间，我兴冲冲地前去见她，对我会产生的感觉没有预感，也没有料到一切竟会如此告终。她兴奋得容光焕发，她在等待回音，而回音就是他本人，他应当来，应当应她的召唤匆匆赶来。她比我早来整整一个小时，起初她不断地哈哈大笑，我的每一句话都惹她发笑，很快我就沉默下来。

"您知道我为什么这么高兴吗?"她说,"为什么望着您这么高兴? 为什么今天这么喜欢您?"

"为什么?"我问,我的心都颤抖了。

"我喜欢您是因为您并没有因此爱上我,换了别人处在您的位置,肯定会缠住我不放,又是为爱丽哎哟哎哟地叹息,又是为情这里那里地害病,让人不得安宁。可您是多么可爱!"

说着,她把我的手使劲一握,我差点要叫起来,她又笑了。

"天哪! 您是多么好的朋友啊!"过了一会儿,她认真地说道。

"是上帝安排您来帮我的! 瞧,如果现在没有您和我在一起,我可怎么办呢? 您没有一点儿私心! 您这样爱我,真好! 我出嫁以后,我们的关系会非常友好,比兄弟还亲切,我爱您差不多会像爱他一样……"

在这一刻,我的内心无限压抑,不过,某种类似笑意的东西在我的心中涌动。

"您有点失常,"我说,"您内心非常担心,生怕他不来。"

"上帝保佑您!"她回答说。"如果我没有感到特别的幸福,您的不信任,您的责备恐怕会让我哭鼻子呢。不过,您让我产生了一个念头,我得考虑很久很久。但是,我以后再想吧,眼下我向您坦白,您说得很对。是的,我有点神不守舍,我好像全身心地处于期待之中,觉得一切都是轻飘飘的。得了,我们不要再谈感觉了……"

这时传来了一阵脚步声,昏暗中有个行人向我们迎面走来。我们两人哆嗦起来,她几乎就要失声叫喊。我放开她的手,做了一个想要走开的动作。但是我们大失所望:这不是他。

"您担心什么? 您为什么要甩开我的手?"她又把手伸了过来,说道。"瞧,这有什么关系? 我们一起去见他,我要让他看到我们俩多么相亲相爱。"

"我们多么相亲相爱!"我叫了起来。

"哦,娜斯坚卡,娜斯坚卡!"我内心思忖,"你的这句话意味多么深长! 娜斯坚卡,这种相亲相爱有的时候会让人心头发冷,心情沉重;你的手冰冷,而我的手却热得像一团火,你简直是个盲人,娜斯坚卡……哦,幸福的人有时多么让人讨厌! 但是,我不能生你的气……"

最后,我的心终于按捺不住了。

"您听我说,娜斯坚卡!"我大声说道,"这一天我是怎么度过的,您知道吗?"

"瞧，怎么过的？快说呀！您怎么一直不开口呢！"

"首先，娜斯坚卡，我把您委托我办的事情都完成了，送了信，到过您的朋友那儿，然后……然后我就回家，躺下来休息。"

"就这样呀？"她笑着插话道。

"是的，差不多就这些。"我咬牙克制住心头的气恼，答道，因为我的眼眶已经满是愚蠢的泪水。"醒来的时候，距离我们约定的时间只有一个小时，可是就像没有睡过觉似的。我不知道我出了什么问题，来的时候，我想把这一切全部一一告知您，对我来说，时间好像已经停滞，好像从这个时刻开始，一种感觉，一种感情应该永远留在我的心中，好像这一刻应当延续到永远，对我来说，全部生活好像已经终止……在我醒来以后，我觉得一段早就熟悉、从前在某处听过、后被遗忘的甜蜜的乐曲声现在被我想起，我觉得，这段乐曲埋在我的心底，一直期待迸发出来，直到现在……"

"唉，我的天哪，我的天哪！"娜斯坚卡打断了我，"这到底出了什么事？我一句也听不明白。"

"唉，娜斯坚卡！我想无论如何要告知您这种奇怪的感受……"我带着抱怨的腔调说道，其中还隐含着一线希望，虽然希望是那样的渺茫。

"好了，别再说了，好了！"她一下就明白了，这个小精灵！

她忽然变得不同寻常地饶舌、活泼、调皮。她挽着我的胳膊，不断地嘻嘻哈哈，并且要我也笑，我的每一句腼腆、惶恐的话语都会让她发出一阵阵持久、清脆的笑声……我开始发怒，她又突然向我撒娇。

"我告诉您，"她说，"您没有爱上我，我还真有点恼怒；在结识了这个人之后我都犯傻了！不过，百折不挠的先生，您不能不夸奖我，因为我是那么老实，我把一切都告知了您，没有保留，我连脑子里闪过的所有蠢念头都说了。"

"您听！好像是敲十一点？"我说。这时从城里很远的钟楼传来了有节奏的钟声。她顿时停住脚步，收起笑容，开始数那钟声。

"是的，十一点。"最后她说，声音怯怯的，显得犹豫不决。

我立即后悔不迭，真不该吓着她，让她数那钟声，我为一时狠心而咒骂自己，我为她感到难受，而且不知道怎么弥补我的过失。

我开始安慰她，寻找他不能前来的种种缘故，说出各式各样的理由和论据。在这个时刻，把她骗住是最简单不过的事情；不过，在这种时刻，任何一个人似乎都会很愿意去听取别人的任何安慰，即使有一点儿可信的影子，也会高高兴兴。

"真是好笑的事情,"我开始说道,越来越振振有词,越来越欣赏自己能够做出这么不同寻常的明断,"他根本就来不了,您把我也给弄糊涂了,娜斯坚卡,以至我都失去了时间概念……您只要想一想:他也许才收到您的信呢;也许他不能来,也许他要回信,而回信最早得明天才能收到;明天清早我就去取回信,并且立即给您消息。

说到底,您好好想一下,可以有上千种意外的事件,比如您的信送到的时候,他恰巧不在家,也许到现在他还没有看到呢?要知道,可能有各种各样的情况。"

"是啊,是啊!"娜斯坚卡答道。"我就没有想到,当然会有各种不同的情况。"她继续说道,显得非常的通情达理,但却包含着不和谐的懊恼成分,可以听到另外一种相去甚远的想法。"您就这么办吧,"她继续说,"明天您尽可能早点儿去,如果能够得到什么消息,立刻告诉我,您知道我住在哪儿吧?"她又把自己的地址对我重复了一遍。

接着,她突然对我极其温柔,非常羞怯……看上去她在注意听我讲话,可是当我对她提出某个问题的时候,她却默不作声,尴尬地把脸转向一边。我瞅瞅她的眼睛——果然:她在哭。

"瞧,怎么能这样呢,怎么弄成这样呢?哎,您真是个孩子!太孩子气了!……别哭了!"

她想笑一笑,让自己平静下来,可是她的下颌不断地哆嗦,胸部仍然上下起伏着。

"我在想您,"沉默了片刻,她说,"您真好,如果我感觉不到这一点的话,那我真是一块石头……您可知道,现在我的脑子里产生了什么想法?我在把你们两人做比较,为什么他不是您呢?为什么他不像您这样?虽然我爱他胜过爱您,但仍然是您比他好。"

我什么也没有回答。她似乎在等我回话。

"当然,也许我对他的了解还不多,对他还不完全了解。您知道,我好像一直都怕他,他总是那么不苟言笑,好像非常高傲的样子。当然,我知道,他只是看上去是这样,其实,他的心比我的心更加温和……您可记得,我曾经提着包裹去找他,现在我还记得当时他望着我的眼神。但是,我对他似乎还是过于尊敬,而这是不是表明我们不般配?"

"不是,娜斯坚卡,不是,"我回答说,"这表明您爱他胜过爱这世界上的一切，也大大胜过爱您自己。"

"好，就算是这样吧。"天真的娜斯坚卡回答道。"但是，您可知道，现在我产生了什么想法？只是现在我说的不是他，而是一般说说，这些想法我早就有了，您说，为什么我们大家不像同胞兄弟姐妹那样？为什么最好的人总是好像有什么事情瞒着别人，守口如瓶？

如果知道说出来总有好处，为什么不直截了当地立刻倾吐心中的一切？而且每个人都要摆出一副不苟言笑的样子，其实实际上他并不是这样，好像他总害怕如果很快地流露感情，就会使自己的感情受到侮辱……"

"哎，娜斯坚卡，您说得对，但这是由许多原因的。"我打断了她，其实，此时此刻，我比任何时刻都更加约束自己的感情。

"不，不！"她深情地回答说，"就拿您来说吧，您就和别人不一样！真的，我不知道怎样向您表达我的感受，但是我觉得您，比如说……就说现在吧……我觉得您为我做出某种牺牲。"她飞快地看我一眼，羞怯地补充说道。"请原谅我这么说您，要知道，我是一个头脑简单的女孩，没有见过多少世面，真的，有时实在不会说话。"

她又说道，一种隐藏的感情使得她的声音发颤，可是她还竭力露出笑容。"我只想告知您，我很感激您，对这一切我也深有感受……哦！愿上帝因此而赐福于您！您那时告知我的您的梦想者的事情不是真的，不，我是想说这跟您一点儿关系也没有，您正在康复，真的，您完全不是您自己所描绘的那种人。如果以后您有了心上人，愿上帝让您和她在一起幸福！我对她没有任何祝愿，因为她和您在一起肯定幸福。我知道，我也是女人，既然我对您这么说，您应当相信我……"

她沉默下来，紧紧地握住我的手；我也激动得什么话都说不出来，就这样过了几分钟。

"看来今天他还是不会来了！"她终于抬起头来，说道。"太晚了！……"

"明天他一定会来的。"我用充满信心、坚定的口气说道。

"是的，"她也附和道，变得高兴起来，"我自己现在也看出来他只有明天才会来。瞧，那么我们再见吧！明天见！如果下雨，也许我就不过来。不过，后天我会来的，不论我有什么情况，我也一定要过来；您一定要在这儿，我想见您，我要把一切都告知您。"

接着，在我们离开的时候，她把手伸给我，明明白白地望着我说："以后我们会永远在一起，是不是？"

哦，娜斯坚卡，娜斯坚卡！但愿你能知道，我现在感到多么寂寞！

九点钟敲过以后，我在家里坐不住了；虽然天气很坏，我还是穿上衣服，走出家门。我走到那里，坐在我们的长椅上。我本来已经走入她家的巷子，可是又感到不好意思，于是在离她家不到两步远的地方又折了回来，连她家的窗户也没有看上一眼。我带着从未有过的、惘然若失的怅然返回家中。多么阴湿，多么沉闷！如果是好天气，我会在那儿逛上一夜……等待明天，等待明天！明天她会对我和盘托出。

可是，今天没有收到信。不过，也许正该如此，他们已经在一起了……

第四夜

上帝！一切竟是这样结束的，这一切的结局竟然会是如此！

我是九点钟到的，她已经在那儿了。很远我就看到了她，她像第一次我见到我那样，胳膊支撑在河岸的栏杆上，站在那儿，没有看到我走到她的跟前。

"娜斯坚卡！"我叫她，勉强抑制住内心的激动。

她立即地向我转过身来。

"瞧！"她说"瞧！快点！"

我不知所以地望着她。

"瞧，信在哪儿呢?！您把信带来了吗?"她用一只手抓住栏杆，重复问道。

"没有，我没有收到信。"我只好说了出来。"难道他还没有来吗?"

她顿时变得面无血色，苍白得可怕，呆呆地看了我好一会儿。

我击碎了她的最后一点儿希望。

"好了，随他去吧!"最后，她断断续续地说道，"既然他就这样丢下我不管，那就随他去吧。"

她垂下眼睛，后来想抬眼看我，却又不能。她又用了几分钟的时间，竭力想压制内心的焦虑、委屈，可是突然转过身去，两肘压在河边的栏杆上，失声痛哭。

"别哭，别哭!"我刚要开口，但是望着她的模样，实在说不下去。再说，我又能讲些什么呢?

"您不要安慰我，"她哭着说道，"您别提他，不要说他会回来的，说他没有这样狠心、这样残忍地把我抛弃，实际上他就是这么做的。为什么会这样呢? 为什么? 难道我的信，我的那封倒霉的信中有什么地方写得不妥吗?……"

这时，她已经哭得说不下去。望着她，我的心都碎了。

"哦，这实在是太残酷无情!"她又开始说道。"一个字儿都不写，一个字儿都没有! 哪怕只给我一个回音，说他不需要我，不再和我交往也可以啊，可是整整三天了，音信杳无! 他就这么伤害、欺侮一个可怜的、孤苦无依的姑娘，而这个姑娘的全部过失就是爱他! 哦，这三天我经受了多大的煎熬!

我的天，我的天哪！每当我想起我第一次主动去找他，不顾廉耻地在他的面前痛哭流涕，祈求他哪怕只给我一点点的爱……我都这么做了，可现在……您听我说，"她转身对我说道，黑黑的眸子发出异样的神采，"不是这样！不可能是这样，这太不近情理了！或者是您，或者是我弄错了，也许他压根儿就没有收到过信？也许他到现在还一无所知？怎么可以，您想想，您告知我，看在上帝的份儿上，向我解释清楚，我简直弄不明白为什么会这样，怎么可以像他对待我这样做得如此野蛮，如此绝情！居然一个字儿都没有！即使对待世界上最坏的人往往也不至于如此狠心绝情啊。也许他听到了什么流言蜚语，是不是有人在他面前讲了我的坏话？"她大声地对我说出一连串的问题。"您是怎么想的——啊？"

"您听着，娜斯坚卡，明天我会代您去找他。"

"不用了！"

"我要问个明白，把一切都告诉他。"

"算了，算了！"

"您写封信。不要说不，娜斯坚卡，不要说不！我要让他尊重您的所作所为，等他知道一切情况之后，如果……"

"不，我的朋友，不，"她打断了我，"够了！我再也不会给他写任何一个字母，一个字儿也不写，到此为止吧！我不了解他，我不会再爱他，我要忘——掉——他……"

她没有说完。

"冷静些，冷静些！娜斯坚卡，坐到这边来。"我说着，让她在长椅上坐下。

"我很冷静。到此为止！就这样！这不过就是几滴眼泪，会流干的！怎么？您以为我会自寻短见么，会投河自杀？……"

我的内心充满温情；我想说出来，但是又说不出。

"听我说！"她抓住我的手，继续说道，"告诉我，如果是您，您不会这么做吧？您不会遗弃那个主动去找您的姑娘，不会厚颜无耻地当面嘲弄她的那颗脆弱、愚蠢的内心，对吗？您会珍爱她，对吗？您会想象得到她是多么的孤苦无依，多么的不会照料自己，也多么的不善于保护自己吧，她不断地以免对您产生任何爱情……她没有过失错误，说到底，她没有过失错误……她什么也没有做……哦，我的天哪，我的上帝……"

"娜斯坚卡！"我最终按捺不住内心的激动，大声叫了起来。

"娜斯坚卡！您在折磨我！您在刺痛我的心，要我的命，娜斯坚卡！我不能再沉默不语了！我终于应该说话，把我郁积在心中的郁闷及一切尽情倾吐……"

说着，我欠身从长椅上站立了起来，她抓住我的手臂，惊讶地望着我。

"您怎么啦？"她终于问道。

"您听我说！"我说得非常干脆，"您听我说，娜斯坚卡！我现在要讲的话都是胡言乱语，都是梦话，都是蠢话！我知道，这永远不可能会发生，但是我不能不说。正因为您现在也忍受着这样的痛苦，所以我先恳求您，原谅我吧……"

"瞧，怎么啦，怎么啦？"她停止哭泣，专注地望着我说，充满惊讶的眼睛里夹杂着异样好奇的神情。"您出什么事啦？"

"这虽说是梦想，但是，我爱您，娜斯坚卡！就是这么一回事！瞧，现在都说出来了！"我挥了挥手，说道。"现在您可以决定，您是否还能像刚才那样和我说话，还有，您是否能够听我下面要对您说的话……"

"瞧，怎么回事，怎么回事呀？"娜斯坚卡打断了我。"那又怎么样呢？我早就知道您爱我，不过我一直以为这是一种平平常常的爱，就是有点喜欢……唉，我的天，我的天哪！"

"起初只是平平常常，娜斯坚卡，可是现在，现在……我和您当初拎着自己的包袱去找他的情况一样，我比您更糟，娜斯坚卡，因为当时他没有爱任何人，而您有心爱的人。"

"您这是在对我说什么呀！我完全不明白您的意思。不过，您说，这是为了什么，啊，不是为了什么，而是为什么您这样，这样突如其来……上帝！我在说蠢话！但是，您……"

娜斯坚卡显得特别慌乱，手足无措，她的面颊绯红，眼睛也垂了下来。

"有什么办法，娜斯坚卡。我有什么办法！是我的错，我利用……啊，不，不是，我没有过失错误，娜斯坚卡，我觉得，我感到我没有过失错误，因为我的心告诉我，我是对的，因为我绝对不会欺侮您，绝对不会伤害您的！过去我是您的朋友，瞧，现在我仍然是您的朋友，我没有做过任何对不起您的事情。现在，我的眼泪流了下来，娜斯坚卡，让眼泪去流吧，随它们去吧，眼泪对谁也不碍事，眼泪会流干的，娜斯坚卡……"

"您坐下来，坐下来吧！"她说道，要让我在长椅上坐下。"啊，我的天哪！"

"不，娜斯坚卡，我不坐了！我已经不能再在这儿这样待下去，您以后不会再见到我了。我说完就走。我只想说，本来您永远也不会知道我对您的爱情，我会保守自己的秘密，现在，此时此刻，我也就不会自私地让您感到烦恼，不会！刚才我再也忍耐不住，是您先谈起来的，这要怪您，都是您的过失错误，不是我的过失错误。您不能把我从您身旁赶走……"

"才不会呢，不会，我不会撵您走的，不会的！"娜斯坚卡说着，尽量掩饰自己的羞涩，显得楚楚动人。

"您不会赶我走？不！我自己本来就想从您身旁走开。我要走的，只是先得把话说完，因为有您在这里说话，我就——坐不住；当您在这里哭泣，当您因为，因为（我就明说了吧，娜斯坚卡），因为别人拒绝了您，没有接受您的爱情而伤心欲绝的时候，我就感到、察觉出在我的心中充满了对您的爱，娜斯坚卡，我爱的不可自拔……我为我的这份感情对您没有帮助而感到非常痛苦……我的心都碎了，于是，我，我——我再也不能沉默，我应当说，娜斯坚卡，我应当说出来！……"

"是的，是的！您对我说，您就这么对我说！"娜斯坚卡做了一个难以理解的动作，说道。"我和您这么说话，也许您会感到奇怪，不过……您说吧！我等会儿再告知您！我把一切都告知您！"

"您在怜悯我，娜斯坚卡，您仅仅是出于对我的怜悯，我的好朋友！徒劳无益就徒劳无益吧！说出口的话再也追不回来，是这样吧？瞧，现在您都知道了，瞧，这就是起点。很好！现在一切都很好！只是您听我说，刚才您坐在这儿哭的时候，我内心想（啊，让我把我的想法说出来），我想（哦，这当然是不可能的事情，娜斯坚卡），我想，您……我想，如果您……瞧，完全是另外某种情况，如果您不再爱他了，那么——昨天前天我就想过那么，我会做到，我一定会做到让您爱上我，因为您说过，您亲口说过，娜斯坚卡，您已经快要完全爱上我了。瞧，还有什么呢？我想说的话差不多都说了，剩下要说的就是，如果您爱上了我，那会怎么样，就是这一点，再也没有了。您听着，我的朋友——因为您仍然是我的朋友——我自然只是一个普普通通的人，又很贫穷，无足轻重，不过问题并不在此（我怎么总是词不达意，这是因为我内心慌张，娜斯坚卡），只有一点：我会非常爱您，爱您达到您爱他这样的程度；如果您还爱他，如果您仍然爱那个我不认识的人，那您依然不会感到我的爱对您来说或多或少是个负担；您只会察觉出，您只会时时刻刻地感到在您的身旁跳动着一颗满怀感激之情的心，炽热的心，这颗心为您而跳动……啊，娜斯坚卡，娜斯坚卡！您把我害得好苦啊！……"

"别哭呀，我不让您哭。"娜斯坚卡说着，很快从长椅上站了起来。"我们走吧，您站起来，和我一起走，别哭了，别哭。"她一面说，一面用她的手帕拭去我的泪水。"好了，现在我们走吧，也许我也要告诉您一些事情……是啊，要是他现在已然抛弃了我，要是他已经把我忘了，虽然我还爱他（我不想骗您）……不过，您要听我说，要回答我。比方说，如果我爱上了您，就是说，如果我只是……哎呀，我的朋友，我的朋友！我只要一想起那天我还羞辱过您，嘲笑您的爱情，庆幸您没有爱上我……哦，天哪！我怎么会没有想到，怎么会没有预料到呢，我是多么愚蠢，但是……瞧，瞧，我打定想法，我把一切都说出来……"

"听着，娜斯坚卡，您知道，我想说什么？我要远离您，就是这样！缘故很简单，我带给您的只有折磨，瞧您现在已经为嘲弄过我而受到良心的谴责，可是我不愿意，真的，我不愿意您除了忍受自身的痛苦之外……当然是我的过失错误，娜斯坚卡，再见吧！"

"站住，您听我把话说完。您能等吗？"

"等什么？怎么等？"

"我爱他，但这一切都会过去的，这应当成为过去，不可能不成为过去，现在已经渐渐过去，我有感觉……谁知道，也许今天就会结束，因为我恨他，因为他玩弄我，而您却在这里陪我一起哭泣，因为您不会像他那样拒绝我，因为您爱我，而他并不爱我，因为我自己也爱您……是的，我爱您！我像您爱我那样爱您，我自己以前就说过的，您亲自听见的，我爱您，因为您比他好，因为您比他高尚，因为，因为他……"

可怜的姑娘那么激动，她还没有把话说完，就把自己的头靠在我的肩上，然后依偎在我的胸前，痛哭失声。我安慰她，劝她，可她就是止不住。她仍然握住我的手，抽抽噎噎地说："等一等，等一等，我立刻就不哭了！我想告知您……您别以为这些眼泪——这只是因为我太软弱，一会儿就过去……"她终于停止了哭泣，擦干泪水，我们又向前走去。我本来想说话，但她一直让我再等一等。

我俩默默不语……后来，她鼓足勇气，又开始说了……"我要告诉您，"她的嗓音微弱而颤抖，但突然有某种东西直刺我的心房，让我隐隐作痛，却又感到甜蜜，"您不要以为我水性杨花，为人轻薄，不要这么快评价我，这么容易就能记不清楚，就能变心……我爱了他整整一年，我向上帝起誓，我从来没有对他不忠，甚至连这样的念头也从未有过。他对此毫不理睬，他玩弄我——那就随他去吧！但是他刺痛了我的心，让我的心受到屈辱。我，我不再爱他了，因为我只能爱胸襟宽广、能够理解我的品德高尚的人，因为我就是这样的人。他配不上我——那就由他去吧！与其将来我会大失所望，现在终于看清他的为人，还不如让他现在就这样做好些……瞧，结束了！不过，谁知道呢，我的亲爱的朋友，"她握住我的手，继续说道，"谁知道呢，也许我的全部爱情都是感性的错觉，想法的错觉，也许这场爱情的起始就是在胡闹，是一些微不足道的小事，只是因为我当时处于奶奶的看护之下？也许，我应该爱另一个人，而不是他，不是这种人，而是能够体贴我，而且……好了，不说了，不说这些了，"娜斯坚卡打断了话头，激动得气也喘不上来，"我只想对您说……我想对您说，如果，如果我爱他（不，是以前爱过他），如果您不在意这一点，您仍然说……如果您觉得您博大的爱情最终完全能够替代我心中过去的爱情……如果您愿意怜爱我，如果您希望永远像现在这样爱我，那么，我起誓，我的感激……我的爱情最终不会愧对您的爱情……现在，您愿意娶我吗？"

"娜斯坚卡，"我大声叫道，泣不成声，"娜斯坚卡！……哦，娜斯坚卡……"

"好了，不要说了，不要说了！瞧，现在完全不用再说了！"她勉强克制住自己，说道。"瞧，一切都说完了，是不是？是这样吧？瞧，您也高兴，我也高兴，关于这件事情一个字也别提了，您就忍一忍，可怜可怜我吧，看在上帝的份儿上……"

"是的，娜斯坚卡，是的！这件事不用再说了，现在我真高兴，我……好，娜斯坚卡，好，我们谈点儿别的话题，快说，我们快点儿说吧。对，我准备……"

我们不知道该说些什么，我们一会儿哭一会儿笑，我们说了许许多多语无伦次、没有意义的话语；我们时而沿着人行道漫步，时而又突然转回去，急忙穿过马路，然后站下来，又走上河滨小道，我们就像两个孩子一样……"现在我一个人生活，娜斯坚卡，"我说，"昨天……，当然，您知道，娜斯坚卡，我很贫穷，我总共只有一千二，但这不要紧……"

"当然不打紧，奶奶自己有养老金，她不会成为我们的负担。我们一定要带奶奶一起生活。"

"当然，一定要带奶奶一起生活……只是玛特廖娜……"

"哎呀，我们那儿还有一个菲奥克拉！"

"玛特廖娜心地挺善良，只有一个缺点：她没有想象力，一点儿想象力都没有，不过，这没有关系。"

"没有关系。她们俩可以住在一块儿。不过，您明天要搬到我们那里去。"

"怎么？搬到你们那里去！好，我愿意……"

"对，您去租下我们的房子，我们家里上面有个阁楼，现在没有人住，以前住过一个贵族老太太，她搬走了。我知道，奶奶想要租给年轻人，我问：'做什么呢要租给年轻人呢？'她说：'就是因为我老了。不过，娜斯坚卡，你可别以为我想把你嫁给他。'其实我猜对了，就是为了这个……"

"哦，娜斯坚卡……"

我俩一起笑了起来。

"瞧，好了，好了。那您住在哪儿呢？我都忘了。"

"在×桥附近，那是巴兰尼科夫的房子。"

"就是那幢面积很大的房子？"

"是的，就是那幢大房子。"

"啊，我知道，真是座好房子。不过，您还是退掉，赶快搬到我们这儿来……"

"明天搬，娜斯坚卡，明天就搬。我在那儿还欠着房租，不过，这没有关系……我很快就可以领薪水了……"

"哎，我也许能去教课，我先学会，然后再去教课……"

"那真是太好了……我很快还可领到一笔奖金，……"

"那您明天就是我的租客了……"

"是的，我们去看《塞维勒的理发师》，因为立刻又要上演了。"

"好的，我们一定去，"娜斯坚卡笑着说，"不，我们最好还是不要去看《理发师》，看别的歌剧……"

"好的，看别的歌剧，当然，这样更好，我怎么没有想到……"我们边谈边走，如痴如醉，好像我也不知道自己出了什么问题。我们时而停住脚步，站在一个地方久久地说话，时而开始信步闲逛，又是笑声，又是泪水……娜斯坚卡突然想要回家，我不敢挽留她，只想把她送到家门口。我们起步回家。可是，十五分钟之后，我们突然发现自己又到了河边小路我们的长椅旁边。她长叹一声，泪水重新涌上眼眶；我怅然所失，心头凉了半截……但她立即握住我的手，拉着我重新晃来晃去，一路闲扯，说个不断……"现在我该走了，真该回家了，我觉得已经很晚啦。"娜斯坚卡终于说道，"我们也像孩子似的胡闹够了!"

"好吧，娜斯坚卡，只是我现在睡不着，我不回家。"

"我好像也睡不着。那您送送我……"

"当然"

"不过这次我们一定要回家。"

"一定，一定……"

"说话算数……因为迟早都得回家!"

"说话算数。"我笑着回答。

"好，那我们走吧!"

"走吧。"

"您瞅瞅天上，娜斯坚卡，您看! 明天准是好天气，多么蓝的天，多么亮的月亮! 您看，这块黄色的云彩就要遮住月亮，快看，快看……没有，云彩从旁边飘了过去。您看，您看呀……"

但是，娜斯坚卡没有看云彩，她默默地站在那儿，像根木桩一样。过了一会儿，她怯怯地、紧紧地贴在我的身旁，她的手在我的手中哆嗦起来。我瞅瞅她……她更紧地靠在我的身上。

这时一个年轻人从我们身旁经过。他突然立住不动，盯着我们看了看，又向前走了几步。我的心颤抖了……"娜斯坚卡，"我轻声说道，"这个人是谁，娜斯坚卡?"

"就是他!"她也轻轻地回答，把我贴得更近了，哆嗦得更加厉害……我勉强支撑住自己的身体……"娜斯坚卡! 娜斯坚卡! 竟然是你!"这个声音从我们背后传了过来，同时，年轻人向我们走近几步……天哪! 多么激动的叫喊! 她浑身一颤，猛地挣开我怀抱的双臂，迎面扑向他而去……我站在那儿望着他们，像遭到雷击一般。但是，她刚刚把手伸给那个年轻人，刚刚扑向他的怀抱，突然又转身风驰电掣地跑回我的身旁，还没等我回过神来，就用两手搂住我的脖子，紧紧地、热烈地吻了我一下，然后，一句话也没有说，又回奔到他的身旁，拉起他的双手，带他走了。

久久地，我伫立在那儿一动不动，望着他们的背影……很久很久……他俩的身影从我的视野中消失不见。

清晨

我的白夜结束于清晨的。天气不好，一直在下雨，雨滴敲打着我的窗户的玻璃，令人愁闷。小房间里昏昏暗暗，外面阴阴沉沉。我头痛，发晕，一阵阵寒热潜入我的身体。

"您的信，先生，是市邮局的邮差刚刚送到的。"玛特廖娜站在我的身旁说。

"信！谁寄来的？"我从椅子上跳了起来，惊呼一声。

"不知道，先生。您瞅瞅，或许上面写着是谁寄来的。"

我打开信封：是她写来的！

娜斯坚卡在信中写道：

哦，原谅我，请您原谅我！我跪下来恳求您，饶恕我吧！我欺骗了您，也欺骗了自己。这是一场梦，是幻象……今天，想到您，我就痛苦不堪。原谅我，原谅我吧……不要责怪我，因为我对您的心丝毫没变。我说过，我会爱您，现在我就爱着您，甚至超过爱情。哦，天哪，如果我能同时爱你们俩，那该多好！如果您是他，那该多好！

"哦，如果他是您该多好！"这句话掠过我的脑海，我想起了这也是你说过的话，娜斯坚卡。

上帝知道，现在我还能为您做些什么呢！我知道，您很痛苦，非常忧虑，我伤害了您的心，但是，您可知道，只要有爱，是不会长久记恨的，而您是爱我的！

谢谢！是的，谢谢您给予了我这份爱情，因为它像一场甜美的梦深深烙在我的记忆之中，即便醒来以后也会久久难以忘怀；因为您曾像兄长一样，向我剖明心迹，并且非常大度地接受了我奉献给您的一颗碎裂的心，愿意珍爱它，抚慰它，医治它的创伤，这一刻我永远不会记不清楚……如果您能够原谅我，那么，我将永远感激您，这种永远不会从我心中消失的感激之情将会使我对您的怀念得以升华……我会珍惜这份怀念，忠实于它，永不改变，永不背叛自己的心：我的心非常忠诚，这颗心昨天如此迅速地返回到了应当永远拥有它的那个人身旁。

我们还会相见的，您会来看我们，您不会抛弃我们，您将永远是我的朋友，我的兄长……您见到我的时候，一定会向我伸出手来……是不是？您会向我敞开怀抱的，您已经原谅了我，是不是这样？您还像以前一样爱我吗？

哦，爱我吧，不要弃我不管，因为此时此刻我非常爱您，因为我值得您爱，因为我要这份爱……我的亲爱的朋友！下个星期我就要同他结婚，他是带着对我的爱回来的，他从来没有忘记我……您可不要因为我提起他而发怒，我想和他一起来看您；您会喜欢他的，是不是？……原谅我，记住我，爱我！

您的娜斯坚卡

我一遍又一遍地读着这封信，读了很久很久，泪水夺眶而出。

最后，信纸从我手中滑落，我不禁捂住了自己的面孔。

"好小子！喂，好小子！"是玛特廖娜。

"什么事，老婆子？"

"我把天花板上的蜘蛛网都扫掉了，现在您就是娶媳妇、请客，也正是时候……"

我瞅瞅玛特廖娜……她还是一个精力充沛的年轻的老太婆，但是，不知道为什么，我突然觉得她的眼光暗淡无神，脸上满是皱纹，弯腰屈背，老态龙钟……不知道为什么，我突然觉得我的房间像这个老太婆一样变得苍老了，墙壁和地板油漆剥落，所有的东西都失去光泽，暗暗淡淡，蜘蛛网结得更多了；不知道为什么，当我向窗外望去，我觉得对面的房子也显衰颓，没有光彩，廊柱上的灰泥已经几近剥蚀，纷纷掉落，房檐发黑，出现了许多的裂纹，鲜亮的黄色墙壁变得花花斑斑……或许是突然从乌云之间射出来的阳光重又躲进含雨的云层中，因而，我眼中的一切全都黯然失色；或许是我的将来的整个图景从我的眼前闪过，如此阴沉，如此凄凉的景象，于是我似乎看到了整整十五年之后，当我自己也已经逐渐变得老态龙钟的时候，我却还是像现在一样，依然住在这个房间，依然孑然一身，依然和这些年来没有丝毫长进的玛特廖娜住在一起。

娜斯坚卡！我会记恨你带给我的伤害吗？我会让你那灿烂、平静的幸福蒙上一片乌云吗？我会用痛苦的责怪引起你内心的忧伤，用默默地谴责刺痛你的心，使你的心在极乐的时刻依然感到悲哀吗？我会把在你和他一起走向圣坛时插在黑色鬓发间娇媚的鲜花撕碎，即便只是其中的一朵吗……哦，绝对不会，我永远不会这样做！愿你的天空阳光灿烂，愿你可爱的笑容永远明快、安详，你会永远享受幸福，因为你曾让另一颗孤独而充满感激之情的心享受过片刻的愉悦和幸福！

我的上帝！只有整整一分钟，但却无限的幸福！难道这还不足够以让人享用一生的吗……

赌徒

——摘自一位年轻人的札记

第一章

我终于返回啦，在外面待了两个星期的时间。我们的人抵达鲁列坚堡已经三天了，我以为他们会心急如焚，迫不及待地等待我的归来，可是，我想错了。将军完全是一副根本不需要求人的神情，傲慢地与我寒暄一番，就打发我去见他的妹妹。显然，他们已经在什么地方弄到了钱；我甚至觉得他在望着我的眼光里略带愧疚之意。玛丽亚·菲利波夫娜手脚不断地忙碌着，只稍稍与我说了几句话。不过，钱，她倒是收下了，点算清楚数目，听完了我的全部汇报。他们正在等待客人前来赴宴，被邀请者有法国人梅津佐夫，还有一个英国人。按照惯例，一旦有了钱，他们立刻就会请客吃饭，这才完全是莫斯科的派头。波林娜·亚历山德拉见到我就问我为什么耽误了这么长时间；还没等我回答，她已经走开了。不用说，她是故意这样做的。不过，我们必须说清楚，已经有许多事情堆积下来了。

我被他们安置在旅馆四楼的一个小房间内，这里的人都明白我的角色是将军的随员，这里的人也都认为将军是身居俄国要职的大富翁。午饭之前，在他交给我这种、那种差事的时候，还交给我两张一千法郎的期票，让我去兑换。我在旅馆的账房里兑换了期票，这样，至少有一个星期的时间，人们都会以为我们是百万富翁。我想带着娜佳和米沙出去玩耍一番，在我们走在楼梯上的时候，他们把叫住我，让我去见将军；将军认为有必要了解一下我要把孩子们带到哪儿去。这个人绝对不敢正视我的眼睛，其实他非常想盯着我看，但我每次都回敬同样逼视的眼光，也就是一种不敬、轻蔑的眼光，看得他似乎困窘不安起来。他拐弯抹角地慷慨陈词，一句紧接一句，结果弄得前言不搭后语。我明白了他的意思是让我带着孩子们在公园里远离娱乐场的地方玩耍。最后，他愤愤然，居然直言不讳地补充说道："否则，也许您会把他们带进娱乐场，去玩轮盘赌。请您原谅，"他又补充道，"我知道，您的行为举止还相当轻率，因此您也许会去赌博。无论如何虽然我不是您的训导人，而且也无意担当这样的角色，但是，至少我有权利盼望您，这么说吧，不要败坏我的名声……"

"我身上一分钱都没有，"我泰然自若地回答说，"就是想要输个精光，那也得有钱哪。"

"您立刻就能拿到钱。"将军答道，脸微微地红了。他在写字台里翻寻了一阵，查阅了账本，结果表明，他还欠我约一百二十个卢布。

"我们怎么结算呢，"他说，"必须把卢布兑换成塔勒。这样吧，您先拿一百个塔勒，取个整数，余下的当然不会少您的。"

我默默地接过了那些钱。

"您听了我的这些话，可不要生气。您这个人，太容易发怒……我对您说这些，那是，这么说吧，预先告诉您；不过，我当然也有这么做的权利……"

在带着孩子们回家吃饭的路上，我遇到了一群骑马出游者，他们是我们的人，他们刚刚参观了某个遗址。两辆豪华的马车，几匹身材高大的骏马！布朗舍小姐与玛丽亚·菲利波夫娜和波林娜同乘一辆马车，法国人，英国人和我们的将军骑马同行。过路行人驻足观看，场景确实壮观，只是将军大人注定要倒霉了。我算了一下，我带来四千法郎，加上他们已经搞到的一笔钱，现在总共七千至八千法郎。用这笔钱侍奉布朗舍小姐可谓是杯水车薪。

布朗舍小姐也住宿在我们下榻的旅馆里，她和母亲同行。住在这儿的还有我们的法国人，仆役们称他为"伯爵先生"，布朗舍小姐的母亲则被称呼"伯爵夫人"。管他呢，说不定他们真的是"伯爵和伯爵夫人"呢！

我早就料到，在我们一起进午餐的时候，伯爵先生肯定会对我不予理睬；当然，将军也不会主动介绍我们相识或者仅仅是把我介绍给他。伯爵先生本人常去莫斯科，他知道，被他们称作"家庭教师"的角色是多么的卑微。其实，他对我非常了解。不过，说实话，我与他们同桌用餐也算作不速之客：可能伯爵忘了对我做出安排，否则，一定会打发我去吃"普通客饭"。我不请自到，将军瞥了我一眼，露出不满意的表情。好心的玛丽亚·菲利波夫娜则立刻给我指定了一个座位。不过，我和阿斯特列先生见过面，这倒帮我迅速摆脱了尴尬的境地，我不知不觉地成了他们当中的一员。

我第一次遇到这位诡异的英国人是在普鲁士的时候，当时我乘火车追赶我们的人，而他就坐在我的对面；后来，在驶进法国时我又遇到了他，最后一次相见是在瑞士。在这两个星期之内，我们一再相遇，而现在，已经到了鲁列坚堡，我们居然又重逢了。我平生从未见过像他那样生性腼腆而又拘谨的人。由于过于害羞，他显得傻乎乎的，对此，他自己当然也心中有数，因为他根本就很聪明。其实，他待人亲切，性格温和。在普鲁士我们第一次邂逅时，我就让他打开了话匣子。他告知我，今年夏天他去过北角，他还非常盼头去逛一下戈罗德的集市。我不知道他是怎样与将军认识的；我觉得他正痴迷于波林娜。波林娜走了进来，他顿时满脸羞红。酒席上，我坐在他的旁边，他非常高兴，似乎，他已经把我当作他的知心好友了。

酒桌上，法国人谈笑风生，好像旁若无人一样，他不把任何人放在眼中，妄自尊大，摆出一副不可一世的气势。我记得，在莫斯科的时候，他常常信口开河，华而不实。他口若悬河地大谈财政金融，议论俄国政治情况，将军只是偶尔鼓起勇气反驳几句，态度谦恭，讲究分寸，绝对不愿意有损自己的尊严。

当时，我的心情难以叙说。午宴还没有进行到一半，我当然又给自己提出了那个极其普通的老问题："我为什么要和这位将军鬼混在一起而不早早地离开他们？"我偶尔对波林娜·亚历山德拉瞟上一眼，可是她对我根本不予理睬。我顿时怒火中烧，决心不顾礼仪地捣乱一番。

起初，我突然无缘无故的、大声地擅自插入他们的谈话中去，我的主要意图是与法国人大闹一场。我转身面对将军，突然打断他的话头，响亮而清楚地说道，今年夏天俄国人几乎不可能在旅馆的餐厅里吃上客饭。将军的眼光盯在我的身上，露出惊诧的神色。

"如果您是一个拥有自尊心的人，"我继续说道，"您就肯定会激起争论，并且注定要忍受奇耻大辱。在巴黎，在莱茵河地区，乃至在瑞士，如今竟然会有那么多的波兰人，还有支持他们的法国人在旅馆里吃客饭，如果您是俄国人，那就只能闭上尊口啦。"

这番话我是用法语说的，将军茫然、疑惑地望着我，不知道对我如此放肆的举动是应该大使性子，还是仅仅表示惊讶。

"这就是说，已经有人在某个地方训斥过您啦。"法国人傲慢而轻蔑地说。

"在巴黎，我先和一个波兰人争吵起来，"我答道，"接着又和一个支持波兰人的法国军官大闹一顿。后来，我向他们讲述我如何想往殿下的咖啡里啐唾沫，这时，一部分法国人居然转到我这边来了。"

"啐唾沫？"将军没明白，却又不动声色地问道，甚至还往四周望了一下。法国人一脸不相信的表情，细细打量着我。

"确实是这样的，大人，"我答道，"事情是这样的：有一次，整整两天我都深感可能有必要去一次罗马，办理我们的事情，于是我就去巴黎的教廷使馆办理护照需要的签证手续。在那儿，接待我的是一位五十岁上下的天主教神父，身体干瘦，脸上的表情非常冷漠的。他彬彬有礼，但却极其漠然地听我说完，然后要我等待。只管我急于办事，当然也只能坐下来等待。我掏出一份《国民舆论》报开始阅读措辞极其尖锐的责骂俄国的文章。其间，我听见有人穿过隔壁的房间去觐见殿下。看到接待我的神父对他鞠躬致意。我再一次对神父提出了我的恳求，他却更加冷漠地依然要我继续等候。过了一会儿，又有一位不相识者走了过来，是来办事的，好像是奥地利人。

当他说明来意之后，立即被领上楼去了。这时，我非常恼火。我立起身来，走到神父面前，用不容置疑的口吻说道，既然殿下接待客人，那么，他也能办理我的事情。神父陡然从我身旁闪开，脸上露出极其不解的神情。他简直感到不可思议，这个微不足道的俄国人竟敢将自己和殿下的客人相提并论？！他好像因为有机会对我再加羞辱而兴奋不已，极其蛮横无理地对我吼道："莫非您以为殿下会为您的那点儿小事而放下自己的咖啡？"这时，我用更加响亮的声音叫道：

"那么，我告诉您，我要给您的殿下的咖啡里啐唾沫！如果您不立刻替我办好签证，我就亲自去找他。"

"绝对不行！红衣主教正在他那儿呢！"神父叫了起来，惶恐不安地从我身旁逃开，奔到门边，伸开两条胳膊，做出了死也不会让我进去的模样。

"于是，我告诉他说，我是异教徒，是蛮夷，所有这些大主教、红衣主教、殿下大人等等都与我毫不相干。总之，我摆出毫不示弱的姿态。神父看了看我，眼中饱含无限的愤恨，然后夺过我的护照上楼去了。不一会儿，他就办理好了我的签证手续。"

"就是这本护照，你们要不要瞅瞅？"我掏出护照，指给他们看罗马教廷的签证。

"您这是，不过……"将军开口说道。

"您说自己是蛮夷，是异教徒，这才救了您。"法国人冷笑着说，"这倒不是一件蠢事。"

"难道就让别人这样对待我们俄国人吗？俄国人乖乖地坐着，不敢说个不字，甚至还想否认自己是俄国人。至少在巴黎的时候，在我住的旅馆里，自从我对大家讲述了与神父争斗的事情之后，他们对待我就变得客气多了。吃客饭的人当中，有一个胖胖的波兰先生，对我最怀有敌意，此后也偃旗息鼓，收敛起来。法国人甚至还容忍我讲述了这样一件事情：两年前我遇到一个人，此人在1812年曾被法国轻骑兵开了一枪，开枪的唯一缘故就是想射子弹而已。当时他还只是一个十岁的孩子，他的家人没有来得及撤出莫斯科。"

"这是不可能的，"法国人勃然大怒，"法国人绝对不可能向孩子开枪！"

"不过确有此事，"我回答说，"这是一位可敬的退伍大尉告知我的，而且我也亲眼看到了他面颊被子弹射击后留下的疤痕。"

法国人匆忙地开始发表长篇大论，将军本想随声附和，但我建议他至少也应该看一看佩罗夫斯基《回忆录》的片段，这位将军在 1812 年曾当过法国人的俘虏。最后，玛丽亚·菲利波夫娜讲起别的事情，总算打断了我们的讨论。将军对我很不满意，因为我和法国人几乎已经开始吵闹起来。但是，阿斯特列先生似乎非常喜欢我与法国人进行争执。他从桌旁站立起来，建议我和他干上一杯。晚上，和往常一样，我有机会和波林娜·亚历山德拉交流了大约十五分钟。这是在散步的时候，大家都到公园里的娱乐场去了，波林娜在喷泉对面的长凳上坐下，吩咐娜坚卡带着孩子们在附近玩耍，我也派米沙去喷水池那儿去，于是，我俩终于单独待在一起了。

最初当然先说正事。我把总共只有七百个盾交给波林娜，她真是失望至极，她本来满有把握地想我在巴黎典当了她的钻石以后能够给她带回至少两千个盾，甚至更多。

"我确确实实需要钱用，"她说，"必须搞到钱，否则我就玩完了。"

我向她详尽询问我不在的这段时间内发生了什么事情。

"没有什么事情，只是从彼得堡传来两条消息：开始的时候，老太太的情况很严重，过了两天，好像说她已经死了。这是季莫费·彼德罗维奇传过来的消息，"波林娜补充说道，"他为人谨慎可靠。我们都在等待最后的确切消息。"

"这么说，这里所有的人都在等候消息了？"我问。

"那还用说，所有的人都在等待，没有例外；整整半年所期盼的事情不就是在等这个发生么。"

"您也在期待？"

"我又不是她的亲属，我只不过是将军的继女。但是我确信她在遗嘱里会提到我的。"

"我觉得您会收到一大笔钱。"我肯定地说。

"是的，她很喜欢我。不过，您为什么认为会这么呢？"

"您告知我，"我反问道，"我们的侯爵似乎已经知道了家庭所有的秘密？"

"您为什么对这件事感情兴趣？"波林娜瞅瞅我，严峻而冷淡地问道。

"肯定是的。如果我没有猜错，将军已经从他那儿借了钱。"

"您猜得很正确。"

"瞧，如果他不知道老太太的事情，他会把钱拿出来吗？您有没有注意到，吃饭的时候，他两三次提到老太太，称她为亲爱的奶奶。显得似乎是多么亲密无间的关系啊！"

"是啊，您说得对。当他刚刚得知根据遗嘱我也将会分到一份遗产，就立刻向我求婚了。您是不是就是想知道这件事情？"

"刚刚才求婚？我还以为他早就向您求过婚了。"

"您很清楚这一点，没有！"波林娜坦诚地说。"您在哪里碰上这个英国人的？"沉默了一会儿，她又问道。

"我就知道，您立刻就会打探他的情况。"

我向她讲述了在路途中我与阿斯特列先生几次偶然碰面的情况。

"他很拘束，也很多情，当然也深深地爱上您了，是吗？"

"是的，他爱上我了。"波林娜答道。

"不用说，他比法国人富裕十倍。怎么样，法国人真的那么有什么家产吗？该不该对此提出疑心？"

"不用疑心，他有一座城堡。昨天将军还肯定无疑地对我聊及此事。瞧，您问够了吧？"

"如果我是您，我一定会嫁给英国人。"

"为什么？"波林娜问。

"法国人外貌更俊朗一些，但他品格低下；英国人则不仅为人正派，而且还富裕十倍。"我断然说道。

"是啊。不过法国人是侯爵，人也更聪明一些。"她丝毫不动声色地答道。

"是这样吗？"我照旧继续问道。

"确实如此。"

波林娜非常讨厌我说的这些话。我也看出，她想用她的语气和不合情理的回答激怒我，我当即戳穿了她的这种做法。

"是的，您一旦动怒，我就感到非常高兴。我允许您提出这类问题并且做出种种推测，为此您也应当付出代价。"

"我确信自己拥有向您提出任何问题的权利，"我心平气和地回答，"这正是因为我愿意为此付出任何代价，即便牺牲生命也在所不惜。"

波林娜放声大笑起来：

"上次的时候，在什兰根别尔格您对我说，只要我一声令下，您愿意一头跳下深谷，那儿的高度好像有一千英尺呢。有朝一日，我会发出这样的命令，其目的仅仅是为了瞅瞅您如何付出代价。请您相信，我可是说话算话的人。

您让我厌恶，这恰恰是因为我容许您的事情太多了，更可恨的是我竟然如此需要您。既然我还需要您，我就应当爱护您。"

她站起来，说话的语气激动而气愤。最近一段时间，我俩交谈到最后，她总是既气愤又激动，是发自内心的愤怒。

"请您告知我，布朗舍小姐是什么样的人呢？"我又问道。不把事情搞得明了清晰，我不想放她走。

"您自己知道布朗舍是何许人也，这段生活里没有任何新的情况。布朗舍小姐大概会成为将军夫人，当然，这只会发生在老太太寿终正寝的消息得到确证之后，因为不论是布朗舍小姐，她的母亲，还是那个侯爵表亲，大家都心中明白，知道我们已经破产了。"

"将军最终还是陷入情网了？"

"现在的问题并不在此处。您听我说，并且要记住：拿上这七百个盾去赌吧，参加轮盘赌替我去赢钱，赢得越多越好，现在我实在太需要钱了。"

说完这些话以后，她叫上娜坚卡，一起去了娱乐场，和我们一伙人碰面会合。我拐上第一条向左的小路，思绪万千，惊叹不已。去参加轮盘赌的指令对我来说就好像是当头一棒。真是怪事：当时我必须聚精会神地思考一些问题，可我却全身心地沉浸于思考我对波林娜的种种感情。确实，在离开此处的两个星期内，我的生活比现在，比返回这里以后轻松高兴，虽然在路途中我也情不自禁地日思夜想，发疯似的辗转反侧，甚至在梦中常常见到她的身影；有一次是在瑞士，我在车厢里睡着了，却在梦中与波林娜出声说话，逗得邻座的那些乘客大笑一场。现在，我再一次问我自己：我爱她吗？我仍然无法对此做出确定的回答，更准确地说，我的意思是我再一次，第一百遍地这样回答我自己：我恨她。确实如此，我憎恨她。常常会有这样的情况（恰恰是在我们谈话快结束的时候），我宁可丢掉半条命，真恨不得将她掐死！我发誓，如果有可能将一把锋利的刀子慢慢刺入她的胸膛，那么，我觉得，我会心甘情愿、乐滋滋地这样干。同样，我也可以指天发誓，假如在什兰根别尔格的山顶上，她真的对我说：跳下去！我也会立即毫不犹豫地跳下去，而且心甘情愿、美滋滋的。我清楚这一点。不论是这样还是那样，事情总该有个说法。对于这一点，她心里很清楚，而且，她认为我终究会心悦诚服地意识到我高攀不上她，要想实现我的美好愿望简直是白日做梦，我相信，正是出于这种想法才使她乐不可支；否则，处事谨慎，聪明过人的她怎么可能对我如此表现的如此亲密，如此坦诚呢？我觉得，她对待我的态度，就像那位当着奴隶的面可以把衣服脱光的女皇，因为在女皇的眼中，奴隶根本就不是人，而波林娜也多次不把我当作人来对待……不过，我还得去做她所交代的事情：无论如何都要在轮盘赌中赢钱回来。我没有时间仔细思考为什么必须要赢钱？怎样才能很快地赢钱？在她那诡计多端的脑袋里又产生了什么新的阴谋诡计？更何况在这两周之内又发生了许多我尚不知道的新情况，这一切都必须好好揣摩，弄个一清二楚，并且越快越好。不过眼下没有时间：我必须去参加轮盘赌。

第二章

老实说，我心里真不是滋味。虽然我已经打定主意要去参加赌博，但是根本没有打算一开始就为别人去干，这甚至让我感到有点茫然无措，因而走进赌博厅里的时候，心情非常沮丧。从第一眼起，那儿的一切都令我感到非常不高兴。我难以忍受全世界的艺坛短评，特别是我们俄国报纸中趋炎附势的作风，几乎每年春季我们的撰稿人总要谈论两件事情，一是谈论莱茵河地区赌城里的赌厅多么富丽堂皇，豪华精致；二是谈论赌桌上好像堆放着成堆成堆的金子。

他们写这样的文章，并不是因为收了别人的贿赂，纯粹出于没有私念的阿谀奉承。其实，这种鬼地方根本谈不上富丽堂皇，而赌桌上，不要说成堆的金子，就连金屑也很难看到。当然，在整个季节里，偶尔也会有怪客突然造访，或者是英国人，或者是某个亚洲人，比如今年夏天就来了一个土耳其人，豪赌一番，输赢很大。其他赌客都只用小钱玩玩，平均算来，桌上的赌资数目也不大。我刚刚走进赌厅（平生第一次）以后，有一段时间还不敢贸然下注，更何况赌客很多，人群拥挤。不过，如果只有我一个人，我想，我宁可拔腿离去，不会参加赌博。说实话，我的心怦怦地跳个不停，不再镇定自若。

大概，我已经清楚并且早已认为我不可能平平安安地走出鲁列坚堡，一定会发生什么事情，使我的命运根本、彻底地改变。是福不是祸，是祸躲不过，听天由命吧。我对轮盘赌抱着很高的期望值，虽然这极为可笑，但我觉得人们普遍认同寄盼头于赌博是愚蠢、荒谬的这种因循守旧的看法更加可笑：为什么赌博就比不上任何一种其他的挣钱手段，比如做生意呢？确实，在赌博中只有百分之一的人有赚钱的机会，但这与我有什么关系？

不管如何，我决定今天晚上先仔细侦查一番，不急于真正投入进去。这天晚上，即使发生什么情况，那也只是无意之中的闪失——我的看法就是这样。此外，还必须对轮盘赌做一番深入研究，这是因为在我亲眼见到这种赌博形式之前，我对这种赌法根本一无所知，虽然我曾经总是如醉如痴地读过无数种有关轮盘赌的描述，那也没什么用。

首先，一切都令我感到非常恶心——道德上的险恶肮脏。我绝对不是指几十乃至几百人成群围在赌桌四周的那些贪婪而又胆战心惊的人们，我并不认为期望赢得快一些、赢得多一些的心愿有任何肮脏之处；我倒觉得有一种想法是非常愚蠢的：当有人为自己辩解说："只是小赌博而已"时，某位生活上丰衣足食，吃得肥头大耳的道德专家却回应说：这样更糟，因为这是不起眼儿的小钱。确实，小贪与大贪不尽一致，但这是一个相对而言的问题。如果罗特希利德认为是微不足道的区区小数，对我来说则是一笔巨款了；至于发财和赢钱，那并不只是在轮盘赌上，人们在任何地方所做的事情就是互相巧取豪夺。一般来说，赚钱发财是不是险恶可恶的行径，这是另外一个问题，这里我不想对此回答。由于我本人当时被赢钱的强烈欲望所控制，因此，当我走进赌厅以后，坦率地说，这种种贪婪，种种肮脏的贪婪却正符合我的心理，一拍即合。最高兴的事情是大家不必讲究礼数，可以大大方方地为所欲为。其实，又何必哄骗自己呢？这是无聊透顶、极不精明的做法！乍看起来，在轮盘赌场里的那一群乌合之众中，围绕在赌桌周围的所有赌徒所表现出来的对赌博的狂热，那种严肃专注，乃至是毕恭毕敬的神情特别不堪入目。因此，被称之为"下三流的赌博"和上等人的赌博截然不同。赌博的方式有两种，一种是绅士式的，一种是平民百姓以营利为目的的三教九流的赌博，在这里，两者之间有着严格的区别。实际上，这种区别没有道理。比如，一位绅士可能会押上五个或者十个金路易，很少超过这个数目；不过，如果他非常有钱，也许他会押上一千法郎，而这仅仅是为了玩一玩，乐一下，仅仅是为了看一看赢钱或者输钱的经历，但绝对不会对盈利本身产生兴趣。赢钱以后，他会开怀大笑，对周围的人发表一点儿评论，甚至可能一次又一次地加倍押注，但这纯粹是出于新鲜感，想试试自己的运气，算算数目的大小，并不抱有赢钱的险恶欲望。总之，他只能把所有这些赌桌、轮盘赌和全凭运气的三十和四十的赌博当作是纯粹供他消遣解闷的娱乐活动，对庄家用以积累赌本所设置的圈套和陷阱必须毫不介意。如果他觉得所有这些赌徒，这帮为了一个盾都会簌簌发抖的三教九流之辈和他完全一致，都是富翁，绅士，在这儿赌博也都仅仅是为了消遣娱乐，那也绝不是坏事，可以说，这种对现实生活的一无所知和对人的幼稚的看法真是确确实实的贵族派头。我见过许多的母亲的把自己的女儿，那些天真无邪、风度优雅的十五六岁的小姐推上前去，交给她们几枚金币，让她们自己去赌博。不管是输是赢，小姐们总是笑眯眯的，最后心满意足地离开。有一次，我们的将军风度翩翩，威风凛凛地走近赌桌，仆役赶紧为他搬来椅子，但他对仆役未加理睬。他慢悠悠地掏出钱包，又慢悠悠地从钱包里掏出三百个金法郎，把赌注押在黑字上，赢了；

他没有拿回盈利，连本带利一起押下。又是黑字！这次他仍然没有拿回盈利。第三次出来的却是红字，他一下损失了一千二百个法郎。他面带笑容离开了赌桌，一副毫不在意的模样。我相信，他的心里一定像猫抓似的难受，如果赌注翻上两三倍，他就难以控制自己，肯定会表现出焦虑不安。不过，我也亲眼见过一个法国人先赢后输，赔了约三万法郎，他依然高高兴兴，若无其事一般。

真正的绅士，即便输光了自己全部的家产，也必须不动声色。金钱远不如绅士风度重要，他们几乎没必要为金钱烦恼。当然，无视这群三教九流和整个赌场的种种丑恶行径无疑是地道的贵族作风；不过，有时相反的做法也不失为贵族派头，那就是注意观察，乃至举起长柄眼镜细细端详三教九流的赌徒，把这群赌徒，这个丑恶的场景只当作是一种特殊的消遣，好像是供绅士先生们高兴解闷的一场表演。

您可以挤进这群人当中，但是，当您向周围张望的时候，您必须抱有坚定的信念，那就是您本人仅仅是一个旁观者，绝对不属于他们当中的一员。不过，过于专注的观察也是不恰当的，这就不是绅士风度，因为无论如何这种场景不值得大加注意，不值得聚精会神地观看；一般来说，值得绅士先生聚精会神细细观看的场景也为数很少。不过我个人觉得这一切都非常值得凝神观察，对于那些来到这里并不只是为了瞅瞅，而是真心实意、自觉自愿要将自身投入这群赌徒之中的人来说更是如此。至于我那深埋内心深处的道德概念，当然与这番议论没有共同之处。随他去吧，我说这话的目的是为了能够心安理得一些。我还想说明，最近一段时间我似乎特别讨厌对我的行为和思想进行某种道德上的考量，另外一种东西支配着我……三教九流赌鬼的行径确实非常肮脏，我甚至不反对这种想法：

就在这儿的赌桌边不断地发生着许许多多屡见不鲜的偷盗行为。

坐在桌子两端的庄家注视着赌注，计算输赢，忙得不亦乐乎。还有一帮赌鬼，他们大部分都是法国人。其实，我在这里仔细地观察完全不是为了描述轮盘赌，我要让自己适应这里的环境，以便懂得往后如何待人接物。比如，我发现一种司空见惯的现象：突然有一只手从赌桌后面伸了出来，把您刚刚赢来的钱抢走，于是发生了争吵，常常大喊大叫，而抢钱的人却说：请您拿出证据证明，寻找证人证明赌注是您的！

起初，轮盘赌这玩意儿对我来说真是高深莫测，我只能做些猜测，大约辨别出赌注通常是押数字，押单、双数，押颜色。今天晚上，我决定从波林娜·亚历山德拉的钱中拿出一百个盾来尝试一下。一想到我去赌博并不是为了自己，内心一片茫然，滋味极不好受，于是，我想尽快完事。我总觉得，替波林娜赌博作为开端是在浪费自己的好运。我只稍稍碰一碰赌桌，该不会立刻就沾上晦气吧？我掏出五个腓特烈金币，也就是五十个盾，把它们押在双数上。轮盘转动，结果落在了十三上——我输了。内心一阵痛楚，只想赶紧结束，离开赌场。我又拿出五个腓特烈金币押在红色上。结果是红色。我把这十个金币又押了上去，结果又是红色。我把赌本全部一一押上去，结果还是红色。我得到了四十个金币，将二十个金币押在十二个中段数上，不知道结果将是如何。结果我的赌本又翻了三倍。这样，我的十个金币一下子变成了八十，当时某种特殊的、怪异的感觉充溢在心头，令我难以承受，我下定决心要离开赌场。我觉得，如果我是为自己而赌，就不会是这种赌法。但是，我又把八十个金币再一次全部一一押在双数上。这一次转出来的数字是四，我又得到了八十个金币。我抓起这堆一百六十个金币，去找波林娜·亚历山德拉。

他们大家都在公园里散步，一直到吃晚饭的时候我才看到她。

法国人这一次不在场，将军显得轻松自在，他认为有必要再一次向我指明他不希望在赌桌台边看到我的身影，按照他的看法，如果我输得很惨，就会让他名誉扫地。"即便您大赢特赢，我也照样会名誉扫地。"他意味深长地补充说道。"当然，我没有权力支配您的行动，但是，您会同意……"像往常一样，他没有把话说完。我冷淡地回答他说，我的钱很少，即使我去参赌，也不会输得很惨。返回楼上自己的房间以后，我急忙将赢来的钱交给了波林娜，并向她声明说我再也不会去为她赌博了。

"那是为什么？"她忐忑不安地询问道。

"因为我自己想赌。"我惊讶地细细打量着她，答道。"再为您赌就碍事了。"

"那么，您依然确信轮盘赌是您唯一的出路和救星？"她带着嘲讽的意味问道。我郑重其事地回答她说："是的。"至于我坚信自己肯定赢钱，这种想法显得非常可笑，那我也认了，"只要他们不再找我的麻烦。"

波林娜·亚历山德拉坚持要我与她分享今天的赢来的钱，每人一半，在交给我八十个金币的时候，提议说今后继续赌博，就按这样的比例进行分成。我断然拒绝接受这半数的盈利，并且兜底地告知她说，我不能替别人去赌博并不是因为我不愿意，而是因为我肯定会输钱。

"但是，不管这有多笨，我自己几乎也是把希望全部寄托在轮盘赌上，"她沉思地说，"因此您必须继续去赌，赢来了钱我们平分。不用说，您会去的。"不容我继续分辩，她就离去了。

第三章

　　不过，昨天整整一天她对我只字未提关于赌博的事情，而且她总在避免与我交谈。她对我的态度没有改变，在相遇交往当中，依然是一副爱不理的神气，甚至还有某种蔑视和憎恨。总之，她不想掩饰她对我的厌恶之情，这一点我看得出来。尽管如此，在某些方面她需要我，为了某种目的她还珍惜我的存在，这一点她对我也不隐讳，我俩之间形成了某种微妙的关系，在许多方面都会令我非常费解，因为她对待任何人都非常傲慢，目空一切。比如说，她明明知道我对她爱得发狂，甚至容许我对她表白狂热的感情，可是，不言而喻，她正是用听凭我畅所欲言地宣发我对她的爱情来表示她对我的轻蔑，这无异于说："你的感情对我来说没什么价值，不论你对我如何表白，不论你对我爱情如何专一，我反正是无动于衷。"以前她也常常与我谈论她自己的事情，但是从来没有保留地坦诚相处；不仅如此，她还非常巧妙地表示出她对我的蔑视。比如，当她知道我了解她的某些生活情况或者是让她坐立不安的心事的时候，甚至在出于某种目的，需要把我当作奴隶或者当差使唤从而主动告知我某些事情的情况下，她也总是点到为止，只说被她用来当跑腿的人该知道的那一部分，即使我不知道事情的来龙去脉，即使她本人也看到我是如何为她的烦恼而烦恼，为她的不安而不安，她也从来不会用心心相印的推心置腹来给我哪怕一点儿安慰，而她差遣我做的事情不仅非常麻烦，甚至有时还很危险，在我看来，她应当对我坦诚相待。可是，我的感情，我为她的烦恼，为她的不幸而担忧、焦虑，其程度可能超过她本人二三倍，这一切难道值得她顾及吗？

　　还在三周之前，我又知道她打算去轮盘赌上搏一搏，她甚至事先对我说，我应当替她去赌，因为她本人出面有失颜面。听她说话的口气，当时我就发现她忧心忡忡，而不仅仅是为了想赢钱。

　　她要钱干什么？这里隐藏着什么目的，出了什么状况保额，我对此可以猜测，但至今仍未明白究竟。不言而喻，她将我置于屈辱的奴隶地位，就使我能够（常常如此）不顾礼仪，直截了当地对她询问，因为在她的眼中我是奴隶，实在不足道哉，因此，这种没有规矩的好奇心她就不会在意。但问题在于，虽然她让我东问西问，却从来不作任何回答，有时则根本不予理睬。这就是我两相处的情况！

　　四天前，往彼得堡发送了一份电报，至今未见回音。昨天，我们一直在谈论这件事情。看上去，将军心神不宁，若有所思，显然这事与老太太有关。法国人也看上去焦虑不安；昨天午饭之后，他们严肃地交谈了很长的时间。现在法国人非常的高傲，摆出那种不可一世的架势，好像对我和大家都不屑一顾，这真是应了那句俗语："把猪请上了餐桌，它连爪子都摆了上去——得寸进尺！"他甚至对待波林娜也相当冷漠，简直就是失礼；不过，他却相当乐意与大家一起玩耍，去娱乐场，或者结伴骑马去郊外。我早就知道法国人与将军之间的一些牵扯：在俄国他们曾想合伙办一个工厂，我不知道他们的计划是破产了呢，还是仍在继续之中。此外，我还偶然得知一些这个家庭的秘密：去年，法国人确实挽救了将军，在将军离职之际，给了他三万卢布用以填补亏空的公款，自然，将军现在就被他掌握在手心之中。但是，现在，就是眼下，对这一切起主导作用的仍然是布朗舍小姐，这一点我相信我没有看错。

　　布朗舍小姐是什么人？我们这儿的人都说她来自法国的名门望族，带着她的母亲，拥有不菲的家产；大家也知道，她是我们侯爵的一个亲戚，不过是姑表堂兄妹之类的远亲。据说在我去巴黎之前，法国人和布朗舍小姐相互之间彬彬有礼，非常客气，可现在呢，他们的亲属关系显得非常随意，非常亲昵。也许，他们认为我们的情况非常糟糕，因此他们没有必要与我们讲究礼数，虚意掩饰。前天我就发现阿斯特列先生非常认真地观察着布朗舍小姐和她的母亲。我觉得他认识她们，我甚至觉得我们的法国人以前与阿斯特列先生也有过往来。不过，阿斯特列先生生性拘谨，腼腆，又不喜言语，因而对他几乎可以完全信赖——他是不会把丑事抖搂出去的，至少法国人很少同他打招呼，几乎从不正眼瞧他，可见他并不惧怕阿斯特列的存在。这还可以理解。但为什么布朗舍小姐也几乎从不正眼瞧他？更何况侯爵昨天还说漏了嘴，我已记不清楚当时的话题，但他突然说出阿斯特列先生极其富裕，他对此一清二楚；就凭这个，当时布朗舍小姐也该对阿斯特列先生看上一眼！将军一直焦虑不安，可以理解，现在，关于姑母病逝的报丧电报对他有着多么重大的意义！

　　我明显感到波林娜是故意逃避与我交谈，于是，我也做出一副冷若冰霜、毫不在意的模样，一直认为她终究会来找我的，所以昨天和今天我把全部注意力都转移到布朗舍小姐的身上。可怜的将军，他是彻底完了！在五十五岁的年龄坠入情网，还那么神魂颠倒，当然是件不幸的事情，再加上他的寡居生活，他的孩子们，彻底的破产，高筑的债台，最后，还有他必然热恋的这个女人，情况可想而知。布朗舍小姐很漂亮，但是如果我说她的外貌是那种让人一见就感到恐惧的类型，不知别人能否理解，至少，我总是恐惧这样的女人。她大约二十五岁左右，身材高大，两肩很宽，肩膀拱起，脖颈和胸部很美，皮肤呈现褐黄色，头发乌黑，而且特别浓密，足以做两个发型；她的眼睛是黑的，眼白淡黄，眼光粗野，牙齿雪白，嘴唇上总是抹着唇膏，身上散发出一种麝香的气味。她的衣着打扮总能给人留下非常深刻的印象：华贵、雅致，而且富裕情调。她的双臂和两腿非常美丽动人，嗓音低沉、沙哑。她有时纵声大笑，露出两排雪白的牙齿，但通常都是默默无言地观看，眼光厚颜无耻，至少在波林娜和玛丽亚·菲利波夫娜面前是这样（有一个奇怪的传闻说玛丽亚·菲利波夫娜要去俄国了）。我觉得布朗舍小姐没有受过任何教育，或许头脑也不聪明，但性情多疑，狡黠过人。我还觉得，在她的生活中一定有过一些不平凡的经历。如果说穿了，那么，也许侯爵根本不是她的亲戚，母亲也绝对不是她自己的母亲。但是，据悉在我们和他们邂逅的柏林，她和她的母亲确实有几个属于上流社会的朋友。至于那个侯爵，我至今仍然疑心他不是侯爵，但是，在我们的人当中，比如在莫斯科和在德国的某些地方，他来自于上流社会这一点好像并没有引起疑心。我不知道他在法国的情况，据说他有一幢大别墅。

我本来以为这两周之中这一些实质性问题会水落石出，可是，现在我依然不能确切地知道，布朗舍小姐和将军有没有讨论决定性的话题。

总的来说，目前的一切取决于我们的状况，也就是说，取决于将军能否向他们显示他非常富裕：如果来了消息，称老太太没有去世，那么，我相信，布朗舍小姐顿时就会消失得无影无踪。我自己都感到奇特而可笑，我竟然变成一个喜欢说人是非的饶舌鬼。这一切多么令我恶心！我真恨不得痛痛快快地离开所有的人，忘掉这一切！

但是，难道我能可以离开波林娜吗？难道我能够不去查探清楚她周围的情况吗？搞特务活动虽然可耻，可是我哪能顾得上这个呢？

昨天和今天，阿斯特列先生也激发了我的好奇心。是的，我确信他爱上那个波林娜了！这个腼腆拘谨、极其纯洁的人宁可钻到地底下去，也难以用言语或者眼光表达自己的感情，如今在爱情的驱动下，他的眼光有时竟能流露出如此之多的内涵，真是既风趣，又滑稽。阿斯特列先生在散步的时候常常与我们碰到，他总是摘下帽子，然后擦身而过，其实内心极想与我们结伴而行。如果有人向他发出邀请，他会立即拒绝。在休息的地方，比如娱乐场，音乐会上，或者在喷泉旁边，他肯定会停留在离我们座位不远的某个位置，不论我们在哪儿,在公园里,在树林里,在什兰根别尔格山上,只要抬起眼睛,瞅瞅四周,就肯定会在某个地方,或者是附近的小路上,或者是灌木丛的背面,发现阿斯特列先生的身影。我觉得他在寻找机会与我单独交流。今天早晨我们相遇,匆匆交谈了几句。他说话有点语无伦次,还没有说声"您好",就冒冒失失地说:

"啊,布朗舍小姐……我可见多了像布朗舍小姐这样的女人!"

他停顿了下来,意味深长地望着我。我不知道他说这句话想表达意思,因为当我问他"这是什么意思"的时候,他只是带着狡黠的笑容点了点头,又补充说:"就是这个意思。"

"波林娜小姐非常喜欢花吗?"

"不知道,一点儿也不知道。"我答道。

"不知道!您连这个也不知道!"他惊诧万分地叫了起来。

"不知道,我从来没有留意过。"我笑着重复了一遍。

"嗯,这倒让我产生了一个特别的想法。"他点了点头,走了,不过显得很得意的样子。我和他是用最最讨厌的法语交谈的。

第四章

今天是一个可笑的、丑恶的、荒谬的生活。现在是夜里十一点钟，我坐在自己的小房间里回忆着。先想起早晨我又不得不替波林娜·亚历山德拉去赌轮盘赌，把她的一百六十个金币全部一一拿了过来，但提出了两个条件：第一，我不希望平分，也就是说，如果赢钱的话，我一个子儿也不要；第二，晚上波林娜必须向我解释清楚，究竟为什么她如此急须赢钱，究竟需要多少钱。我无论如何，依然也不能相信这只是钱的问题，显然，钱的确是非要不可，而且越快越好，但这是肯定出于某个特殊的缘故。波林娜答应对我做出解释，于是我就去赌博了。赌厅里人群挤挤，他们显得那么的不知廉耻，个个贪得无厌！我挤到场子中间，就站在庄家的身旁，然后每次押上两三个金币，小心翼翼地试试运气。同时，我不断地仔细观察，寻找诀窍。

我认为，推算本身是没有多大意义的，完全没有许多赌徒所认为的那么重要，他们拿着画好格子的纸，记下轮盘转动的结果，数来数去，算出幸运数，再核算一番，然后才押上赌注，可这些和我们没有进行推算的普通赌客一样的结果，输了。不过，我还是得出了一个结论，而且看起来这个结论似乎准确无误：确实，貌似偶然的幸运机会的出现即便没有规律可循，但好像常常按照一定的顺序，当然，这是非常奇怪的事情。比如，在十二个中段的数字之后往往出现十二个后段的数字，比如在这些数字上出现两次，然后就会转到十二个前段的数字上，落在前段的十二个数字上以后，又转到十二个中段的数字上，接连三四次之后返回十二个后段的数字上。两次以后，接着又转到前段的数字之上，在击中一次之后，依然转回中段的数字上，连击三次，在一个半至两个小时之内，轮盘就这样循环来回旋转：一、三、二；一、三、二。这是很有意思的。有些生活，或者某天的上午会出现这样的情况：红、黑交替出现，几乎没有任何次序，因而不可能两三次连击在红字或黑字上；可是到了第二天，或者是第二天下午却连续击中红色，会出现连击二十二次之上的情况，而且这种情况肯定会延续相当一段时间，比如，延续整整一天。在这方面阿斯特列先生对我做了许多解释，整个上午他都站在赌桌旁边，但一次也没有押注。至于我呢，我输得精光，而且只用了一刹那的工夫。我将二十个金币一下子全押在双数上，赢了；再押上，又赢了；就这样再押上两三次。我想就在这五分钟之内我的手上已经有了大约四百个金币。我真该当机立断地立即离开赌场，可是，我的心中泛起一种奇特的感觉，一种向命运挑战的激情，我想与命运搏斗，战胜命运。我押上了最高限额的赌注，四千个盾，结果输了。我火冒三丈，掏出身旁所有的钱又押在原来的地方，还是输了。我昏头昏脑地离开了赌台，甚至都不明白出了什么问题。直到午饭之前，我才把输钱的事情告诉了波林娜·亚历山德拉；在这之前我一直在公园里徘徊。

到了午饭的时候，我和三天前一样，又陷入亢奋状态。法国人和布朗舍小姐又与我们一起进午餐。原来，上午布朗舍小姐在赌厅里目睹了我的壮举。这次，她用比较关切的神态与我交谈。法国人直截了当，干脆问输掉的钱是不是我自己的。我觉得他对波林娜已经产生了疑心。总之，这里面肯定有名堂。我立即撒了个谎，说这些钱全是我自己的。

将军惊诧万分：问我哪来这么多钱？我解释说，我从十个金币开始赌，连续中了六七次，成倍地赢钱，结果有了五六千个盾，后来又两下就输光了。

这一切当然都是可能发生的。在解释的时候，我向波林娜瞥了一眼，可是她没有任何表情，我无法猜到她的想法，但是，她对我说假话听之任之，没有加以纠正，由此我得出结论，我确实应该撒谎，应该隐讳我是替她去赌博的事实。我思量着，不管怎么说，她必须对我解释清楚，不久前她对我有过承诺。

我以为将军会对我加以指责，但他没有吭声，不过我在他的脸上发现了激动、焦虑的神情。也许，在他处于如此困窘的情况之下，听说我这个不善于精打细算的傻瓜在十五分钟之内让一大堆金子得而复失，肯定心痛如绞。

我疑心，昨天晚上他和法国人之间发生过激烈的争吵。他们关起门来，久久地谈论着什么，火气很大，法国人出来的时候怒气冲冲的，而今天一清早又来找将军，大概是为了继续昨天的谈话。

听完我输钱的事情，法国人大加讥讽挖苦，甚至是恶狠狠地对我说，应当让头脑更清醒一些。我不知道他为什么又加上了这么一句：虽说赌博的俄国人有很多，但是俄国人连赌博也不在行。

"依我看，轮盘赌是专为俄国人制造的。"我说道。法国人对我的挑战报以轻蔑的冷笑，于是，我对他说，不容置疑，真理是在我一边，这是因为，谈及俄国的那些赌徒，我对他们更多的是责骂，而不是夸奖，因此，可以相信我的话。

"您的看法的依据是什么？"法国人问。

"我的依据在于：从历史上看，文明的西方人基本信念中的美德和尊严的主要表现基本上就是获取资本的能力。但是俄国人不仅不善于获取资本，反而还会滥用资金，白白糟蹋。不过我们俄国人也需要钱，"我补充说道，"因此，我们也很热中于采用比如轮盘赌这种方式，在两个小时之内不费吹灰之力地成为豪富，这对我们有很大的诱惑力。可是我们连赌博也是乱来一气，不动脑子，所以会输！"

"说得有些道理。"法国人扬扬自得地说。

"一点儿道理也没有。您这样议论自己的祖国，不感到羞愧吗？"将军严肃、动情地说。

"得了吧，"我回答他说，"要知道，现在还真的说明白是什么更加可恶，是俄国人的不成体统还是德国人勤奋劳动的积累方式？"

"真是岂有此理！"将军叫了起来。

"多么精辟的俄国人的想法。"法国人也叫道。

我笑了，怀着一种强烈的欲望：逗引他们吵架。

"我宁可一辈子居住在吉尔吉斯的帐篷里，"我大声喊道，"也不愿意接受那些德国人崇拜的信仰。"

"什么信仰？"将军叫道，已经开始真正动气了。

"就是德国人积累财富的方法。我在这儿待的时间并不长，但是，在这里亲眼见到亲耳听到的一切已经足以让我这个拥有鞑靼血统的人愤懑不已。真的，我不要这种美德！昨天，我在这里已经走了周围十里地左右，瞧，与德国劝谕训诫的图画书里所描绘的一模一样，他们这儿的每家每户都有自己的家长，道德高尚，公正无私，令人不敢与之接近。我就受不了这种公正无私得令人不敢接近的人。每个家长都有自己的家人，每天晚上他们一起大声诵读训诫图书。榆树和栗树在小屋上空微微作响，夕阳西下，屋顶上站着一只鹳鸟，一幅多么富有诗意，多么动人心弦的画面。

"您可别发怒，将军，请让我讲一讲更加令人感动的亲情。我还记得，我离开人世的父亲也曾每天晚上在花园里的椴树下面给我和我的母亲朗读类似的小书……要知道，我可以对此做出明确的判断。"

"这里的任何一个这类家庭完全处于长老的压制之下，绝对服从他的意志；大家像牛马一样工作，像犹太人一样赚钱。假定说，家长已经有了一定数量的储蓄，他开始为长子考虑，想让他学门手艺或者置办田产，为了达成这个心愿，他就不给女儿置办嫁妆，女儿就没办法嫁出去，只能选择去当老处女了；也是为了完成这个心愿，他们把小儿子卖身为奴隶，或者送去当兵，把得来的钱作为家庭积蓄。确实，这儿都是这么做的，我详尽地询问过了。这种做法完全被认为是公正的，绝对的公正，就连被卖的小儿子都相信他的被卖是公正的。"

"牺牲者愿意去当牺牲品，这真是再好不过的事情了。后来呢？后来长子的境况也不轻松：他在那儿有个两情相悦的姑娘阿马尔罕，但是因为没有攒够足够的钱而无法结婚，于是他们也遵循规矩，全心全意地等候着，面带微笑去甘愿牺牲。阿马尔罕的双颊陷了进去，人也变得消瘦了。大约过了二十年，他们的积蓄终于成倍增长，用公正和高尚的方法积累了财富。家长向四十岁的长子和三十五岁的阿马尔罕祝福，可是阿马尔罕的胸脯已经干瘪下去，鼻子已经发红……这时，家长老泪纵横，说教一番，然后撒手人寰。于是长子成为道德高尚的家长，同样的故事又再次重演。大概在五十岁或者七十岁以后，第一代家长的孙子确实已经有了可观的钱财，他把家财传给自己的儿子，就这样代代相传，经过五六代之后便出现了罗特希利得男爵，或者是高贝和康普，或者随便什么人物。瞧，多么了不起的场景：经过一百年乃至两百年一代又一代的劳动、坚韧、才智、正直、刚强、果断、精打细算，鹳鸟在屋顶上！你们还要什么呢？没有比这更了不起的事情啦——他们就是从这个观点出发来审视整个世界，对与他们稍不一致的罪人立即加以惩罚，真是逆我者亡。问题在于我宁可像俄国人那样打打闹闹或者指望轮盘赌发财，我不愿意经过五代人的艰辛去做高贝和康普。我去挣钱是为了我自己，我可不认为自己是被用去积累资本的，是资本的某个附属品。我知道，我这都是信口开河，胡言乱语，不过说说就了吧，这就是我的想法。"

"我不知道，您的这番话中有多少是正确的东西，"将军若有所思地说，"但是我确信一点，只要允许您稍微放纵一下，您就开始忘乎所以，让人是可忍孰不可忍……"

按照惯例，他没有把话讲完。我们的将军在谈论即使是稍微超出日常生活的话题时，从来就不把话讲完；法国人微微瞪大眼睛，漫不经心地听着，对我的话几乎一点儿也不理解；波林娜显得傲慢而又冷漠，好像她不仅没有听我讲话，而且对这次在餐桌上所谈到的一切都是那么的无动于衷。

第五章

她一直陷入深沉的思考当中，默然无语，可是刚刚离开餐桌，就吩咐我陪她外出散步。我们带上孩子，向花园里的喷泉走过去。

当时我的心情特别兴奋，因而愚蠢而粗鲁地贸然问她，为什么我们的法国人德·克里埃侯爵不仅没有陪她散步，还整天不与她说话。

"因为他是险恶小人。"她的回答出乎意料，我还从来没有听见过她对德·克里埃做出这种点评。我不再发言，不愿知道激怒她的缘故。

"您有没有发现，今天他和将军不太合得来？"

"您想知道发生了什么事吗？"她冷冰冰的，带点愤然的语气回答我说。

"您知道，将军把全部的家产都抵押给他了，如果老太太还没有去世，那么法国人立刻就要占有抵押给他的一切家产。"

"一切都抵押给他了，这是真的吗？我只听说过，但还不知道，确实是全部都抵押出去了。"

"当然是这样的。"

"既然是这样，那布朗舍小姐就不会干啦，"我说，"她不会选择做将军夫人了。您知道，我觉得将军陷得挺深呢，如果布朗舍小姐离他而去，他也许会开枪自杀。在他这个年龄陷入这一段感情是很危险的事情。"

"我也觉得他会有麻烦。"波林娜·亚历山德拉沉思地说。

"这真太好了，"我大叫道，"她同意嫁给将军仅仅是为了家产，真是不知廉耻！连起码的体面都不顾，没有羞耻之心，岂非咄咄怪事！至于老太太那边，电报一封接着一封，不断地询问：她死了吗？她死了吗？啊？这也太无礼了，太放肆了。您的看法呢，波林娜·亚历山德拉？"

"全是胡言乱语。"她打断了我，厌恶地说，"不过，您这种高兴的态度倒让我感到奇怪，您高兴什么呢？难道是因为把我的钱输掉了而高兴？"

"您为什么要给我钱，让我去赌输呢？我对您说过，我不能替别人去赌，更何况是您。我听从您的一切吩咐，但其结果如何不取决于我。我早就告知过您，不会有好结果的。您失去了这么多钱，心情很郁闷，是不是？为什么您需要这么多钱？"

"您做什么呢要问这些？"

"是您自己答应告知我的……听我说，我确信，只要我为自己去赌（我有十二个金币），就一定会赢。到时候，您需要多少，就从我这儿拿多少。"

她做了一个蔑视的表情。

"我出这个想法，您可别生我的气，"我继续说道，"我很明白，在您的面前，也就是说在您的眼中，我什么都不是，因此您完全可以从我这儿拿钱，接受我的馈赠无失您的身份，更何况我还把您的钱赌输掉了呢。"

她迅速地扫了我一眼，发现我很激愤，话中还带有奚落的意味，便又打断了我的话，说道："我的情况不值得您如此关心。如果您想知道，那不过是我亏欠了人家的债，钱是我借的，我当然想还清。我曾经有过不理性的、奇怪的想法，认为我一定会在这儿，在赌桌上把钱赢回来。为什么会产生这种想法，连我自己也弄不明白，但是我对此毫不怀疑。谁知道呢，我之所以对此想法深信不疑，也许就是因为我没有其他的任何办法可供选择。"

"或者是因为实在太缺钱了，这就像濒临溺死的人想抓住最后的一根稻草一样。您也会认为，如果他不是落水了，那他是不会把稻草当作树干的。"

波林娜露出了惊诧的神色。

"怎么回事，"她问道，"您自己不是也有过这样的希望吗？就在两个星期之前，有一次您亲口滔滔不绝地对我大谈特谈，说您坚信能够在这儿的轮盘赌上赌赢，还说服我，让我不要把您看作是没有理智的人。莫非您这是开玩笑？但是，我记得您当时非常认真，绝对不像是开玩笑。"

"确实如此，"我沉思地答道，"我至今仍然坚信我会赢钱。我甚至可以坦白地告知您，现在您倒让我产生了一个问题：今天，在不知所以地输得一败涂地之后，我为什么丝毫没有动摇这个信念？我依然完全相信，一旦我开始为自己赌博，我就肯定赢钱。"

"为什么您如此自信？"

"其实我也不知道。我只知道我需要赢钱，我只知道，这也是我唯一的出路。瞧，也许正因为这样我才会觉得我肯定会赢钱。"

"如果您的深信不疑是盲目而热切的，那说明您也实在太需要钱了。"

"我敢打赌，您是疑心我会不会有迫切需要的感觉，是吗？"

"这与我没有关系，"波林娜语气冷淡地轻声答道，"如果您这么想，那就算作是吧，我疑心有什么事情让您痛苦不堪；您会感到痛苦，但不至于痛彻心肝，无法排遣。您是一个性格潇洒，还未定型的人。您要钱干什么？在您当时对我陈述的所有原因中，我看，没有一条是站得住脚的。"

"听我说，"我打断她说，"您说您要还债，那是说数目还挺大的！是向法国人借钱吗?"

"怎么能提这样的问题? 您今天特别鲁莽而尖刻,是不是喝醉啦?"

"您知道,我是有话必说,偶尔还会没有顾忌、直截了当地提出问题。我再说一遍,我是您的奴隶,奴隶的举止不会让主人感到难堪,奴隶也不会伤害主人的。"

"胡说八道! 我真受不了您的这一套'奴隶'论。"

"请您注意,我说我是奴隶,并不是因为我想做您的奴隶,而只不过是陈述了一个非我所愿但事实如此的情况。"

"您直说吧,您为什么需要钱?"

"您做什么呢要知道呢?"

"说不说,随您的便。"她答道,傲慢地扬起了头。

"奴隶论让您受不了,可您又要人家当奴隶:'只许回话,不许犟嘴!'好吧,只能如此。您问我为什么需要钱? 没有为什么,钱就是一切么!"

"这我明白,但也不至于为了钱会陷入如此疯狂的境地! 您现在也达到了盲目狂热的程度,这表明一定有某个特殊的理由,您就不用拐弯抹角,直接说出来吧,我盼望您这样做。"

她好像有点发怒了,我非常喜欢她这样出自内心的追问。

"当然是有目的的,"我说,"但我说不清楚究竟是什么原因。不为别的,就是为了有钱以后您会对我另眼相看,不再把我当作奴隶。"

"怎么做,您怎样才能做到这一点?"

"我怎样才会做到这一点? 怎么,您居然都不明白我怎样才华让您木把我当作奴隶看待! 瞧您这副惊讶而又疑惑的神情,我最不想看到的就是这个。"

"您说过,处于这种奴隶的地位,您觉得很快乐,以前我也是作如是想的。"

"您也是这么想的啊,"我带着一种莫名的欢喜叫了起来,"哦,您的这种天真率直真是妙不可言! 对了,对了,我做您的奴隶还感到快乐,在极度的逆来顺受、俯首帖耳当中居然还有愉悦!"我继续喃喃说道:"鬼知道,也许挨鞭子的时候,当鞭子抽在您的背上,把您抽得皮开肉绽的时候也有快乐……不过,也许我还会愿意尝尝其他一些快乐。刚才在餐桌上,将军当着您的面将我斥责一顿,这就是因为他每年付给我七百卢布,而且这笔钱也许我从他那儿还拿不到呢。德·克里埃侯爵扬起眉头,细细地看着我,却又根本不把我放在眼里。而我呢,真恨不得当着您的面去揪住德·克里埃侯爵的鼻子呢!"

"说话像一个不懂事的孩子。在任何情况下人都可以保持尊严；如果发生争吵，那么争吵只能更加展现您的风度，而不是失去风度。"

"真实一套陈腐的说教！您总是认为我不维护自己的尊严，或者说，我或许是一个有尊严的人，但是不善表现出来。这是可能的，您明白吗？而且所有的俄国人都是这样。为什么呢？这是由于俄国人的个性过于丰富多彩，因而不能迅速地为自己找到一种适宜的处事方式，这里的问题就在于风度。我们大部分的俄国人个性极其丰富，因而只有富裕天才的人才华表现出风度。可是，天才太少见了，因为天才本来就很少。只有法国人，还有其他一些欧洲人推崇那些约定俗成的风度，也许看上去风度翩翩，道貌岸然，而实际上却是男盗女娼，尊严丧尽，因此他们所谓的风度一文不值。法国人能够承受屈辱，真正的辱及心灵的屈辱，连眉头也不会皱一下，但是却无论如何不能忍受别人揪他的鼻子，因为这有失于历来公认的风度。我们的小姐们特别钟情于法国人，就是因为他们风度优雅。不过，在我看来，根本没有风度可言，不过是公鸡一只，一只法兰西雄鸡。当然，我不是女人，这种事情我做不来。也许，雄鸡是不错的主儿。啊，我在这儿信口开河，可您也不加以阻止。您要常常阻止我。我和您说话，总是想把一切的一切全部一一倾诉出来，没有任何风度，甚至可以说，不仅没有风度，也没有一点儿尊严，我对此承认不讳，甚至不顾任何尊严。现在，我的一切都处于停滞状态，您知道这是为什么。在我的脑海中没有任何思想，我早就搞不清楚世界上不论是在俄国、还是在这儿发生的事情。我刚去过德累斯顿，可是已经忘记这个城市的面貌。您自己知道是什么占据了我的全部的身心。我没有任何盼头，而且我在您的眼中一文不值，所以干脆敞开：在任何地方，我只看到您，其余的一切都与我无关。我为什么爱您，如何爱您——我不知道。您知道吧，也许您根本就不漂亮？设想一下，我甚至都不知道您的脸蛋儿好看与否！大概，您的心地不好，心灵也不美，这是非常可能的。"

"也许吧，您希望用金钱来收买我，"她说，"就是因为您相信我不是高尚的？"

"什么时候我说过用金钱收买您？"我大声叫了起来。

"您口若悬河，信口开河，结果说漏了嘴。如果不是收买我这个人，那就是想用金钱买取我的尊严。"

"不是——不完全是这样。我对您说过，我很难解释使您明白。您让我灰心丧气，感到压抑。我这么喋喋不休，您可别发怒。您明白为什么您不该发怒，因为我简直就是个疯子。不过，即使您发怒，也不再重要。我在楼上自己的房间里，只要忆起或想一下仅仅是您的衣服发出的声响，就足以让我吞噬自己的手。您为什么还要生我的气呢？只是由于我说自己是您的奴隶？我是您的奴隶，是您的奴隶，把我当作您的奴隶吧！总有一天我会把您杀死，您知道吗？我杀死您并不是因为我不再爱您或者是醋意大发，我要杀死您仅仅是因为有时我有一种极其强烈的欲望，要把您吃掉。您还笑……"

"我根本没有笑。"她愤怒地说，"我要您住口。"

她站了起来，气愤得几乎喘不过气来。说真的，我不知道她究竟漂亮不漂亮，但我总是喜欢看她这样站在我面前的模样，因此我常常喜欢逗她发怒。也许，她也察觉到这一点，于是故意做出发怒的样子。我把这个想法说了出来。

"真是卑劣不堪！"她厌恶地喊道。

"我不在乎你怎么说。"我继续说道，"您是否也知道，我俩单独待在一起是很危险的：我多次难以克制地想要殴打您，把您狠揍一顿，掐死您。您以为事情不会最终走到这个地步吗？您会让我发狂。莫非我还会恐惧丑闻？怕您发怒？您发怒与我有何关系？我爱您，可是没有盼头！我知道，以后我还会成千倍地爱您。如果有朝一日我将您杀死，那么，我肯定也杀死自己。不过，我会尽量延迟这一举动，好让我独自体味这令人难以忍受的痛楚。告诉您一个无法相信的事实：我对您的爱与日俱增，越来越热烈，而这又几乎是不可能的事情。今后，我怎么能不相信命运呢？您还记得吗？前天在什兰根别尔格，我为您有所动情，轻声对您说：只要您发话，我就可以跳进这无底深渊。如果您发了话，当时我是会跳下去的。难道您不相信我会跳下去？"

"痴人妄想的废话！"她叫道。

"是愚蠢，还是聪明，我才不管呢。"我也叫道。"我只知道，我在您的面前应当说话，说话，不断地说话，于是我就滔滔不绝。在您的面前，我失去了所有的自尊，对此我也毫不在意。"

"我有什么理由叫您从什兰根别尔格跳下去！"她干巴巴地说道，显得特别恼怒，"这对我有什么益处。"

"妙极了！"我大声叫道，"您故意用了这个妙不可言的'没有益处'，想让我垂头丧气。我把您看透了。您说'没有益处'？但是，心满意足总是有益处的，而疯狂的、至高无上的权力——哪怕只是用来制伏一只苍蝇——也是一种享受。人天生就是暴君，喜欢折磨别人，您尤其喜欢这样。"

我记得，她仔细地打量着我，神情特别专注，想必我全部的错综复杂的感情全部一一流露在脸上。我至今还能记起，当时我们的谈话完全就像我描述的这样，几乎一字不差。我的两眼充血，嘴唇四周唾沫干结，至于什兰根别尔格的事情，我用我的名誉发誓，现在依然如此：如果她当时命令我跳下去，我是非跳不可的！即使她只是开个玩笑，即使她轻视我，往我脸上啐唾沫，当时我也决计会跳下去的！

"不，做什么呢这样呢，我相信您。"她说，不过又是那副少有的腔调，那么鄙视，那么辛辣，那么高傲，说实在的，当时我真恨不得将她杀死。她面临着这种危险，关于这一点我也对她坦言相告。

"您不是胆小鬼吧？"她突然问道。

"不知道，也许是个胆小鬼，我不知道……关于这个问题我早就不考虑了。"

"如果我对您说：去把这个人杀死，您会杀死他吗？"

"杀死谁？"

"我想要干掉的人。"

"法国人？"

"您别问，先回答我的问题。是什么人我会告知您的。我想知道，您刚才说的话是否当真？"她如此认真而急切地等待我的回答，不禁让我感到奇怪。

"那您总得告知我，这儿究竟发生了什么事情！"我大声说道，"您怎么啦，是怕我吗？我已经看到了这儿的混乱局面。您是破产疯老头的继女，老头又疯狂地迷上了那个狐狸精布朗舍；然后，出现了一个法国人，他对您产生了某种神秘的影响，接着，您又认真严肃地向我提出……这样的问题。至少您也得让我知道内情，否则，我真会发疯，干出什么事情来的。莫非您羞于对我坦白心迹？难道您还会对我感到不好意思？"

"我和您谈的根本不是这个话题。我对您提出了问题，正在等您回答。"

"当然，"我说，"只要您下命令，叫我杀谁我就杀谁，不过，难道您会……难道您会下这样的命令吗？"

"您以为怎么样？我会可怜您？我下达命令，然后退在一边袖手旁观。这样您能接受了吗？不，您是绝对不会接受！您大概会按照我的吩咐先去杀人，然后再来杀我，因为是我叫您去杀人的。"

这番话犹如一记闷棍敲击在我的头上。其实，当时我就认为她提出的问题半是玩笑，半是挑衅；不过，她的态度过于认真，所以我仍然震惊莫名，因为她居然说出这样的话来，她拥有操纵我的权力，她愿意享用驾驭我的权力，她竟然毫不隐晦地说："你去死，而我在一边袖手旁观。"她的这番话真是卑鄙无耻，明火执仗，在我看来，这番话意味深长。那么，在这之后，她会怎么看待我呢？这可已经超越了奴颜婢膝的界限，持有这种看法，当事人就会把对方提高至与自己平等的地位上。虽然我们的全部谈话如此荒谬，如此无法相信，但是我的心还是震颤了一下。

她突然哈哈大笑起来。当时我们坐在一条长凳上，孩子们就在面前玩耍。正对面是马车停靠的地方，不时有乘客下车，走上林荫道，到娱乐场里去。

"您瞧见那个胖胖的男爵夫人吗？"她大声说道，"她就是武尔梅尔格尔姆男爵夫人，才来了三天。您瞧她的丈夫，就是那个又高又瘦的普鲁士人，手里拿着拐杖。还记得前天他怎样打量我们的？现在走上前去，走到男爵夫人面前，摘下帽子，用法语说点儿什么东西。"

"做什么呢？"

"您曾发誓可以从什兰根别尔格上面跳下去，刚才还发誓，如果我下命令，您可以去杀人。现在我不想搞谋杀，不想演悲剧，只想开怀笑一笑。您别推三阻四，快去吧。我想瞅瞅男爵大人怎样用拐杖打您。"

"您在使激将法。您以为我不会去吗？"

"是的，我就是在刺激您。去吧，我要您去！"

"好吧，我去，虽说这真是一个怪想法。不过，还得考虑不要让将军感到不快，从而迁怒于您，对吗？说真的，我不是为了自己，而是为您考虑，瞧，也是为将军着想。去侮辱一个女人，这有什么意思？"

"不，依我看来，您只会空口说白话。"她蔑视地说，"前两天您不过是眼睛充血，而且可能是因为在餐桌上酒喝得太多的缘故。难道我就不明白这种举动既愚蠢又无聊，而且还会惹将军发怒？我只是想开怀大笑，瞧，想要笑笑，如此而已！您做什么呢要去侮辱那个女人呢？我不过是想让人家用拐杖揍您一顿。"

我转过身，默然无语地去执行她的指令。当然，这是愚蠢的；当然，我也无法摆脱。但是，当我向男爵夫人走去的时候，我记得，心中好像涌起一种冲动，一股恶作剧的冲动，像是喝醉了酒似的，兴奋异常。

第六章

那个愚蠢的生活已经过去两天了，在这期间有过多少震惊、愤懑、议论、闲言碎语和指责！这一切又是多么混乱不堪、愚不可及而又险恶无耻，而我则是引起这种状况的罪魁祸首。不过，有时也真让人感到滑稽可笑——至少我有这种感觉。我自己也说不清楚我出了什么问题，我是真的处于气愤若狂的心境之中，还是不过像一匹脱缰的野马，行为越轨，胡闹一番而已。有时我觉得自己大脑不清醒，有时又觉得我还稚气未脱，像个不久前才离开学校的孩子搞点恶作剧。

这都怪波林娜，这一切都是波林娜造成的！如果不是她的原因，也许这场恶作剧根本就不会发生。谁知道呢，也许我是出于绝望才做出这一行动（不过，这种想法实在愚蠢），我不明白，真不明白她究竟有什么好！当然，论长相吗，她还是挺漂亮的，看上去是蛮好看，其他男人也为她神魂颠倒呢，高挑的个子，身材苗条，只是过于单薄了些，我觉得甚至可以把她整个人打成一个结扣或者折断成两半；她的一双纤手细细长长——不由令人疼惜，真的令人心疼呢。

她的秀发有点像火红色，一双眼睛酷似猫眼，不过眼神里流露出极其高傲，傲慢不可一世的表情。大约四个月之前，我刚刚抵达这儿，有一天晚上，她和德·克里埃在大厅里交谈，谈了很久，很热烈。

当时她望着他的眼神就是这样……后来我返回自己的房间躺下休息的时候，她的这种眼神使我猜想到她肯定打了他一记耳光，刚刚打过耳光，站在他的面前，定睛望着他……就是从这个晚上开始，我爱上她了。

不过，还是言归正传吧。

我沿着小路走上林荫道，站在路中央等待男爵夫人和男爵。

在与他们相距只有五步远的时候，我摘下帽子，鞠躬致意。

我记得，男爵夫人穿着一件宽大的、带有皱边的浅灰色绸质连衣裙，下面是用细骨架支撑起的钟式裙，下摆拖在地上。她身材矮小，肥胖臃肿，下巴极其肥厚，耷拉下来，连脖子都看不见了。她的脸色带赤红，眼睛小小的，又凶狠，又刁蛮，走路的姿态好像用以表示她赐予众人以荣耀。男爵大人又高又瘦，一张典型的德国人的歪脸，脸上布满细细密密的皱纹，戴着一副眼镜，大约四十五岁左右。

他的两腿好像与胸部直接相连，这是种族的特征。他的举止像孔雀那样自高自大，又略显笨拙；某种绵羊般温顺的面部神情以独特的方式替代了他的老谋深算。

这一切从我眼前掠过，总共只有三秒钟的时间。

我的鞠躬致意和手里拿着的帽子起初几乎没有吸引他们的注意，只是男爵大人稍微皱起眉头，男爵夫人依然款步向我走来。

"男爵夫人，"我一字一顿，一清二楚地大声说道，"成为您的奴仆，真是我的荣幸。"

然后，我又鞠了一躬，戴上帽子，彬彬有礼地面带笑容望着男爵，从他身旁走了过去。

摘下帽子是波林娜吩咐我做的，但鞠躬致意和恶作剧却是我自己的想法。鬼知道是什么东西教唆着我，当时我好像从山上直飞而下，飘飘然似的。

"喂！"男爵大人又气又惊地转身对着我大吼一声，更确切地说，是像鸭子似的叫了一声。

我转过身去，站在那儿，静候着，仍然面带笑容地注视着他。

显然，他心中非常纳闷。他把眉毛扬得老高，高达极限，脸色也越来越阴沉。男爵夫人也向我转过身来，眼光中透露出愠怒和疑惑不解。这一切引起了过往行人的注意，有人已经驻足观看。

"喂，站住！"男爵大人更加大声、更加生气地又吼了一声。

"是，当然。"我拖着长音答道，继续逼视着他的眼睛。

"您是怎么回事，您有毛病？"他挥舞一下手杖，大声说道，看上去开始有点怯懦。也许是我的衣着让他犹豫不决，因为我的打扮非常体面，甚至可以说非常讲究，完全像上流社会最高层的人士。

"当……然！"我突然使劲大声说道，像柏林人一样，把"O"这个字母拖得很长。柏林人在交谈中不时使用"当然"这个字眼儿，而且将词中"O"这个字母拖得或长或短，用以表达不同的思想和感情。

男爵和男爵夫人飞快地转过身去，惊恐不安地几乎飞奔着离我而去。过往行人中有的议论纷纷，有的望着我，满脸的疑惑。不过，我已经记得不大清楚了。

我转过身来，迈着平常的步伐走向波林娜·亚历山德拉。但是，还没有走到离她坐的凳子百米远的地方，我看到她站了起来，带着孩子们向旅馆走去。

我在台阶边追赶上了她。

"我完成了……那件蠢事。"我说道，和她并肩走着。

"瞧，那又怎么样！现在您就来算账吧。"她答道，对我都没有看上一眼，就上了楼梯。

这天晚上，我一直在公园里来回徘徊，后来又穿过公园和森林到了另一块领地，在一间小木屋内吃了煎蛋，喝了葡萄酒，为了这顿悠闲自得的田园餐，我被勒索了整整一个半塔勒。

直到十一点钟我才返回旅馆，将军立即打发人来叫我去见他。

我们的人在旅馆里占据了两套客房，一共四个房间。第一个大房间是华美的客厅，客厅里放着一架钢琴；与客厅相邻的也是一个大房间，它被用作将军的书房。将军就在这儿等着我，他站在房间的中央，一副盛气凌人的派头。德·克里埃懒洋洋地躺坐在大沙发上。

"尊敬的先生，请问您干了什么事？"将军向我转过身来，问道。

"将军，我希望您开门见山，"我说道，"您大概是想说我今天遇到一个德国佬的事情吧？""一个德国佬？这个德国佬是武尔梅尔格尔姆男爵，一个极其重要的人物。您对他和男爵夫人粗暴无礼。"

"没有那回事儿。"

"您惊吓了他们，尊敬的先生。"将军叫道。

"完全不是这么回事儿。还在柏林的时候，我的耳朵里就不时想起几乎加在所有词后面的这个'当然，'而且说话人还极其令人讨厌地拖长着腔调。当我在林荫道碰上男爵大人的时候，我也不知道怎么搞的，这个词忽然跳进了我的脑海，对我产生了刺激作用……再说，男爵夫人与我相遇已有三次，每次都径直向我走来，好像我只是一只她可以用脚踩死的毛毛虫。您总得承认，我也是有自尊心的。我摘下帽子，彬彬有礼地（请您相信，确实是彬彬有礼地）说：'男爵夫人，成为您的奴仆是我的荣幸！'男爵夫人转过身来，大声叫道：'站住'；这时，我也鬼差神使地突然大叫一声'当然！'我一共叫了两次，第一次平平常常，第二次使尽了劲儿，拼命拉长了声音。事情就是这样。"说实话，我对自己做出这番胡作非为的说明欣喜若狂，我极想把整件事情添枝加叶地渲染一番，越荒谬越好。

我越说越感到津津有味。

"您在嘲弄我，对吗？"将军吼道。他转向法国人，用法语向他解释，这件事绝对是我惹出来的。德·克里埃轻蔑地冷笑一声，耸了耸肩膀。

"啊，请别这样想，绝对不是这样的！"我对将军大声说道，"当然，我的做法不妥，我诚心诚意地向您坦白承认这一点，我的行为甚至可以说是愚蠢的，有失体面的孩子气的行为，仅此而已。将军，您知道，我现在真是后悔莫及。不过，最近有一些具体情况，我觉得，由于这些具体情况的存在我几乎没有必要后悔。近来，大约两个星期，甚至有三个星期的时间，我的感觉一直很糟糕：身体不适，神经紧张，常常激动易怒，时有幻觉，有时完全无法控制自己。确实，有几次我还突然产生难以克制的欲望，要发作到德·克里埃侯爵的头上……不过，没有必要再说下去了，也许，他会发怒的。总之，这是病态。我不知道，如果我去找武尔梅尔格尔姆男爵夫人，恳请她的原谅（因为我正打算去恳请她的原谅），她会不会考虑这个具体情况？我觉得她不会考虑这个因素，更何况，据我所知，近来在司法界已经开始滥用这种情况：律师在刑事诉讼中常常这样替自己的委托人辩护，说他们在作案时神志不清，这好像是一种病。'他杀了人，可是却什么都记不得了。'将军，您能想到吗，医学界对这种说法也随声附和，真正加以证实，说确实存在这种疾病，这种短时间的神经错乱，人会几乎完全神志不清，或者时而恍恍惚惚，时而清醒，严重程度不同。不过，男爵大人和男爵夫人是老派人，又是普鲁士的容克贵族和大地主，他们肯定对司法界和医学界的这一进步还一无所知，因此他们对我的解释是不会接受的。是这样吗，将军？"

"够了，"将军断然说道，努力克制住怒火。"够了！我要想方设法让您永远不再做出这种孩子气的行为。您不必向男爵大人和男爵夫人道歉。和您的任何交往，哪怕您只不过是去恳求他们的原谅，对他们来说，也大大有失身份。男爵知道您是我的家人，就在娱乐场里与我交涉起来，老实告诉您，差点他就向我提出决斗了。您明白不明白，您给我惹出了多大的麻烦，真把我害苦了，尊敬的先生！我只好恳求男爵大人的原谅并且向他保证，现在，就从现在起，您就不再是我们家的人了。"

"什么，什么，将军，您老刚才说，我不再是你们家的人，这就是他亲自坚持提出的强硬要求吗？"

"不是。不过，我本人认为有责任做出这个令他心满意足的回答，当然，他也感到非常满意。我们要分手了，尊敬的先生。您还应当从我这儿领取四个金币和三个当地的盾。这是钱，这是账单，您可以核对一下。再见了，从此我们井水不犯河水。您只会给人带来麻烦和不快。我立刻叫侍者来，向他说清楚，从明天起我不再承担您在旅馆里的费用。永远为您效劳是我的荣幸。"

我接过钱和用铅笔结算的账单，对将军深深地鞠了一躬，极其严肃地说道：

"将军，事情不能就此了结。男爵大人让您感到不快，对此我非常遗憾。但是，请别见怪，这件事情的责任在您自己身上。您凭什么替代我给男爵大人回话？您说我是你们家的人，这是什么意思？我只不过是你们家里的教师，如此而已。我不是您的亲生儿子，您也不是我的监护人，因而您不能为我的行为承担责任。我本人对法律方面的知识很在行。我二十五岁，我是学士，我是贵族，我与您毫不相干。只是因为我对您的高贵人格怀有无限的敬意，我才没有立刻向您提出决斗，并且要求您明确说明您凭什么享有替我负责的权力。"

将军脸色大变，摊开双手，然后突然转向法国人，急促地告知他我现在几乎要与他决斗。法国人哈哈大笑。

"但是，我并不打算放过男爵大人。"我继续镇定自若地说道，丝毫没有因为德·克里埃的笑声而感到困窘。"将军，既然您今天已经聆听了男爵大人的抱怨并且站在他的立场上，从而使自己成为整个事件的参与者，那么，我荣幸地向您通报，最迟至明天早晨，我会以自己的名义要求男爵正式说明，为什么在与我的纠葛中，他不来找我，却去找另外一个人，好像我不能或者我不够资格为自己的行为负责似的。"

正如我料想的那样，将军听说我还要再干蠢事，吓得胆战心惊。

"怎么，您还要继续干那该死的蠢事！"他大声喊叫起来，"您要给我惹多大的麻烦，啊，上帝！您怎么敢这样，凭什么敢这样，尊敬的先生，要不，我起誓……这儿也有上司，我……我……总之，凭我的官衔……男爵大人也是这样……总之，可以将您抓起来，让警察将您递解出境，不让您再胡作非为！您听明白了吗！"他怒火中烧，气喘吁呀，但是他还是被吓得心惊肉跳。

"将军，"我心平气和地回答道（这种平静的语气他简直无法忍受），"总不能在没有胡作非为的情况下以胡作非为作为理由逮捕人吧。我还没有去和男爵大人辩解，而您还全然不知我将采取什么方式、用什么理由来完结此事，我仅仅盼望澄清一种令我感到屈辱的看法，好像我处于某人的庇佑之下，而此人有权主宰我的自由意志似的。您完全没有必要如此惊惶不安。"

"看在上帝的份儿上，看在上帝的份儿上，阿列克谢·伊万诺维奇，打消这个没有意义的念头吧！"将军喃喃说道，气愤的语调突然变成了恳求的口气，甚至还抓住我的双手。"瞧，您想想，后果会怎么样呢？又要闹出不高兴的事来！您也清楚，我在这儿不可随便大意，必须特别谨小慎微，尤其是现在！尤其是现在……啊，您不知道，不知道我的全部境况……下次我们来这儿的时候，我还会雇佣您。我现在只能这么办，瞧，长话短说吧，您是明白其中的缘故的！"将军绝望地大声叫道："阿列克谢·伊万诺维奇，阿列克谢·伊万诺维奇……"

我退向门边，再一次请求将军不必担心。我答应他，一切都会解决得既妥善又体面，然后匆匆离去。

俄国人身处异国他乡，往往胆小怕事，顾虑重重，非常在意别人的议论和别人对自己的看法，总是考虑这样、那样的做法是否有失体统，等等，一言以蔽之，他们作茧自缚，那些自认为有身份的人们更是会如此。他们最喜欢某些先入为主、一成不变，盲目遵循的陈规陋习，在旅馆里，在玩耍时，在聚会上，在路途中……都是如此。

但是，将军无意间已经透露，除了循规蹈矩以外，他还有一些特殊的状况，因而他必须"特别谨小慎微"，正因为这样，他才突然懦弱、胆怯，改变了和我说话的腔调。我了解到这个情况，并给予特别注意。

当然，他也可能一时糊涂，明天又去找地方当局，因此我倒真应该小心翼翼。

其实，我根本不愿意激怒将军，现在我倒非常盼望惹恼波林娜。波林娜对我过于心狠，而且是她亲自将我推到如此愚蠢的境地，因此我极想要弄地，让她亲自求我罢手。我的胡闹行为最终也会损坏她的名誉。此外，在我的心中已经产生了别样的感觉，新的愿望。比如，我在她面前甘于失去自我，但这完全不意味着在别人面前我是一个懦弱的可怜虫，当然，更谈不上让男爵

"用手杖打我"。我想将他们大家要弄一番，从而表现出自己的英雄本色，让他们瞅瞅。不用恐惧！她会担心出丑，于是又要喊住我；即使她不喊住我，那她也会看到我不是一个窝囊废……一个惊人的消息：刚才在楼梯上遇到我们家的保姆，听她说，玛丽亚·菲利波夫娜独自一人今天乘晚班车起身去卡尔斯巴德拜访堂姐。真是奇怪的消息！保姆说她早就有此打算，那怎么没有任何人知道呢？不过，也许只有我不知道。保姆无意中说出，前天，玛丽亚·菲利波夫娜就和将军谈过话，言辞非常激烈。我明白，这一定是关于布朗舍小姐的事情。是啊，我们这儿已经到了决定性的时刻。

第七章

第二天早晨，我叫来侍者，吩咐他将我的账单独另算。我该付的房费并不非常昂贵，无须为此惊慌失措乃至搬出旅馆。我身旁有十六个腓特烈金币，而在那边……在那边也许有着大笔财富！

真是怪事，我还没有赢钱，可是我的举止，我的感觉，我的想法俨然就是一个阔少，而且我只能如此。

虽然时间还早，我却打算立即去只有几步之遥的英格兰旅馆找阿斯特列先生，就在此时，德·克里埃却突然闯进我的房间。这可是破天荒第一遭的事情，更何况在最近一段时间内我们之间的关系非常紧张，简直势不两立。他明显地毫不掩饰他对我的轻视，甚至想方设法将其淋漓尽致地流露出来；我呢，我自有特殊缘故对他不敢恭维，总之，我恨他。他的到访令我非常惊讶，我当即猜到，一定发生了不平常的事情。

他非常客气地走了进来，对我的房间恭维了一番。他看到我的手里拿着帽子，便问道，莫非这么早我就要出去散步？听说我是有事情要去访问阿斯特列先生，他沉吟片刻，若有所思，脸上露出了忧心忡忡的神情。

德·克里埃和所有的法国人一样，在需要和有利可图的时候，他们会笑容满面，殷勤备至；在不需要面带笑容、大献殷勤的时候，他们则刻板刁钻、阴鸷冷漠得令人难以忍受，法国人的殷勤很少是出自天性，他们表现出来的殷勤总是好像按章办事，有所图谋。比如，如果他认为有必要表现出是一个富于幻想、独树一帜、有点不同凡响的人，那么，他的幻想，这种愚不可及、极不自然的幻想也使用已为大众所熟悉的，早就庸俗不堪的形式。法国人的天性中充满市侩的习气，充满猥琐和平庸，一言以蔽之，他们是世界上最乏味的人。

在我看来，只有涉世尚浅的幼稚之辈，特别是俄国小姐才会被法国人迷惑。任何一个正派人一眼就可看出沙龙里殷勤的态度、随便的举止和满面的笑容不过是墨守成规的刻板格式，令人无法忍受。

"我来找您有点事情，"他开口说道，显得彬彬有礼，其实完全是一副我行我素、旁若无人的派头，"不必隐讳，我是将军派来的使者，或者，最好还是说调停人。我的俄语很差，昨天的事情几乎都没有听明白，不过，将军向我做了详尽的解释，因此，坦率地说……"

"请听我说，德·克里埃先生，"我打断了他，"您连这件事情也来充当调停人。当然我只是一个'教书匠'，从来没有指望有幸成为这家人亲密的朋友或者存在某种特别的亲密的关系，因而对整个状况不甚了解。不过，请您告知我，莫非您现在已经完全是这个家庭的成员了吗？因为您参与所有的事情，现在又一定要做所有事情的调停人……"

我的问题令他感到不快，这个问题对他来说过于透明，而他并不愿意将其捅破。

"我和将军的关系，部分是业务上的，部分系于某种特殊的情况。"他冷冷地说道，"将军派我来请您放弃您昨晚的打算。您的一切想法当然机智无比，不过，他恰恰要我向您说明，您是绝对不会成功的；何况，男爵不会接见您；最后，在任何情况下，他都能够采取一切措施避免再次由您引起的不愉快。对于这些，您自己也很清楚。那您为何还要继续这样搞下去呢？将军已经对您说过，一有合适的机会，他会再次将您聘回家中任教，在这之前，佣金照付。这是相当合算的，难道不是吗？"

我镇定自若地反驳他说，他的话并不完全准确。我说，也许在男爵那儿我不会被撵出来，反而他还会认真听取我的陈述呢。我要他承认他来这儿的目的大概是要打探一下我会打算如何行事吧？

"啊，天哪，将军对此非常关切，他当然很想知道，您将会干什么？"

怎么干？这是情理之中的事吗！"我开始向他说明，而他懒洋洋地摊开手脚坐在那儿，头稍稍向我这边歪着，听我说话，脸上露出明显的、毫不掩饰的讥讽神情，总之，他的态度极其傲慢。我使尽力气装出我是以极其严肃认真的态度对待这件事情。我解释说，由于男爵把我当作将军的奴仆，向将军诉说我的不是，那么，第一，他使我失去了原先的工作；第二，这表现出他对我的轻视，认为我是一个没有能力为自己的行为负责、从而与我不屑一谈的人。不用说我感到自己受到了侮辱，这是理所当然的事情；不过，我理解我们之间在年龄、社会地位等等方面的差距（说到这儿，我好不容易才克制自己没有笑出声来），因而我不想再做出轻率的举动，也就是说，我不会直接要求男爵决斗，或者只是向他提出决斗的要求。而且，我认为我完全可以向男爵，特别是向男爵夫人表达我的歉意，更何况最近一段时间，我确实感到自己身体不适，情绪低落，并且，可以说常常出现稀奇诡异的念头，等等。但是，男爵本人昨天做出了直接向将军告状并坚持要求将军将我辞退这种羞辱我的举动，使我陷入了如今已经不能向他和男爵夫人致歉的境地，因为这样一来，无论是男爵和男爵夫人，还是上流社会都会认为我来致歉只是出于恐惧，是为了重新获得家庭教师的职位。由此可以得出结论，由于出于无奈，我只能要求男爵亲自向我道歉，他可以使用最委婉的语言，比如，他可以说他根本没有侮辱我的意思。在男爵说出这番话以后，我就可以没有顾虑地、诚心诚意地也向他道歉。总之，最后我说道，我恳求男爵打消我的顾虑，让我摆脱困境。

"嗨，真是滴水不漏啊，简直微妙至极，让人耳目一新！那您为什么要道歉？您得承认，先生，先生，您是故意惹事，想以此激怒将军……不过，也许，还有什么特别的目的……我的亲爱的……请原谅，我记不清楚您的大名了，阿列克谢？……是叫阿列克谢吗……"

"不过，亲爱的侯爵，这件事情与您有什么关系？"

"但是将军……"

"将军出什么事啦？他昨天好像说过，处事必须特别谨慎……他显得那么惶恐不安……但是，我真是一点儿也不清楚。"

"这里面有——这里面确实存在着特殊的状况。"德·克里埃接口说道，在他那乞求的语调中恼怒的情绪越来越明显，"您知道高芒热小姐吗？"

"就是布朗舍小姐？"

"对，布朗舍·德·高芒热小姐……和她的妈妈。您也清楚，将军……总之，将军坠入了情网，甚至……甚至可能在这儿就要举办婚礼了。您想想，在这种情况下，如果闹出绯闻，惹了麻烦事……"

"我并没有看到任何与婚姻有关的绯闻和麻烦事。"

"但是，男爵的脾气非常暴躁，您知道，以普鲁士人的性格；总之，他会小题大做，为一点儿小事而争吵不休。"

"那也是对我呀，又不是针对你们，因为我已经不在这个家里谋职了……（我故意使劲装糊涂）那么请问，布朗舍小姐嫁给将军的事情已经决定下来啦？那还等什么呢？我是想说，那为什么将这件事连我们，家里的人还隐瞒呢？"

"我不能对您说……不过，这还没有完全……但是……您知道，都在等俄国那方面的消息，将军必须做一些安排。"

"啊！那老奶奶！"德·克里埃用仇视的眼光看了看我。

"总之，"他打断我说，"我完全寄希望于您的豁达，您的聪明，以及您的处事能力……您当然会为那个家庭做到这一点，因为那个家庭曾经把您当作亲人一样对待，喜欢珍爱您，尊重您……"

"得了吧，我被赶出来啦！现在您该相信，这一切都是装点门面的。您也得承认，如果别人对您说，我当然不想揪您的耳朵，不过，为了做做样子，还是让我揪揪您的耳朵吧……这几乎没有什么区别，是不是？"

"如果是这样，如果任何恳求对您都不起作用，"他的口气变得又严厉，又自负，"那么请让我告知您，他们会采取措施的。这儿有上级机关，今天就会将您驱逐出境。真见鬼！像您这么个乳臭未干的黄毛小子，竟然要向男爵这样的人物提出决斗！您以为人家会让您那么逍遥自在？您要知道，这儿没有人会怕您！我来求您，主要是出于自己的心愿，因为您搅得将军不得安宁。莫非，莫非您以为男爵不会吩咐仆役干脆将您赶走？"

"我不会亲自上门的，"我异常平静地答道，"您想错了，德·克里埃先生，这一切会比您所预料的体面得多。我现在就去找阿斯特列先生，请他做我的中间人，总之，就是做我的决斗见证人，此人喜欢我，想必是不会拒绝的。他去见男爵，男爵会接待他。既然我本人只是一个家庭教师，显得有点不够资格，瞧，终究无人庇护，那阿斯特列先生可是勋爵的侄子，一位真正的勋爵，余所周知，就是皮布留克勋爵，而且他本人就在这儿。请您相信，男爵会礼貌周到地接待阿斯特列先生，听他把话说完。如果他不肯把话听完，那么阿斯特列先生会把这种举动视为对他个人的侮辱（您知道，英国人的脾气非常倔强），他就会以自己的名义派朋友去找男爵，而他的那些朋友都是好样的。现在请您自己掂量一下，事情的结果可能不会如您所预料的那样。"

法国人真的担心起来了，他恐惧了。确实，这一切显得如此像煞有介事，倒好像我真有能耐闹出事端似的。

"不过，我还是恳求您，"他开口说道，完全是恳求的口气，"放弃这一切吧！您好像挺乐意闹出点儿麻烦事情的！您不是想要决斗，您只是想要闹出麻烦！我说过，这一切都会非常可笑，甚至显得费尽心机，也许，这正是您所希望的吧，不过，总而言之，"他看到我站起身来，拿起帽子，赶紧说道："我是来向您转交一位女士的这个便条，请看一看吧，关照一下，我要等候回音呢。"

说着，他从口袋里掏出一张折叠得小小的，封好口的便条，递给了我。

这是波林娜的笔迹，她写道：

我感到您想继续胡闹下去。您发怒了，于是开始恶作剧。但是，这里有着特殊的情况，也许以后我会向您说明缘故。现在，请您到此为止，静下心来。这一切是多么愚蠢！我需要您，您也答应过听从我的吩咐。想想什兰根别尔格，恳求您顺从我的意志，如果必要，那我就命令您这样做。

您的波

又及：如果昨天的事情我惹您发怒了，那请您原谅。

读完这个便条，我眼中的一切好像都颠倒过来了。我的双唇发白，浑身发颤。可恶的法国人装出特别谦恭的样子，将眼光从我身上移开，好像为了避免看到我的窘相；我倒宁愿他哈哈大笑，将我嘲弄一番。

"好吧，"我回答说，"请告知小姐，请她放心。不过，请问您，"

我不客气地补充说道，"为什么您直到现在才把便条交给我？我觉得，您应当一来就把便条交给我，而不是废话啰唆地尽扯那些鸡毛蒜皮的小事……因为您就是受人之托来送信的吗。"

"啊，我本想……事情竟然如此唐突，还得请您原谅我那急不可耐的个性，我想尽快亲自从您本人那儿了解您的计划。不过，我并不知道便条的内容，所以认为不论什么时候交给您都没有关系。"

"我知道，不过是人家吩咐您到了万不得已的时候才会拿出这个便条，如果口头上能够把事情谈妥，那就不必交了。是不是这样？老实说吧，德·克里埃先生！"

"可能吧。"他说，摆出一副特别沉着的神气，用一种特别的眼光望着我。

我拿起帽子。他点了点头，走了出去。我觉得在他的嘴角露出嘲讽的微笑，不过，又怎么能不是这样的结果呢？

"我还要和你算账的，法国佬，我要再较量一番！"我喃喃说道，走下了楼梯。

我完全失去了思维的能力，好像脑袋被敲了一闷棍似的。户外的空气让我清醒了几分。过了片刻，我才有了一点儿清醒的意识，两个想法非常明确地闯进我的脑海：第一个想法：这些鸡毛蒜皮的无所谓的小事，那些昨天犹如淘气小男孩脱口而出的带有恶作剧性质而且无法相信的恐吓居然引得众人惶惶不可终日？第二个想法：这个法国人对波林娜究竟具有什么样的影响力？只要他开口，她就会言听计从，写便条给我，甚至还求我。从我认识他们开始，他们的关系对我来说始终是一个谜。不过，最近一段时间我发现她对他

极其厌恶，乃至轻视；而他对她则连看也不看，常常对她粗暴无礼。我发现
了这个情况，波林娜本人也对我说过，她讨厌他，她在无意间还有过非常意
味深长的表白……这就是说，他确实控制着她，她受到他的控制……

第八章

在这里的人们称呼溜达小路的栗树林荫道上，我遇到了我的英国朋友。

"啊，啊！"远远地看到了我，他先喊道，"我去找您，而您来找我。那您是和你们的人分手啦？"

"首先，请您告知我，这一切您是怎么知道的，"我惊讶地问道，"莫非所有的情况大家都知道啦？"

"不，大家都不知道，也不值得弄得人人尽知。不会有人说的。"

"那您怎么会知道呢？"

"我知道，那是因为一个偶然的机会。现在您离开这儿要去哪儿呢？我喜欢您，所以来看您。"

"您真是个好人，阿斯特列先生。"我说。但我心中却极为吃惊，他是从哪儿知道的呢？"我还没有喝咖啡，您大概也没有喝得尽意，这样，我们先去娱乐场的咖啡馆，在那儿坐下来，抽支烟，然后我把事情原原本本地告知您，您……也对我说说。"

咖啡馆离我们只有百步之遥。服务员给我们端来咖啡，我们坐下来，我抽起一支烟，阿斯特列先生什么也不抽，只是定定地望着我，他准备洗耳恭听。

"我哪儿也不去，我就待在这儿。"我开始说道。

"我就知道您会留下来的。"阿斯特列先生赞同地说。

我去找阿斯特列先生的时候，根本没有打算，而且主观上也不愿意向他透露我对波林娜的爱情，在这些生活里，关于此事，我与他几乎只字未提，更何况他是一个生性羞怯的人。第一次会面我就注意到波林娜给他留下了特别深刻的印象，但他从不提及她的名字。但奇怪的是，现在，当他刚刚坐定，用专注而呆板的眼光定定地望着我的时候，突然之间，不知为什么，我却产生了一种强烈的欲望——我向他敞开心扉，也就是说我要倾诉我的爱以及全部爱情和心中的各种体验。我说了整整半个小时，我是第一次向别人谈及此事，真有一吐为快的感觉！当我发现在讲到某些地方，特别是感情热烈的部分时，他都会显得腼腆，于是我故意强化了讲述中的感情色彩。只有一点我很遗憾：恐怕关于法国人的事情我说了一些多余的话……阿斯特列先生坐在我的对面，既不插话，也不发出任何响声，只是望着我的眼睛，一动不动地听我讲述。但是，当我谈及法国人的时候，他忽然打断我的话头，一本正经地问道：我是否有权谈论这个外人的情况？阿斯特列先生总是提出一些非常奇怪的问题。

"您说得对，我恐怕没有这个权力。"我答道。

"关于这位侯爵和波林娜小姐，除了纯粹的猜想之外，确切的情况你一点儿也说不出来？"

像阿斯特列如此羞怯的人居然提出如此直截了当的问题，我不由得心头又是一惊。

"说不出来，没有任何确定的情况，"我答道，"当然不可能有确切的情况。"

"如果是这样，那您是做了坏事，不仅您告知我这些情况是坏事，而且您内心的想法也是不对的。"

"好吧，好吧！

我承认，但是现在问题并不在此处。"我打断了他，心中暗暗诧异。当即，我向他详详细细地讲述了昨天发生事情的全部经过：波林娜的怪念头，我与男爵的冲突，我被解雇，将军的极度惶恐不安，等等，接着我又点滴不漏地讲述了德·克里埃今天来访的情况，最后出示了波林娜的便条。

"由此您能有什么结论？"我问。"我正是想来听听您的看法。至于我的想法么，我倒真想把这个法国人打死，也许，我会这么干的。"

"我也会的。"阿斯特列先生说，"至于波林娜小姐，那……您要知道，在必要的时候，我们也得和我们所憎恨的人相处，这里面有些交往的实际情况您并不清楚，受着别人的具体状况制约。我以为您可以放宽心，当然是在一定的程度上放宽心。至于她昨天的举动，确实会令人感到疑惑不解，不解之处并不在于她想摆脱您，打发您去找男爵的手杖（他手中确实拿着手杖，我不明白，他为什么没有使用），而是在于这种奇怪的念头对于这样一个……对于这样一个优雅动人的小姐来说是非常不体面的。不用说，她也没有预料到您会忠实地满足她那捉弄别人的愿望……"

"您知道吗，"我突然大叫起来，目不转睛地盯着阿斯特列先生，"我觉得有关这件事的所有情况您都已经听说了。从谁那儿听来的？就是波林娜小姐！"

阿斯特列先生瞅瞅我，露出惊奇的神色。

"您的两眼炯炯有神，从您的眼神中我可以看出您产生了疑心，"他立即恢复了原先的冷静，说道，"但是您没有丝毫的权利表示您的疑心，我不能承认这种权利，并且断然拒绝回答您的问题。"

"噢，得啦！不用您来回答！"我大声喊叫起来，不知所以地激动不安，自己也不明白我怎么会产生这样的想法！阿斯特列先生在什么时刻、什么地点、又是用什么方式能够被波林娜选中，成为她的知己密友呢？不过最近一段时间我有点放松了对阿斯特列先生的注意，而波林娜对我来说则始终是一个谜，一个极其难解的谜语，比如，刚才，我冲动地向阿斯特列先生讲起了我的爱情故事，就在讲述的过程当中，我突然惊异地发现，关于我和她的关系，我竟然说不出任何确切的，肯定的东西，与此相反的是，一切都是空虚的，离奇的，没有根基的，甚至有点不伦不类。

"瞧，好吧，好吧。我真是给搞糊涂了，现在许多事情还弄不明白。"我答道，几乎喘不上气来。"不过，您是一个好人。现在有另外一件事情，我要听听您的看法，不需要您的忠告。"

我沉默片刻，开始说道：

"为什么将军如此恐惧，您是怎么想的？我只不过搞了一个极其愚蠢不堪的恶作剧，为什么他们大家都将此视为那么严重的事件，严重到如此程度，连德·克里埃本人都认为有必要出面干预（他只在紧要关头露面），造访了我（简直不知所以），先是恳求我，后又请求——他，德·克里埃恳求我！最后，请您注意，他是九点钟来的，将近九点，而他的手中已经握有波林娜的便条。试问，这张便条她是什么时候撰写的？也许，就为了写这张便条，他们还特地叫醒了波林娜！此外，从这张便条我可以看出，波林娜是他的奴隶（因为她居然会恳求我的原谅），还有，这一切与她本人有什么关系呢？她为什么如此关心？他们为什么如此害怕这个男爵？将军要娶布朗舍·德·高芒热小姐为妻，那又怎么样呢？他们说因为这个缘故，他们必须特别谨小慎微，这也太独特了吧，您也会这么想！您是怎么想的？根据您的眼神我就可以断定，您了解的情况比我多！"

阿斯特列先生微微一笑，点了点头。

"确实，这方面的情况我好像了解得比您多得多，"他说，"这件事情只和布朗舍小姐一人有关，而且我相信，事实也确实如此。"

"瞧，这个布朗舍小姐是怎么回事？"我急不可耐地叫嚷起来，突然满怀期望，立刻可以了解一些有关波林娜的情况了。

"我觉得，布朗舍小姐此时特别希望千方百计地避免与男爵和男爵夫人会面，因为这个会面是不高兴的，更糟糕的是可能会当众出丑。"

"这是为什么？快说！"

"前年，在旅游旺季，布朗舍小姐造访过这儿，就在鲁列坚堡，当时我也在。那时布朗舍小姐的姓氏并不是德·高芒热，也根本没有她的所谓的寡居的母亲德·高芒热这个人，至少我是从来没有听说过她的存在。德·克里埃？德·克里埃也无此人。我深信，他们不仅不是亲属关系，而且相互认识也仅是不久之前的事情。德·克里埃成为侯爵也是不久之前的事情——我之所以产生这种想法是有一定根据的。甚至可以说，他的这个名字——德·克里埃也是不久前才取的这个名字的。我知道这儿有一个人以前见过他，当时他的名字不是德·克里埃。"

"但是他确实有一个很体面的交际圈子呀！"

"哦，这完全可能，即便布朗舍小姐也可能会选择与体面的人交往。不过，前年，就是根据这位男爵夫人的控告，当地警察局要求布朗舍小姐离开这个城市，布朗舍小姐也就走了。"

"这是怎么回事呢？"

"当时她先和一个意大利人来到此处，这个意大利人出身公爵，出自名门，他的姓氏好像是巴尔别里尼或者其他类似的姓吧。他浑身珠光宝气，而且都非假货。他乘坐的马车极其豪华。布朗舍小姐赌三十点和四十点，起初还频频得手，后来运气就变得糟糕透了。我再想想当时的情况。我记得，有一天晚上，她赌输了一大笔钱。但是最糟糕的是某天早晨她的公爵突然消失，不知去向，马和马车也消失不见，一切都不翼而飞。旅馆里欠下的债务数字大得吓人，泽尔玛小姐（她突然由巴尔别里尼夫人变成了泽尔玛小姐）绝望之极，她号啕大哭，发出撕心裂肺的叫声，闹得整个旅馆都能听见，她还疯狂地撕碎了自己的衣服。这时，旅馆里恰巧住着一个波兰的伯爵（所有外来旅行的波兰人都是伯爵），泽尔玛小姐用美丽无比、香水洗泡的双手撕扯衣服，像猫似的抓搔自己的脸，这给波兰人留下了印象。他们交谈了一番，午饭前泽尔玛小姐平静下来了，不再哀伤。晚上，他们已经手挽着手出现在娱乐场里了。泽尔玛小姐像平时一样哈哈大笑，声音非常响亮，她的行动举止显得更加无拘无束。有不少参加轮盘赌的女人往往走到赌桌跟前，使劲用肩膀推开身旁的赌客，为自己挤出一个地方，泽尔玛小姐就是她们当中的一员。这是女士们在这儿的一种特别的派头，您肯定也注意到了吧？"

"啊，是的。"

"这种情况根本不值得注意。令正派的赌客感到懊恼的是这种女人在这里一直都未绝迹，至少那些每天在赌台旁边换上一千法郎期票的人当中肯定也会有；不过，一旦她们不再兑换期票，人们会立即要求她们离开。泽尔玛小姐还在不断地兑换期票，可是她的赌运越来越坏，您要知道，这些女人的赌运往往都还是挺好的，她们特别能够控制自己。啊，我的故事快要结束了。一天，这个波兰伯爵和那个公爵一样，也突然失踪了。泽尔玛小姐独自前来参赌，这次没有人向她伸出援助之手，两天之后，她又再次输得精光。押上最后一个金路易，输掉以后，她向四周瞅瞅，看到了站在身旁的武尔梅尔格尔姆男爵，当时男爵正非常注意地、带着深深的愤懑之情审视着她，不过她并没有看出男爵的愤懑之情。泽尔玛小姐转向男爵，妩媚地一笑，请他为她在红字上押十个金路易。由于男爵夫人的控告，这一举动的后果就是傍晚时分她就收到传票，要求她不要再出现在娱乐场内。您一定会感到奇怪，我怎么会知道这些没有意义而又极不光彩的细节，告诉您，这些情况我都是从我的一个亲戚菲杰尔先生那里听说的，当天晚上，就是他用自己的马车将泽尔玛小姐从鲁列坚堡送回了斯帕。现在您明白了吧，布朗舍小姐想成为将军夫人大概就是为了今后不再收到类似前年娱乐场的警察交给她的将她驱逐出去的传票。现在她已经不赌了，但这是因为从各种迹象来看，她已经有了一笔资金，她把这笔钱借给这里的赌客，坐收利息，这样极其有利可图。我甚至疑心，不幸的将军也是她的债户。德·克里埃可能也借了她的钱。您自己也会知道，至少在举办婚礼之前，她不希望因为某种缘故引起男爵和男爵夫人对她的注意。总之，以她的情况，如果闹出事情来，对她是最为不利的。您与他们家有关，而您的做法就有可能生出事端，更何况她每天都和将军或者和波林娜小姐手牵手出现在大庭广众之间呢。现在您明白了吧？"

"不，我不明白！"我大声叫了起来，使尽劲对着桌子敲了一下，侍役闻声惊恐不安地跑了过来，"阿斯特列先生，请问，"我恼怒之极，说道，"既然您已经知道事情的全部前因后果，因此您对布朗舍小姐是个什么货色也了如指掌，那您为什么连我也不告知，还有将军，最主要的是您为什么不告诉波林娜小姐呢？她还在众目睽睽之下和布朗舍小姐手挽手地出现在这里的娱乐场呢！难道可以这样吗？"

"没有必要让您早早知道，因为您也无能为力。"阿斯特列先生心平气和地说道，"再说，告诉什么呢？将军对布朗舍小姐的了解也许比我更多，可依然跟她和波林娜小姐一起散步。将军是一个不幸的人。昨天我看到布朗舍小姐骑着一匹高大的骏马，和德·克里埃先生，还有那个小个子的俄国公爵一起跑马，将军则骑着棕红色的马跟在后面。早晨，他说脚痛，可骑马的姿势却优雅漂亮。就在这一刹那，我突然意识到，这个人彻底完了；更何况这件事与我无关。我仅在前不久才有幸认识波林娜小姐，不过，（阿斯特列先生突然又想到前面的话题），我已经对您说过，我不认为您有权力提出某些问题，只管我是真心诚意地喜欢您……"

"行啦，"我站起身来说道，"现在我完全彻底地明白了，波林娜小姐对布朗舍小姐的情况也是一清二楚的，但是她不愿和她的法国人分开，因此她丢开顾忌，和布朗舍小姐一起散步。请您相信，任何其他因素都不可能促使她和布朗舍小姐散步，并且在便条中恳求我不要招惹男爵。这里肯定存在着这个迫使一切就范的影响力！可是，唆使我去向男爵挑衅的恰恰就是她呀！见鬼，真是不知所以，让人摸不着头脑！"

"您记不清楚了，第一，这个德·高芒热小姐是将军的未婚妻；第二，波林娜小姐是将军的继女，她还有一个弟弟和一个妹妹，虽说她的弟妹是将军的亲生子女，但这个昏了脑袋的疯子已经将他们抛弃，好像连他们的财产也抢走了。"

"是的，是的！的确是这样！不管孩子，一走了之，这就意味着完全将他们遗弃了；而留下来，就是维护他们的利益，也许还能挽回几块领地。对，对，这样做是对的！不过，真是，真是！哦，现在我明白了——为什么他们现在对老太太那么感兴趣！"

"您指的是谁？"阿斯特列先生问。

"就是莫斯科的那个至今还没有死的老太婆，他们都在等报丧的电报呢。"

"是啊，毫无疑问，所有的热望都集中在她的身上，这里的关键是遗产！一旦遗产被宣布，将军就会结婚，波林娜小姐也就借此摆脱了窘境，而德·克里埃……"

"瞧，德·克里埃怎么样？"

"德·克里埃借出去的钱就能收回，他在这儿就是等人家还钱。"

"就是等人家还钱？您以为他所等待的仅仅是这个吗？"

"其余的事情我一无所知。"阿斯特列先生守口如瓶，再也不说了。

"可是我明白，我明白！"我气急败坏地重复说道。"他也在等那份遗产，因为波林娜会得到陪嫁，一旦拿到钱，她就会扑过去，吊在他的脖子上。所有的女人都是如此！最心高气傲的女人往往又会是最低贱的奴隶！波林娜的能耐就是她那热烈的爱情，只此而已！这就是我对她的看法！您瞅瞅她，尤其是她一人独处、陷入沉思的时候，她的神情给人一种感觉，好像一切都是命中注定的，无法摆脱的，令人诅咒的！她会把她的生活，她的激情搞得一塌糊涂、一败涂地……她……这是谁在呼喊我？"我突然喊了起来。"是谁在叫？我听见有人用俄语在叫喊：阿列克谢·伊万诺维奇！是个女人的声音，听见了吧，听见了吧！"

这时，我们正在向我们的旅馆走去，我们早已不知不觉间离开了那间咖啡馆。

"我听见了女人的叫喊声，但我不知道她在喊谁，她说的是俄语。现在我已知道喊声是从哪儿来的，"阿斯特列先生用手指着说，"是那个女人在喊，她坐在扶手圈椅里，刚由几个用人抬进了门廊，后面还有人提着箱笼，看来是刚下火车。"

"她为什么要叫我呢？她又在叫了，看，她在向我们招手呢。"

"我也看到她在招手。"阿斯特列先生说。

"阿列克谢·伊万诺维奇！阿列克谢·伊万诺维奇！喂，先生们，你们真是糊涂虫！"从旅馆的门廊内传来了失望的喊声。

我们几乎奔跑着向门口跑去，我跨上小平台……极度的惊诧使我的两手无力地垂落，而双脚似乎被钉在了石板地上，无法动弹。

第九章

被男仆、女佣和旅馆里众多俯首帖耳的仆人簇拥着，在亲自出迎的侍役领班的陪同下，带着贴身侍女和一大批行李箱笼、被来客用轮椅喧喧嚷嚷、威风十足地抬上宽阔的台阶、拾级而上，如今端坐在台阶上面的平台上的她，竟然就是老太太！是的，是她本人，威严而又富裕的，七十五岁高寿的安东尼达·瓦西里耶夫娜·塔拉谢维契娃——一位女地主，莫斯科的贵妇人。曾有数封电报往返地探询、通报她的病况，大家以为已陷入弥留状态却并没有逝世的她突然之间像从天上掉下来似的，竟亲自出现在我们的面前。她来了，虽然她已经不能走路，最近五年来一直由人家用圈椅抬着，但她锐气不减，依然精神抖擞，激情四射，扬扬自得，坐在那里大声吆喝，发号施令，责骂别人——和过去没有两样。自从我走进将军的府邸担任家教以后，曾有幸见过她两三次。不用说，我惊讶得目瞪口呆地站在她的面前，像个木头人似的。她呢，还在百步之外，当人们将她抬上圈椅的时候，她锐利的眼光已经扫射到了我；将我认出以后，她用名字和父称喊我。她总是一下就永远记住他人的姓名，这也是她的习惯。

"嗨，居然指望像她这样的人躺进棺材，入土安葬，留下遗产。"我的脑中闪过这样的想法，"其实，她会比我们大家，比整个旅馆活得更为长久！天哪，现在，我们这儿的人会怎么样呢？现在将军会怎么想呢？老太太会把整个旅馆折腾得天翻地覆！"

"喂，你怎么啦，小老弟，站在我面前，眼睛睁得这么大？"她继续冲着我喊道，"行个礼，问候一声都不会吗？要不就是嘚瑟起来了，不愿意和我打招呼呀？还是不认识我啦？你听见没有，波塔佩奇，"她对一个身穿燕尾服，系着白色领结、秃顶发红、头发灰白的小老头说道，此人是她的管家，外出时他总是侍奉在她的左右，"听见没有，他不认识我了！他们把我给埋到土里啦！电报一封接着一封，不断地打探，死没死啊？我可什么都知道！可我，瞧瞧，活得好好的。"

"怎么会呢，安东尼达·瓦西里耶夫娜，我做什么要盼望您老倒霉呢？"我清醒过来，高兴地答道，"我只是惊呆了……怎么能不惊讶呢，您来得这么突然……"

"有什么可大惊小怪的？坐上车就动身了呗，坐在车厢里很安稳，一点儿也不颠簸。你刚刚是去散步的吗?"

"是的,在娱乐场里走了走。"

"这儿挺不错,"老太太向四周瞅瞅,说,"天气暖和,绿树成荫,我很喜欢!我们的人在家里吗?将军呢?"

"哦,在家里,这个时候大家一定都还在家。"

"他们在这儿还按钟点办事,样样都照规矩讲礼仪摆谱儿呢。我听说,他们还置办了豪华马车——真是俄国的高官显贵呀!他落得家财丢尽,就溜到国外来啦!普拉斯科维娅也和他在一起吗?"

"波林娜·亚历山德罗夫娜也在。"

"那个法国佬也在吧?好吧,我亲自去瞅瞅他们。阿列克谢·伊万诺维奇,请你带路,直接到他那儿去。你在这儿过得还好吗?"

"还可以,安东尼达·瓦西里耶夫娜。"

"波塔佩奇,你关照一下那个傻瓜——我是指侍役,让他给我安排一间舒适的套房,一套好居室,不要在高层;你再把东西立刻搬过去。

做什么这么多人一起拥上来抬我?他们干嘛这么招人讨厌哪?这些奴才!和你在一起的这个人是谁?"她又转向我,问道。

"这位是阿斯特列先生。"我答道。

"阿斯特列先生是什么人?"

"他是位旅行家,我的朋友,他也认识将军。"

"英国人,难怪他只盯着我看,连嘴巴也不张一下。不过我喜欢英国人。好了,抬我上去吧,直接到他们的房间里去。他们住在哪里?"老太太被抬了起来,我沿着旅馆宽大的楼梯走在前面。我们这一行人非常显眼,所有与我们相遇的人都睁大了眼睛,驻足观看。我们下榻的旅馆在温泉疗养地算是最豪华、价格最昂贵,也是最富贵族气派的。在楼梯上、在走廊里总会遇到雍容华贵的女士和神态庄重的英国人。许多人在下面向侍役领班打探情况,而侍役领班本人也深为震惊,不言而喻,他回答所有的询问者,说:这是一位非常重要的外国来客,俄国伯爵夫人,地位显赫的贵妇人,她所租用的套间就是一个星期之前某某大公爵夫人下榻的地方。

产生这种效果的缘故主要在于坐在圈椅内被人们抬着的老太太那颐指气使、专横威严的外表。每当遇到一个新的面孔,她都会当即用好奇的眼光将他打量一番,并且大声地向我探询每一个人的情况。老太太身形粗壮,虽然她没有从椅子上站立起来,但一看就知道她的个子很高。她的腰板挺得很直，没有仰靠在椅背上。满头灰白头发的大脑袋高高托起，五官粗大，轮廓鲜明；她的目光甚至带有傲慢的神情和挑衅的意味。显然，她的眼光，她的体态纯属天生如此。虽然她已达到七十五岁的高龄，但脸色相当鲜润，连牙齿也没有全部损坏。她身着黑色的丝质长裙，头戴白色的软帽。

"我对她极感兴趣。"阿斯特列先生与我并排上楼的时候，悄声说道。

"关于电报的事情，她一清二楚，"我暗自忖道，"她也认识德·克里埃，只是布朗舍小姐的情况她好像还不太了解。"我当即把这个想法告知了阿斯特列先生。

人呀，真是罪过！最初的惊诧刚刚过去，我又为我们立刻要给将军一个炸雷般的致命打击而欣喜若狂。好像有什么东西驱使着我，我兴高采烈地走在前头。

我们的人住在三楼。我没有通报，连门也没有敲一下，径直把门推开；众人抬着老太太威武壮观地一拥而入。好像故意安排好似的，此时他们大家都在将军的办公室里集合。当时是十二点钟，他们好像在筹划一次出游，部分人准备乘车，别人骑马，全体出动，此外还邀请了一些熟识的人。除了将军、波林娜和两个孩子、保姆以外，在办公室里还有德·克里埃、布朗舍小姐（她又穿上了骑马长服）和她的母亲高芒热太太，小个子公爵，还有一个学识丰富的旅行家，是个德国人，我在这里看到他还是第一次。抬着老太太的圈椅就在办公室的中央被放下，离将军只有三步之遥。天哪，我永远不会记不清楚当时的场景！在我们进去之前将军正在讲话，而德·克里埃在一旁更正着他的话语。应当指出，不知为了什么，布朗舍小姐和德·克里埃已经有两三天对小个子公爵大献殷勤了——就在可怜巴巴的将军的面前。这伙人聚在一起，也许是故作姿态，但却制造出特别快乐而又亲切的家庭氛围。正在讲话的将军一见到老太太，顿时打住话头，张大着嘴，呆若木鸡；他瞪大眼睛，望着老太太，好像妖龙的眼光让他中了邪似的。老太太也一言不发，一动不动地注视着他，但她那眼光是何等的扬扬自得，且又饱含挑战和嘲讽的意味！他们就这样相互对视着达十秒之久，周围的人则一片安静。德·克里埃起初呆愣在一边，但很快脸上就显露出极其不安的神情；布朗舍小姐挑起双眉，张大嘴巴，惊讶万分地细细打量着老太太；公爵和旅行家不知所以、疑惑不解地观望着这个场景。波林娜的眼光里也流露出极度的惊诧和疑惑，旋即她的脸色变得煞白，一会儿，血又涌上脸庞，双颊被染得绯红。确实，这对所有的人来说都是一种灾难！

我只是将自己的眼光在老太太和周围所有人的身上来回移动，阿斯特列先生站在一旁，像往常一样，不声不响，彬彬有礼。

"瞧，是我来啦！电报没来，我却来了！"老太太终于打破沉寂，开口说道，"怎么样，没有料到吧？"

"安东尼达·瓦西里耶夫娜……姑姑……怎么……"不幸的将军嗫嚅道。如果老太太再坚持几秒钟不开口说话，也许他就要脑溢血了。

"什么怎么？坐上火车就动身了呗。那铁路是做什么用的？你们大家以为我已经两腿一伸，把遗产都留给你们啦？你从这儿发去一封又一封的电报，我都知道。我寻思着，这一次又一次的电报费花费不小吧，从这儿发电报可不便宜。于是，我把腿伸到人家的肩膀上，就到这儿来啦。这就是那个法国人？好像是德·克里埃先生？"

"是的，夫人。"德·克里埃接口说道，"请您相信，我真是惊喜万分……您的身体……这是一个奇迹……能在这儿见到您……一个美妙的意外……"

"说得真动听呢。我知道你是那种喜欢装腔作势的家伙，我对你连这么一丁点儿都不相信！"说着，她向他伸出小手指头比划着。

"这个人是谁？"她指着布朗舍小姐问道。显然，引人注目的法国女人身穿骑马长服，手执马鞭，让她感到震惊。"她是这儿的人吗？"

"这是布朗舍·德·高芒热小姐，这是她的妈妈高芒热太太，她们全家也住在这家旅馆里。"我向她报告道。

"那女孩儿出嫁了吗？"老太太不顾礼仪地打探道。

"德，高芒热小姐还是个姑娘。"我故意压低嗓音，尽量恭敬地答道。

"她有意思吗？"我没有听懂她的问话。

"和她在一起不感到无聊吗？她懂不懂俄语？德·克里埃先生在我们莫斯科学足了俄语，说得乱七八糟，一塌糊涂。"我向她解释说，高芒热小姐从来没有去过俄国。

"您好！"老太太突然转向布朗舍小姐，用法语对她说道。

"您好，夫人。"布朗舍小姐按照礼仪，姿态优雅地好了屈膝礼，装得极其谦恭、彬彬有礼，同时又急忙以面部表情和体态动作对如此诡异的问题和礼遇表示异常的惊讶。

"哦，她垂下了眼睛，矫揉造作，拘礼矜持。一看就知道，她是个可会演戏的人物。我就住在这儿旅馆的楼下，"她突然转身对将军说道，"要做你的邻居了，你高兴还是不高兴？"

"哦，姑姑！请相信我发自内心的感情……我很高兴。"将军急忙说道。他已经有点儿回过神来，加之有时他也能做到讲话得体、庄重、又自以为可以有所收敛，于是此时他就开始大肆表白："前段时间不断传来您贵体欠安的消息，我们极其担心，也深为震惊……我们从那些电报中得知的消息只能让我们绝望，可是，突然间……"

"得啦，你在撒谎，撒谎！"老太太立即打断了他。

"但是您怎么，"将军也急忙打断了老太太的话，提高了嗓音，尽量不去理睬这个"你在撒谎"的说法，"您怎么会决定做这样的远行？您自己也清楚，在您这样的高龄和您这样的身体状况……至少这是如此的出人意料，因而我们的惊诧亦在情理之中。不过，我非常高兴……而且我们大家（他的脸上露出了谄媚而又兴奋的笑容）都会使尽力气让您在此逗留期间过得极其高兴……"

"得了吧，不要说了，没有意义的废话，本性不改，总是废话一大堆。我自己会过生活。不过，我也不会离开你们，我不会记仇。你问我是怎么来的？这有什么可大惊小怪的？最简单的方法呗。你们大家干吗要感到奇怪呢！你好，普拉斯科维娅，你在这儿干什么？""您好，姑奶奶！"波林娜走到她的跟前说。"路上走了很长时间吗？"

"瞧，她提的问题才是最聪明的，其他的人只会哎呀、呵哟，大惊小怪！你知道，我躺了很长时间，他们治了很长时间，无用，我把大夫全给赶走了，从尼古拉教堂请来一位工友，他用草屑治好了一个乡下婆娘同样的毛病。瞧，对我也很有效，第三天，我出了一身大汗就起来了。后来，给我治病的那些德国大夫又来了，他们带起眼镜，发起了议论，说是如果现在到国外的温泉地去疗养一段时间，那就能把病根除掉。我想，为什么不去呢？扎日金一家人傻乎乎的，他们大呼小叫：哎呀，您哪儿去得了呀？怎么会去不了呢？我一天之内就收拾停当，上星期五，我带上这丫头，波塔佩奇，还有听差费奥多尔，不过这个费奥多尔到了柏林就让我给打发走了，因为我发现根本用不着他，我就是一个人也到得了的……我订的是特等车厢，每个车站都有搬运工，只要花上二十个戈比，你想上哪儿，就把你抬到哪儿。哎哟，你们租用的这间套房可真气派呀！"她往四周瞅瞅，最后说道，"你哪儿来的钱，老天爷？你的全部财产不是都抵押出去了吗？就这一个法国佬你就欠了不少的钱吧？我都清楚，什么都明白！"

"姑姑，我……"将军困窘得无地自容，说道，"我真感到惊讶，姑姑……我大概可以不再受约束了吧……况且，我的支出并没有超出我的资产，我们在这儿……"

"没有入不敷出？说得挺好听！孩子们的最后几文钱也都被你搜刮走了吧，监护人！"

"要是您这么说，这么说……"将军愤愤地说，"那我真不清楚……"

"问题就在于你不知道！你在这儿大概就只泡在轮盘赌里了？已经倾家荡产啦？"将军极为震惊，情绪激动，几乎喘不过气来。

"泡在轮盘赌里？我？凭我这种身份……我会泡在赌场？姑姑，您清醒清醒吧，您一定是身体还不太舒适……"

"哼，撒谎，你在撒谎！大概，人家拖你也拖不走呢。总是不讲老实话！我倒要瞅瞅，这个轮盘赌是个什么玩意儿，今天就去！普拉斯科维娅，你告知我，这儿有什么地方可以去，对，阿列克谢·伊万诺维奇也会指点指点的。波塔佩奇，你把可去的地方通通都记下来。这儿的哪些地方值得游览？"她突然转身又问波林娜。

"这儿附近有一处古堡的废墟，还有什兰根别尔格。"

"什兰根别尔格是什么？是丛林吗？"

"不是，不是丛林，是山，那儿有鞋尖峰……"

"什么鞋尖峰？"

"就是山土的最高点，四周被栅栏围着，从那儿观看景色简直美极了。"

"椅子能抬上山吗？能不能把椅子抬上去？"

"哦，抬椅子的人总是能够找到的。"我回答说。

这时，保姆费多西娅走上前去请安，并带上将军的两个孩子。

"瞧，不要亲嘴了！我不喜欢和孩子接吻，孩子们个个都会拖鼻涕。费多西娅，你在这里过得怎么样？"

"在这里生活得再好不过了，再好不过了，安东尼达·瓦西里耶夫娜老太太。"费多西娅回答道，"老太太，您老怎么样啊？我们可为您着急，牵挂着您老人家呢。"

"我知道。你呀，心眼儿实在。你们这儿怎么回事？都是客人，是吗？"她又问波林娜，"那个看上去挺讨厌的、戴眼镜的人是谁？"

"是尼利斯公爵，姑奶奶。"波林娜悄声对她说道。

"啊，是俄国人？我还以为他听不懂呢！也许他没有听见！阿斯特列先生我已经见过了。这不，他还在这儿。"老太太看到了他，"您好！"她突然对他说道。

阿斯特列先生对她默默地鞠躬致意。

"瞧，您来给我们说点儿动听的，随便说说。波林娜，你翻译给他听。"波林娜做了翻译。

"看到您，我非常高兴，也为您身体健康而感到高兴。"阿斯特列先生神情严肃，但却极其诚恳地说。他的话被译成了俄文，显然，老太太听了非常高兴。

"英国人的答话总是非常得体，"她说，"不知为什么，我一直喜欢英国人，法国人根本没法比！欢迎您到我那儿去，"她又对阿斯特列先生说，"我尽量很少打扰您。把我的话翻译给他听，告诉他，我就住在这里的楼下，这里，楼下，听见了吗，楼下，楼下。"她用手指指着下面，对阿斯特列先生重复说道。

阿斯特列先生对她的邀请非常满意。

老太太用专注而满意的眼光从头到脚打量着波林娜。

"普拉斯科维娅，我喜欢你，"她突然说道，"你是一个好姑娘，比他们所有的人都强，还有你那性格——真棒！告知你，我也是一个很有个性的人。转过身去，你没有戴假发吧？"

"没有，姑奶奶，这是我自己的头发。"

"那就好，我不喜欢眼下流行的那些蠢玩意儿。你很漂亮，如果我是个男人，准会爱上你的。你怎么还不嫁人呢？哦，我该走了，想去散散步，这一路我不断地坐车，总是闷在车厢里……瞧，你怎么啦，还在发怒吗？"她对将军说。

"没有，姑姑，何必这么说呢！"将军高兴起来，急忙答道，"我明白，在您这个年纪……"

"这个老太婆返老还童啦。"德·克里埃悄悄地对我说道。

"我想在这儿到处观光观光，你让阿列克谢·伊万诺维奇陪我几天，好吗？"老太太又对将军说道。

"哦，完全可以，随您的意。不过，我本人……还有波林娜、德·克里埃先生……我们大家，大家都会认为陪您观光是非常高兴的……"

"夫人，这是令人高兴的事情……"德·克里埃做出迷人的笑容，凑上前去，讨好地说。

"是啊，是啊，高兴的事情。我觉得你真可笑，老弟。不过，钱，我是不会给你的。"她突然对将军补充说道，"好了，现在回我的房间，我先要瞅瞅住所，然后再各处去逛逛。瞧，抬我起来吧。"老太太又被抬了起来，众人成群结队地跟在轮椅的后面，走下楼梯。将军好像遭到当头一棒，惊慌而懵懂，德·克里埃若有所思。

布朗舍小姐本来想留下来不走，不知为什么，还是决定和大家一起下楼，公爵立刻跟在她的身后，于是，楼上，在将军的套房里只剩下德国人和高芒热夫人。

第十章

在温泉疗养地（哦，好像整个欧洲都是如此），宾馆主管和侍役领班在为客人安排房间的时候，与其说是遵照客人自己的要求和意愿，还不如说是根据他们自己对客人身份的认识，应当指出，他们很少会做出错误的判断。可是，不知为什么，他们却把老太太领进一个极其奢侈的套间，昂贵得简直有点儿过分；这里有四间陈设富丽堂皇的房间、浴室、几间仆人的住房，还有一间专门供女仆使用的卧室及其他，等等。确实，一个星期之前，曾有某位大公爵夫人下榻此套房；关于这个情况，他们理所当然地立即告诉了新来的宾客，以此来抬高房间的身价。老太太被人们抬着，或者应当说是被推进到各个房间转了一圈，她仔细而又挑剔地环顾四周。侍役领班已经上了年纪，头已秃顶；在老太太首次巡视的时候，他一直毕恭毕敬地随侍在旁。

我不知道他们大家把老太太当作了什么人，但是可以感觉到他们把她看作一个极其尊贵的人物，更主要的是把她当作大富婆。

他们当即在来客登记簿上记录下：将军夫人，塔拉谢维契娃公爵夫人，其实，老太太根本不是公爵夫人。大概，贴身女仆、特等车厢，老太太随身带来的无数备而不用的行李，大小箱笼乃至柜子成为引起人们肃然起敬的缘故，而老太太的轮椅，她那盛气凌人的架势和语调，出言不逊，稀奇诡异的问题以及不容别人做出丝毫反驳的姿态，总之，老太太那心直口快、语气强硬、颐指气使的形象更加提高了她在众人心目中的威望。在察看套房的时候，老太太有时会突然吩咐停步，指着某个摆设，对满脸堆着恭敬的笑容、内心已经开始发怵的领班提出意想不到的问题。老太太提问用的是法语，但说得极不地道，因此通常我会再翻译一遍。侍役领班的回答大多不能令她满意，看上去她都不喜欢，而她所提的问题全部都与正事无关，根本不知道她究竟想问什么。比如说，她突然在一幅画的面前停了下来，这是一幅水平很低的复制品，原著是神话题材的名画。

"谁的肖像？"侍役领班说，"大概是某位伯爵夫人。"

"你怎么能不知道呢？你是这里的人，却不知道。为什么在这儿挂这幅画？眼睛为什么是斜视的？"侍役领班对这些问题不能做出令人满意的回答，显得局促不安。

"真是个蠢货！"老太太用俄语做出了评价。

　　人们又抬着她向前走去。在一尊萨克森瓷像面前，这样的情况又重演了一次：老太太对这尊瓷像端详了许久，然后不知所以地吩咐将它搬离。最后，她缠住领班，问他卧室里的地毯值多少钱，是哪儿的产品。侍役领班答应去了解一下。

　　"这些笨驴！"老太太嘀咕道，又全神贯注地去检查床铺。

　　"多么雍容华贵的幔帐！打开！"床幔被打开了。

　　"再掀，再掀，全部一一翻开来。把枕头拿走，枕套拆掉，把羽毛褥子抬起来。"床上的东西全部一一被翻了过来。老太太仔细地检查了一遍。

　　"还好！他们这儿没有臭虫。把被褥全部都拿开，铺上我带来的床单，放上我的枕头。不过，这些东西都过于奢侈，我一个老婆子哪里用得着这么气派的套房：一个人怪孤独的。阿列克谢·伊万诺维奇，你不给孩子们上课的时候，常到我这儿来转转。"

　　"我从昨天开始已经不在将军府上效力了。"我答道，"而且住在旅馆，也是我自己的事情。"

　　"这是为什么呢？"

　　"前两天这里来了一位德国的显贵，男爵大人和他的夫人，是从柏林来的。昨天我在散步的时候用德语与他们问候，没有用柏林的口音。"

　　"那又怎么样呢？"

　　"他认为这是粗鲁无礼的行为，向将军告了一状，昨天将军就把我辞退了。"

　　"你是不是骂了他，那个男爵？（就是骂了他，又有什么关系！）"

　　"啊，没有。相反，倒是男爵举起了手杖要揍我。"

　　"你呀，没出息的东西，竟然让人家这样对待你的教师。"她突然冲着将军，说道，"还把他赶走了！你们都是蠢货，我看得出来，你们都是蠢货。"

　　"您不用担心，姑姑。"将军用带点高傲和不拘礼仪的腔调答道，"我自己的事情，我会处理。再说，阿列克谢·伊万诺维奇对您说的情况并非全部皆是实情。"

　　"你也就这么忍下来啦？"她又对我说。

　　"我本想对男爵提出决斗，"我尽可能恭敬而平静地答道，"但是将军反对。"

　　"你为什么要反对呢？"老太太又转向将军问道，"你呢，老弟，走吧，叫你的时候再来，"她又对侍役领班说道，"没有必要张大嘴巴傻乎乎地站在这儿。我真受不了纽伦堡的这副嘴脸！"侍役领班鞠躬告辞，当然，他并没有听懂老太太的"恭维"之词。

"得了吧，姑姑，怎么能够去决斗呢？"将军冷笑着答道。

"为什么不能？所有的男人都是好斗的公鸡，那就让他们争斗呗。我看得出来，你们都是无用的东西，连自己国家的尊严都不会维护。瞧，抬起来！波塔佩奇，你吩咐去找两个随时跟在身旁抬椅子的人，把他们雇用下来，谈妥价钱，只要两个就足够了。上下楼梯抬一抬，平地、街上，只要有人推着走就行，你就这么告知他们。还有，先把工钱付给他们，这样他们的态度会恭顺一些。你也要时时跟随在我的身旁。你呢，阿列克谢·伊万诺维奇，在散步的时候，把这位男爵先生指给我瞅瞅：那是一位什么了不起的贵族，我倒要瞧瞧。对了，轮盘赌在什么地方？"我告知她轮盘赌设在娱乐场的赌厅内。接着，她提出了一系列的问题：赌厅多吗？赌博的人多很少？整天都开放？怎么个赌法？最终我回答说，最好还是亲自去看一看，要把这一切描述清楚是很困难的。

"好吧，那就直接抬我到那儿去！你走在前面带路，阿列克谢·伊万诺维奇！"

"怎么，姑姑，一路辛苦，您也不先休息一下？"将军关切地问道。他好像有点慌张，而且他们大家面面相觑，似乎都很惊慌失措。大概，他们感到陪着老太太直接去娱乐场，这可是一件需要慎重对待，甚至是丢人现眼的事情，没有疑问，老太太在那儿肯定会有一些离奇乖戾的举动，而且是在大庭广众之下。不过，陪伴老太太可是他们自告奋勇提出来的。

"我做什么呢要休息？我不累，坐五天五夜的车我也不累。待会儿我们到处去观光游览，瞅瞅这里的泉水，都在什么地方，然后……还有这个，普拉斯科维娅，你说叫鞋尖峰，是吗？"

"是鞋尖峰，奶奶。"

"好吧，鞋尖峰，那就鞋尖峰吧。这儿还有什么？"

"这儿有许多观光的地方，奶奶。"波林娜感到为难，不知该怎么说了。

"啊，你自己也不知道！玛尔法，你也和我一起去。"她对侍女说。

"她去干什么呀，姑姑？"将军突然插了进来，"说到底，这是不允许的，就连波塔佩奇，人家也未必会放他进娱乐场。"

"胡言乱语！因为她是用人，就该把她丢下？！她也是活生生的人吗。在路上颠簸了一个星期，她当然也想到处瞅瞅。除了跟着我，她还能跟谁一起去？她一个人是不敢在外面抛头露面的。”

“但是，老太太……”

“你和我待在一起感到丢脸，是不是？那你就留在家里，没人让你去呀。你算哪门子的将军，我本人还是将军夫人呢。再说，你们这么多人像个尾巴似的跟在我的后面究竟要干什么？我只要带上阿列克谢·伊万诺维奇就能把什么都观光到了……”但是德·克里埃坚定地主张大家一起陪同前往，并说了许多客气话，表示乐意陪同，等等。于是大家一起出发。

“她返老还童了，”德·克里埃对将军重复说道，“她一个人会干尽蠢事的……”下面的话我没有听见，但是，看得出来，他有图谋，也许，希望之光又重新燃起。

距离娱乐场有半俄里的路程，我们沿着栗树林荫道走至街心花园，绕过街心花园就径直向娱乐场走去。将军稍稍放心了些，因为我们这一行人虽然相当怪异，不过却庄重有礼，气派不凡，更何况在温泉地出现不便行走的病人、体弱者完全不足为奇。但是，将军显然恐惧去娱乐场：一个行走艰难的病人，还是个老太婆，为什么要去参加轮盘赌呢？波林娜和布朗舍小姐分别走在滚动向前的轮椅两边。布朗舍小姐笑眯眯的，随和而快乐、甚至有时还非常殷勤地和老太太说说玩笑话，最终博得了老太太的夸奖。站在另一边的波林娜的职责是回答老太太不时提出的无数问题，比如，“刚才走过去的人是谁？坐在车上的那个女士是什么人？这座城市大吗？花园大不大？这是种的些什么树？这是什么？那儿有老鹰吗？这个样子可笑的屋顶是什么地方？”阿斯特列先生与我并排而行，他悄悄地对我说，今天上午可要有好戏看了。波塔佩奇身穿燕尾服，佩戴着白领结，头上却戴着便帽；玛尔法是个四十岁的老姑娘，面颊绯红，头发却已开始花白；她戴着包发帽，身上穿着印花布的连衣裙，脚上套着咯吱作响的羊皮鞋，老太太频繁地回头与他们讲话。

德·克里埃和将军稍稍落在后面，极其热烈地交谈着。将军显得非常沮丧，德·克里埃却神情坚定，可能他是在给将军鼓劲，看得出来，他又想出了招数，正在出想法呢。不过，老太太刚刚说过的“钱，我是不会给的”这句话已经决定了他们的命运。对于德·克里埃来说，也许这个信息令他感到无法相信。但是将军却深知姑姑的脾性。

我发觉德·克里埃和布朗舍小姐仍在不断相互使着眼色。我在林荫道的尽头看到了伯爵和德国旅行家的身影，他们远远落在后面，已经离开了我们。

我们威风凛凛地来到了娱乐场，看门人和仆役同旅馆里的侍役一样，态度毕恭毕敬，但他们的眼中充满好奇的神情。老太太吩咐先将她推到各个厅里转一圈；有的厅她大加赞叹，有的厅她则完全漠然处之；她对什么都刨根问底地详尽打探。最后，我们来到了赌厅，赌厅的门是关着的，犹如哨兵一般站在门边的仆人好像吃了一惊，陡然将门敞开。

老太太在轮盘赌场的出现对众人产生了轰动效应。在几张轮盘赌台的旁边和安放在赌厅另一端"三十点和四十点"的赌桌旁大约聚集了一百五十至二百个赌客，分成几层：那些已经挤到赌桌跟前的人们按照惯例牢牢霸住自己的位置，在没有输得精光之前是不会让位的，因为占着台前的位置只看不赌是不允许的。虽然赌台四周放着椅子，但是很少有人坐着赌博，赌客拥挤的时候更是如此，这是因为站着可以挤得更紧密一些，从而腾出地方，而且下赌注也比较方便；第二层和第三层的赌客拥在第一层赌客的身后，等待机会挤上前去，但等得不耐烦的时候有时也会伸长胳膊，越过第一层的赌客下赌注，甚至第三层的赌客也会采用这种办法巧妙地将赌注递进去，这样，不用非常钟，在赌桌的某一端就会引发有关赌注的争论，不过，娱乐场的警察相当出色。拥挤当然是不可避免的；反之，赌客越多越让人高兴，因为这样可以带来更多的收益；坐在桌子四周的几个庄家睁大眼睛细心地看管着赌注，算账由他们来管，在发生争执的时候也由他们调解纠纷，争端激烈无法解决的时候就会去叫警察，事情也就立即解决了。警察就在赌厅里，穿着便服，混在看客当中，因此别人都认不出来；他们特别注意小偷和骗子，这类人物在轮盘赌台旁边格外多，这是因为在这儿行窃骗钱容易得手。事实上，在其他任何地方行窃就得掏人家的衣兜或者撬门砸锁，如果失手，就会惹出很大的麻烦。在这儿行窃可谓易如反掌，只要走到轮盘赌台跟前，先下注赌博，然后突然间在众目睽睽之下堂而皇之地抓把别人的赢钱塞进自己的口袋；如果争执起来，行窃的骗子就会理直气壮、振振有词地声称这是他自己的赌注。如果事情办得天衣无缝，而见证人又犹豫不决，那么小偷常常能够为自己捞上一笔，当然，这笔钱的数目不会很大，否则，在这之前，庄家或者其他赌客一定会注意到这笔大额赌注。如果数目不太大，赌注的真正主人有时不好意思吵吵嚷嚷，干脆不再争执，一走了事。但是，如果事情败露，小偷的面目被揭穿，那么，他会被立即撵出赌场。

老太太从远处望着这番情景，流露出极大的好奇，她非常喜欢把小偷轰出去的场景。"三十点和四十点"没有能够激起她的兴趣，她更喜欢轮盘赌和滚小球。最后，她想到近处瞅瞅赌博。我不知道出了什么问题，只管非常拥挤，但是仆役和其他几个喜欢瞎帮忙的人（多半是输了钱的波兰人死乞白赖地为幸运的赌客和所有外国人提供服务），立即为老太太在桌前的中间部位、主庄家的旁边找到并清理出一块地方，将她的轮椅推到那儿。许多不参加赌博，只在一旁观战的来客（多半是英国人和他们的家眷）顿时向赌桌拥来，想从赌客的身后一睹老太太的风采。庄家们都有所期待，这样一位不平常的赌客确实会让人感到好像将会发生不平常的事情；七十岁的老太太，双脚已经不能走路，却热衷于赌博，这当然不是常见的现象。我也挤到赌台跟前，在老太太身旁站定。波塔佩奇和玛尔法站在远处的人群当中，没有介入；将军、波林娜、德·克里埃和布朗舍小姐也站在旁边的看客中间。

老太太开始打量赌客，不时低声地向我提出一些很不注意礼仪的问题：这个人是谁？那个女人是什么人？她特别喜欢在赌台顶端豪赌的那个年轻人，此人一下赌注就是好几千，面前放着一堆金币和纸币，周围的人悄悄议论说，他已经赢了四千法郎。年轻人脸色苍白，两眼炯炯发光，双手颤抖着。他已经不再计数下注，而是随手一把抓起多少就是多少，而且赢了一盘又一盘，不断地把钱往自己身旁耙去。仆役们在他身旁忙不迭地侍候着，给他端来椅子，又清出周围的地方，让他宽敞些，不至于被人挤着——这一切当然都是为了能够得到丰厚的赏金。有些赌客赢钱以后往往给小费的时候也不计数目，他们内心快活，于是从口袋里抓出一把就给了他们。在年轻人的身旁已经有一个波兰人使出浑身力气尽力讨好！他恭恭敬敬、却又不断地对着年轻人耳语，大概是提示他该如何下注，出想法，指导他赌博，不用说，他也是为了能够得到赏钱。但是，年轻人几乎不予理睬，只管随意下注，又不断地赢钱。看来，他已经忘乎所以了。

老太太对他观察了几分钟。

"告知他，"老太太突然着急起来，推着我说，"告知他，让他别再赌了，赶快拿上这些钱离开这儿。他会输的，一会儿就会输个精光！"她焦急万分，几乎喘不上气来。"波塔佩奇在哪儿？让波塔佩奇去告知他！去说呀，快去说呀，"她不断地推我，"波塔佩奇到底在哪儿呀！快走！快走！"她自己大声地对年轻人喊了起来。我对她俯下身子，用坚定的口吻低低地说，这里不能叫喊，即便大声说话也是不可以的，因为这会妨碍计数，人们会立刻把我们赶出去。

"真是糟糕透顶！这个人完了！这是他自找的……我不能瞧他了，他要把所有的钱都还回去了。真是个糊涂虫！"说着，老太太急忙转身面向另外一边。

左边，在赌台另外一半的赌客中间，一位年轻女子特别引人注意，一个侏儒陪伴在她的身旁。这个侏儒是何许人也？我不知道，是她的亲戚呢？还是带着她纯粹只是为了产生某种效应？在这之前我就注意到这位女士，她每天必到，中午一点钟来，二点整离开，一天赌一个小时。大家都已经认识她，当即就给她搬来椅子。她从口袋里掏出几枚金币，几张一千法郎的纸币，然后开始静静地下注，头脑冷静，不断地计算着，并用铅笔在纸上记下数字，竭力寻找当时各种不同时机组合的规律。她下的赌注数额颇大，每天赢上一千、两千，最多三千法郎，不会再超过这个数目，赢钱以后便姗姗离去。老太太久久地审视着她。

"瞧，这位太太不会输钱！她这样的人是不会输的！她是什么来头？你不知道？她是什么人？"

"应当是法国人，这种，这……"我悄悄地说。

"啊，鸟儿看飞，显然她是个角色。现在你详详细细地讲给我听，每一转是什么意思？怎样赌注？"

我尽可能详尽地向老太太解释了各种不同的赌注方式，如红与黑，单数与双数，短缺数与超大数的意思，最后还讲到数字规则中各种细微的差别。老太太听得仔细，用心记住，反复询问，再将规则背熟。每一种下注的方法当时就能举出实例，因而许多东西很容易一下就记住，背熟，老太太非常满意。

"那零是什么？就是那个庄家，长着一头鬈发的大庄家刚才喊的一声'零'？他怎么把台上的钱全部都耙走了？这么一大堆钱，他怎么都拿走啦？出了什么问题？"

"老太太，零就表示全部吃进。如果小球落在零上，那么赌桌上的所有赌注，算都不用算，就全部都归庄家了。当然，还要再转一次，不过庄家就可以分文不赔了。"

"原来是这样！那我就什么都得不到吗？"

"不是，老太太，如果在这之前您是将赌注押在零上，而出来的数字恰恰是零，那你就可以盈利三十五倍。"

"怎么，三十五倍！能经常碰到零吗？那么这帮傻瓜怎么不押零呢？"

"只有三十六比一的时机，老太太。"

"胡扯！波塔佩奇，波塔佩奇！等等，我身上有钱。瞧，在这儿！"她从口袋里掏出一个鼓鼓的钱包，从钱包里取出一枚腓特烈金币。"拿去，立刻押在零上。"

"老太太，零刚刚出过，"我说，"现在好长时间都不会再出现的，您会输很多钱的。等等吧。"

"尽瞎说，押上。"

"您听我说，老太太，说不定一直到晚上都不会出现零，那您就要输掉上千个金币了，这种事情以前时有发生。"

"真是瞎扯！一派胡言，不入虎穴，焉得虎子呢？什么？输啦！再押！"

第二枚金币也输掉了。又押上了第三枚。老太太按捺着自己坐在那儿，她的双眼火辣辣地盯着在转盘的小格子内跳动的小球。

第三枚金币又输掉了。当庄家报出的数字不是所期待的"零"而是"三十六"的时候，老太太气急败坏地已经坐不住了，甚至握起拳头往赌桌上捶去。

"嗨，是这个数字！"老太太气呼呼地说道，"那个可恶的小圆圈儿还不赶快出来吗？我一定要等到零出来，要不我就不想活了！这是那个该死的鬈发庄家搞的鬼，在他手中永远不会有零出现！阿列克谢·伊万诺维奇，押上两枚金币！要是这么个押法，就是零出来了，也没有什么赚头"。

"老太太！"

"押上，押上！又不是你的钱。"

我押上了两枚金币。小球在轮盘上飞快地滚动，最后开始一格一格地跳过去。老太太屏住呼吸，紧紧抓住我的手。突然，啪的一声！

"零！"庄家大声宣布道。

"你瞧，你瞧！"老太太立即回过头来对我说道，她兴高采烈，得意非凡。"我对你说过，说过的呀！是老天爷指点我押上两枚金币的！喂，这一下我能得多少钱？他们怎么还不给我？波塔佩奇，玛尔法，他们都在哪儿呢？我们的人都到哪儿去啦？波塔佩奇，波塔佩奇！"

"老太太，等一会儿再找他们，"我轻声对他说道，"波塔佩奇就在门口，这里不让他进来。您瞧，老太太，要赔您了，准备拿钱吧。"

庄家给老太太抛出一卷用蓝色纸头封着的腓特烈金币，沉甸甸的，一共五十枚，又数出零散的二十枚金币。我用小铲子将这些钱全部一一把到老太太的面前。

"请下注，先生们！请下注！没有人下注了吗？"庄家吆喝着让大家下注，一面准备转动轮盘。

"老天爷，我们要赶不上了，立刻就要转轮盘了！快押上！快押上！"老太太心急火燎地说。"别磨蹭，快点！"她发起脾气，用劲推我。

"那押在哪儿呀，老太太？"

"零，零！还是押在零上！尽可能多押一些！我们总共有多少金币？七十个腓特烈？不要舍得，每次押二十个腓特烈。"

"不能这么做，老太太！有时转两百次都碰不到一个零！真的，您会把钱都输光的。"

"瞧，不会的，不会的！快押上！你就是啰唆！我知道我在干什么。"老太太浑身颤抖，处于狂热之中。

"老太太，按照规定，押在零上的赌注每次不允许超过十二枚腓特烈金币。瞧，我已经押上了。"

"怎么不允许？你是在瞎说吧？先生！先生！"她推推坐在她的左边、已经准备转动轮盘的庄家，"多少，零？十二？十二？"

我赶紧用法语将她的问题解释了一下。

"是的，夫人。"庄家彬彬有礼地作了肯定的答复，"就像每一笔赌注不得超过四千个盾一样，这是章程的规定。"庄家又作了补充说明。

"那就没有办法啦，押十二个吧。"

"下注完毕。"庄家叫道。轮盘转了起来，出来的数字是十三。

输了！

"押！押！押！再押上！"老太太叫道。我已经不再发表反对意见，只是耸了耸肩，又押上了十二个腓特烈金币。轮盘转了很长时间。老太太眼睛盯着轮盘，浑身几乎在发抖一般。"莫非她还真的期盼在零字上再赢一把？"我惊讶地望着她，心里思忖道。她容光焕发，坚信一定赢钱，极其执着地期待着立刻听到庄家大喊一声"零"。小球跳进了格子。

"零！"庄家大声宣布道。

"怎么样！！！"老太太极其得意地对我说道。

我本人就是一个赌徒，此时此刻也狂喜不已，手脚发抖，脑袋嗡嗡作响。十多次的转动之中，零竟然跳出来三次，这当然是罕见的情况；不过，也没有特别惊人之处，前天我就亲眼目睹连续三次跳出来的都是零，当时，一个孜孜不倦地在纸上记录着每一盘开出数字的赌客大声说道，不久之前，就在前一天，整整一晚上，这个零字只出现过一次。

老太太成了大赢家，庄家特别仔细、极其恭敬地和她点清了账目。她得到整整四百二十个腓特烈金币，也就是四千个盾，加上二十个腓特烈。他们付给她二十个腓特烈金币，而四千个盾给的是纸币。

这一次老太太没有再去叫喊波塔佩奇，她已经顾及不上了。她甚至没有推碰别人，从外表看来也没有颤抖。不过，如果可以这么表达，应当说她的内心在颤抖！她全神贯注于一点，而且紧抓不放。

"阿列克谢·伊万诺维奇，他说一次只能押四千个盾？好，拿去，把这四千个盾全部都押在红字上。"老太太斩钉截铁地说。

劝阻她是没有意义的，轮盘转动起来。

"红！"庄家大声宣告。

又赢了四千个盾，总共八千。

"给我四千，另外四千还押在红字上。"老太太吩咐道。

我又押上四千。

"红！"庄家又大声宣告。

"总共一万两千个盾！全部都拿到这儿来。金币倒在这儿，倒在荷包里，再把票子放起来。"

"好了，回家！推轮椅吧！"

第十一章

老太太的轮椅被推到大厅另一端的门边。她神采奕奕，我们的人顿时簇拥在她的周围，不停地向她道贺。不管老太太的行为举止多么怪癖，她的辉煌战绩已经足以抵消许多乖戾之处。将军也不再担心在大庭广众面前公开与这位诡异老太太的亲属关系会有损他的声誉，他带着宽容的笑意，亲昵而又喜滋滋地恭喜老太太，就像哄小孩一般。不过，看得出来，他和所有的目睹者一样，内心万分震惊。周围的人谈论着老太太，对她指指画画；许多人为了能在近处将她看个清楚，故意从她身旁走过。阿斯特列先生站在一旁，和两个英国朋友议论着她；几位高傲的夫人带着不屑一顾的疑惑神情像打量怪物似的打量着老太太。德·克里埃先生满脸堆笑，一个劲地对老太太表示祝贺。

"了不起的赢家！"他说。

"夫人，真是太了不起啦！"布朗舍小姐带着谄媚的笑容补充说道。

"是啊，怎么一下就赢了一万两千个盾？哪止一万两千？还有金币呢！连同金币大概就有一万三了。换成我们的钱是多少？要有六千吧？是不是？"

我向她报告说已经超过七千，按照现时的汇率大概接近八千了。

"八千，这可不是一笔小数目！可你们这些傻瓜，呆坐在这儿，一无所获！波塔佩奇，玛尔法，你们瞧见啦？"

"老太太，您这是使的什么法啊？八千卢布！"玛尔法曲意奉承，故作吃惊地叫道。

"瞧，给你们每人五个金币，拿去！"

波塔佩奇和玛尔法扑过去吻她的手。

"给抬椅子的人每人一个腓特烈。阿列克谢·伊万诺维奇，给他们每人一枚金币吧。这个听差为什么要鞠躬呀？那一个也在鞠躬？他们是在贺喜？也给他们每人一个腓特烈金币。"

"公爵夫人……可怜的侨民……苦难深重……俄国的爵爷真是慷慨……"这个身穿破旧礼服、杂色背心，蓄着小胡子的人在轮椅旁边转来转去，他把便帽拿在手中，远远地伸向前面，脸上凝固着讨好的笑容。

"也给他一个腓特烈。不，给两个。好了，就这样吧，否则他们会纠缠得没完没了的。把椅子抬起来，走吧！普拉斯科维娅，"她对波林娜·亚历山德拉说，"明天我给你买一件衣服，也给那位小姐……她叫什么来着？布朗舍小姐，是吗？也给她买一件。翻译给她听，普拉斯科维娅！"

"夫人，谢谢。"布朗舍小姐恭顺地好了屈膝礼，又撇了撇嘴，向德·克里埃和将军投去嘲讽地一笑。将军有点困窘，待我们走上林荫道时，他显得非常高兴。

"费多西娅，费多西娅呀，我想，待会儿她一定会大为吃惊，"老太太想起了她所熟悉的将军的保姆，说道，"也要送一件衣服给她。

喂，阿列克谢·伊万诺维奇，阿列克谢·伊万诺维奇，给这个叫花子吧！"

路上走过来一个衣衫褴褛、伛偻着背的人，他望着我们。

"老太太，他也许不是叫花子，而是个骗子！"

"给他，给他，送给他一个盾。"

我走了过去，把钱给他。他满腹狐疑地瞅瞅我，但还是默默地把钱收下了。他的身上散发出一股强烈的酒味。

"阿列克谢·伊万诺维奇，你没有再去碰碰运气吗？"

"没有，老太太。"

"你的眼睛快冒火啦，我看到的。"

"我一定还会去碰碰运气的，老太太，以后会去的。"

"你就押在零上！会赢大钱的！你有多少本钱？"

"总共只有二十个腓特烈，老太太。"

"少了点儿，如果你想要钱，我就借给你五十个腓特烈。喏，就把这一袋都拿去吧。你呀，老弟，还是别指望吧，我不会给你的。"她突然转身对将军说道。

这使将军深感吃惊，但他未露声色。德·克里埃皱起了眉头。

"见鬼！真是不好对付的老婆子！"他极不满意地透过牙缝对将军轻声嘟囔道。

"叫花子，叫花子，又是一个叫花子！"老太太叫了起来。"阿列克谢·伊万诺维奇，这个叫花子，也给他一个盾。"

这一次迎面走来的是一个满头白发的老头，拖着一条木制假腿，身穿蓝蓝的长襟礼服，双手握住长长的拐杖，看上去像一个老兵。我将一个盾递了过去，他却后退一步，威严地将我审视一番。

"什么鬼东西！"他大吼一声，随即又吐出一大串的污言秽语。

"真是个傻瓜！"老太太挥了挥手，大声说道。"往前走吧，我饿啦！现在就去吃饭，饭后稍微躺一会儿，接着再去那儿。"

"老太太，您还想去赌啊？"我大声问道。

"那你是怎么想的？你们都没精打采地坐在这儿，也让我就这么望着你们？"

"但是，夫人，"德·克里埃走上前去，"手气是会变的，只要有一次手气不好，您就会输得精光……特别是您的那种赌法……这真可怕！"

"您一定会输光的！"布朗舍小姐也叽叽咕咕地说了起来。

"这与你们有什么相干？要输，也不是输你们的钱，是我自己的！那个阿斯特列先生在哪儿呢？"

"他留在娱乐场了，老太太。"

"真遗憾，这倒是个好人。"

返回住处，在楼梯上遇到侍役领班，老太太就把他叫住，向他大肆渲染赢钱的事情。随后她又把费多西娅叫来，赏给她三个腓特烈，并且吩咐开饭。吃饭的时候，费多西娅和玛尔法在她面前叽叽喳喳地说个不断。

"我望着您哪，老夫人，"玛尔法爆豆子似地喋喋不休，"我就对波塔佩奇说，我们的老夫人这是想干什么呢。桌子上那么多的钱，那么多的钱哪，老天爷，我这一辈子都没有见过这么多的钱。周围坐着的都是老爷，全部——都是老爷。我说，波塔佩奇，这儿的这些老爷都是打哪儿来的呀？我想，让圣母娘娘来帮帮她吧，我为您祈祷呢，老夫人，那个心呀，都快屏住不跳了，屏住不跳啦，人都抖起来了，浑身都瑟瑟发抖。上帝啊，我祷告着，帮帮她吧，可不，上帝这就给您送好运来了。老夫人，就是这会儿我还在打抖呢，浑身都还在瑟瑟发抖呢。"

"阿列克谢·伊万诺维奇，吃完饭后，四点钟左右，你做好准备，我们再去。还有，别忘了给我找个医生，也要喝点儿矿泉水，说不定你又顾不上了。"

我从老太太那儿走了出来，头脑昏昏沉沉。我努力想象，我们的这帮人现在怎么样了？事情会有什么样的转机？我清楚地看到，他们，主要是将军，还没有回过神来，甚至尚未摆脱最初的感觉。他们时时刻刻期盼着通报老太太死讯（从而也是有关遗产）的电报，结果电报没有收到，却等来了老太太本人。老太太的到来砸烂了他们的全盘计划，彻底破坏了他们的决定，其打击如此之沉重，以致对老太太后来在轮盘赌上的壮举表现得相当迷茫，而且所有的人都显得迟钝呆板。不过，老太太成了大赢家，这个情况几乎比她的到来更为重要，因为虽然她两次重申不会把钱给将军，但是，又有谁知道呢，总归不应该放弃盼头。处处插手将军事务的德·克里埃也没有绝望。我相信，同样事事插手的布朗舍小姐（怎么能不插手呢，她期盼着将军夫人的头衔和可观的遗产呢）也不会放弃盼头，她会施展各种手段讨好、迷惑老太太。波林娜则完全不同，她脾气耿直，生性高傲，不善以亲昵的举动去博取别人的欢心。

不过，现在，当老太太在赌场上成了大赢家的时候，当老太太的个性（一个固执、任性又专横的老婆子，老小孩）在他们的面前淋漓尽致地表现出来之后，大概所有的盼头都已化为泡影。她像个孩子，赢了钱欢天喜地，那照例也能输个精光。天哪！我内心想道（求上帝宽恕，我竟然幸灾乐祸地笑了），天哪，刚才老太太每押上一个金币，不就是在将军的心头捅上一刀，让德·克里埃气得发疯吗？

不就是从布朗舍小姐即将到口的美味中夺走一勺而让她气急败坏吗？此外，老太太赢了钱，内心高兴，所有的人她都给了赏钱，还把过路人都当成乞丐，就是这种情况下，她依然不假思考地对将军说道："反正我是不会把钱给你的。"这个事实表明老太太想法已定，死心塌地，不会有所松动了。情况危急！情况危急啊！

我从老太太那儿出来，沿着正厅的楼梯登上最高层，走回自己住处；此时这些想法在我的脑海中翻滚，我对这一切非常关注。虽然，以前我也能够猜出把我面前的这班演员系在一起的最粗的主线是什么，但我对这场游戏的所有手段和秘密所在并不完全清楚。

波林娜对我并没有完全信赖，当然，有时她也会好像是情不自禁地向我敞开心扉。但是，我发现，在这种坦率的交谈之后，常常，几乎每次她都会或者把所说的一切付之一笑，或者故意把一切都变成假象，让人手足无措。哦，她隐讳了许许多多的事情！不管怎样，我已经预感到，这种神秘而紧张的状态已经快要结束，只要再来一次打击，一切就该收场，全部一一暴露无遗。这一切与我也息息相关，不过，我并没有考虑自己的命运。我的心情让人难以理解：口袋里总共只有二十个腓特烈金币，远在异国他乡，没有职位，没有维持生计的财产，没有盼头，没有打算——可我却不去担心这些问题！

如果不是为波林娜着想，我会全身心地关注已经近在咫尺的滑稽可笑的结局，并且放开喉咙哈哈大笑。但是，波林娜让我感到为难。她的命运即将被决定，这一点我已经有所预感，但是，说句实话，令我焦虑不安的完全不是她的命运，我想探询她的秘密，我希望她到我这儿来，对我说："我是爱你的呀。"如果不是这样，如果这种想法是丧失理智的，不可思议的，那么……那么，还有什么可以期盼的呢？难道我知道我的期盼是什么？我自己已经惘然若失，焦虑而怅然，我只盼头待在她的身旁，生活在她的光环之中，沐浴着她的光辉，时时刻刻，一生如此，直至永远。除此之外，我一无所知！难道我离得开她吗？

在三楼，他们的走廊里，我好像被什么东西推了一下。转过身去，我看到二十步开外或者更远一点儿的地方，波林娜正从门后走出来，她是在等我，看到我以后，立即招手让我过去。

"波林娜·亚历山德罗夫娜……"

"轻点！"她提醒我说。

"您瞧，"我悄声说道，"刚才好像有什么东西在我腰上推了一把，我回头一看——是您！真像是从您身上发射出来的电流！"

"拿上这封信，"她急切地说道，脸色阴沉，大概没有听清楚我说的话，"把它交给阿斯特列先生本人，立刻就去。快点去，求您了。不需要回信，他自己……"

她没有把话说完。

"交给阿斯特列先生？"我惊诧地反问了一句。

但是波林娜已经消失在门后不见了。

"哦，原来他们有书信来往！"我自然立即跑去找阿斯特列先生了。我起先去了旅馆，但他不在；然后我又到了娱乐场，跑遍所有的赌厅，但都令我非常沮丧，甚至近乎绝望。最后，我竟然在回家的路上与他巧遇，他与一群英国男女结伴骑马闲游。我对他招招手，让他停下，把信交给了他。这当儿，连我们对视一眼的时间都没有，不过，我猜想，阿斯特列先生故意用最快的速度策马离去。

是嫉妒咬啃着我的心吗？我的心情真是糟透了，甚至不想探究他们在信中相互交谈些什么。如此看来，她所信任的人是他！

"朋友吗，肯定是朋友了，"我内心思忖道，"这是显而易见的事情（这么快他就赢得了她的信任），不过，在这友情之中有爱情吗？当然没有。"理智悄悄地提醒我说。但是，在这种情况下，只有理智是不够的，无论如何要把情况搞个明明白白。事情变得复杂化了，令人不快。

我还没有走进旅馆，看门人和从自己房间里走出来的侍役领班就告诉我，他们找我有事，已经三次派人前来打探我在哪儿，并且要我尽快到将军的房间里去。当时，我的心情极其恶劣。在将军的单间里，我看到，除了将军本人以外，还有德·克里埃先生和布朗舍小姐。布朗舍小姐单独在这儿，母亲没有陪同：母亲绝对是个冒名顶替的角色，只是用来装装门面的，一旦牵涉到正事，则由布朗舍小姐独自出面活动，再说，这个当母亲的未必了解她的假女儿的行径。

他们三人正在热烈地商量着什么，连房门都是锁着的，这可是从未有过的事情。在走近门口的时候，我一清二楚地听见了里面激昂的嗓音：德·克里埃粗鲁而刻薄的话语，布朗舍小姐蛮横的责骂，发狂似的叫喊，还有将军低声下气的诉说——显然是在为自己辩白。我一到来，他们都稍稍克制了一些，稍稍恢复了常态。德·克里埃整了整头发，气呼呼的脸色换成了笑容，那种令人讨厌的、矜持而不失礼仪的法国式的笑容，令我非常憎恶的笑容；抑郁沮丧、惊惶手足无措的将军重又摆起架子，但这似乎只是一种习惯性的反映；唯有布朗舍小姐仍然是一副怒气冲天的面孔，只不过沉默下来，注视着我，眼光中流露出已经等得不耐烦的神情。我注意到，近来她对待我的态度极其随便，很不客气，我对她鞠躬致意，她居然从不理睬，简直是不把我放在眼里。

"阿列克谢·伊万诺维奇，"将军用训斥的口气温和地说，"请允许我告知您，不知所以，实在不知所以……总之，关于我和我的家人，您的举止……一言以蔽之，实在是不知所以……"

"不，不是这个意思。"德·克里埃懊恼而鄙夷地打断了将军的话头（没有疑问，绝对是他在操纵一切），"我的亲爱的，我们可爱的将军用这种口气说话实在是弄错了（下面我用俄语记述），他是想对您说……是想提醒您，或者最好是说极其诚恳地恳求您不要毁了他，对，就是这个意思，不要把他给害了！我要说的就是这句话……"

"怎么害他？我怎么害他呀？"我打断了他。

"听我说，您在做这个老太婆、这个又可怜又可怕的老太婆的向导（是这么叫的吗），"德·克里埃也离题了，"她会输钱的，她会输个精光！您自己也看到了，您亲眼见过她是怎么赌博的！只要她一输钱，她就再也不会离开赌台，因为她脾气执拗，因为她气急败坏，她就会一直赌下去，一直不断地赌下去，在这种情况下永远不可能把本钱捞回来的，到那时候……那时候……"

"到那时候，"将军接口说，"那时候您就害了我们全家啦！我和我的家人，我们是她的财产继承人，她没有更近的亲属了。我坦率地告知您：我的事业已经衰败，非常衰败，您也知道一些情况……如果她输掉一大笔数目的钱，或者甚至于把全部家产输光，天哪！那时，他们，我的孩子们可怎么办呢（将军回头看了看德·克里埃）？我怎么办呢（他又瞅瞅布朗舍小姐，布朗舍小姐带着鄙夷的神情转过身去）？阿列克谢·伊万诺维奇，救救我们，救救我们吧……"

"怎么救呀？将军，请您告知我，我能做些什么……我哪能起这么大的作用！"

"拒绝她，拒绝她，不要再陪着她……"

"那她还会找别人的！"我大声说道。

"这个又可怜又可怕的老太婆，"德·克里埃又插嘴了，"这不是办法，不是办法……真见鬼！不，您不要离开她，不过至少您要让她感到羞愧，要说服她，让她离开那儿……瞧，说到底就是不要让她输得太多，要想方设法地让她离开。"

"我怎样才能做到呢？德·克里埃先生，如果您亲自出马就好了。"我补充说道，尽量表现得天真无邪。

这时，我发现布朗舍小姐对德·克里埃投去火辣辣的、疑问的一瞥，德·克里埃的脸上也闪过一种特别的、情不自禁流露出来的没有顾忌的表情。

"是啊，可问题就在于她现在不要我去！"德·克里埃挥了挥手，大声说道，"如果能让我去……那以后……"

德·克里埃飞快地、意味深长地看了看布朗舍小姐。

"啊，亲爱的阿列克谢，您做做好事吧！"布朗舍小姐带着迷人的笑容，向我走近一步，抓起我的双手，紧紧地握着。真见鬼！这张魔鬼般的面孔瞬间说变就变，此时，她的脸上带着恳求的神情，露出孩童般天真的笑容，甚至是淘气的模样，显得非常可爱。话音刚落，她还避开众人的视线，狡黠地对我眨眨眼睛。她是想一下把我迷住吧？演技不错，只是过于粗俗，不过也非常可怕。

将军也跟在她的身后跳了过来——的确是跳了过来。

"阿列克谢·伊万诺维奇，请您原谅我一开始对您说的话，这完全不是我的心里话……我求您，求求您，按俄国的风俗对您深深鞠躬致意，唯有您一个人能够救我们，我和德·高芒热小姐恳求您了，您都明白，对吧，您是知道的?"他用眼睛向我指了指布朗舍小姐,苦苦哀求道,样子非常可怜。这时响起了三下轻轻的、彬彬有礼的敲门声。门打开了,敲门人是旅馆里的侍役,在他身后几步远的地方站着波塔佩奇。他们都是受老太太的派遣四处找我,要我立即前去。"老太太发火啦。"波塔佩奇说。

"但是,还没有到三点半呢!"

"她老人家睡不着,一直翻来翻去,后来突然起身,吩咐准备轮椅,接着就来找您。这会儿她已经在台阶上了……"

"真是个泼妇!"德·克里埃叫了起来。

确实,我看到老太太已经在台阶上了,因为找不到我,正急不可耐呢。她不能容忍,不能再等到四点钟了。

"好了,抬起来吧!"她大喊一声,于是,我们又向轮盘赌场走去。

第十二章

老太太情绪激昂，按捺不住自己，看得出来，她全心全意只想着轮盘赌，对其他的事情一概不感兴趣，根本毫不留意。比如，走在路上，她不再像从前那样刨根究底地询问了。一辆豪华的马车从我们的身旁急驶而过，她倒是举起手问了问："这是什么？谁家的车？"可是，看上去她并不理睬我的回答。她若有所思，却又不时做出焦虑不安的手势和乖戾的动作。快到娱乐场的时候，我看到了武尔梅尔格尔姆男爵夫妇，便指点给老太太看；她心不在焉地看了看，只极其冷淡地说了声："啊！"便迅速转身对跟在后面的波塔佩奇和玛尔法喝道：

"嘿，你们老跟着我做什么？又不是每次都得带着你们！回去！"当他们鞠躬告退之后，她又对我补充说道："我有你陪着就可以了。"

娱乐场里的人员早已在恭候着老太太的到来，他们立即给她收拾出庄家旁边的那个老位置。我觉得，虽然这些庄家总是给人一种彬彬有礼的感觉，摆出一般公职人员的架势，好像赌场的输赢与他们几乎毫不相干，其实，他们的办事准则肯定是既要招揽赌客，更要在意赌场的利益，为此，他们本人肯定会拿到好处和赏金。至少，他们已经将老太太看作牺牲品了，后来发生的情况果然没有超出我们的预料。

事情经过是这样的。

老太太直接冲着零而来，她当即吩咐押上二十个腓特烈金币。

她押了一次，两次，三次——但是零始终没有出来。

"押上！再押上！"老太太急不可耐地推搡着我，我照她的吩咐做了。

"我们赌输了几盘啦？"终于，她心浮气躁、咬牙切齿地问道。

"已经输了十二盘啦，老太太，我们输掉了一百四十四个腓特烈金币。我对您老提过，兴许到晚上……"

"住嘴！"老太太打断了我，"押上零，再拿一千个盾押在红字上。把这些钱拿走。"

红字出来了，可是零上的押注又被吃掉。我们赢回了一千个盾。

"看到了吧，看到了吧！"老太太低声说道，"输掉的钱差很少都赢回来啦。还是押零；我们再押个十来次就不押了。"

但是，到了第五次老太太已经不能沉住气了。

"让这个害死人的零见鬼去吧，拿去，把这四千个盾全部押在红字上。"她吩咐道。

"老太太，这次押得太多了吧！如果出来的不是红字怎么办？"我以恳求的口吻说道。但是，老太太差点将我推倒（其实她推起人来挺重的，可以说就像打架似的）。没有办法，我将先前赢来的四千个盾全部押在了红字上。轮盘转动起来，老太太傲慢地挺直身体坐在那儿，泰然自若，深信自己必赢无疑。

"零。"庄家大声宣告。

老太太起初没有反应过来，当她看到庄家将她的四千个盾连同桌子上所有的赌注全部一一把了过去，这才明白过来，原来等了那么久，并为之输了差不多二百个腓特烈金币的那个零好像故意使坏，竟在老太太刚刚咒骂了一句将它抛弃之后跳了出来，她"哎呀"一声，两手一拍，整个赌厅都听见了，周围甚至有人笑了起来。

"老天爷呀，这个坏蛋，这会儿它倒窜出来了！"老太太数落着，"这个该死的，可恶透顶！都怪你，这都怪你！"她疯狂地向我扑了过来，又推又搡，"就是你让我不要押零。"

"老太太，我对你说的是实话，我怎么能担保百押百中呢。"

"去你的百押百中吧！"她盛气凌人地骂道，"立即滚开。"

"再见了，老太太。"我转身就要离开。

"阿列克谢·伊万诺维奇，阿列克谢·伊万诺维奇，不要走！你上哪儿去呀？唉，这是干什么，要做什么吗？哦，还发怒了！傻瓜！唉，一会儿，再等一会儿吧，好了，别发怒了，我自己是个傻瓜！哦，既，现在该怎么办！"

"老太太，我不会再给您出主意了，因为您会责怪我的。您自个儿赌吧；您吩咐，我来押赌注。"

"好吧，好吧！瞧，再在红字上押四千个盾！皮夹子在这儿，拿！"她从口袋里把皮夹掏了出来，递给我。"瞧，快拿，里面有两万布的现金。"

"老太太，"我嗫嚅道，"这些钱……"

"我豁出去了——要把本钱捞回来。押注！"我们押了注，"下注，下注，把八千都押上！"

"不行。老太太，最多只能押四千！……"

"好，那就押四千！"

这次我们赢了，老太太的精神为之一振。

"看到了吧，看到了吧！"她推推我，说，"再押四千。"

押上，输了。接着，我们一输再输。

"老太太，一万两千卢布都光啦。"我向她报告。

"我知道都光啦，"她说，处于疯狂的安然之中（如果可以这样说）。"我知道，老天爷，我知道。"她喃喃说道，眼光呆滞地注视面前，好像在思考问题。"嗨，我都豁出去了，再押上四千个盾！"

"没有钱啦，老太太；这儿的皮夹里只有一些我们的五分息的票券，还有一些汇票，没有现金。"

"钱包里呢？"

"只剩下一点儿零钱，老太太。"

"这儿有兑换银钱的铺子吗？人家告知过我，我们的票券是可以兑换的。"老太太口气坚定地问道。

"啊，换钱的地方多得很！但是，如果换钱您可吃大亏了，这样……守财奴都会吓呆的！"

"胡扯！我要捞回本钱！推我走，把这些蠢货叫来！"

我推着轮椅快步走出了人群。抬轮椅的佣工来了，我们离开了娱乐场。

"快走，快走！"老太太发号施令，"阿列克谢·伊万诺维奇，你带路，找一家附近的……远吗？"

"就在附近，老太太。"在从街心花园转上林荫大道的拐角处碰上了我们的那伙人：将军，德·克里埃和布朗舍小姐母女俩。波林娜·亚历山德拉没有和他们结伴，阿斯特列先生也不在场。

"走，走，走啊！不要停下！"老太太吆喝道。"咦，你们这是要做什么？我可没时间和你们啰唆。"我走在后面。德·克里埃跑到我的面前。

"上次赢来的钱都输掉了，她自己的一万两千个盾也没有了，现在我们去兑换五分利的票券。"我匆匆忙忙地低声相告。

德·克里埃跺了跺脚，奔去告知将军。我们仍然推着老太太向前走去。

"让他们停下，您让他们停下来！"将军气急败坏地她对我低低说道。

"你倒试试看，她会停下来吗？"我也低低地回答。

"姑姑！"将军跑到她的面前，"姑姑……我们现在……我们现在……"他的嗓音发颤，越来越低沉，"租马到郊外去……景色非常迷人……鞋尖峰……我们就是来请您的。"

"咦，让你和你的鞋尖峰见鬼去吧！"老太太气呼呼地挥手让他走开。

"那儿有个村庄……我们可以在那儿饮茶……"将军仍然说着，但已经完全绝望了。

"我们可以喝牛奶，坐在清新的草地上。"德·克里埃万分恼怒地补充说道。

牛奶，清新的草地……这就是巴黎资产者理想的田园情调；大家都清楚，这也就是他们的"自然和真实"观的体现。

"噫！你和牛奶也见鬼去吧！你只管灌个痛快，可我喝了牛奶就会肚子痛。你们干嘛都缠着我呀?!"老太太叫喊起来，"我说了，没时间和你们啰唆!"

"我们到了，老太太。"我大声说道，"就在这儿。"我们把老太太推到银行交易所的门前。我进去换钱，老太太留在门口等候；德·克里埃，将军和布朗舍小姐站在旁边，一筹莫展。老太太气势汹汹地望着他们。他们沿着通往娱乐场的路走了。

交易所公布的兑换计算方法对我们极为不利，我不敢擅自做主，又回去请示老太太。

"嗨，真是一帮强盗!"老太太两手一拍，大声叫道，"瞧！没有关系！换吧!"她拿定想法，高声呵斥道："等一下，你把银行家叫到我这儿来!"

"您是找交易所里的职员吧，老太太?"

"就找职员吧，反正都一样。嗨，这帮强盗!"交易所的职员听说是一位年老体弱、行走艰难的伯爵夫人请他，便同意出来相见。老太太气愤地责骂他敲诈，数落了很长时间，与他讨价还价。她的俄语里夹杂着德语、法语，其间我帮着翻译。不苟言笑的银行职员不时瞅瞅我们两人，默默地摇摇头；他审视老太太的眼光过于专注，过于好奇，已经显得不够礼貌。最后，他终于露出笑意。

"好了，滚吧!"老太太呵斥道，"让我的钱把你撑死！阿列克谢·伊万诺维奇，没时间了，否则我们可以换另外一家……"

"职员说，另外几家交易所给的更少。"我已经记不清楚当时的计算方法了，但确实令人非常震惊。我用金币和票据兑换了一万两千个盾，拿了账单，交给了老太太。

"好了！好了！好了！别算啦!"她连连挥手，"快！快！快走!"

"这个该死的零我再也不押了，红字也不押。"在去娱乐场的路上，她说道。

这次我使尽力气说服她把赌注尽量押得少一些,让她相信,一旦手气转好,总是有机会下大注的。但是,她却急不可耐:即便起初答应了,在赌博的时候也根本不可能抑制她的欲望。只要刚刚赢上十个,二十个腓特烈金币,她立刻就会推我:"你看!你看!我们赢了吗;如果不是只押十个,而是押上四千,那我们就赢四千了,可现在呢?都是你,这都怪你!"望着她赌博,我的心头恼怒万分,但我终于打定想法不再开口,不提出任何想法。

突然德·克里埃跑了进来,他们三个人都在旁边。我看到布朗舍母女俩站在一边和公爵调情。将军明显失宠,几乎无人和他打招呼,虽然他努力在布朗舍小姐身旁大献殷勤,可是布朗舍小姐对他却不屑一顾。可怜的将军!他的脸上白一阵,红一阵,浑身发抖,甚至顾不上注意老太太赌博。布朗舍小姐和公爵终于走了出去,将军也跟在他们的身后跑了。

"夫人,夫人,"德·克里埃挤到老太太身旁,凑在她的耳旁,谄媚地低声说道,"夫人,这样下注不紧(行)……不,不,不能……"他的俄语文理不通,"不!"

"那怎么押呀?瞧,你来指点指点!"老太太对他说。

德·克里埃突然说起了法语,开始热心过度地出主意,他说应当等待时机,并开始计算一些数字……老太太一点也听不明白。

德·克里埃不时地回头找我,要我翻译;他用手指敲敲桌子,东指西画,最后,他抓起一支铅笔,想在纸上做一番计算。老太太终于失去了耐性。

"好啦,走吧,走吧!全是胡言乱语!'夫人,夫人',叫得倒动听,可一点儿能耐都没有。走开!"

"不过,夫人。"德·克里埃又叽叽咕咕说了起来,重新解释,指指点点。他按捺不住自己,热情非凡。

"好吧,那就照他说的办法押一次。"老太太吩咐我说,"看看吧,也许真的有效。"德·克里埃的目的只是在于不让她下那么大的注,他建议在多个数字上下注,一个个的数字和总数。我按照他的想法在前十二个数字的每个奇数上押了一个金币,在十二至十八和十九至二十四的每个数字上押了五个,总共十六个腓特烈金币。

轮盘转了起来。

"零。"庄家大声宣告。

我们的赌注全被庄家吃进。

"真是蠢货!"老太太对着德·克里埃大声嚷道,"你这个可恶的法国佬!

他还给别人出想法呢，恶魔！走开，走开！一无所知，还转到这儿来指手画脚！"满腹气恼的德·克里埃耸耸肩膀，用鄙夷的眼光瞅瞅老太太，离开了赌台。和这样的人混在一起，他也感到是一种耻辱，实在无法忍受了。

不管我们如何拼搏，一个小时以后，仍然输得分文不剩。

"回去！"老太太吆喝道。

走上林荫道之前，她一直默默无语。在林荫道上，已经快到旅馆的时候，她开始发出感叹：

"真是傻瓜！大傻瓜！你是个老糊涂，老傻瓜！"刚走进房间，她就叫喊起来："给我上茶！立刻收拾东西！现在就动身！"

"老夫人，您这是要去哪儿呀？"玛尔法开口问道。

"这与你有什么相干？不要你多管闲事！波塔佩奇，收拾东西，把行李都收拾好，我们回去，回莫斯科！一万五千个卢布全部都给我输光啦！"

"一万五千卢布，老夫人！我的天哪！"波塔佩奇大概盼望对此事有所表示，他极其动人地将两手一拍，叫了起来。

"得了，得了，傻瓜！还惊天动地呢！闭嘴！快收拾东西！快去结账，快点！"

"最近的一班火车开出的时间是九点半，老太太。"我插话报告，想阻止她的淫威。

"现在几点啦？"

"七点半。"

"真倒霉！不过也不再重要！阿列克谢·伊万诺维奇，我身上一个子儿也没有了。这里还有两张期票，你去跑一趟，替我把这些期票也兑掉，要不然还没钱上路呢。"我去了。半个小时以后，当我返回旅馆时，看到我们的人全部都在老太太那儿。听到老太太要返回莫斯科的消息，他们深感震惊，老太太输钱的消息所引起的震惊更加强烈。也许她的离去能够使她的家产得以保全，可是，将军现在可怎么办呢？谁来付钱给德·克里埃？布朗舍小姐自然不会继续等待老太太去世，她大概现在就会跟着那个公爵或者其他什么人悄悄溜走。他们站在老太太的面前，安慰她，劝说她。波林娜仍然不见踪影。老太太怒不可遏地对他们大喊大叫。

"别再纠缠我，你们这帮鬼东西！这与你们有什么相干？这个山羊胡子钻到我这儿来做什么呢？"她冲着德·克里埃大叫，"还有你，像鸡似的丑矮子，想要干什么？"她又转向布朗舍小姐说道："做什么要溜须拍马？"

"见鬼!"布朗舍小姐低声嘟囔道,眼睛里闪烁着疯狂的怒火,突然又哈哈大笑着走了出去。

"她还能活上一百年呢!"在门口,她对将军尖声叫道。

"啊,原来你盼着我死呀?"老太太对将军吼道,"滚开!阿列克谢·伊万诺维奇,把他们全部赶走!这关他们什么事!我花的是自己的钱,又不是你们的!"将军耸耸肩膀,佝偻着背,走了出去;德·克里埃跟在他的身后。

"把普拉斯科维娅叫来。"老太太吩咐玛尔法。

五分钟以后,玛尔法带着波林娜来了。这段时间波林娜一直和孩子们一起待在自己的房间里,好像她是故意下决心整天足不出户。她的脸色凝重、抑郁,她显得忧心忡忡。

"普拉斯科维娅,刚才我从别人那儿听说,好像这个傻瓜,就是你的继父,想娶这个又愚蠢、又轻薄的法国女人?她是个女戏子,对不?还是比这个更加糟糕?你说,这是真的吗?"

"姑奶奶,我对这件事情不清楚,"波林娜回答说,"不过,布朗舍小姐并不认为需要隐讳,从她的话中我可以断定……"

"好了!"老太太粗暴地打断了她,"我全明白!我一直认为他会干出这种事情,也一直认为他是一个最空虚、最肤浅而轻薄的人。他讲排场,摆奢侈,以为自己是将军(其实是上校,直到退役时才得到将军头衔),还妄自尊大。大小姐,所有的情况我都知道,你们不断地往莫斯科发电报,一封接着一封,询问'这个老太婆快咽气了吧?'这是在等遗产。要是没有钱,这个下贱货,她姓什么来着,是德·高芒热吧,就是当用人她也不会要他,何况他还带着一嘴的假牙。我听说她自己钱财成堆,还放高利贷,积攒家产呢。普拉斯科维娅,我不责怪你,电报又不是你发的;过去的事情我也不想再提了。"

"我知道你的那个臭脾气,就像一只胡蜂!要是给你蜇上一口,准要肿个大包。我真是可怜你,因为我喜欢你的母亲,已经过世的卡捷琳娜。听我说,抛开这里的一切,跟我走,你愿意吗?你无处安身,而且你和他们混在一起现在也不体面。等一等!"波林娜刚要回话,老太太及时拦住了她。"我还没有说完。对你,我没有任何要求。我在莫斯科的房子,你是知道的,就像是宫殿。你可以使用整个一层楼,如果你不喜欢我的性格,也可以几个星期都不来见我。怎么样,你是愿意还是不愿意?"

"请您准许我先问一下:莫非您想现在就动身?"

"那我还能是开玩笑,大小姐!我已经说了,那我就要走,今天我在你们那个该诅咒的轮盘赌上输了一万五千卢布。五年前，在莫斯科郊区，我曾应允要将一座木头教堂改建成石头教堂，可是教堂没建，我倒在这儿挥霍一空。现在，大小姐，我要去建教堂了。"

"那矿泉水呢，姑奶奶！您不是来喝矿泉水的吗？"

"去你的那个矿泉水吧！你别惹我发怒，普拉斯科维娅。你故意的，是不是？你说，你走还是不走？"

"姑奶奶，我非常感谢您为我提供容身之所。"波林娜动容地说，"您猜到了我的一些状况。我对您非常感激，请您相信，我会到您那儿去的，也许很快就去。可是目前有一些缘故……很重要的……所以现在，此刻，我不能做出决定。如果您能留下来再待二个星期左右……"

"你是说，你不想去？"

"我是说，我不能。况且，无论如何我也不能丢下弟妹不管，因为……因为……因为事实上他们很可能会像被遗弃的儿童一样，无人照管。……如果您带着我和弟妹一起走，姑奶奶，那我肯定去您那里，请您相信，我会报答您的！"她情绪激动地补充说道，"可是如果不带着弟妹，我是不能跟您走的，姑奶奶。"

"好了，别苦叽叽地抹眼泪啦！"波林娜并没有叫苦不迭地想抹眼泪，而且她从来不哭。"小鸡儿们会有地方住的，鸡窝大得很，而且他们也该上学了。那么现在你不走？好了。普拉斯科维娅，你要小心呢！我是为你着想，其实我知道你不走的缘故，我什么都知道，普拉斯科维娅，这个法国佬不会给你带来幸福。"波林娜的双颊飞起了红晕，我也打了个寒战（所有的人都知道，只有我一个人被蒙在鼓里）。

"好啦，好啦，不要愁眉苦脸的。我不再啰唆了，不过你得留神，别闹出糟糕的事情来，明白吗？你是个聪明的姑娘，我会为你感到惋惜的。好了，不说了，宁可不见到你们大家，眼不见，心不烦！走吧，再见！"

"姑奶奶，我还要送送您呢。"波林娜说。

"不用了，别让我放在心上，你们都让我厌烦。"波林娜吻了吻姑奶奶的手，但是老太太将手抽了回来，上去亲了亲她的面颊。

从我身旁走过的时候，波林娜飞快地瞥了我一眼，又立即将眼光移开。

"好了，阿列克谢·伊万诺维奇，也和你再见了！离开车只剩一个小时了。我想，你陪着我也累了吧，喏，这五十个金币，你拿着。"

"非常感谢您，老太太，但我不能……"

“拿去，拿去！”老太太大声说道，热诚而威严，我不敢再推辞，把金币收下了。

“到了莫斯科，如果没有差事可干就来找我，我给你推荐个地方。好了，走吧！”我返回自己的房间，躺在床上。我在思考。我仰面朝天，双手枕在脑后，躺了半个小时左右。灾难已经降临，必须好好考虑。

明天我决定赶紧与波林娜谈谈。哈，法国佬？那么，这一切都是真的！不过，又能怎么样呢？波林娜和德·克里埃！天哪，多么鲜明的对照！

这一切简直令人无法相信。我情不自禁地跳了起来，想立即去找阿斯特列先生，无论如何要让他开口说话，他知道的内情肯定比我多。阿斯特列先生？对我来说，他是另外一个谜！

突然，我的门上响起了敲门声。开门一看——是波塔佩奇。

“阿列克谢·伊万诺维奇，我的老爷，您得去见见老夫人。”

“怎么回事？她不是要离开了吗？离开车只剩下二十分钟啦。”

“她心神不宁——我的老爷——坐都坐不住。‘快去，快去！’她让人去找您呢，我的老爷，看在上帝的份儿上，快去吧。”我立即跑到楼下。老太太已经被推到走廊里，两手握着一只皮夹子。

“阿列克谢·伊万诺维奇，快点过来，我们走……”

“去哪儿呀，老太太？”

“我豁出去了，我要捞回本钱！好了，走吧，别再问了！那儿的赌场不是开门到半夜吗？”我惊呆了，思考片刻，当即拿定了想法。

“您要去，请便，安东尼达·瓦西里耶夫娜，我可不去。”

“这是为什么？这算什么事儿？你们大家都发神经病啦！”

“随您的便，以后我会自责；我不想去，不想做旁观者，也不想做参与者。让我走吧，安东尼达·瓦西里耶夫娜。您的五十个腓特烈金币如数奉还，再见！”我把一卷金币放在老太太轮椅旁边的小桌子上，鞠了一躬，走了。

“真是不知所谓！”老太太冲着我的背影叫道。“你就是不去，我也能找到路！波塔佩奇，你跟我一起去！喂，抬起来，走。”我没有找到阿斯特列先生，回到了住处。很晚，半夜十二点多钟，我从波塔佩奇那儿知道了老太太这天的情况：她把我刚刚给她兑换的钱全部输光，用我们的钱来统计，她输掉了一万卢布。在赌场，就是老太太先前给过两个腓特烈金币的那个波兰人缠住了她，自始至终地指挥她赌博。起初，波兰人还没有出现的时候，老太太让波塔佩奇下注，但很快就把他撵走了。这时，波兰人乘虚而入。一切好像是故意安排好的，此人懂俄语，还能掺上德语和法语套两句近乎，这样，他们就能勉强听懂对方的意思。虽然他不断地奉承，骗取信任，老太太还是一个劲儿地毫不留情面地狠狠咒骂他。波塔佩奇说："阿列克谢·伊万诺维奇，和对待您的态度，简直没法比呀，她把您当作老爷对待，而那个人呢，我亲眼看到的，说瞎话就遭天打雷劈，他就在那边的桌子上偷她的钱，大概有两次，她亲自抓住了他，当场把他叱骂一顿，我的老爷，什么难听的话都骂了，连头发都撕下来一小绺，我可没瞎说，旁边的人都给逗笑了。所有的钱，我的老爷，都输掉啦，她身上的钱，您替她换的钱，全部——完啦。我们把她老人家推到这儿，她只要了点儿水喝，画了十字，就钻进被窝里。大概累得够呛，倒下头就睡着了。愿上帝让她睡个好觉！哎呀，我可领教了，这就是外国！"波塔佩奇最后说道："我以前就说过，不会有好结果的，还是赶紧回我们的莫斯科吧！在我们莫斯科的家里什么都有呀？应有尽有：花园、鲜花，那些花儿这儿根本就见不到，气味可好闻呢，还有水嫩的小苹果，到处宽阔得很——可他们不安分，真不该到国外来呀！哎哟……哟……"

第十三章

几乎整整一个月的时间过去了，我一直没有再翻开这本札记——是所见所闻促使我开始书写札记，虽然这些观感显得凌乱，但却非常强烈。当时我已经预感到灾难即将降临，而它果真如我所料，而且其沉重和出入预料的程度比我的估计强过百倍。一切都显得诡异、丑陋，甚至带有悲剧的色彩，至少对于我来说是如此。在我身上发生了一些事情，几乎是不可思议的事情；至少目前我仍然坚持这种看法，虽然用另外一种眼光，特别是从当时我置身其中的整个事件的演变过程来判断，这只不过是一些不很平常的事情而已。对我而言，最令人不可思议的则是我对待所有这些事情的态度，至今我也无法理解自己！一切好像梦境一般，却都已消逝，甚至我那炽热的爱情也是如此；我的爱情曾是那么强烈，那么真挚，可是……如今它在哪儿呢？确实，现在在我的脑海中还不时冒出这样的想法：我那时莫非是发疯了？那段时间，莫非我一直待在某个地方的疯人院里？

也许，我现在仍然还在疯人院里，因此这一切仅仅是我的臆想，直到如今还只是一种幻觉……我把札记收拾在一起，翻阅了一遍（谁知道呢，也许只是为了验证一下，这些礼记是不是在疯人院里写的）。现在，我孤零零独自一人。秋季的脚步已经临近，树叶渐渐枯黄。我生活在这座单调、沉闷的小城里（啊，德国的小城镇多么单调而沉闷），不思考今后的打算，却沉浸在刚刚逝去的感觉之中，沉浸在清新的回忆之中，沉浸在不久前曾经将我卷入这个旋涡之后又将我抛往不知何处的这场旋风之中。有时，我始终觉得，我依然还在那场旋风中盘旋，随时可能风暴再起，它会顺带用自己的翅膀将我抓住，于是，我会再次打破常规，失去分寸感，晕晕乎乎地盘旋，盘旋，盘旋……不过，如果我有可能把这个月内所发生的事情理得一清二楚，也许我会设法站稳，不再盘旋。我又想拿起笔来，再说，到了晚间，有时实在无事可做。说来也怪，为了找点儿事情做做，我居然在这儿很不像样的图书馆里借来了我几乎无法忍受的保尔·德·科克的小说（德文译本），而且读下去了。我对自己也感到惊讶：似乎我在恐惧严肃的好书或者正经的事情会摧毁不久前发生的事情所带来的陶醉感，好像这个荒唐的梦和由此留下的一切感受对我极其宝贵，我甚至不敢用某种新的体验去触碰它，担心它会化作一股轻烟，飘不过散！这一切对我来说果真如此珍贵吗？是的，确实珍贵，即便再过四十年，它还会在我的记忆中浮现……于是，我动笔了。不过，现在可以叙述得简短些，不必面面俱到，因为感受已经全然不同……首先应该把老太太的情况交代清楚。第二天，她输得精光，这是顺理成章的事情，因为像她这样的人，一旦走上这条路，肯定会像乘着雪橇从雪山上滑下来一样，越滑越快。她赌了整整一天，直到晚上八点钟。她赌博的时候我并不在场，我所知道的情况都是听别人说的。

波塔佩奇全天都在娱乐场里侍奉着老太太，这天，指挥老太太赌博的波兰人换了一次又一次。起初，老太太赶走了前一天被她揪掉一绺头发的那个波兰人，起用了另外一人，但此人显得更加无能；赶走这个人，她又叫来原来的人——他被赶走之后并没有离开，而是一直挤在老太太的轮椅后面，不时地伸头探脑。最后，老太太终于陷入了无法摆脱的绝境：被赶走的第二个波兰人无论如何都不肯离开，两个波兰人分别站在左右两边，为了赌注和赌法一直争吵不断，咒骂不休，相互指责对方是"骗子"，并且用上了其他的波兰语"恭维话"。而后他们又言归于好，没有规矩地信手下注，乱做主张。争吵过后，他们各自分别下注，比如，一个人押红，另一个人立即押黑。最后，他们把老太太搞得晕头转向，糊里糊涂；老太太终于含着眼泪恳求做庄的老头子保护，要他将他们赶走。两个波兰人又叫又喊，表示抗议，他们一起狡辩，声称老太太欠他们的钱，骗了他们，对他们搞敲诈，很险恶；尽管如此，他们还是立即被赶了出去。就在那天晚上，输钱以后，可怜的波塔佩奇流着眼泪向我讲述了这些情况，他抱怨说，这两个波兰人用钱把自己的口袋里装得满满的，他亲眼看到他们昧着良心偷钱，不时地塞进自己的口袋。比如，一个波兰人向老太太要五个腓特烈金币作为工钱，然后就用这个金币参加轮盘赌，把他的赌注放在老太太的赌注旁边。明明是老太太的赌注赢了，他却大呼小叫，硬说赢钱的赌注是他的，而老太太的赌注输了。在他们被赶走的时候，波塔佩奇挺身而出，报告说他们的口袋里装满了金币。老太太当即恳求庄家处置。不管他们如何喊叫挣扎（就像两只被抓在手中的公鸡），警察来了以后还是掏空了他们的口袋，把钱还给了老太太。这一天，在老太太把钱输光之前，庄家和娱乐场的所有老板都明显地将她奉若神明，她的名声渐渐传遍全城。来到矿泉游览的各国旅客，不论平民百姓，还是达官显贵，都会来一睹这位已经输了"几百万""像小孩似的俄国老伯爵夫人"的风采。

但是，摆脱了两个讨厌的波兰人之后，老太太赢的钱还是很少，很少。这时，又来了第三个波兰人为她效劳，此人说一口纯正的俄语，衣着打扮像是一位绅士，不过依然摆脱不了听差的气质。

他留着粗重的小胡子，举止傲慢。他也吻了老夫人，并且"拜倒在老夫人的脚下"，但是对待周围的人却趾高气扬，颐指气使，总之，他很快就把自己当作了老太太的主子，而不是她的下人。他不时地每赌一盘都要转身对老太太赌恶咒，发毒誓，再三声明他是"尊贵的老爷"，绝对不会从老太太的钱中拿走一个子儿。他不断重复地发誓，弄得老太太极其紧张，非常惧怕。不过，由于这位老爷起初确实使她的赌运有了转机，开始赢钱，因而老太太自己也不愿让他离开。一个小时以后，被赶出娱乐场的两个讨厌的波兰人重又出现在老太太轮椅的后面，再次提出愿意为她效劳，即便当个跑腿的也行。波塔佩奇指天发誓说，"尊贵的老爷，和他们不时地使个眼色，还把什么东西塞进他们的手中。由于老太太尚未用午餐，又几乎不能走下轮椅，其中一个波兰人倒是派上了用处：他立即跑到近在咫尺的娱乐场的餐厅，给她端来了一碗肉汤，而后又是茶点。其实，他们是两人一道去的。到了傍晚，当大家已经心中有数，知道老太太的最后一张票子也快输掉的时候，在她的椅子背后已经站着六个以前没有见过、也没有听说过的波兰人；当老太太快要输掉最后几枚硬币的时候，这些波兰人不仅不听她的吩咐，对她根本不予理睬，索性越过她的身体，动手到赌台上抓钱，自行其是：

他们下赌注，争吵，叫喊，和"尊贵的先生"不拘礼仪地随意交谈，而"尊贵的先生"几乎已经忘却了老太太的存在。甚至在老太太输光之后，晚上八点钟返回旅馆的路上，还有三四个波兰人仍然不肯放过她，跟在她的轮椅两旁奔跑，声嘶力竭地叫喊，爆豆似的数落着，断言老太太欺骗了他们，应当对他们有所补偿。就这样吵吵闹闹，直到进了旅馆，他们终于被推推搡搡地赶了出去。

据波塔佩奇计算，这一天老太太总共输了九万卢布，前一天输掉的钱还不在其中。所有的票券——五分息的债券、本国的公债、她带来的所有股票，都被她一张接一张地兑换掉了。我感到非常惊讶，整整七八个小时坐在轮椅内，几乎不离开赌台，老太太怎么受得了？波塔佩奇告知我，确实有两三次她又开始大笔大笔的赢钱，再次受到盼头的诱惑，她是不可能弃赌台而去的。其实，赌客们都知道，一个人坐在一个地方，一门心思地盯着牌局是可以赌上一天一夜的。

这一天，在我们的旅馆内也发生了几件极其关键的事情。上午，十一点钟不到，老太太还待在屋里，我们的人，也就是将军和德·克里埃，下定决心走最后一趟。他们得知，老太太并不打算离开这里，反而还要去娱乐场赌博，于是全体人员（波林娜除外）就起来和她做最后的交涉，甚至是摊牌。由于意识到后果的极端严重性，将军胆战心惊，甚至采取了过火的做法。在苦苦哀求了半个小时之后，他居然公开承认了一切，也就是承认了他所欠的债务和他对布朗舍小姐炽热的爱情（他已经紧张得失魂落魄了）。将军突然改用了严厉的语气，甚至对老太太大声呵斥，跺脚发威。他扯开嗓门，指责老太太玷污了他们的姓氏，她的荒唐举止成了全城的丑闻，最后……最后他高声叫道："夫人，您败坏了俄国的名声！这件事会有警察来管的！"老太太终于用棍棒（真正的棍棒）将他赶了出去。这天上午，将军和德·克里埃又商量了一两次，中心议题就是能否真的动用警察？比如，可以说这个不幸的、但令人起敬的老太太神志不清，她那剩下的最后一点儿钱也快要输光了，等等。总之，能否设法张罗，请人出面注视她的行踪或者禁止她赌博？……德·克里埃只是耸了耸肩膀，对完全晕头转向、急得在办公室里团团转的将军当面嘲笑了一番。结果，德·克里埃把手一甩，消失得不知去向。晚上才得知他已离开了旅馆，事先曾与布朗舍小姐做过非常坚定而又神秘的交谈。至于布朗舍小姐，她一清早就采取了最后措施：把将军从自己身旁彻底抛开，甚至不让将军在她眼前露面。

将军跑到娱乐场去找她，遇到她与小公爵手挽着手。她和高芒热夫人都把他当作陌生人对待，小公爵也没有向他行礼问好。这一天，布朗舍小姐孜孜不倦地试探启发小公爵，盼望他最终能够坚定地剖明心迹。可是，呜呼！她在小公爵身上所打的主意真是大错特错！这个小小的灾难发生在晚上，她突然发现，原来小公爵一贫如洗，还在打她的算盘，要向她借债去参加轮盘赌。布朗舍恼羞成怒，将他赶走，把自己锁在房间里，闭门不出。

也是这一天的早晨，我到阿斯特列先生那儿去过，或者，确切一点儿说，整个上午我都在寻找阿斯特列先生，但始终没有看到他的踪影。他不在家里，不在娱乐场，也不在公园里。这一次他没有在下榻的旅馆里午餐。四点多钟，我突然看到他从铁路站台直接向旅馆走来。他行色匆匆，忧心忡忡，但是他的脸上没有焦虑或者某种惶惑不安的神色。他热情地向我伸出手来，习惯性地"嗨"了一声，和我打了招呼，但并没有停下脚步，而是迈着相当急促的步伐继续向前。我紧跟在他的身后。他给我的答话竟是如此巧妙，使我无法向他询问任何情况。此外，不知为什么，我特别不好意思谈及波林娜，他本人对她也只字未提。我将老太太的情况告知了他，他听得很仔细，很认真，最后耸了耸肩膀。

"她会输得精光的。"我说。

"是啊，"他答道，"她还是不久前，在我要动身的时候，才开始去赌，所以我也料想她会输钱。如果有空闲的时间，我会到娱乐场去瞅瞅，这很有意思……"

"您去那儿了？"我大声惊问，自己也感到奇怪，怎么一直没有问他。

"我去了法兰克福。"

"去办事情？"

"是的，办点儿事情。"我还能再问什么呢？不过，我依然走在他的身旁。突然，他拐向路边的"四季"旅馆，对我点点头，消失不见了。回家的路上，我渐渐意识到，即便我与他交谈两个小时，也打探不出任何情况，因为……我无话可问。是啊，只能是这样！现在我无论怎样也无法明确提出我的问题。

这一整天，波林娜有时带着孩子们和保姆在公园里散步，有时待在房里。她早就开始躲避与将军会面，几乎不和他交谈，至少从来不讲正事，对此我早有察觉。但是，鉴于将军今天的处境，我想，他们肯定会进行一场家人之间重要的对话。出乎所料，在与阿斯特列先生交谈之后，我在返回旅馆的路上遇到了波林娜和孩子们，她的脸色安详而平和，好像家里所有的风暴都只与她一人无关。

我对她鞠躬致意，她也对我点点头。我返回自己的住处，心绪非常恶劣。

自从发生与武尔梅尔格尔姆夫妇俩的冲突之后，我自然避免与她讲话，也就从来没有和她接触。我多少有点摆摆架子，故作姿态，但是随着时间的流逝，我的心头也堆积起越来越强烈的真正的怒气。即使她丝毫也不爱我，那也不应当如此践踏我的感情，用鄙夷的态度对待我的表白。她明明知道我确确实实爱她，而且是她本人允许、让我和她这样说话的呀！诚然，这似乎使我们的关系变得令人纳闷。有一段时间，很久了，大概在两个月之前，我感觉到她想让我成为她的朋友，而且是很依赖的好友，甚至还做了一番尝试；但是不知何故这一想法当时未能实现，取而代之的是如今这种微妙的关系，正因为这样，我才会这样和她交谈。如果我的爱情令她感到厌恶，那她为什么不直截了当地阻止我谈论爱情呢？

没有人阻止我，连她本人有时还怂恿我提起这种话题，而且……当然，她只是为了取笑我。我清楚地知道，我确实发现她喜欢在听完我的表白之后，突然采用极其蔑视和不予理睬的态度让我手足无措，深深地激怒我，刺痛我。她明明知道，没有她我就活不下去。如今，男爵事件发生后已过去了三天，我已经无法忍受我们的分离。现在，我在娱乐场附近遇到了她，我的心怦怦乱跳，脸色变得苍白。其实，没有我她也活不下去的！她需要我，而且——莫非，莫非我只是一个小丑巴拉基廖夫般的角色？

她的心头藏有秘密——显而易见！她与老太太的谈话刺痛了我的心。我曾上千次要求她对我坦诚相待，她明明知道，我确实愿意为她奉献自己的生命。但是，她总是用近于蔑视的态度敷衍我，或者，不是要求我牺牲我奉献给她的生命，却是要求我做出类似当时对待男爵那样出乎正轨的举动！难道这不令人感到气愤？莫非法国人就是整个世界？那么阿斯特列先生呢？要是这样，事情真是变得绝对令人难以理解，而且——天哪，我是多么痛苦！

返回住处，难以抑制心头的愤愤不平，我拿起笔来，匆匆写了一封信给她：

波林娜·亚历山德罗夫娜，我清楚地看到，结局已经降临，这自然也会牵扯到您。我再问最后一次：您是否需要我的生命？如果您需要我，不论干什么，我都听您吩咐。暂时我待在自己的房间里，至少大部分时间如此，哪儿也不去。如果需要，请来函或者打发人来找我。

我把信封上口，打发旅馆里的侍役把信送去，并吩咐他直接交到她的手中。我没有期待回音，但是三分钟以后侍役带来了口信：
"向您致意。"大约六点多钟，有人来叫我去见将军。
将军在办公室内，衣冠整洁，好像打算外出。帽子和手杖放在沙发上。在我进去的时候，我好像看到他叉开两腿，低垂着脑袋，站在房间中央，正在自说自话。可是，刚一看到我，他就叫喊着向我扑过来，我本能地急忙闪开，真想溜走。他抓住我的两只手，把我拖到沙发旁，自己在沙发上坐下，又让我坐在他对面的圈椅内。
他没有放开我的双手，嘴唇发抖，睫毛上突然涌现出晶莹的泪花，用乞求的语调说道：
"阿列克谢·伊万诺维奇，救救我，救救我，可怜可怜我吧！"我很长时间都摸不着头脑。他一直不断地说啊，说啊，说啊，总是不断地重复："可怜可怜我吧，可怜可怜我吧！"我终于猜到他是期待我来做点儿出主意之类的事情，或者，更确切地说，被众人抛弃之后，他在哀伤与惊恐之中想起了我，把我叫来，仅仅是为了倾诉，倾诉，倾诉。

他已经神经错乱，至少陷于极度的茫然纷乱之中。他双手交叠，想要跪倒在我的面前，叫我（你们猜他要干什么）立即去找布朗舍小姐，恳求她，让她良心发现，重新返回他的身旁，嫁给他。

"得了吧，将军，"我大声嚷道，"这个布朗舍小姐也许到现在还没有发现有我这么个人呢，我能做什么？"但是，反驳他的恳求则是枉费心机，因为他不明白别人在对他说什么；他又谈起老太太，只是语无伦次，前言不搭后语；他正在想着派人去找警察的招数。

"我们那儿，我们那儿，"他突然义愤填膺地说道，"总之，在我们那儿，一个领导有方、制度完善的国家里，对这样的老太婆可以立即实行监护！是的，尊敬的先生，是的，"他从椅子上跳了起来，在房间里踱来踱去，突然改换成训斥的口吻，继续说道，"过去您不了解这个情况，尊敬的先生，"他对着屋角某个想象出来的尊敬的先生说道，"现在你就会知道了……是的，这种老太婆在我们那儿就要治治她，让她服服帖帖，服服帖帖，是的……啊，真是见鬼！"说着，他又扑倒在沙发上。过了一会儿，他哽咽着、气喘吁吁、急急匆匆地告知我布朗舍拒绝嫁给他是因为报丧的电报没有等到，老太太倒亲自来了，现在他得不到遗产已成为明明白白的事情。将军还以为我对此一无所知。我刚提到德·克里埃，他挥了挥手，说：

"走啦！我的一切都抵押给他了，现在我一贫如洗啦！您拿来的那些钱……那些钱，我不知道数目，好像剩下来大约七百个法郎——也够了，就这么多，其他的……我不知道，不知道！……"

"那您怎么付旅馆的账呢？"我惊呼道，"还有……以后可怎么办呢？"他若有所思地看了看我，却又似乎什么也不明白，甚至可能连我的话都未听清。我刚试图谈谈波林娜·亚历山德罗夫娜和孩子们，他立即回答说："对！对！"可顿时又扯到那个小公爵，说布朗舍立刻就要跟他远走高飞了，那以后……"那以后我可怎么办呢，阿列克谢·伊万诺维奇？"他突然转身对我说道，"我以上帝的名义起誓！我可怎么办呢——您说说，这可是不仁不义呀！这不就是忘恩负义吗？"最后，他泪流满面。

对这样的人真是没有办法，把他一个人撇下也很危险，说不定会出什么事情。不过，我还是设法抽身走开了。我关照保姆，让她常过来瞅瞅，此外，我还找了旅馆里的侍役，一个非常精悍的小伙子，他答应我他也给予关照。

刚刚离开将军，波塔佩奇又来找我，让我到老太太那儿去。已经八点钟了，她把钱彻底输光之后刚刚返回旅馆。我来到老太太的住处。老太太坐在轮椅上，疲惫不堪，看上去病恹恹的。玛尔法端给她一杯茶，几乎是逼着她喝了下去。老太太的声音、腔调也有了明显的变化。

"您好，阿列克谢·伊万诺维奇老弟，"她缓缓地、傲慢地点了点头，对我说，"真抱歉，再次打扰您了，原谅我这个老人吧，我呀，老弟，把所有的一切都留在那儿了，差不多十万卢布呢。昨天你不肯陪我去，你做得对。现在我没有钱了，一文不名。我一分钟也不想耽误，九点半就动身。我派人去找你的那个英国人，是叫阿斯特列吧，我想向他借三千法郎，一个星期后归还。请你和他说说，让他不要有什么顾虑，不要拒绝。老弟，我还相当富裕，我有三座村庄，两幢住宅，也还有现金，并没有把钱全部带来。告诉你这些情况是为了让他放心……啊，他已经来了！看得出来，是个好人。"阿斯特列先生听说老太太叫他，立刻就来了。他没有片刻的犹豫，也没有多说什么，当即数出三千法郎的期票，老太太也签了字。处理完毕事情，他行礼告退，匆忙走了。

"现在，你也走吧，阿列克谢·伊万诺维奇，只剩下一个多小时了，我想稍微躺会儿，浑身骨头痛。请不要怪罪我这个老傻瓜。现在我不会再去责怪年轻人做事轻率，就是那个不幸的家伙，你们的将军，我也不该责怪。他很想要我的钱，可我还是不能给他，因为，在我看来，他是个确确实实的蠢货，只有我这老傻瓜不比他聪明。确实，就是上了年纪，上帝也会追究和惩罚你的高傲。好了，再见吧。玛尔法，把我抬起来！"我想给老太太送行。此外，我的心中有一种期盼，我一直等待着立刻就会发生什么事情。我在自己的房间里坐不住，不时走到走廊上来，甚至还到林荫道溜达了一会儿。我给她的信写得明明白白，态度坚定，而眼下的灾难已成定局，在旅馆里我已经听说德·克里埃走了。再说，如果她拒绝我是因为她不愿意我以朋友的身份出现，那么，也许作为仆人，她是不会拒绝的，因为她需要我；哪怕是供她差遣，我总还是有用的，绝对是这样！

火车开动之前我跑到站台上，帮助老太太在车厢里安顿下来。

他们一家人坐在专设的家庭车厢里。"对了，再请你转告普拉斯科维娅，关于昨天我和她谈过的事情，我会等她的。"我返回旅馆。经过将军房间的时候，我遇到了保姆，向她打听了将军的情况。她没精打采地回答说："嗯，我的老爷，还可以。"我还是走过去瞅瞅，但在他的起居室的门口我极其惊讶地停住了脚步：

布朗舍小姐和将军正在此起彼伏、相互追逐着哈哈大笑，高芒热夫人也坐在那儿的沙发上。看上去，将军高兴地都快发疯了，含糊不清地说着种种没有意义的话语，不时地发出一阵阵神经质的笑声，笑得整张脸都挤在一起，现出无数皱纹，连眼睛也消失不见了。事后，我从布朗舍小姐本人那儿得知，她赶走公爵以后，听说将军在哭泣，为了安慰他，就到他那里待了一会儿。当时，可怜的将军尚不知晓他的命运在这个时刻已经注定，布朗舍小姐已经开始收拾行装，第二天清晨要乘第一班火车驶往巴黎。

我在将军的房间门口站了片刻，打消了进去的念头，悄悄地离去。上楼走到自己的房间，打开门，昏暗之中，我突然看到窗边角落里的椅子上坐着一个人。我进房间时她没有立起身来。我赶紧趋前一看——顿时感到喘不上气来：竟然是波林娜！

第十四章

我不由得惊叫一声。

"怎么啦？怎么啦？"她不知所以地连声问我。她的脸色苍白，神情阴郁。

"还问怎么啦？您会在这儿？在我这儿！"

"既然我来了，那就是说我整个人都在这儿，这是我的习惯。您立刻就会了解这一点。请把蜡烛点起来。"我点起蜡烛。她立起身来，走近桌边，将一封拆开的信放在我的面前。

"您看吧。"她吩咐道。

"这，这是德·克里埃的笔迹！"我抓起信，大声喊了起来。我的双手发抖，一行一行的字在我的眼前跳动。信中的确切词汇我已忘却，但是下面的内容尽管不是逐字逐句的记述，至少意思准确无误。德·克里埃写道：

小姐，由于处境不利，我不得不立即离去。您自己肯定也注意到，在把情况弄得一清二楚之前，我一直故意回避向您做最终的解释。您的亲戚，那老太太的到来以及她的荒唐行径使我茅塞顿开。我本人的产业已经败落，不允许我再像前一段时间那样，对将来抱有甜美的希望。

对过去的一切我深表遗憾，但是，我希望，您不会在我的所作所为之中发现丝毫与贵族和正直之士不相称的地方。您的继父已经无法归还向我借贷的债务，这几乎是我全部的家当，因此，我极其需要动用属于我的剩余财产：我已经通知我在彼得堡的朋友，让他们立即安排出售您的继父抵押给我的产业。但是，我知道，您那随心所欲的继父已经将属于您的钱挥霍殆尽，因此，我决定从他的债务中减去五万法郎，把价值相当于这笔数目的部分财产抵押契约归还给他。这样，只要您通过法律手续向他索要产业，您就可以收回您所失去的一切。小姐，我希望在目前的状况下，我的做法将对您极为有利；我还希望，我的做法完全是履行了一个正直、高尚的人应尽的责任。请您相信，对您的记忆将永远铭刻在我的心中。

"不用说，这是明摆着的事情。"我转身对波林娜说。"难道您还能有别的希望？"我又气愤地补充了一句。

"我从未有过任何希望。"她回答道，貌似心平气和，可是嗓音似乎在颤抖。"我早就打定了想法，我看透了他的想法，知道他的心思。他以为我在寻找……以为我会坚持……"她站定下来，没有把话说完，咬住嘴唇沉默了。"我故意加倍地对他表示蔑视，"她又开始说道，"我等着，瞧他会有什么举动。要是当时有电报来通知我们继承遗产，那我真会将我继父这个白痴欠他的债务扔给他，然后将他赶走……很久很久以前我就开始恨他了。哦，他已经不是从前的那个人了，一千个不是！可现在，现在……哦，要是现在我能拿出五万法郎扔到他那险恶无耻的脸上，再唾上一口，让他满脸都是唾沫，那是多么痛快啊！"

"那典契，就是他作为五万法郎还回来的典契不是在将军那儿吗？您把它拿来还给德·克里埃吗。"

"哦，这不是办法，这不是办法……"

"是啊，的的确确，这不是办法！可将军现在能做什么？那老太太呢？"我突然叫喊起来。

波林娜似乎有点心不在焉，她不耐烦地看了看我。

"这与老太太有什么关系？"波林娜懊恼地说，"我不会去找她的……再说我也不愿意向任何人赔罪。"她又发怒地补充了一句。

"真是没有办法！"我大声说道，"您怎么，您怎么能够去爱德·克里埃呢！哦，无耻之徒，无耻之徒！对了，如果您愿意，我就去和他决斗，打死他！他现在在哪儿？"

"他在法兰克福，要在那儿待三天。"

"只要您的一句话，那我明天就动身，乘早班车走！"我满腔热忱傻乎乎地说道。

她笑了起来"又能怎样呢，大概他还会说：您先把那五万法郎还来。再说，他为什么要决斗呢？……亏您想得出来！"

"那这五万法郎到哪儿去弄呢？到哪儿去弄呢？"我不断她说道，把牙齿咬得咯咯直响，好像这样就能突然从地上捡起这笔钱似的。

"对了，去找阿斯特列先生？"我产生了一个诡异的念头，转身询问波林娜。

她的双眼闪起了亮光。

"怎么，你本人也盼头我离开你去找这个英国人？"她那深邃的眼光盯视着我的脸，苦笑着说。生平第一次，她用你来称呼我。

这时，她好像焦急得头都发晕了，突然跌坐在沙发上，显得精疲力竭。

　　我好像被雷电击中！我站在那儿，无法相信自己的眼睛，无法相信自己的耳朵！这么说来，她爱的是我！她没有去找阿斯特列先生，而是来找我；她，一个年轻的姑娘独自一人来到我的房间，在旅馆里，这样，她就当众毁坏了自己的名声，可我，我站在她的面前，居然还不明白！

　　一个怪异的念头闪过我的脑海。

　　"波林娜，你只要给我一个小时的时间！你只要在这儿等一个小时……我就回来！这……必须如此！你会知道的！你就待在这儿，就待在这儿！"说着，我就奔出了房间，对她那诧异、询问的眼光未做任何解释。她在我的身后叫喊着，但是我没有转身。

　　确实，有时最离奇诡异的念头，看来根本无法相信的想法一旦牢牢地占据了你的脑海，最终，你就会认为这种想法是可以实现的……此外，如果这种想法与强烈的、疯狂的愿望结合在一起，那么，有的时候，你最终会把这种想法看作是命中注定、不可避免的事情，认为它是不可能不存在、不可能不发生的了！也许，这里还包含着别的什么，包含着许多预感、非凡的意志力，对自己想入非非的沉迷或者别的东西——我不知道。但是，这天晚上（这个晚上我终生不会记不清楚）在我身上产生了奇迹。虽然这个奇迹可以用算术知识加以诠释，但是，对我而言，它至今仍然是一个奇迹。当时，为什么这种自信会深深地、牢牢地印在我的心中，而且早就如此？

　　究竟是什么缘故？确实，我再重复一遍，我没有把它看作是那种可能发生、因而也可能不会发生的偶然，我认定它是那种无论如何都不可能不发生的必然！

　　晚上十点一刻，我怀着必赢无疑的坚定信心，以从未有过体验的激动心情迈进了娱乐场。赌厅里的人，虽然与上午相比只有一半左右，但为数仍然相当可观。

　　十一点钟，赌台旁边只剩下了嗜赌如命的真正的赌徒，在他们眼中，温泉疗养地只有这个轮盘赌，他们也仅是为参赌而来，对于周围发生的事情很少留意，在整个疗养季节没有任何其他兴趣，只是从早赌到晚，如果可能的话，他们还会通宵达旦地赌下去。每当夜里十二点赌场关闭的时候，他们总是非常懊恼地各自散去。将近十二点钟，在赌场即将关闭之际，大庄家会高声用法语宣布："最后三盘，先生们！"这时，赌徒们有时会倾囊而出，将所有的钱都押在这最后三盘上，其结果却是输得很惨。我走到不久前老太太坐过的赌台前，这儿不很拥挤，因此我很快就在桌旁占据了一个站立的位置。

在我的正对面，绿绒台面上印着"Passe"的字样。

"Passe"是指从十九至三十六这一列数字，第一列，即从一至十八这组数字被称作"Mangue"；可我当时哪有心思顾及这些？我未作任何打算，甚至没有听见最后一盘转出来的数字是什么，就像任何一个几乎不作任何盘算的赌客那样，没有搞清情况就贸然参赌了，我掏出仅有的二十个腓特烈金币，随手扔在我对面的"Passe"上。

"二十二！"庄家大声宣布。

我赢了。我又把本钱和赢来的钱全部一一押了上去。

"三十一！"庄家大声叫道。我又赢了！这样，我总共有了八十个腓特烈！我把这八十个腓特烈全部押在十三至二十四这组中间数字上，赢利为赌注的三倍，但是只有三分之一的机会。轮盘转了起来，出来的数字是二十四。我得到三卷腓特烈（每卷五十个），外加十个金币，加上原有的赌本，我已经有二百个腓特烈了。

我当时似乎赌疯了，又把这一堆钱全部一一押在红字上。突然间，我清醒下来！在这个晚上，在整个赌博的过程中，只有一次恐惧感犹如一阵寒气透过我的全身，我不由得手脚发颤。我惊恐地感觉到，也顿时意识到输钱现在对我来说意味着什么！这是我的全部生活！

"红！"庄家大声喊道。我松了一口气，全身一阵热麻麻的感觉。这次是用银行期票和我结算。这样，我已经拥有四千个弗罗伦和八十个腓特烈了（当时我居然还能计算）。

接着，我记得，我把两千个弗罗伦又押在中间一组数字上，输了；再押上我的金币、八十个腓特烈，又输了。我气急败坏，抓起剩下的最后两千个弗罗伦，押在一至十二这组数字上，就这么无用心思，随便摆摆，碰碰运气吧！可是，在等待的那一瞬间，我似乎体验到了布朗夏尔夫人在巴黎从气球坠向地面的感觉。

"四！"庄家喊道。加上原有的赌注，我又有了六千个弗罗伦。

我已经用赢家的眼光看待问题，现在，我已无所畏惧，拿出四千个弗罗伦押在黑字上。有几个人紧跟着我也把赌注押在黑字上。几个庄家相互看了看，交谈了几句。周围的人等待着结果，议论纷纷。

转出来的是黑字。我已经记不清当时的输赢及我下注的具体情况，我只记得，好像做梦一般，我好像已经赢了一万六千个弗罗伦；可是，三次不幸的下注又一下输掉了一万二千；接着我把剩下的四千押在"Passe"上（当时，我几乎没有感觉，脑中一片空白，只是机械地等待着结果），又赢了；随后又接连赢了四盘。我只记得，我的钱钞以千计算，我还记住中间十二个数这组数字出现得最多，我就总是押在这儿。这组数字的出现似乎有一定的规律：总是接连出现三四次，然后消失两次，接着又接连出现三至四次。这个令人啧啧称奇的规律往往时有时无，这就使那些两手握着铅笔苦心测算的赌客们大伤脑子。在这里，命运对人们的嘲弄有时是多么得可怕！

我想我来到赌场还没有超过半个小时，突然，庄家通知我，说我已经赢了三万弗罗伦，由于庄家的赌本一次最多只能支付这个数目，因此轮盘赌必须关闭，到明天上午再开业。我抓起我的所有金币，胡乱地塞进口袋，又抓起所有的银行期票当即转到另外一张赌台上，转到另一台轮盘赌的赌厅。所有的人跟着我拥了过去。

在那儿，人们立刻为我腾出一个位置，于是我又开始不加考虑地胡乱下注。我真不明白，是什么挽救了我！

其实，我的脑海中有时也迅速地推测一下，抓住某些数字和机会，不过，很快就抛开这些，又几乎没有意识地随手下注。当时，我一定非常心不在焉。我记得几个庄家不止一次地纠正我的做法，我常常严重犯规。我的双鬓汗水涔涔，两手颤抖。几个波兰人毛遂自荐为我帮忙，我一概不听他们的。好运还在我的身旁！忽然，周围响起一片叫嚷声和哄笑声。"太棒了！太棒了！"所有的人齐声喊道，有些人还在鼓掌。在这儿，我又赢了三万弗罗伦，赌台再次关闭，明天才能开业！

"离开这儿，走吧。"右边有个人对我悄声说道，他是法兰克福的犹太人。他一直站在我的身旁，在我赌博的时候，他好像有时也给我出出主意。

"看在上帝的份儿上，快离开吧。"另外一个嗓音在我的左耳旁低低说道。我迅速看了一眼：这是一位穿着朴素、得体的女子，年近三十，脸色呈病态的苍白，面容憔悴，但仍然可以看出她往日的娇美风韵。这时，我将期票揉成一团，塞进各个口袋，收拾起桌上的金币。我抓起最后一卷五十个腓特烈，神不知鬼不觉地迅速塞进那个面容苍白的女人手中。当时，我热切地盼头这么做。我记得，她用纤细的手指紧紧地握握我的手，以示万分感谢。这一切都发生在瞬间。

收拾完毕，我又转到三十点和四十点赌台上。

坐在三十点和四十点赌台旁的客人都是有贵族身份者。这不是轮盘赌，而是玩纸牌。这儿的庄家一次性赔付的最高额为十万塔勒，赌注的上限也是四千弗罗伦。对这种赌法我一无所知，下注的方法，我几乎毫不在行，只知道这儿也有可以押红押黑，于是，我就总是在红或黑上下注。整个娱乐场的人都聚集在周围。我已记不清楚，当时我是否哪怕仅有一次地想到波林娜，当时我不断地把银行钞票、期票抓过来，耙过来，这些钞票、期票在我的面前越堆越高，我感受到无法遏制的快感。

确实，真是命运之神怂恿着我。好像老天爷故意做了安排，这次出现了一种其实在赌博中也是屡见不鲜的情况：如果好运撞在红字上，那么红字就会不下十次，甚至十五次连续出现。前天我就听说，上周红字连续出现了二十二次，这真是轮盘赌场从未有过的情况，人人都啧啧称奇。当然，在红字连续出现十次左右之后，所有的人都会立即抛开红字，几乎无人再敢在红字上下注；但是，任何一个经历丰富的赌客也不会把注押在与红字相对的黑字上。老到的赌客都知道，诡异得令人无法捉摸的偶然将意味着什么。比如，红字连续出现了十六次之后，第十七次总该落在黑字上吧，一些新手纷纷转到黑字上，还两倍、三倍地加大赌注，结果惨输一场。

但是我在一种诡异禀性的驱使下，明明知道红字已经连续出现过七次，却仍然紧抓不放。我确信，当时一半是虚荣心在作祟：

我想以疯狂的冒险让看客深感震惊，此外，哦，真是一种奇怪的感觉，我清楚地记得，当时我突然产生了极其强烈的欲望，特别想冒险，这个欲望并没有受到丝毫虚荣心的驱使。也许，经历了种种感受之后，心灵并未得到满足，仅仅是受到这些感受的刺激，如今要求更加强烈的感受，直至彻底厌倦。说实话，如果赌博规则允许一次押注五万弗罗伦，我肯定也会如数押上。周围的人吵吵嚷嚷，说这是发疯，因为红字已经出来十四次了！

"先生已经赢了十万弗罗伦。"有人在我身旁说道。

我如梦初醒。怎么？这个晚上我已经赢了十万弗罗伦！我还有什么必要再赌下去？我把金币、一卷卷的腓特烈耙到面前，又将期票揉成一团，数也没有数就全部一一塞进口袋，跑出娱乐场。我穿过一个又一个的赌厅，周围的人望着我那鼓鼓囊囊的口袋和被沉甸甸的金币压得踉踉跄跄的步伐，都嘻嘻哈哈地笑了。我想，这些金币的重量大大超过半普特。有几只手伸到我的面前，我随手抓起一把一把的金币分给他们。在出口处，两个犹太人挡住了我。

"您真有胆量！非常有胆量！"他们对我说，"但是，明天早晨一定要离开这儿，越早越好，否则您会全部一一输光，输得精光……"我没有听他们的。

林荫道上一片漆黑，伸手不见五指。抵达旅馆大约有半俄里的路程。我从来不怕小偷，不怕强盗，连小时候也是如此。此时此刻我也没有想到他们。其实，我已记不清楚一路上我在想些什么，好像脑子一片空白。我只体验到某种疯狂的快感，是来自于成功、胜利，还是钱财的快感，我不知道该如何表达。波林娜的姿影也闪现在我的面前，我记得、也意识到我是到她那儿去，立刻就能见到她，向她讲述一切，并给她看……但是，我已经很难想起不久前她对我说过的话和我去赌场的目的；所有不久以前的感觉，仅仅是一个半小时之前所体验到的感觉，现在对我来说似乎已经成为遥远的过去，这种陈旧的感觉已经发生了变化。

关于这些事情我们不会再去提及，因为现在一切都要重新开始。

已经快要走到林荫道的尽头，一阵恐惧袭上心头："如果现在有人要杀害我，将钱抢走，那可怎么办？"我一步步地走着，恐惧感越来越深。我几乎撒腿跑了起来。突然，灯火辉煌的整座旅馆一下子闪现在林荫道的尽头。感恩上帝，总算到家了！

我跑上我住的那一层楼，迅速打开房门。波林娜在那儿，她面对点燃的蜡烛，双手交叠，坐在我的沙发上。她以惊诧的眼光望着我，不用说，当时我的样子肯定相当诡异。我站在她的面前，开始掏钱，把那一大堆钱票全部一一扔在了桌子上。

第十五章

我记得，她虎视眈眈地盯着我的脸，人却坐着没动，连身体的姿态都没有改变。

"我赢了二十万法郎！"我大声说道，同时把最后一卷腓特烈掏出来，扔在桌子上。大堆大堆的银行期票，一卷又一卷的金币摆满了整张桌子，我望着这些期票和金币，简直无力将眼光移开。在短暂的时间内我已完全忘却了波林娜的存在，时而动手整理期票，把期票一张张叠起来，时而把金币全部一一堆放在一起，时而又放下这些钱，在房间快步来回走动，陷入沉思，然后一下子又走到桌边，重新开始数钱。突然，我好像有所醒悟，就赶紧跑到门口，将钥匙转了两圈，把门锁上了。接着，我在我的小箱子面前站定，凝神思考。

"难道就装在箱子里过夜？"我突然转向波林娜问道，也就一下子想起了她的事情。她仍然纹丝不动地坐在原来的地方，只是一直目不转睛地盯着我，脸上的表情非常诡异，我可不喜欢这种表情！如果我说这种表情中满含着憎恨，那是恰如其分的表达。

我快步走到她的面前。

"波林娜，这儿是两万五千弗罗伦，折合五万法郎，甚至还不止；您拿去，明天把这些钱扔在他的脸上。"她没有答话。

"如果您愿意，那我亲自给他送过去，清早就去，好吗？"她突然笑了起来，笑了很长时间。

我惊讶地望着她，内心一片悲哀。不久前，每当我极其热烈地向她倾诉爱情的时候，她就是发出这种带有嘲弄意味的笑声。她终于安静下来，皱起了眉头，严厉地、不友好地打量着我。

"我是不会要您的钱的。"她鄙夷地说。

"什么？这算怎么回事？"我叫了起来，"波林娜，为什么呢？"

"我从来不会平白无故地接受别人的钱。"

"我是作为朋友这么做的，我的生命都可以奉献给您。"她用探究的眼光久久注视着我，好像想将我看透。

"您出价太高了，"她冷笑着说，"德·克里埃的情妇不值五万法郎。"

"波林娜，怎么能对我说这种话！"我嗔怪地大声说道，"难道我是德·克里埃？"

"我恨您！恨您……恨您……您比德·克里埃更加讨厌。"她突然两眼发光，叫喊起来。

顿时，她又用双手捂住脸，歇斯底里大发作。我奔到她的面前。

我明白了，我不在的时候肯定发生了什么事情，她好像精神完全失常了。

"把我买去吧！你要吗？要吗？就像德·克里埃一样，花五万法郎？"她突然冒出这些话来，抽搐着号啕大哭。我抱住她，吻她的手，吻她的脚，跪倒在她的面前。

一阵歇斯底里过去了。她把两只手放在我的肩上，认真地注视着我，好像想从我的脸上探究出什么来。她听我讲话，但是，显然，她并没有把我讲的语听进去，在她的脸上显出某种焦虑和沉思的神情，我真替她担心，我真的以为她已经神经错乱。她一会儿突然轻轻地将我拉到她的身旁，脸上飘忽着表示信任的微笑；一会儿突然将我推开，重又用阴沉抑郁的眼光仔细打量着我。

突然，她扑过来将我抱住。

"你是爱我的，是不是？"她说。"你不是，你不是……为了我要和男爵决斗吗！"她突然发出一串笑声，好像一下子想起了什么可笑的、有趣的事情。她哭一阵，笑一阵，又哭又笑。我该怎么办呢？

我自己也好像发热病似的情绪激荡。我记得，她开始对我诉说什么，但是，我几乎一点儿也听不明白。她好像处于谵妄之中，前言不搭后语，似乎她急切地想告知我什么事情，有时，含糊不清的妄语又被高兴至极的笑声打断，听起来让我感到可怖。"不，不，你很可爱，非常可爱！"她重复说道。"你是我忠实的人儿……"她又把双手搭在我的肩上，专注地望着我，继续不断地说道，"你是爱我的……你爱我……以后也会爱我，是不是？"我一直没有把眼光从她身上移开，我还从未见过她如此地温柔，如此强烈地表白自己的感情。确实，这当然是呓语，但是……看到我眼中流露出热情洋溢的眼光，她突然露出了狡黠的微笑，并且又不知所以地谈起了阿斯特列先生。

其间，她一直不断地提及阿斯特列先生（尤其在不久前竭力要告知我什么事情的时候），但究竟说的什么，我根本就没有听懂。

好像她还嘲笑他，不断地说他在等待……还问我是否知道，此时此刻他一定就站在窗口下面。"是的，是的，就在窗口下面。喂，你打开窗，看一看，看一看，他在这儿，在这儿！"她推我走近窗口，我刚迈步向前，她就发出一串笑声，于是我又留在了她的身旁，她扑了过来，将我抱住。

"我们离开这儿吗？我们是不是明天就走？"她突然显得不安起来。"……

（她在思考）哎，我们去追上老奶奶，你觉得怎么样？我想，我们能在柏林追上她。你觉得，一旦我们追上了她，她见到我们以后，她会说什么呢？那阿斯特列先生呢？……哎，这个人是不会从什兰根别尔格上面跳下去的，你说是吗？（她哈哈大笑。）哎，听我说，你知道明年夏天他要去哪儿吗？他想到北极去进行科学考察，他还叫我和他一起去，哈——哈——哈！他说，我们俄国人离开了欧洲人就一无所知，一筹莫展……不过，他倒是一个好心肠的人！你知道吗，他原谅了'将军'。他说布朗舍……情欲……哦，我不知道，不知道，"她突然一再说道，好像感到说得太多，有点手足无措了。"他们真可怜，我真怜悯他们，也舍不得老奶奶……哎，你听我说，我问你，你在哪儿能够把德·克里埃杀死？莫非，莫非你以为你能把他杀死？哦，愚蠢！难道你竟能以为我会让你去和德·克里埃拼命？你连那个男爵也杀不死呢！"她突然笑了起来，补充说道。

"哦，那次和男爵发生的事情，你显得多么可笑。当时，我坐在长凳上，对你们两人冷眼旁观。我让你去的时候，你还不情愿呢。我当时真是笑死了，哎呀，真是笑死人了！"她说着咯咯咯地笑个不断。

她突然又连连吻我，拥抱我，重又柔情似水、热情似火地将她的面颊贴在我的脸上。我已失去思维的能力，什么也听不见了，我的脑袋晕乎乎的……我想，一觉醒来，大概已是早晨七点钟光景，阳光照亮了房间。

波林娜坐在我的身旁，神情诡异地向四面张望，好像她刚刚走出混沌与黑暗，正在竭力搜寻记忆。她也刚刚睡醒，两眼盯着桌子和钱。我感觉头沉甸甸得疼痛难忍。我想握住波林娜的手，她却陡然将我推开，从沙发上跳了起来。这天早晨，天色阴沉，拂晓时分下过雨。她走到窗口，打开窗户，将脑袋和胸脯探出窗外，双手捧住脸，胳膊支撑在窗槛上，就这样待了两三分钟，没有回头看我，也没有听见我对她讲话。我骇然想起：现在可怎么办呢？这件事情该如何收场？她突然从窗口抬起身来，走到桌子跟前，以无比仇视的神情望着我，双唇气得发抖，对我说："喂，现在该把我的五万法郎给我啦！"

"波林娜，你又这样，又这样！"我刚开始说。

"你是不是反悔啦？哈——哈——哈！你大概已经舍不得了吧？"昨天就已数好的二万五千弗罗伦就放在桌子上，我拿起这笔钱，交给了她。

"就是说，这些钱都是我的啦！是这样吗？是不是？"她把钱捧在手中，连声狠狠地问我。

"永远归你了。"我说。

"哼，去你的五万法郎吧！"她抡起胳膊，把钱向我掷来，一包钱币砸痛了我的脸，四处飞散，纷纷落在地板上。波林娜把钱扔掉以后，从房间里跑了出去。

我知道，当时她肯定神志不清，只管我对这种暂时性的神经错乱并不清楚。确实，已经过去一月有余，她生病至今。不过，这种状况，主要是这种反常举止的缘故是什么呢？是因为自尊心受到刺伤？还是因为她居然亲自前来求助于我而陷入极端的绝望？我是否给她一种印象，好像我的幸福使我的虚荣心得到了满足，而骨子里我和德·克里埃是一丘之貉，打算给她五万法郎，就将她甩掉？

可这真是无稽之谈，我凭自己的良心知道，根本不是这么回事。我认为，多多少少应当归咎于她的虚荣心。虚荣心驱使她不信任我，驱使她侮辱我，虽然这种做法对她本人来说也许并没有清楚的意识。在这种情况下，我当然就代德·克里埃受过，也许就成了没有严重过失错误的罪人。诚然，她说的一切都是妄语，诚然，当时我知道她处于狂妄之中，可是……我没有重视这种状况。或许，她现在已经无法原谅我的这个举动？但这是现在呀，可当时呢？当时她的胡言乱语和病情并没有严重到如此的地步，以致完全忘却她带着德·克里埃的信到我这儿来做什么呀，这就是说，当时她很清楚地知道她在做什么。

我匆匆忙忙将我的所有期票和一大堆金币胡乱地塞进被子里面，盖好，在波林娜离去以后非常钟左右走出房间。我坚信她是回去了，所以想悄悄地到他们那儿去，在前厅里向保姆打探一下小姐的身体状况。在楼梯上我遇到了保姆，从她那儿得知，波林娜还没有回去过，保姆正是到我这儿来找她，当时，我真是惊讶万分。

我对保姆说："她刚走，刚刚从我那儿离开，大约非常钟之前。她会去哪儿呢？"保姆带着责备的神情看了看我。

此时，一件重大新闻已经传遍旅馆。在门房里，在侍役领班那儿，大家交头接耳，窃窃私语，说大清早，六点钟光景，小姐就从旅馆里跑了出去，冒着雨，往英吉利旅馆的方向跑去。从他们的话语和暗示中我发现，他们已经知道波林娜在我的房间里过了一夜。

其实，当时的传闻已经牵涉到将军全家。大家都知道，将军昨天发疯了，在旅馆里四处哭泣；人们还议论说，到这儿来的老太太是将军的母亲，她专程从俄国赶来就是为了阻止她的儿子和布朗舍小姐的婚事，如果儿子不听从劝阻，就要剥夺他的继承权；由于将军确实没有听从她的意志，伯爵夫人在儿子面前故意在轮盘赌上把她的全部家产输光，让他一个子儿也拿不到。"这些俄国人呀！"侍役领班频频摇头，气愤地连连说道，别人随声取笑。侍役领班准备结账。我赢了大笔钱的消息已经传开，在旅馆里侍候我的侍役卡尔首先向我道贺，但是，我顾不上与他们周旋，就急忙向英吉利旅馆奔去。

时间尚早，阿斯特列先生不接待任何人。得知来人是我，他走出房间，到走廊上来见我。他站在我的面前，默默地注视着我，没有表情，等我开口说话。我立即询问起波林娜的情况。

"她病了。"阿斯特列先生回答道，依然专注地盯着我，没有把眼光从我身上移开。

"那就是说她确实在您这儿？"

"是的，在我这儿。"

"那么您是……您打算把她留在您这儿？"

"是的，我打算这么做。"

"阿斯特列先生，这会引起非议，不能这么做。何况她病得不轻，也许您没有注意到吧？"

"不，我注意到了，我已经对您说过，她病了。如果她不是有病，她就不会在您那儿过夜。"

"这个情况您也知道？"

"我知道。她昨天到我这儿来过，我真该把她送到我的女亲戚那儿。她有病，搞错了，所以才到了您那里。"

"难以想象！那么，祝贺您了，阿斯特列先生。顺便请您告知我，您是否整夜站在我的窗外？波林娜小姐夜里不断地要我打开窗户，瞅瞅您是否站在窗子下面，她还狂笑不已。"

"是吗？不，我没有站在您的窗口，但我一直在走廊里等着，在附近转悠。"

"她需要治疗，阿斯特列先生。"

"是的，我已经请了大夫。如果她死了，您得把她的死因对我交代清楚。"我大惊失色。

"您说什么呢，阿斯特列先生，您想干什么？"

"昨天您赢了二十万塔勒，是真的吗？"

"总共只赢了十万弗罗伦。"

"瞧，是真的！这样，您今天上午就起身去巴黎。"

"为什么？"

"俄国人一旦有了钱，无一例外地都去巴黎。"阿斯特列先生解释道，他的嗓音和语调好像不是讲话，而是照本宣读。

"那现在，这个夏天，我在巴黎干什么呢？我爱她，阿斯特列先生！您是知道的。"

"是吗？我认为不是这样。再说，如果您留下不走，您一定会把钱全部输光，到时连去巴黎的路费都没有了。再见吧，我确信，今天您一定会去巴黎。"

"好吧，再见，但是巴黎我是不会去的。阿斯特列先生，您想想，我们这儿眼前将是什么样的状况？总之，将军他……现在波林娜小姐又发生这种离谱的事情，您知道，这会闹得满城风雨！"

"是的，是会闹得满城风雨。将军吗，我想，他不会考虑这个问题，他也无心过问。更何况波林娜小姐完全有权利住在她愿意居住的地方。至于这个家庭么，完全可以说，这个家庭已经不存在了。"我走在路上，内心嘲笑着这个英国佬，他认为我一定会去巴黎，真是不知所以得自以为是。"不过，"我暗自思忖，"如果波林娜小姐死了，他会要求决斗，将我打死，这可又是一件麻烦事！"我发誓，我很怜惜波林娜，但是奇怪得很，从昨天开始接触赌台，耙进一堆一堆的钱财那一刻起，我的爱情好像已经退居至次要位置。现在我才这么说，当时我还没有清楚地意识到这一点。莫非我果真是个赌徒，难道我对波林娜的爱情真的非常奇怪？不！我至今仍然爱她，上帝做证！当时，在我离开阿斯特列先生以后，在回家的路上，我感到深深的痛苦，也曾扪心自责。但是……但是，一件非常荒唐、极其愚蠢的事情发生了。

我步履匆忙地去找将军。突然，在距离他们套间不远的地方，一扇门打开了，有人叫我。这是高芒热夫人奉布朗舍小姐之命叫我，我走进布朗舍小姐的套间。

她们的套间不大，一共两个房间。我听见了从卧室里传来的布朗舍小姐的笑声和叫喊声，她已在起床。

"啊，是他来啦！进来，小傻瓜……听说你赢了山那么高的一大堆金币和银币，是吗？我可宁愿要金币。"

"是的。"我笑着答道。

"赢了多少？"

"十万弗罗伦。"

"小宝贝，你可真蠢。进来，到这儿来，我什么也听不见。我们要设宴庆祝一番，是不是？"我走进她的卧室。她慵懒地躺在床上，盖着粉红的锦缎被子，黝黑、结实、极其动人的肩膀（这样美丽的肩膀只有在梦里才华见到）露在外面，身上随意披一件镶着雪白花边的细亚麻布短衫，与她黝黑的皮肤极其相配。

"我的孩子，你不是胆小鬼吧？"见到我，她大声说道，接着哈哈大笑。她总是笑得非常高兴，有时甚至笑得非常投入。

"如果是别人……"我借用高一倍的语句，开始说道。

"你瞧，你瞧，"她突然急急忙忙地说，"首先，找到袜子，帮我穿上；然后，如果你不是太蠢，我就带你去巴黎。你知道，我立刻就要动身了。"

"立刻就动身？"

"再过半个小时。"确实，一切都已收拾停当，所有的箱子和她的物品都整好放在那里。咖啡早就端上来了。

"就是这样，如果你愿意，你就能看到巴黎。告知我，家庭教师是怎么回事？你做家庭教师的那会儿显得真蠢。我的袜子在哪儿呢？帮我穿上，快点！"她果然伸出脚来，这是一只皮肤黝黑、完美无缺、令人销魂的纤足，和那些穿在皮鞋里看上去非常小巧玲珑的秀足一样。我笑了起来，动手替她穿上长筒丝袜。此时，布朗舍小姐坐在床上，像炒爆豆子般说道：

"如果我带你走，那你会怎么做？首先我要五万法郎。你在法兰克福把钱交给我。我们到巴黎去，在那儿我们生活在一起，我给你介绍白天的星星，你会看到你从未见过的女人。听我说……"

"等等，要是我给你五万法郎，那我还有什么呢？"

"十五万法郎呀。你忘了，除此以外，我还同意在你那儿住一两个月，住多长时间都行。当然，这两个月内我们会把十五万法郎花光。你知道，我很善良，我已经告知过你，你会见识到明星人物。"

"两个月就全部花光？"

"当然！这就吓着你啦！嗨，卑贱的奴隶！你该知道，一个月这样的生活胜过你的一生呢。一个月以后吗，哪怕洪水滔天也不必管他，不过，你无法明白其中的道理！走吧，走吧，你不配过这种生活。哎呀，你干什么呀？"这时我正在给她穿另外一只袜子，不能容忍吻了她的纤足。她把脚抽了出来，用脚尖踢我的脸，最后终于将我赶走。

"好吧，我的家庭教师，如果你想去，我就等你。我再过十五分钟出发！"她冲着我的背后大声喊道。

返回家中，我好像已经晕头转向，陷入了迷途。这能怪我吗？我并没有过失错误，可是波林娜小姐却把整捆的钱扔在我的脸上，而昨天她看中的并不是我，而是阿斯特列先生。几张散落的银行期票仍然摊在地板上，我把这些期票捡了起来。这时房门开了，侍役领班亲自过来（从前他可从不愿意看我一眼），问我是否愿意搬到楼下公爵刚刚住过的那套最豪华的套间去住。

我站在那儿，沉思了片刻。

"结账！"我大声说道。"我立刻离开，十分钟以后就走。"我心中暗自思忖："去巴黎就去巴黎！大概这是命中注定的事情！"十五分钟以后，我们一行三人——我，布朗舍小姐和高芒热夫人果真乘坐在一个家庭包厢内。布朗舍小姐望着我不断地放声大笑，几乎达到歇斯底里的程度，高芒热夫人在一旁随声附和。不能说我当时非常高兴。生活正在变得难以琢磨，从昨天开始我已经习惯于孤注一掷。也许，我难以承受金钱的魔力而晕头转向，这是不争的事实；也许，我只配这样。我以为，这种场景的变更是暂时的，仅仅是临时行为。"一个月以后我还会返回这里，到那时候……到那时候我还要和您再较量一番，阿斯特列先生！"不，据我现在回忆，虽然当时我和傻乎乎的布朗舍小姐争先恐后、此起彼伏地笑个不断，其实我的心底里一片悲凉。

"你这是做什么呢呀！你真笨！"布朗舍小姐叫道，她收起笑声，转而一本正经地责骂我了。"是的，是的，不错，我们过生活是要花去你的二十万法郎，但是，你的生活会快活得像个小国王似的。我会给你系领带，我还会介绍你认识奥尔坦斯。把我们的这些钱用完之后，你到这儿来，再在赌台上大捞一把。那些犹太人对你怎么说的？主要是胆量，而你是有胆量的，你还会不止一次地给我把钱送到巴黎来。至于我吗，我想要五万法郎的年金，那样……"

"将军呢？"我问她。

"你也知道，每天这个时候他都要出去给我买花，这次我故意指使他去寻找最稀有的品种。当这个可怜虫返回家中的时候，小鸟已经飞走啦。瞧着吧，他会马不停蹄地追赶我们的。哈——哈——哈！我会很高兴，在巴黎他对我还有用处；这儿阿斯特列先生会给他付账……"当时，我就这样去了巴黎。

第十六章

关于巴黎,我说什么呢?这一切自然既是一场梦魇的幻象,也是荒唐的闹剧。我在巴黎总共只待了三个星期多一点儿,就在这么短的时间内我的十万法郎付诸东流。我只讲十万,另外十万我以现钱交给了布朗舍小姐:在法兰克福给了五万,三天之后,在巴黎又给她五万法郎的期票,不过一个星期之后,她又从我这儿把钱兑走。"我们剩下的十万法郎,你就和我一起把它吃掉算了,我的家庭教师。"她常常叫我家庭教师。难以想象世界上还有什么台旨够比布朗舍小姐这类人物更加精明,更加吝啬,更加贪得无厌,当然,这仅是对她自己的钱而言。至于我的十万法郎,后来她直截了当向我挑明,说她需要这笔钱筹备她在巴黎的第一次公开露面:"我现在就要永远过上体面的生活,从此很长一段时间谁也别想压在我的头上,至少我已经做了这样的安排。"她补充说道。其实,我几乎没有见到这十万法郎,她一直把钱掌握在手中,而在她每天都亲自翻看的我的钱包里从来没有超过一百法郎的,而且往往都是低于这个数目。

"你做什么要钱呀?"有时她带着极其单纯、朴实的神情说道,我没有和她争辩。可是,她用这笔钱把她的住宅装修得相当豪华。

后来,她让我搬进新居,向我展示了一个个房间。这时,她说:"你看,既有精打细算,又有审美情趣,花点儿小钱就能装修成这样。"这个"小钱"却是整整五万法郎。剩下的五万法郎她用来购置豪华马车、马匹,此外,我们还举办了两次舞会——就是家庭晚会,奥尔坦斯、莉赛特、克娄巴特拉这些在各个方面都相当出色而且也貌美惊人的女子都来参加了。在这两次家庭晚会上,我无奈地扮演了主人——这个极其愚蠢的角色,迎接、应酬那些发了横财、粗俗不堪的商人,及不学无术、厚颜无耻得令人无法容忍的各类军官,还有卑微的文人,不起眼的杂志记者,他们身穿时髦的燕尾服,手戴淡黄色手套,摆出一副傲慢自负、目空一切的派头,这副面容在我们彼得堡简直无法想象,可在这儿却是身价的体现。他们甚至打算寻我的高兴,可我喝足了香槟酒,就到后面的房间里躺着,我对这一切厌恶透顶。布朗舍介绍我的情况,她说:"这位是家庭教师,他赌博赢了二十万法郎,可是,没有我,他就不知道怎样花钱。以后他还要去做家庭教师,你们谁知道哪儿有空位吗?应该给他帮帮忙。"我开始频繁地喝香槟,因为我常常非常抑郁,又感到无聊透顶。我生活在一个极端资产阶级化、极端唯利是图的圈子里，这个圈子里的人对每一个子儿都要计较、掂量。最初两个星期，布朗舍很不喜欢我，我对此有所感觉。的确，她把我打扮得漂漂亮亮，每天亲自为我系领带，但是在内心她根本看不起我，可是她对我的蔑视，我丝毫未加理睬。

我愁闷无聊，抑郁颓丧，便频繁出入娱乐场，我常常每天晚上在那儿拼命喝酒，学跳康康舞（那儿跳起这种舞来不堪入目），后来居然在这个方面还小有名气。最后，布朗舍终于把我看透：她曾先入为主地认为，在我们同居期间，我会手中拿着笔和纸跟在她的身后，不断地计算她花了多少，拿走多少，还要花费多少，拿走多少，因此，她也顺理成章地以为我们会为每十个法郎而争吵不休。对于她预先设想的我的种种为难，她早已想好对策。但是，她没有看到我对她有任何为难，起初，她便以攻为守，先发制人，有时来势凶猛；可是，我一直默不作声，多半斜倚在卧榻上，呆呆地盯着天花板；面对这种局面，她终于感到疑惑不解。一开始她以为我愚不可及，一个家庭教师而已，于是干脆不做解释，大概，她心中暗自思忖："他很愚蠢，既然他本人一无所知，那就没有必要去点拨他，惹火烧身了。"她走了，但是常常过了非常钟左右又转了回来，这种情况发生在她疯狂消费之后；她的消费与我们的经济状况极不相称，比如，她换了两匹马，而买马就花费了一万六千法郎。

"喂，怎么样，小宝贝，你不发怒吧？"她走到我面前。

"不！你烦死人了！"我说着，用一只手将她从我身旁推开。可是，我的态度激起了她的好奇心，她又立即在我身旁坐下：

"你知道，既然我下决心花费这么一大笔钱，那就是因为这是一个机会，这两匹马还可以以两万法郎的价格再卖出去。"

"是的，是的。两匹好马，这下子你出门也风光多了，合算。好了吧。"

"那么你不发怒？"

"做什么呢发怒？你现在为自己添置一些必不可少的物品，这种做法很聪明，所有这些东西你以后都用得着。我看，你确实需要来这么一招，否则你是积攒不了一百万的。我们的十万法郎仅仅是个开头，沧海一粟。"布朗舍鲍对没有料到，我既不大吵大闹，也不发难责怪，却发出这么一通议论，她犹如遭到当头一棒。

"你，你原来是这种人！原来你相当精明，心中有数啊！你知道，我的宝贝，虽然你只是个家庭教师，但你生来是该当王子的！我们的钱花得这么快，你不心疼？"

"才不心疼呢，花得越快越好！"

"但是……你知道……你说说，难道你是一个大富翁？你知道，你太不把钱当回事了。你说说，以后你去干什么呢？"

"以后，我去戈姆堡，再赢十万法郎。"

"对，对！太棒了！我知道你一定会赢钱，然后把钱带到这儿来。好吧，如果你做到了，我就会真的爱你！就因为你是这样的人，这段时间我会一直爱你，不做任何不忠于你的事情。你看，这段时间，虽然我不爱你，因为我觉得你仅仅是个家庭教师，类似听差的角色，是不是？但我仍然忠实于你，因为我是一个规矩的好姑娘。"

"得了，你还撒谎！上次你和阿尔贝特，那个黑黑的小军官干的事情难道我没看到？"

"呵依，呵依，你呀……"

"得了，你是撒谎，撒谎。你以为我发怒啦？我才不在乎呢！

胡闹之后总该正经安分起来。如果他在我之先，而且你也爱他，那你就不该把他赶走，只是你不要给他钱，听见吗？"

"那么这件事情你也不发怒？你真是一个豁达的人。"她欣喜若狂地叫了起来，"我会爱上你，一定会爱上你的，等着吧，你会心满意足！"果真，从此以后她对我好像真的非常依恋，甚至含情脉脉，最后十天我们就是这样度过的。她允诺的"星级人物"我没有见到，但在某些方面她确实信守诺言。除此以外，她介绍我结识了奥尔坦斯，这是一个很有个性、极其出色的女人，我们圈子里的人都称她为哲学家捷列扎。

不过，关于这一切无须宣扬，这些素材可以构成一篇具有特别风格的独立小说，我不愿意将它穿插在我的故事当中。当时，我使尽力气盼头这一切尽快结束。上面我已说过，我们的十万法郎几乎只够一个月的花费，这着实让我大为吃惊。在这笔数目当中至少有八万法郎被布朗舍用去为自己大肆采购，因为我们的日常花费无论如何不会超过两万法郎，而且还是绰绰有余。后来，布朗舍对我基本能够坦诚相待（至少在某些问题上从不对我说假话），她坦言相告，至少她没有把迫不得已欠下的债务转嫁在我的身上，她对我说："我没有让你在账单和期票上签字，因为我心疼你。换了别人，一定会这么做的，把你送进监狱。你瞧瞧，我是多么爱你，我的心肠多好啊！单单这场鬼婚礼就要花费我多少钱呀！"我们确实举行了婚礼，举行婚礼的时候我们同居一个月已近尾声。应当承认，我那十万法郎的最后几张票子确实用于婚礼的花费，事情就此结束，也就是说，我们同居一个月以此告终。在这之后，我便正式退出了。

事情的经过是这样的。我们在巴黎定居一个星期之后，将军来了。他直接来见布朗舍，第一次拜访之后几乎就留下不走了。其实，他在某处有自己的公寓。布朗舍叫着、笑着、兴高采烈地迎接他的到来，甚至扑过去把他抱住。结果，她不放他走，无论在街心花园散步还是在水中划船，无论去剧院还是去访客，他都必须处处紧随在她的身后。将军倒是挺合适扮演这样的角色：他的官衔不小，又文质彬彬。他的身材几乎算得上高大，蓄有染过的络腮胡子和唇髭（他先前当过胸甲骑兵），虽然皮肤已显松弛，但仍旧仪表堂堂；他风度优雅，燕尾服穿在身上非常得体，在巴黎，他又佩戴上自己的勋章。有这样的人陪伴着在街心花园里散步不仅是可以的，而且，如果可以用这个词来表达，那是求之不得的。心地善良，头脑简单的将军真是受宠若惊，他到巴黎来投奔我们的时候根本没有指望受到如此之高的礼遇，当时他战战兢兢，以为布朗舍会大喊大叫，吩咐下人将他赶走。由于情况大有转机，将军欣喜若狂，整整一个月始终沉浸在丧失理智的激情之中，我任他兴奋地晕头转向。在这儿我才了解到当时我们突然离开鲁列坚堡之后他的详尽情况。当天上午，他好像什么病发作，倒在地上，失去了知觉；继而整整一个星期几乎疯疯癫癫，说个不断。在治病期间，他突然抛开一切，坐上火车就来到了巴黎。布朗舍的热情接待对他来说自然是最好的药剂，不过，虽然他处于激动、亢奋之中，病症却久久没有消除，他已经完全失去了思考和议论的能力，甚至无法进行比较认真的交谈，在这种情况下，不论别人说什么，他总说上一声是，点点头，以此应付过去。他常常扬声大笑，但这是一种神经质的、病态的笑声，好像无法自控；有时他浓眉紧皱，一连几个小时呆坐不动，脸色极其阴沉。很多事情他完全想不起来，变得心不在焉，魂不守舍，并且养成了自言自语的习惯。唯有布朗舍能够令他振作精神。如果他蜷缩在角落里，变得郁郁寡欢，忧心忡忡，那肯定是因为他很长时间没有见到布朗舍，或者因为布朗舍乘车外出，却没有带他同行，或者是布朗舍在离开的时候没有和他亲热一番。在这种情况下，他不会主动说出他的愿望，他本人也不知道他显得郁郁寡欢、忧心忡忡，呆呆地坐上一两个小时（这种情况我见过大约两次，当时布朗舍消失了整整一天，大概是去艾伯特了），他突然四面顾盼，手足失措，东张西望，想起了什么，好像想要找人。但是，没有看到任何人，又想不起来他想询问什么，于是重又陷入恍惚状态，直到布朗舍突然出现；她兴高采烈，欢蹦乱跳，还带来一串银铃般的笑声。布朗舍奔到他的面前，动手拉他，甚至吻他——这可是少有的奖赏。有一次，将军竟因为她的到来高兴地哭了起来，我真觉得不可思议。

将军一来到我们这儿，布朗舍就在我的面前替他辩护，她甚至动用三寸不烂之舌，不断提醒我，因为我她才背叛了将军，当时她几乎已经成为他的未婚妻，对他有过承诺；她说，为了她，将军抛弃了家庭；最后，她说，我曾在他家供职，应当有所感触，还说我怎么不感到羞愧……我一直默不作声，而她爆豆子似的，说个不断。我终于扬声大笑，事情也熟到此结束，就是说，起初她以为我是傻瓜，后来她终于明白我是一个能伸能屈的大好人。总之，最后我终于完全赢得了这位好姑娘的充分赏识（不过，布朗舍确确实实是一位极其善良的好姑娘，当然，这只表现在某一点上，起初我对她的评价并非如此）。后来，她多次对我说："你是个心地善良的聪明人，只是……只是……只可惜你是个大傻瓜！你是不可能攒钱的！一点儿钱也攒不起来的！"

"地道的俄国佬！卡尔梅克人！"好几次她打发我领着将军到街上去转悠，活像差用人带哈巴狗出去溜达。其实我常常带他进剧院，去马比利舞会，还下馆子。这些花销都由布朗舍提供，虽然将军自己也有钱，并且非常喜欢当众掏出他的钱包。有一次，在帕列罗亚尔商店他看中一枚胸针，无论如何想要买下来送给布朗舍，为了不让他花七百法郎买下这枚胸针，我几乎动用了武力。七百法郎的胸针对她来说算得了什么？而将军的钱总共还超不过一千法郎。我从来无法得知他的这些钱是从哪儿来的？我想，是阿斯特列先生给的，而且，阿斯特列先生还为他支付了旅馆的费用。至于在这段时间内将军对我如何看待，我则觉得，他都没有想到我和布朗舍的关系。虽然他也隐隐约约听到我赢了一大笔钱，但他一定认为，我在布朗舍这儿是一个家庭秘书之类的角色，或者也许还只是一个用人。至少他对我讲话时总是像以前一样居高临下，盛气凌人，有时甚至还严厉责骂。有一次，早晨在我们这儿喝咖啡的时候，他把我和布朗舍逗得乐不可支。他本不是一个胸襟非常狭隘的人，可当时突然对我动起气来，为什么呢？至今我仍不知所以，当然，他本人也不清楚。总之，他突然没头没尾地大发议论，前言不搭后语，大声叫喊，说我是个不懂事的顽童，他要教训我……让我开窍……如此等等，可是他的话让大家都摸不着头脑，惹得布朗舍咯咯咯地大笑不止。后来总算让他安静下来，就领他外出散步了。不过，我多次发现他常常变得闷闷不乐，为某人难受，为某事惋惜，思念着某人，就连布朗舍在场的时候亦是如此。在这种时刻，他曾两三次主动与我拉起家常，但从来无法清楚地表达他的思想；他回忆起过去的公务，思念亡故的妻子，说起他的家产和田庄。

他会突然冒出一句话来，并因为这句话而得意扬扬，于是一天之内他会重复百遍，其实这句话既不能体现他的感情，也不能表达他的思想。我曾试着和他谈起他的孩子们，但他只用用过去的快言快语应付几句，然后匆忙转换话题！"是啊，是啊！孩子们，孩子们，您说得对，孩子们！"只有一次，他动了感情，那是在我们去剧院的路上："他们是不幸的孩子！"他突然说道，"是的，先生，是的，他们是不——幸的孩子！"这天晚上，他后来多次重复说道："不幸的孩子！"有一次，我和他谈起波林娜，他顿时大动肝火，厉声喝道："她是个忘恩负义的女人！她太狠心，忘恩负义！她让全家把脸面丢尽！如果这儿有法律，我要把她治得服服帖帖！真的！真的！"至于德·克里埃，在他面前连此人的名字都不能提起。他说："是他毁了我，他偷窃了我的钱财，把我害得好苦！整整两年，他是非常可怕、令人憎恶的东西！几个月来，我还一直梦见他！这是，这是，这是……哦，再也别对我提起他！"我看出他们之间有什么事情进行得非常顺利，但像往常一样，我保持沉默。布朗舍首先向我摊牌，这恰恰是在我俩分手之前一星期。她匆匆地说道："他很走运。老太婆现在真的病了，肯定会死的，阿斯特列先生拍来了电报。您也知道，毕竟他是老太婆的继承人；即便不是，那也没有任何坏处。第一，他有退休金；第二，他以后住在耳房，完全可以过得快快活活。我将成为将军夫人，我会踏进上等人的圈子（这是布朗舍梦寐以求的事情），以后就是俄国女地主，我会拥有城堡、农奴，无论如何也得有百万家产。"

"但是，如果他吃起醋来，要……天知道要什么，你明白我的意思吗？"

"哦，不会，不会！他哪敢呀！你不用担心，我已经采取了措施。我已经逼着他在几张期票上签了字，是给阿尔贝特的，一旦发生什么情况，他立刻就会受到惩罚；再说他也不敢！"

"行，嫁给他吧……"婚礼举办得并不隆重，悄悄进行，没有张扬，只邀请了阿尔贝特，还有几位亲友。奥尔坦斯、克雷芭等人绝对排除在外。新郎兴致勃勃。

布朗舍亲手为他系上领带，亲手给他涂上香膏。将军穿着燕尾服，白背心，看上去仪表堂堂。

"他的模样还真的非常气派呢。"布朗舍从将军房间出来的时候，对我说道，好像将军的模样还真的非常气派这个想法也令她感到吃惊。我参加了婚礼，只是一个懒洋洋的旁观者，很少关注细节，因而许多事情的经过已经忘却。我只记得布朗舍的姓氏根本不是高芒热，而她的母亲也完全不是高芒热夫人，而是普拉谢特。

为什么她们在此之前一直使用高芒热这个姓氏，我不知道，但是将军对此也深表满意，似乎他对德·普拉谢特这个姓氏的喜欢珍爱胜过高芒热。举行婚礼的那天早晨，他已穿戴停当，在大厅里不断地来回走动，带着极其严肃、庄重的神情，反复喃喃自语："布朗舍·普拉斯特小姐！布朗舍·德·普拉斯特！德·普拉斯特！布朗舍·德·普拉斯特小姐……"他的脸上洋溢着自我陶醉的光彩。在教堂里，站在市长身旁以及在家中小吃的时候他不仅显得心满意足、喜气洋洋，而且还得意非凡呢。他们两人都发生了一些变化，布朗舍开始显得特别庄重。

"我现在必须完全改变自己的言语举止。"她郑重其事地对我说，"你瞧，一件非常讨厌的事情我都没有想到。你无法相信，至今我还背不出我现在的姓氏：扎戈里扬斯基，扎戈里扬斯基，这些可怕的俄国名字，将军夫人就是扎戈——扎戈，后面还有十四个辅音呢！这也很有意思，是不是？"我们终于分手了。布朗舍，这个愚蠢的布朗舍在与我告别的时候竟然泪水涟涟，她唏嘘着说："你是个招人喜欢的小宝贝，以前我以为你蠢，你看上去是像个傻瓜。不过，这对你倒也合适。"与我握手告别之后，她突然大声叫道："等一等！"说着便奔进客厅，不一会儿，她给我拿来两张一千法郎的期票。她的这一举动真让我瞠目结舌！"这些钱你会派上用场的。你也许是个有学问的教师，但是你却是一个大大的笨人。我只给你两千，不会再多给了，因为你反正会输掉的。好了，再见吧！以后我们仍然是朋友。如果你又赌赢了，一定要到我这儿来，你会幸福的！"我自己还有约五百法郎，除此以外，我还有一块价值一千法郎的精致怀表、一副钻石领扣以及其他物品。因此完全可以无忧无虑地度过一段相当长的时光。为了养精蓄锐，我特意待在这个小镇上，更主要是为了等待阿斯特列先生。我听说他将经过此地，并且停留一天办理事务。我要把一切情况了解清楚……然后，然后直接去戈姆堡。鲁列坚堡我不去了，也许明年再去。据说，在同一张赌台上接连两次去碰运气一定不吉利，而在戈姆堡则也有货真价实的赌博。

第十七章

这本札记，我已经有一年又八个月没有动它了。现在仅仅因为愁闷无聊，忧伤痛苦，想为自己排遣一下，才不经意地翻阅了一遍。当时写到我要去戈姆堡就停笔不写了。天哪！相对地说，当我落笔写下这最后几行的时候，内心是多么轻松！我的意思是，不只是心情轻松，而且带有强烈的自信，怀着坚定不移的希望。当时，我对自己有过一丝一毫的疑心吗？超过一年半的时间过去了，而我的状况，在我自己看来，糟糕透顶，比起乞丐还相差甚远。乞丐算什么？不过一贫如洗而已，可我简直亲手毁了自己！不过，几乎没有什么可以相比，也没有必要对自己说教！在这种时刻进行说教真是最荒唐不过的事情！哦，踌躇满志的人们，他们总想带着自鸣得意的傲慢神情喋喋不休地吹嘘自己，向别人说教！如果他们知道我对自己目前极为恶劣的处境有着多么深刻的认识，他们自然就不会多费口舌来训导我了，他们还能说出什么我所不懂的新道理呢？

难道问题的症结就在这儿？问题的症结在于，只要时来运转，一切都会立刻改变，这些说教者会首当其冲（我对此深信不疑），开着友善的玩笑来向我祝贺。也不会再像现在这样，大家都扭头对我不加理睬。

去他们的吧！我现在算个什么东西？现在一切只是个零。明天又会怎么样？明天我能起死回生，重新开始生活！一个人只要还没有彻底完蛋，他就能再重新做人！

当时我确实去了戈姆堡，但是……后来我又去了鲁列坚堡，还去了斯帕，甚至作为金采顾问的近侍去过巴登。金采是个无耻之徒，从前我才是在这儿的主子。是的，我当过用人，整整五个月！那是在我出狱之后（由于一笔债务，我在鲁列坚堡蹲过监狱。有人把我赎了出来，此人是谁呢？阿斯特列先生？波林娜？我不知道。但是，债务已经还清，总共两百塔勒，于是我获得了自由）。当时我能去哪儿安身？我只好去找这个金采，他年少轻薄，生性懒惰，而我能用三种语言说话和写东西。起初我在他那儿担任类似秘书的职务，月薪三十个盾，但最后却在他那儿做了名副其实的仆人，因为他经济拮据，无力雇用秘书，于是降了我的薪水；而我无处可去，只得留了下来，这样，就自然贬为仆人。在他那儿当差期间，我吃不饱，喝不足，但五个月内却积攒了七十个盾。一天晚上，在巴登，我对他说，我想和他分手；当天晚上我就去了轮盘赌场。哦，我的心在剧烈地跳动！不，我看重的并不是钱！当时我只盼到了第二天，所有这些金采之类的人物，所有的侍役领班，所有服饰华丽的巴登贵妇无一例外地都在谈论着我，讲述着我的奇事，为我惊叹，为我赞叹，为我再一次大赢特赢而表示由衷的敬佩。这一切仅仅是幼稚的幻想，带着孩子气的向往，但是……谁知道呢，也许我会遇到波林娜，那我就能向她倾诉，她就能看出，我比屡屡捉弄我的命运高出一筹……哦，我看中的并不是钱！我相信，我仍然会将大把大把的钱胡乱地扔给某个布朗舍，再次乘坐用一万六千法郎购得的两匹骏马驾驶的马车，并在巴黎混上三个星期。我自认为并不小气，我甚至认为我喜欢挥霍钱财。但是，听到庄家大声吆喝三十一、红、单数、大数列或者四、黑、双数、小数列，我的心儿就怦怦乱跳，我会极度紧张；我非常贪婪地盯着四处堆放着金路易、腓特烈和塔勒的赌台，盯着被庄家用小耙耙倒，由一摞摞变成一堆堆如同火光般黄灿灿的金币，或者盯着摆放在轮盘四周，足有一俄尺长的白花花的银币。走近赌厅，还有两个房间，一听见钱币倒来倒去的叮当哗啦声，我几乎要浑身颤抖。

哦，我带着仅有的七十个盾走上赌台的那个晚上也是非常美好的。我从七十个盾开始，还是押在十九——三十六这个数列上，我对这组数字比较偏爱。输了。我还剩下六十个盾的银币。稍加考虑，我选择了零。每次我都在零上押上五个盾，到了第三次，零突然出现，我赢了一百七十五个盾，我高兴得几乎发狂，此前我赢十万个盾的时候，也未必如此高兴。我立即在红色数字上押了一百个盾——中了；我把两百个盾一起又押在红上——中了；我把四百个盾全部押在黑上——又中了；我又把八百个盾全部——押在一至十八这组数字上——又中了！连本带利，我已经拥有一千七百个盾，而这仅仅是在五分钟不到的时间内！是啊，在这个瞬间，过去的一切失意全部——都会抛之脑后！我冒着胜过以生命为代价的极大风险赢得了这笔钱，我敢于冒险，因此我又跻身于人的行列！

我租了一个房间，把房门锁上，坐在里面清点钞票直到深夜三点钟左右。早晨醒来，我已不再是用人的身份，我决定当天就动身前去戈姆堡，在那儿，我没有当过佣人，也没有蹲过监狱。在上火车前半个小时，我又去赌了两注，只押两注，结果输了一千五百弗罗伦。

不过，我终究还是去了戈姆堡。在戈姆堡，我已经待了一个月了……我自然经常在惶恐不安中度日，用最小的押注玩玩赌博，心中怀着某种期待，有所盘算；我整天站在赌台旁边，只能瞅瞅而已，甚至梦中也在赌博。同时，我觉得我似乎已经麻木不仁，已经陷在泥潭中无法自拔了，这个结论是根据与阿斯特列先生会面时的印象得出的。

从那时分别以后我们没有见过面，这次相遇纯属偶然。事情的经过是这样的。我走在花园里，内心盘算着，眼下我的钱已经所剩无几，不过还有五十个盾，再说，前天已经和我下榻的旅馆结清了账，这样，我还能够到轮盘赌场再赌一次，如果稍许有些赚头，那就可以继续赌下去；如果输了，一时又找不到急需聘用家庭教师的俄国人，就只好再去当用人。我一边专心致志地思考着，一边穿过每天散步必经的果园和树林，向邻近的公爵领地走去。有时，我就这样走上四个小时左右，然后饥肠辘辘、疲惫不堪地返回戈姆堡。我刚刚走出果园，迈进公园，突然看到阿斯特列先生坐在长椅上。是他先看到我，并且喊了我一声。我在他身旁坐下。我发现他的神态有些高傲，顿时抑制住内心的欢喜，其实看到他我真是万分高兴。

"哦，您在这里！我就料到会遇到您，"他对我说，"不用您细说，我知道，我全知道，您这一年八个月的生活我一清二楚。"

"哇！您真关心老朋友！"我回答说，"这是您的美德，记不清楚……不过，等一下，您提醒了我，是您把我从鲁列坚堡监狱赎出来的吧？当时我因为欠了二百个盾的债务被送进了监狱，不知道谁把我赎了出来。"

"不是，不是，我没有把你从因为欠了二百个盾的债务被关进去的鲁列坚堡监狱里赎出来，但是，我知道你蹲监狱是因为欠了二百个盾的债务。"

"那就是说，您还是知道赎我出来的人是谁？"

"哦，不，我不能说我知道是谁把你赎出来的。"

"真奇怪！在那里的俄国人，我一个也不认识，而且，在这里，俄国人大概也不会出钱赎我；在我们那儿，在俄国，东正教徒才赎东正教徒，所以我以为是一个诡异的英国人不知所以地做了这件事。"阿斯特列先生略显惊讶地听我说话，大概，他认为我应该是垂头丧气，一蹶不振的模样。

"不过，看到您完全保持了精神的充分独立，甚至心情高兴，我很高兴。"但是，他说话时的神色很不愉悦。

"那就是说，我没有抑郁沮丧，没有变得低三下四，为此您的心可以不再悬着了。"

穷人

　　哦，这些讨厌的小说家！他们不去撰写有所教益、令人赏心悦目的作品，反而喜欢挖掘埋在地下的隐情和底细……我真应该禁止他们写作！瞧，这还成何体统！阅读他们的作品……你就开始不由自主地思考，于是，形形色色的痴言妄语充斥了头脑。确实，我应该禁止他们写作，干脆完全禁止掉！

——弗·费·奥多耶夫斯基公爵

我的珍贵无比的瓦尔瓦拉·阿列克谢耶夫娜：

　　昨天我真得无比幸福，这感觉到了极点！您这个固执的女人，终于平生第一次接受了我的意见。晚上八点钟左右，醒来以后（宝贝儿，您知道我喜欢处理完公事之后小憩一二个小时），我点燃蜡烛，铺好纸张，削着鹅毛管笔，偶尔抬起眼睛——说实话，我的心顿时怦怦乱跳了起来！您终于知晓了我的希望和我的心愿！我看到您的窗帘的一角掀了起来，挂在种凤仙花的花盆上，正像以前我对您暗示的一般。我当时还觉得，您的脸蛋儿在窗口闪显了一下，您也在您的房间里向我这儿张望，您也在思念我！亲爱的，我真的好懊恼，没有能完全清晰看到您那可爱的脸庞！宝贝儿，过去，我的眼力多好，可是现在……年纪大真受罪啊，我的亲爱的！现在，我的眼睛总是发花，时不时冒金星；晚上稍微干点活儿，写些东西，眼睛就会在早晨起来时发红，尽流眼泪，真不好意思见人。但是，我的脑海中总会显露出您的笑容，小天使一般；一见到您那可爱的、灿烂的笑容，顿时，甜蜜的感觉涌上心头，犹如我那时吻您一样，瓦连卡①，小天使，您还记得吗？亲爱的，您知道吗？我甚至觉得您在那儿用手指摆弄姿势，恐吓我呢。是这样吧，淘气鬼！您一定要在来信中详细地把这一切告知我。

　　对了，我们在您的窗帘上所动的点子怎么样，瓦连卡？是不是妙极了？不论我坐着工作，躺下休息，还是睡醒之后，我都知道，您也在那儿想我，思念我，而且您自己也快乐无比。如果您放下窗帘，那就表示：再见，马卡尔·阿列克谢耶维奇，该休息啦！如果您卷起窗帘，那就表示：早安，马卡尔·阿列克谢耶维奇，您休息得好吗？

　　或者是：您的身体怎么样，马卡尔·阿列克谢耶维奇？至于我的状况吗，

---

① 瓦连卡是对瓦尔瓦拉的爱称。

感谢造物主，我还非常健康，平安无事！您瞧，我的心肝，这个想法很棒吧，连信都不用写了！非常巧妙，是不是？这可是我思考出来的想法！啊，怎么样，瓦尔瓦拉·阿列克谢耶夫娜，在这些事情上我还是很不错的吧？

我要向您倾诉，瓦尔瓦拉·阿列克谢耶夫娜，我的小宝贝。昨天夜里我休息得很好，完全出乎意料之外，因此我很满足。一般乔迁新居，住在陌生的地方，往往总是会睡不安稳，多少有点儿不习惯，但今天我起床后，神清气爽，心情舒畅！这是一个多么美好的早晨啊，我的宝贝儿！我们这儿窗明几净，阳光明媚，鸟儿叽叽喳喳地叫个不断，空气里充满了春季的芬芳，整个大自然生机勃勃——瞧，一切都散发着春季的气息，顺乎自然，春意盎然。今天，我甚至产生了极其愉悦的、畅快的想法，而这些所有的畅想都和您有关——瓦连卡。我把您比作为了安慰人们，为了点缀大自然而存在的，在天上自由翱翔的鸟儿。同时我又想到，瓦连卡，我们这些整天烦恼、辛苦操劳的人也应当羡慕天上飞鸟无忧无虑、纯真无邪的幸福。瞧，其余的想法也大致一致，就是说，我总是做这种遥不可及的比较。瓦连卡，我这里有一本书，书中写的是相似的内容，描述得非常翔实。宝贝儿，我写下这些，是因为畅想往往不尽一致。现在是春季，人的思想也显得特别快乐、可爱、活跃、奥秘，畅想也随之满含娇柔的温存，一切都披上了玫瑰般的色彩，正因为如此，我才写下这些词句。实际上，这些词话都是我从书上学得的，书的撰写者用诗歌吐露了同样的心愿，他写道：

为什么我不是一只飞鸟，

不是一只凶猛的飞鸟？！

还有其他诸如此类的感叹。书中还讲述了各种不同的想法。好啦，不再说这些了！瓦尔瓦拉·阿列克谢耶夫娜，今天早晨您去哪儿啦？我还没有打算去单位办公呢，而您，却活像一只春季的小鸟，已经从房间里飞舞出来，穿过了庭院，欢天喜地的样子。看到您这样，我内心真是太高兴了！啊，瓦连卡，瓦连卡，您别忧伤发愁，眼泪驱除不了痛苦，这一点我很清楚，宝贝儿，我深有体会。现在您的生活已经非常平静，而且身体也好起来了。对了，您的费奥多拉如何了？

噢，她是一位多么善良的女士！瓦连卡，请您写信告知我：您和她现在生活得怎么样，您的一切都还如意与否。费奥多拉有点爱唠叨，您别放在心上，瓦连卡，就随她去吧！她的心眼儿可真不错。

我在信中已经对您谈过住在这里的捷列扎，她也是一个善良且忠厚的女人。原先我一直为我们的通信发愁——这些信怎么传递呢？真幸运，上帝给我们派来了捷列扎，她心地善良，做事又谨慎，且不爱多说话。

不过，我们的房东可真够狠心，她竟然把捷列扎当作一块破抹布——让她拼命工作。

呵，瓦尔瓦拉·阿列克谢耶夫娜，我住的是一个什么鬼地方呀！

这还能算作是公寓？从前，您知道，我离群索居，一个人安定清静，连苍蝇飞过的声音都能听得到。可这地方呢，吵嚷不断，大呼小叫，嘈杂不堪！对了，您还不了解我们这儿的布局。您可以想象一下，一条长长的走廊，晦暗肮脏；走廊的右边是一堵没有门窗的秃墙，而左边则一扇门接一扇门，像旅馆里一样排成长列，这些就是出租的公寓，每扇门里面是一个房间，每个房间住着二到三位租客。这里到处乱糟糟的，纷乱不已，根本没什么秩序，简直就像诺亚方舟！不过，这里的租客看上去人品都不错，接受过教育，有学识。有一个官员（他在某个文化部门供职），可算饱览群书，常常谈论荷马、布拉姆别乌斯基和他们那儿的形形色色的撰稿人，他无所不谈，真是一个有头脑的聪明人！这里还住着两名军官，每日的活动就是玩牌；还有一位海军准尉，一名英国教师。您先等着，宝贝儿，我要让您高兴一下。在下一封信中我会用讽刺的笔法将他们描述一番，详尽地向您陈述他们各自的特点。我们的房东是个身材矮小、作风邋遢的老太婆，成天趿着拖鞋，穿着睡衣晃来晃去，冲着捷列扎吼叫。我住在厨房间，或者说更准确一点应当是这样：紧邻厨房还有一个房间（应当告诉您，我们这儿的厨房非常干净，明亮，很不错的），房间不大，就那么一个小角落……如果更详尽一些，那就是：厨房很宽敞，有三扇窗户，顺着横墙用一块隔板隔开，这样就额外多出了一个房间——房间里非常的自在、舒适，还有一扇窗户，总之这里是应有尽有，非常方便……瞧，这就是我的小窝。宝贝儿，您可千万别对这有什么其他的想法或认为包含着某种神秘的用意。您可能会说："他是居住在厨房里呀！"是的，我是住在隔板后面的小房间里，但这又有什么关系呢？我离群索居，一个人可以过着安安静静的生活。我在自己房间里放置了一张床，一张桌子，一只五斗橱，两把椅子，还挂起了圣像。当然，会有更好的公寓，也许是好得多的公寓，但是，住的舒适自在是最主要的，我住在这儿就是图个舒适自在，您不要以为我会另有所求。您的小窗户就在庭院的对面，而庭院又挺小，我能看到您在庭院中徘徊散步，这就足够让我这个不幸的人儿越发感到高兴。另外，这儿的房租也便宜一些。我们这个地方最差的房间，加上伙食，每月需付三十五个纸卢布，但是我竟然付不起！我现在的住所只需要七个纸卢布，加上伙食费的五个银卢布，总共只要二十四个半纸卢布。从前，我需要支付整整三十个纸卢布，所以自己处处节省。过去，节省使我不能够经常饮茶，可现在我却能省出钱来品茶买糖了。您知道吗，我亲爱的，不饮茶总让人觉得不好意思——这里的人都比较富裕，我不愿意露出穷酸窘迫的样子——为了别人我也得饮茶啊，装装门面，摆摆谱儿。至于我吧，我倒不是一个对生活苛求的人。您算算，衣、帽、鞋、袜总得要花费，那我的零花钱还能剩多少呢，薪水就几乎都得花光。我不是发牢骚，我很自足，钱也够用了，这几年来都没有缺钱，还常常会有奖赏。好了，再见吧，我的小天使。我在那儿给您买了一盆凤仙花、一盆天竺葵，挺物美价廉的。您或许也喜欢木樨草吧？木樨草我也为您买了。如果您还需要其他东西的话，就写信告知我，记得一切事情您都要尽可能写得详尽一点儿。不过，宝贝儿，我租住在这样的房间（您别瞎想，也不要对我有所猜疑——这仅仅是为了舒适自在，我只图这个舒适自在），宝贝儿，我在攒钱呢，现在，我已经有了一点儿积蓄。您别看我样子似乎挺文弱的，好像连苍蝇的翅膀也能将我吹倒，其实，根本不是这样的。宝贝儿，其实我很聪明，我完全是一个性格强韧、情绪沉稳的人好了，到此为止吧。再见，我的小天使！我差一点儿就给您写满了两页纸。现在，我必须该去做公务了，吻您小小的指头。

　　您的最卑微的仆人和最忠实的朋友　　　　　　　　马卡尔·杰武什金

4月8日

　　又：我恳求您一件事——给我回信，我的小天使，尽量写得详尽一些。瓦连卡，随信给您捎上一磅糖果，愿您吃得高兴。看在上帝的份儿上，请别为我担心，也别有所不满。好了，真的再见吧，宝贝儿。

尊敬的马卡尔·阿列克谢耶维奇先生：

　　不知您知道与否，我终于不得不和您争执一番！我向您——心地善良的马卡尔·阿列克谢耶维奇——起誓，我接受您的礼物。但我的内心实在难受。我知道，这对您来说多么不容易——您要怎样省吃俭用、克扣自己啊！我对您说过许多次了，我什么都不需要，我不需要任何东西，到现在，我真觉得我难以回报您平日给予我的种种恩惠了。您做什么呢，要给我买这些花呢？瞧，凤仙花倒还罢了，为什么还要买天竺葵呢？我只不过随口提了一句话，说到了天竺葵，瞧，您就立刻去买了，况且天竺葵一定很贵吧？

　　上面盛开的花可真漂亮啊，十字形花瓣，鲜艳翠红。您这迷人的天竺葵是从哪儿弄来的呢？我把这盆花放在了窗口中央最显眼的位置。我还要在地板上放一张长凳，长凳上再摆上几盆花。但愿我自己能够富起来！费奥多拉高兴极了，我们的房间现在就像是天堂，既洁净，又明亮！对了，您做什么呢，还买糖果？确实，我现在从您的信中已经知道，您总有点不同寻常——什么天堂呀，春季呀，又是芳香弥漫，又是鸟儿叫个不断。我想，这儿不也充满着诗情画意吗？其实，说真的，您的信中就是缺少一些诗词，马卡尔·阿列克谢耶维奇！

充满着细腻的温情，蒙上了玫瑰色彩的畅想——真是应有尽有！至于窗帘的事情，我从来没有想及，大概是我在搬动花盆的时候，窗帘自己钩上去的，情况应该就是这样！

唉，马卡尔·阿列克谢耶维奇，不管您如何描述，也不管您如何计算您的收入——甚至想以此蒙骗我——向我说明这些钱是全部花费在您一个人身上的，您还是什么也瞒不了我，我很清楚发生了什么。显然，为了我，您自己节约下必不可少的开支，比如，您怎么会想到租下这样的地方当寓所呢？这儿喧闹不已，会让您终日不得安宁；您会感到地方狭小，会在里面不适宜。您是喜欢清静的，可是这儿没有一丝一毫的清静，您的四周充满了各种烦扰！按照您的收入，您可以住得舒适得多，费奥多拉说您以前住的地方可比现在好得多呢。莫非您就这样在向别人租住的角落里孤孤单单、没有快乐，听不到友好温润的话语地过一辈子困窘的日子吗？哎呀，我善良的朋友，真替您感到难受！

马卡尔·阿列克谢耶维奇，您至少也得爱护自己的身体！您说您的眼睛越来越不中用了，那您再别在微弱的蜡烛光下写作了，您做什么呢，为何还要写呢？您的上司肯定早就了解，您对公务是尽心尽力的。

再一次恳切地请求您，别再为我花费这么多的钱了。我知道您爱我，可是您自己并不富裕……今天早晨我起床的时候，心情也很快乐，非常的舒坦。费奥多拉早已开始干活儿，她也给我找了一份工作，我非常高兴，就立即去街上买了丝线，然后就动手干活儿。整个上午我的内心轻松无比，简直高兴极了！可是现在，却又充满了忧伤的思想，我的心头一片怅然，愁闷不堪。

啊，不知今后我的生活会怎么样，不知将来我的命运会如何？最令人感到痛苦的是我内心一片迷茫。我没有任何前途可言，我甚至无法预料我今后的际遇会是如何。往事不堪回首，过去的一切只剩痛苦，一想起来心都要碎了。我会永远哭着诅咒那些毁了我的生活的恶人。

天就要黑了，我该去工作啦。我想告知您许多事情，但没有时间写到信上。完工的期限将至，我必须抓紧时间完成。当然，写信是件好事，它会让人感到不那么空虚了。可您为什么从来不到我们这儿来看一下呢？马卡尔·阿列克谢耶维奇，这是为什么呢？现在您到我们这很方便，而且您能有闲暇时间。来瞅瞅我们吧！我见到了您的捷列扎，她看上去病得很重。我真可怜她，我给了她二十个戈比。呵，差点忘了，请您务必告知我您的日常生活状况，越详尽越好：您的周围都是一些怎样的人，您和他们相处得如何。我非常想知道这些情况，您可一定要写信告知我！今天晚上我要有意将窗帘角卷起。

您要早点儿躺下休息啊，昨天直到半夜我还看到您的房间里灯光还亮着。

好了，再见吧。今天我感到又愁闷，又空虚，又忧伤。我们过的就是这种生活！再见。

您的瓦尔瓦拉·多布罗谢洛娃
4月8日

尊敬的瓦尔瓦拉·阿列克谢耶夫娜女士：

哦，我的宝贝儿，噢，亲爱的，现在看起来，这种生活已经降临到我这个不幸的人身上来了！是啊，您笑话我这个老头儿——瓦尔瓦拉·阿列克谢耶夫娜——不过，这是我的错误，全都是我的错误——一大把年纪的人了，头发已经稀疏可算，真不该讨论感情，也不该说些荒唐可笑的傻话……但我还要说，宝贝儿，人有的时候是很奇怪的，非常的奇怪。呕出也没有哦，我的上帝，人一旦张口说话，就会信口开河，胡扯一通！这有什么结果，有什么好处呢？结果只是糟糕透顶，并且一点儿好处也没有，只能乞求上帝佑护我了！

我的宝贝儿，我没有发怒。我只是一想起这一切，内心就非常懊恼，懊悔给您写了这些花哨的蠢话。今天我去办公，一路上大摇大摆，昂首阔步，内心喜滋滋的，不知为什么像过节似的，非常欢畅，非常高兴！我开始认真地办起公务，可是后来又如何呢?！后来，我朝四下瞅了一下，原来一切依旧是老样子，依旧那么索然无味，那么死气沉沉；依然是那些墨迹，依然仍是那些办公桌和文件。而我还是原来的我，和过去一模一样，那我怎么能像跨上了珀伽索斯飞马①一样呢？这一切是怎么回事？那是因为阳光和煦、晴空万里！是这个原因吗？可又是从哪儿透露的芬芳气味呢，我们庭院的窗台下面素来一片荒芜呀?！要知道，这一切就像我一瞬间突然构思的幻觉一般；有时，人迷乱在自己的感情之中，无法自拔的时候，就会出现这种情况——胡言乱语。这里没有别的缘故，就是由于热情过度，和狂热的愚蠢。回家的时候我已经不能再正常走路了，而只是拖着步子一步步勉强支撑的，就这样到家了。我的头又不知所以地痛，非常的痛，这真是祸不单行，福无双至啊（但可能是我的背部受了风寒）。春季降临，我兴高采烈得居然像个傻子似的——穿着单薄的大衣就出门了。我的亲爱的，您对我的感情产生了曲解，您把我的感情表白想错方向了！对我而言，唯一使我精神得以振奋的是父亲般的友爱之情，是纯粹的父爱。而您，瓦尔瓦拉·阿列克谢耶夫娜——您孤苦无依——我理应站在父亲的位置上，来给您关心。这都是我的肺腑之言，是作为亲人的掏心窝子话。不管如何，我毕竟是您的远房亲戚，用句土话来说就是八竿子都打不着的亲戚，但到底还是亲戚。我现在已经是您的最亲的亲人和保护人了。目前您认为最有权利寻求庇护的地方，您得到的却是背叛和羞辱。至于诗歌吗——宝贝儿，我告知您——到了我这把老骨头的时候，再练习写诗，那就有失体面，诗就是胡言乱语。就为这诗，学校里的孩子们现在还挨揍呢……就是这么回事，我的亲爱的。

　　瓦尔瓦拉·阿列克谢耶夫娜，您做什么和我谈舒适、清净呢，还干什么这样那样的比较？我的宝贝儿，我不是一个爱挑剔，处处苛责的人，我从来没有过得比现在更好，现在人老了，我又何必处处讲究呢？我丰衣足食，不愁吃穿，还能有什么非分之想呢——又不是出身于伯爵的门庭！我的父亲不是贵族，按照他的薪水，他养活全家人要比我清苦得多，况且我不是娇生惯养的人！不过话说回来，宝贝儿，倘若说句实话，我从前的寓所确实比现在好得多，且更加宽敞自在。但现在的寓所也很好，从某些方面来说，我住在这儿感觉更高兴，也可以说这儿的生活更加丰富多彩，所以我对此没有怨言，但确实还有些怀念那些老房子。我们这些老人，也就是年岁大了的人，总是习惯于怀旧，这是一种亲切的感觉。从前我住的房子，您知道，有点小，那里的墙壁……瞧，这有什么可说的呀——墙壁吗，和所有的墙壁一样，并没有什么值得特别指出的，不过，对过去的种种回忆总是引起我的哀伤之情

---

　　① 珀伽索斯为希腊神话中的飞马，传说珀伽索斯的蹄子踏在赫利孔山上，出现了希波克里尼灵感泉，诗人从此泉中得到灵感，于是"跨上珀伽索斯"，意为充满诗人的灵感。

……真是怪事情——虽然很难受，但回忆起来又好像是那么美好，甚至那些当时令我懊恼、糟糕的事情也变得清新无比，不那么可恶了，并在我的想象中变成了很有意思的一段经历。瓦连卡，那时候，我们过着非常宁静的生活，我和我的房东——一位老太太——如今，她已经去世了。现在我想起这位老太太，内心也还很忧伤！她是一个好人，收的房租非常便宜；她总是用一俄尺长的织针将各种不同的碎料织成毯子，也就只干这件事情。我们合用一支蜡烛，在一张桌子上干活儿。她有个孙女，名字叫玛莎，我还记得她小时候的样子，不过现在该是十三岁左右的小姑娘了。她可顽皮呢，生性活泼可爱，总是逗得我们大笑不已，我们三人就这样一起生活。漫长的冬夜里，我们常常围坐在圆桌旁边喝茶，然后开始干活儿。老太太为了不让玛莎感到无聊，也更为了不让这个小淘气胡闹，就常常讲故事给她听。

呵，那是多么好听的故事啊！不要说是孩子，就是见识很广的聪明人也会听得入迷。真的！我常常吸着烟斗，听得入了神，连手头的活儿也记不得做了。玛莎呢——这个调皮鬼——也安静下来，撑起了小脑袋——她用一只小手托着红扑扑的脸蛋，动人的小嘴巴张得大大的——只要故事情节有点吓人，她就会紧紧地，紧紧地偎依在她奶奶的身旁。我们痴痴地望着她那可爱的样子，也就看不到蜡烛结成了烛花，听不到外面不时传来的暴风雪的怒吼和呼啸。瓦连卡，我们生活得很好，我们就这样在一起几乎生活了二十年。咳，我在啰唆说什么呢！您也许对这些事情并不感兴趣，而我自己回忆起来，心头也不轻松，尤其是现在。已临近黄昏时分，捷列扎忙个不断。我感到头痛，背部也有点疼。我的思想又是如此奇异，好像连脑袋也出了问题。今天我非常抑郁，瓦连卡！您这写的什么呀，我的亲爱的？我怎么能到你们那儿去呀？我的亲爱的，人家会怎么议论？要去看您，就得穿过庭院，我们的邻人都会察觉的，他们会刨根问底，然后胡说八道，并弄得谣言四起，满城风雨——把事情给想歪了。不，我的小天使，最好还是明天晚祷的时候和您会面吧，这样比较方便一些，对于我们两人也都比较稳当。请不要见怪，宝贝儿，我给您写了这样一封信。我重读了一遍，自己也发现信中的内容杂乱无序。瓦连卡，我已经老了，又没有学识，我年轻时没有好好上学，就是重新开始学习，脑袋瓜子里也学不进去啦。宝贝儿，实话实说，我不善于描写，即便别人不加指责，不来取笑，我也明白，如果我想写得稍微独出心裁一点儿，那准会是一大堆废话。今天我看到您在窗口边，看到您放下窗帘。再见，再见，愿上帝保佑您！他日再见，瓦连卡·阿列克谢耶夫娜。

　　　　　　　　　　您的无私的朋友 马卡尔·杰武什金
　　　　　　　　　　　　　　　　　　　　　　4月8日
　　又附：我的亲爱的，现在我不会用讽刺的笔法去抨击任何人了，宝贝儿，瓦连卡·阿列克谢耶夫娜，我已经年老了，不该挤眉弄眼地去胡乱取笑别人！人家也会取笑我的，正如俄国一句谚语所说：谁给别人挖设陷阱，他……自己也会掉进这个陷阱里。
尊敬的马卡尔·阿列克谢耶维奇先生：

　　唉，您怎么好意思哀伤起来，还发了脾气呢。我的朋友和恩人——马卡尔·阿列克谢耶维奇先生——莫非您真的发怒啦？哎呀，我常常说话太过于随意，但是，我没有料到您会把我的话当作是对您的讥讽。
　　请您相信，我永远不会讥诮您的年龄和您的性格。这全怪我太草率了，更重要的缘故是极度的郁闷。人到了郁闷之极的时候，什么话会说不出来，什么事会干不出来呢？我本来以为您自己想在信中说说笑话，现在我看到您对我不满意，我很伤心。不，我的善良的朋友和我的恩人，如果您还疑心我是一个不近人情、薄情寡义之人，那您就犯错了。您庇护了我，使我免遭恶人的欺负和羞辱，您为我所做的一切我都铭刻在心。我会永远为您向上帝祈祷，如果上帝能听到我的祈祷，如果上天有灵，那您会得到幸福的。
　　我今天觉得不是很舒适，身体一会儿发热，一会儿发冷，费奥多拉非常担心我的情况。您犯不着不好意思到我们这儿来，马卡尔·阿列克谢耶维奇先生，这与别人有什么关系！我们是朋友，这就够啦！……再见，马卡尔·阿列克谢耶维奇，现在我没什么要写了，而且我也不能再下笔了，人难受得要死。再次恳求您别生我的气，相信我，我会永远尊敬您，永远依恋您。
　　非常荣幸地作为您的最忠诚的、最恭顺的仆人
　　　　　　　　　　　　　　　　瓦尔瓦拉·多布罗谢洛娃
　　　　　　　　　　　　　　　　　　　　　　4月9日

尊敬的瓦尔瓦拉·阿列克谢耶夫娜女士：

　　啊，我的宝贝儿，您这是怎么啦！每次您都把我吓得要死。每封信中我都嘱咐您，要您注意身体，多穿些衣服，坏天气不要出门，要处处谨慎小心，

可是您呀，我的小天使，就是不听我的话。唉，我的亲爱的，您真像一个淘气的孩子！要知道，您的身子骨儿太柔弱，就像风一吹就倒的稻草——这一点我很清楚。只要吹一点儿风，您就会得病，所以必须特加小心，自己照应好自己，避免患病，不要让您的朋友伤心难受。

宝贝儿，您表示要详尽细致地了解我的日常生活和我周围的一切情况，我非常乐意而且会立刻满足您的这个愿望，我的亲爱的。我会从头说起，宝贝儿，这样会有条理一些。第一，我们这幢房屋，走进大门就能看到的楼梯都非常普通，除了正中的主楼梯——干净、明亮、宽敞——其他的全是用铁条和红木建成。后门的楼梯就更不用说了，这是个螺旋梯，既潮湿，又肮脏，且阶梯已经被损坏，墙上积满油垢油污，一踏上去就会被粘住。每个楼梯平台上都堆放着破椅破柜，到处挂满破衣烂衫，窗子上的玻璃全被打碎，一只只大木盆里盛放着乱七八糟的脏东西——垃圾、蛋壳还有鱼漂——气味难闻至极……总之，一塌糊涂。

我已经给您描述过各个房间的布局，不用说，这种布局非常便利，确实如此，但是，房间里面总感到憋屈，倒不是因为气味难闻，如果可以形容的话，那是一种带点腐烂气息，甜得发腻的怪味道。如果是第一次到访这里，印象肯定非常糟糕。但这没有什么问题，只要在我们这儿再待上两三分钟，这种味儿就消失了，你都感觉不到这种气味是怎么消失的，因为你本人也开始散发出这种怪味，衣服上是这种气味，手上是这种气味，到处都是这种气味，这样，你就习以为常了。黄雀在我们这儿活不长久——准尉已经买了五只了——我们的空气不适合它们的存活，就是这个缘故。我们的厨房空间很大，宽敞明亮。确实，每天早晨这儿不是煎鱼，就是煎牛肉，总有点油烟气味，而且人们在这儿洗洗涮涮，溅得四处都是水；不过，到了晚上这儿就是天堂啦。我们厨房里的几根绳子上总是挂着一些旧衣服，由于我的房间离它很近——几乎紧挨着厨房——衣服弥漫出来的气味熏得我有点难受，不过没有关系，再住一段时间就会适应的。

瓦连卡，一大清早，我们这儿就折腾起来了：起床，四处走动，叮当乒乓吮当之声不停——该起来的人都起床了，有的要去办公务，或者其他各种各样的事情。于是大家开始饮茶。我们这儿的茶炊大部分是房东的，数量很少，因此我们大家按次序依次使用，如果有人不按次序抢先占用，那立马就得挨一顿教训——被臭骂。第一次在这饮茶时，我就碰到这种状况……不过，没有什么值得描述的！我在这里已经认识了所有的人，第一个认识的人是这个海军准尉，他为人爽快，总是和我讲各种事情，讲他的父母双亲，讲他的姐姐（她嫁给了在图拉的一个陪审官），还讲喀琅施塔市的情况。他答应在各方面保护我，并邀请我去他那儿饮茶。我在大家平时玩牌的那个房间里找到了他。他们请我饮茶，并且一定要我和他们一起赌博。他们有没有取笑我，我也无从知晓。只是他们已经赌了整整一个通宵。我再走进去的时候，他们还在赌，桌上放着粉笔、纸牌，整个房间烟雾腾腾，熏得眼睛实在难受。我没有参赌，他们立刻就说我太一本正经，后来再没有人关注我了。我呢，说实在的，反而落得高兴。

现在我也不再去找他们，他们赌得太疯狂了，简直称得上嗜赌如命！在文化部门就职的那个文官那儿，晚上也常有聚会。瞧，他那儿氛围很好。他为人谦虚朴实，与人为善，彬彬有礼，一切都很有规矩。

瓦连卡，我顺带还要告知您，我们的女房东坏透了，她是个活脱脱的河东狮。您见过捷列扎后，瞧她那个模样还算什么——瘦骨嶙峋——就像一只被脱了毛的小鸡。屋里总共两个人：捷列扎和法尔托尼。法尔托尼是房东的男仆人。我不知道，他是否有别的什么名字，只是大家都这么称呼他，他也答应。他似乎是芬兰人，火红色的头发，独眼，鼻子翘翘的，举止粗野，总是和捷列扎吵闹，还差点动手打起来。总的来说，我在这儿住得并不怎么完全称心如意……夜里，要想让大家一下子睡着，安静下来——这是绝对做不到的，总是有人坐在什么地方玩牌，有时候还干那些说不出口的勾当。我现在倒已经逐渐习惯这种生活，令我难理解的是，有家室的人是如何在这种嘈杂的环境中生活下去的。有一户穷苦人家向我们的女房东租赁了一个房间，这个房间不和其他房间并排，而是在另一边角落的独间，他们总是安安静静，从来听不到他们的什么声响。全家人挤在一个小房间里，中间用隔板挡着。主人以前有过公职，似乎不知什么缘故七年前被开除了，现在失业待在家；他姓戈尔什科夫，头发已经灰白，个子小小的，身上穿的衣服沾着很多油腻污斑，已经非常破旧，看了真叫人难受——和我的衣服比起来，真是差多了！他又瘦又弱，一副可怜万分的样子（有时在走廊里我能遇到他）。他的膝盖抖动不已，手也发抖，头也发抖，可能是因为有病吧——究竟是什么病，只有上帝才晓得；他胆小怕事，什么人都恐惧，总是靠着边儿走路；我有的时候也怯生，可是这个人比我更糟糕。他和妻子有三个孩子，老大是个男孩，长得和父亲一模一样，也很羸弱。他的妻子以前一定非常漂亮，直到现在仍然风韵犹存。这个可怜的女人，她的衣着也破旧不堪。我听说，他们欠女房东的钱，女房东对待他们非常不客气。我还听说，戈尔什科夫本人也有一些麻烦的事情，就是因为这些问题他才丢了饭碗……是不是有诉讼？有没有上法庭？做出何种判决？还是别的什么情况？我就不能向您说清楚了。他们可真贫穷啊，老天爷，我的上帝！他们的屋子里总是静悄悄的，就像没有人住在里面一般，连孩子们也悄无声息，从来不嬉戏玩耍，而这可不是什么好兆头。某一个晚上，我正好经过他们家门前，觉得房间里静得异乎寻常。我听见了呜咽声，接着有人低声言语，然后又是呜咽悲戚，确实是有人在哭泣，不过声音很轻很淡，凄凄惨惨，悲悲切切，我的心也痛苦万分；事后，我整夜都想着这些可怜的穷人，因此也睡得不安稳。

　　好了，再见，我的无比宝贵的小朋友，瓦连卡，我尽力给您描述了这里的生活。今天，从早到晚我的脑子里就只有您，我的亲人儿，我为您感到担心，直到现在，我的心肝，直到现在我才知道您没有厚一点儿的女士外套。我真厌恶彼得堡的春季，这里风雨交加，不时下雪。这可真该死，瓦连卡！这可不是让人精神舒畅的天气，但愿上帝保佑我！请您不要见怪，心肝，我写的文章没有文采——瓦连卡——一点儿文采也没有，要是能够写得优雅一点儿，那该多好啊！我是想到什么，就写什么，只是为了让您愉快高兴。如果我好歹受过一点儿教育，那就可能是另外一回事啦；可是我怎么可能受过教育呢？就这么几个铜钱，也只能勉强支撑读一点儿书了。

您永远忠实的朋友

马卡尔·杰武什金
4月12日

尊敬的马卡尔·阿列克谢耶维奇先生：

　　今天我遇到了我的表妹萨莎。天哪！太可怕了，她快要没命了，这个可怜的人！我还从别人那儿听说安娜·费奥多罗夫娜一直在打听我的情况，看来，她永远也不会放过我。她说，她想饶恕我，抛弃过去的一切，一定要亲自见我；她还说您根本不是我的亲属，她与我的亲戚关系更近一些，而您没有任何权利掺入到我们的家庭关系中来，我受您的恩惠，接受您的供养是耻辱的，不体面的……她说，我忘了她的养育之恩，没有她，也许我和我的母亲早已饿死，是她供我们吃喝，连续超过两年半时间里，她在我们身上花费了不少，不仅如此，她还免去了我们欠她的债务。她连我的母亲都还不能原谅！但愿我的母亲能够知道他们对我做了些什么！上帝可以做证！……安娜·费奥多罗夫娜说，我太傻了，不会把握自己的幸福，是她曾经把我引上了幸福的道路，其余的事情都不是她的过失，是我自己不会或者不想爱惜自己的名声。那到底是谁的错误，我的上帝?！她说，贝科夫先生做得很正确，他总不能什么样的女人都要，而这个女人……写这些干什么！她说的这一派胡言真是残酷，马卡尔·阿列克谢耶维奇！我不知道我现在该怎么办，我浑身发抖，泪流满面，禁不住要放声大哭。给您的这封信我写了整整两个小时。我本来以为她至少能够想到她对我的愧疚之情，可她现在竟然这样！看在上帝的份儿上，我的朋友，我的唯一的好心肠的人，你不要惶恐惊惧，费奥多拉总是喜欢夸张描述，其实我并没有患病，只是昨天到沃尔科沃去给我的妈妈做安灵弥撒的时候，路上受了些风寒。您为什么不和我结伴去，我是那么恳切地请求过您。唉，我的可怜的，可怜的母亲呀，真盼你能从棺材里活过来，但愿您能看到，能看到她对我做了些什么！

瓦·多
4月25日

瓦连卡，我的亲爱的：

　　给您捎过去一点儿葡萄，我的心肝，听说这个东西对病后正在调养的人很有益处，大夫也推荐说葡萄能够解渴，是最能解渴的良药。前几天您想要几枝玫瑰，宝贝儿，现在我也给您带去了。您的胃口好不，我的心肝？——这是最重要的。不过，感恩上帝，一切都已经随风而去了，一切都结束了，我们的不幸也即将终结，我们要感恩上帝！说到书，暂时我这儿也找不到书。我听说有一本好书，文笔相当优美流畅，大家都说是一本好书，不过我自己还没有看过，但这儿的人都很欣赏这本书。我向他们借书，他们说如果我要阅读，就答应给我送过来。只是您会阅读这本书吗？您在这方面非常挑剔，别人很难满足您的品味；我对您是了解的，我的亲爱的，您一定喜欢所有的诗歌，不论是伤感的还是关于爱情的……好吧，我也能找到诗歌作品，无论什么我都能搜罗到，那边就有一本手抄本。

　　我生活得很好，宝贝儿，您千万不要为我担心不已。费奥多拉这个女人说我的坏话，尽是编造谣言。您对她说，她说的假话太多了——您一定要对她说，她这个烂嚼舌头的女人……我压根儿就没有卖掉我的新制服，我为什么要这样做呢，您自己想想看，我为什么要卖制服呢？又听说那边要给我发四十个银卢布作为奖赏，那我做什么还要卖制服呢？我的宝贝儿，您别担心，这个费奥多拉，她太好猜疑，太喜欢猜忌别人了。我的亲爱的，我们就要过上好生活了，只要您的身体快点好转，并逐渐痊愈。我的小天使啊，看在上帝的份儿上，您的身体快点痊愈吧，不要让我这个老头哀伤、担心了。是谁告知您说我变瘦了？胡说，又是胡说！我的身体非常硬朗的，还胖了许多呢，胖得连我自己都感到不好意思了。我吃得很饱，非常心满意足，只是还记挂着您，盼您赶快痊愈，恢复健康！好了，再见，我的小天使，吻您所有的小巧的指头。

        您的忠诚不渝的朋友

                                    马卡尔·杰武什金
                                    5月20日

    附言：哎哟，我的心肝儿，您怎么真的又写这个了呢？……您可真是胡闹！我怎么可能经常去看您呢，我的宝贝儿，怎么可能呢？我却要问您哪。我除非借助漆黑的晚上，可是现在这个时候几乎没有黑夜——恰好是这个特别的时节。我的宝贝儿、小天使，在您患病期间，在您昏迷不醒的时候，我几乎无时无刻没有离开过您，就连我自己也不知道我为什么会如此做。后来我就不再去看望您了，因为人家开始好奇地问长问短。这里本来已经有许多的流言蜚语了。虽然我相信捷列扎不会乱说，但是，您得想一想，宝贝儿，如果他们了解到我们之间的所有事情，将会带来何种后果？到那时候他们又会做何种想法呢？？怎么说？因此，宝贝儿，您得压住心头的怒气，耐心等到身体痊愈，那时我们就可以不在家里，而在外面什么地方来个"约会"呢。

亲爱的马卡尔·阿列克谢耶维奇：

    您为我如此劳心劳神，对我如此关爱备至，我真想为您做一件您一直渴望的并能够令您愉悦的事情，于是我终于下定决心在闲暇无事的时候翻寻了五斗橱，翻出了我的笔记本，现在我把这个笔记本送给您。在我开始动笔写作的时候，我的生活还是很幸福的！您常常很感兴趣地详尽询问我过去的生活状况，想了解我的母亲、波克罗夫斯基以及我寄住在安娜·费奥多罗夫娜家里的情况，还有不久前我遭遇的不幸，迫不及待地盼望阅读这本记载着我的生活片段的笔记（天知道，我怎么会想起来做这件事情）。因此，我相信，我把这本笔记本带给您，您一定会非常高兴。可是，当我再次打开这个笔记本的时候，内心却一片悲凉之感。我觉得，当写完这个笔记本中最后一行的时候，我内心已经比以前老了许多。这些内容写于不同的时间。再见，马卡尔·阿列克谢耶维奇！现在我感到特别苦闷孤独，还时常失眠，这种静养真是无聊透顶！

瓦·多
6月1日

一

当我的父亲刚刚离开人世的时候，我才十四岁。我的生命中最幸福的时光便是我的童年了。童年的开始不是在此处，而是在距离这儿很远的外省的一个偏僻的地方。当时我的父亲是 T 省 II 公爵大庄园的管家，我们就住在属于公爵的一个村子里，过着默默无闻但却安详、幸福的生活……我是一个活泼爱动的女孩，成天就只在田野上、丛林中、花园里跑来跑去，也从来没有人理睬我。因为父亲一刻不停地忙他的管家事务，而母亲需要操持家务。他们没有时间教我学习什么东西，而我也乐得逍遥惬意。我常常大清早就跑到池塘边、丛林里或者割草场，或者去找割谷人。不管太阳晒得多么厉害，还是不管跑到了村外某个我不认识的地方，又或者灌木擦伤了皮肤，衣服也被扯破——这些都不算什么，即使返回家中被责骂一番，我也满不在乎。

我在想，如果能够一辈子不离开这个村庄，一直居住在这个地方，我会感到无比的幸福的。不过，当我还是孩童的时候，我就不得不离开故土。迁居到彼得堡的时候，我还只有十二岁。唉，我还记得当时我们伤心、悲切地整理行装的情形，一想起来内心就不好受！这里的一切对我来说是多么的亲切，告别的时候我痛哭流涕。我记得，我扑过去搂住爸爸的脖子，流着眼泪恳求他在村子里哪怕再小住一段时间。但爸爸只冲着我吼叫，一边的妈妈泪流满面，她说我们必须离开，这是迫不得已的事情。老公爵去世了，他的继承人辞退了我的父亲。父亲还有一些钱在彼得堡几个私人手中周转，他想改善自己的经济境况，认为一定得亲自来到这里。这些情况都是妈妈后来告诉我的。我们定居在彼得堡区，在这儿一直住到父亲去世。

要让我开始一种新的生活，那是多么得困难！我们迁到彼得堡，那是在秋季。离开村庄的时候，天气晴朗而暖和，那是个美好的一天；农活儿已经接近结束，打谷场上堆放着大垛大垛的谷物，成群的鸟儿叽喳地鸣着，一派安详和谐的景象。我们刚搬进城里，就遇到阴雨绵绵的恶劣天气。秋日的雾凇连连，湿气腾腾，路上泥泞不堪，而那些新出现的、不熟悉的面孔是那么拒人于千里之外，他们是那么的满脸不乐意，杀气腾腾！我们马马虎虎地安顿下来了。我记得全家人担心忙碌地四处张罗，购置着新的生活用具，筹建着一个新家。父亲总是离开家，妈妈也没有清闲的时刻，我被他们彻底得忘记了。我在新居第一天起床的时候内心非常闷闷不乐。

我们的窗户对着一面黄色的围墙，街上常常泥浆遍地。行人非常稀少，他们都把衣服裹得严严实实，大家都感到非常的冷。

接连数日我们家里冷冷清清，我感到异常孤独无聊。我们几乎没有什么亲友。父亲和安娜·费奥多罗夫娜吵架了（似乎他欠她的钱），到我们家里来的人多半是为了一些业务，通常都要大吵一番，大叫大嚷。每次客人离开以后，父亲总是情绪低沉，怒气冲冲，常常攒着眉毛，一连几个小时在房间里踱来踱去，也不理睬别人；这个时刻，妈妈也不敢和他交谈，总是默默不语。我就坐在角落里读书，乖乖地，安安静静地，经常动也不敢动。

搬至彼得堡三个月以后，我被送进了寄宿学校。起初，和一群陌生人待在一起，我的内心真是快快不乐！一切都是那么枯燥乏味，干巴巴的，冷冰冰的：女教师总是大声叫嚷，女学生喜欢讽刺别人。我又野惯了，但这里的管理非常严厉，简直是苛求！严格的作息制度，大包伙，索然寡味的教师——起初，这一切让我受尽折磨，烦恼至极。

我在寄宿学校里连觉也睡不着，在漫长、孤独的寒夜里常常通宵哭泣。每个晚上，大家都温习功课或者学习，我就坐在那儿阅读会话，背诵单词，不敢轻易动弹，但其实我内心一直思念着我们家里的那个小窝，想念爸爸，想念妈妈，想念我的老保姆，还有老保姆讲的动听的故事……唉，真叫人愁绪万千！就连家里最平凡不过的事情，想起来也其乐无穷，想着，想着，啊，要是现在待在家里那该多好！我会坐在我们家的小房间里，和家里人一起围着饮茶，那么温暖、舒适，那么亲切。想着想着，真想现在就抱着妈妈，紧紧地，紧紧地，使劲地抱着她！就这样想着想着，我难受地轻轻哭了起来，胸口憋屈得难受，单词也背不下去了。

如果第二天的功课背诵不出来，我又会整夜做梦，梦见女校长、老师，还有同学，梦见我不停地在复习功课。可是第二天我仍然什么都记不起来，要是这样，就要被罚跪，就只能吃一盘菜。我一直闷闷不乐，郁郁寡欢。起初，所有的同学都嘲弄我，拿我寻开心，在我回答问题的时候故意捣乱，在我们排队去吃饭或者去饮茶的时候，揪我，拧我，没有理由地到老师那儿告我的状。但是，每逢星期六的晚上，老保姆接我返回家中的时候，那是何等的快乐啊，简直就是接我回我的天堂！我总是欣喜若狂地紧抱着我的老保姆。她替我穿好衣服，把我裹得紧紧地。但她却一路上总也赶不上我。我一个劲儿地对她说啊、说啊，讲个不断。我兴高采烈地返回家中，紧紧拥抱家里的人，好像分开了十年似的。然后东拉西扯，谈天说地。总想和所有的人打招呼，乐得合不拢嘴，又跑又跳。我开始和爸爸谈论一些严肃的话题，谈学习，谈我的老师，谈法语，谈洛蒙德的语法。我们大家都非常高兴，都感到心满意足，即使现在回想起这些时刻，我心中依然愉悦。我拼命努力地学习，想讨爸爸的欢心。我看到，他把最后的一点儿钱都花在了我的身上。而他自己呢，天知道他如何拼死挣扎。他变得越来越阴沉，对事事不满意，动辄发怒，脾气糟糕了。他业务不顺手，债台高筑。妈妈常常哭泣而又不敢哭出声来，讲又不敢讲，生怕惹爸爸发怒。妈妈整天病恹恹的，越来越消瘦，并且开始剧烈地咳嗽。我从寄宿学校返回家中，总是看到所有人都是一副愁眉苦脸的样子，妈妈低声啜泣，爸爸怒气冲冲，接着责备、抱怨扑面而来。爸爸说我没有带给他哪怕一点儿的快乐和安慰，他们为了我几近倾家荡产，而我至今还不会讲法语。总之，他把所有的不如意，所有的不幸，一切的一切全部一一发泄在我和母亲的身上。他怎么能折磨我可怜的母亲呀？我望着母亲，心都要碎了。她的双颊已经塌陷，两眼深凹，脸色绯红，似乎得了肺痨病。爸爸把我当作出气筒的次数最多，他总是从一些微不足道的小事情开始，到后来天知道他扯得有多远。我常常都搞不清楚究竟是怎么回事。任何事情都可以被他当作责怪我的理由……法语啦，我是个大蠢货啦，我们寄宿学校校长是个玩忽职守的坏蛋女人啦——她不注意我们的品德教育啦，他自己到现在还找不到工作做啦，洛蒙德的语法糟糕透顶，而扎波利斯基的语法则有多好啦，他们在我身上白白花费了好多钱啦云云。由这看来，我是一个没心没肺、铁石心肠的人——总之，我这个可怜得只管使尽力气，拼命学习会话，背单词，但仍然一切都是自己的问题，任何事情都要由自己负责的人！这完全不是因为爸爸不爱我——其实他对我和妈妈非常宠爱，只是他就是这种糟糕的脾气！

烦劳、忧郁、这些打击把可怜的爸爸折磨得不堪重负，他变得忧心忡忡，易动肝火，常常陷于绝望，他也开始不疼惜自己的身体了。有一次他受了点儿风寒以后突然发病，煎熬了一段不长的时间后，就匆匆离开了我们。这个突然到来的打击让我们大家像失去了主心骨一样，一连几天都手足无措，妈妈痴痴呆呆的，我真担心她会发疯。父亲才刚刚去世，债主就好像突然从地下钻出来似的，成群结队地纷纷上门讨债。我们倾自己所有，把全部一一交了出来，连彼得堡区的小房子也卖掉了。这房子是父亲在我们迁来彼得堡半年之后购下的。我不清楚剩余的问题是如何了结的，不过我们已经失去了栖身之所，只能流浪在外，连填饱肚子的食物都没有。妈妈染上了重病，我们没有生活来源，根本没法养活自己，前面只有死路一条，当时我刚刚只有十四岁。就在这个时候，安娜·费奥多罗夫娜来看望我们了，她一再表示她是一个地主，和我们家有亲戚关系。妈妈也说她是我们的亲戚，不过是很远很远的亲戚。爸爸生前，她从来不来我们家走动。如今，她来了，而且眼里含着泪水，对我们表示深切的同情和安慰，为爸爸的去世和我们走投无路的困境感到难过。她还说，这都要责怪爸爸自己，他不自量力，急于速成，对自己的能力过分自负。她表示愿意和我们保持比较亲密的关系，建议我们忘掉双方种种不愉快的往事。妈妈说自己从来没有怨恨过她，她听了感动得眼泪夺眶而出，带着妈妈去教堂，吩咐为"亲人"（她是这样称呼爸爸的）做安灵弥撒。

从此她正式地和妈妈前嫌尽释。

起初，安娜·费奥多罗夫娜将我们孤苦伶仃、无依无靠的困难处境大肆渲染一番，然后邀请我们到她家中，用她的话来说，是暂做栖身之所。

妈妈感激她的邀请，却又拿不定主意。但是，当时，我们实在走投无路，没有任何其他办法了，最后还是对安娜·费奥多罗夫娜说，我们接受她的邀请，非常感谢她。现在我还记得我们从彼得堡区搬往华西里岛的那个早晨，那是秋季的一个晴朗、干燥、寒冷的早晨。妈妈泪水涟涟，我心情抑郁，哀伤不堪，带着心都要碎的感觉，而且有一种难以名状的、极其沉重的忧郁积压在心头……多么痛苦的时刻……

…………

二

　　起初，当我们，也就是我和妈妈，在新的地方还没有习惯的时候，我们两人在安娜·费奥多罗夫娜家里都谨小慎微，怕见生人。安娜·费奥多罗夫娜住在第六大道自家的房子里，共有五间正屋，其中三间住着安娜·费奥多罗夫娜和我的表妹萨莎。萨莎是个失去双亲的孤儿，从小由她领养。我和妈妈住一个房间里，还有一个房间就在我们隔壁，里面住着一个贫穷的大学生——波克罗夫斯基，他是安娜·费奥多罗夫娜的租客。安娜·费奥多罗夫娜过着锦衣玉食的生活，很难想象到她竟如此富裕，但是她的财产一直是个谜，同样，她干什么工作，这也是一个谜。她总是忙碌不断，忧心忡忡，一天出门好几趟，有时乘车，有时步行。至于她在做什么，担心什么事情，为什么要担心，我无论如何也想不清楚。她结交甚广，其中各色人都有。

　　常常有客人前来拜访她，只有上帝才知道他们是一些什么样的人，他们来只是为了办事，停留片刻就走。每当门铃一响，妈妈就拉着我躲进我们的屋子里，为此，安娜·费奥多罗夫娜对我妈妈大使性子，不断地责怪我们过于高傲，高傲得没有道理，说我们根本没有高傲的资本，而且开起口来就是几个小时。那时，我并不理解她责怪我们高傲是什么意思，同样，直到现在我才想清楚，至少是约略猜到，为什么妈妈下不了决心住进安娜·费奥多罗夫娜家中了。安娜·费奥多罗夫娜是个心肠歹毒的女人，她每时每刻都在折磨我们。她为什么要把我们邀请到家中，直到现在我都没弄清楚其中的奥秘何在。最初，她待我们相当得客气，后来她可就直接完全暴露出了自己的本性，因为她发现我们确实无依无靠，走投无路。再后来她对我们极其亲热，甚至到难以承受的地步，几近奉承诌媚。起初，我和妈妈还是一起忍气吞声，她无时无刻不在责骂我们，总在反复强调她给予我们的恩惠；她向别人介绍，说我们是她的穷亲戚，无依无靠的孤儿寡母，她大发慈悲，为了基督的爱，才收留了我们。吃饭的时候，我们每吃一小口饭菜，她都虎视眈眈地紧盯着；如果我们不吃的话，那又要闯祸，她会说我们嫌厌这儿："你们请勿见怪，有什么就随便吃点儿吧，难道你们家里还能比这儿更好吗？"她还不断地责怪我的爸爸，说他一心想出人头地，结果却落得一个悲惨的下场，害得妻子女儿流落街头，要不是有她这么一个以慈悲为怀的亲戚，上帝才知道会有什么结果，说不定我们就饿死在街头呢。哎，什么话她都讲得出口！听着她的数落，我心头的恶心胜过痛苦。妈妈整日以泪洗面，身体状况越发糟糕，简直弱不禁风了，而我和她还得从早忙碌到晚，揽些针线活儿，这也惹得安娜·费奥多罗夫娜很不高兴，絮絮叨叨地说她这儿不是家庭时装店。但是，我们需要添置些衣物，需要有点积蓄以应付意想不到的开支，我们手头上一定得有点钱。我们攒点钱以防万一，希望有朝一日能够搬离。于是，妈妈不顾身体有病，拼命干活，最后完全累垮了；她变得越来越虚弱，病魔像蛆虫一样，慢慢吞噬着她的生命，把她推向坟墓。我看在眼里，痛在心头，内心饱受煎熬，这一切就发生在我的眼前啊！

　　生活就这样一天天过去，日复一日，没有任何起伏变化。我们过着冷冷清清的生活，一种不属于这座城的生活。安娜·费奥多罗夫娜最终认为到她完全可以对我们为所欲为，于是就渐渐安静下来，其实，从来就没有任何人敢冒犯她。我们住的房间与她那间相隔一条走廊，而我们隔壁，前面我已说过，住着波克罗夫斯基。他教授萨莎法语、德语、历史和地理，正如安娜·费奥多罗夫娜所说，所有学科他都教授，并因此在这儿得到免费食宿。萨莎虽然活泼好动、非常顽皮，但很有灵气，她那时十三岁。安娜·费奥多罗夫娜对妈妈说，如果让我也去听课，倒是件好事，因为我在寄宿学校没有读完。妈妈喜出望外，立即表示同意。这样，我和萨莎一起在波克罗夫斯基那儿学了整整一年。

　　波克罗夫斯基是一个贫苦的，极其贫苦的年轻人，他的健康状况阻止他继续学习，我们大家只是叫习惯了，所以仍然称呼他为大学生。他过着节俭、安静的生活，在我们房间里几乎听不到他的声音。他看上去有点诡异，走路的样子很笨拙，鞠躬行礼的样子也很笨拙，说起话来怪怪的，我起初看到他就不能容忍住地笑了。萨莎不断地捉弄他，特别是在给我们讲课的时候，而他又容易激动发怒，常常使性子，为了一点儿小事就不能自持，对我们大声训斥，抱怨我们，常常不把课上完就气呼呼地跑回自己的房间。他在自己的房间里整天伏案读书，他有许多书，都是一些非常宝贵的、罕见的好书。他还在别的地方授课，拿点儿佣金，这样，只要他手边有点余钱，他就立即拿去买书。

　　时光飞逝，我对他有了进一步的了解，也更接近一些。

　　他是一个非常善良，非常值得尊敬的人，是我遇到的所有人当中心肠最好的。妈妈对他非常尊敬，后来他也成了我最好的朋友，当然，我会把他排在妈妈的后面。

虽然我已经是一个大姑娘了，但起初还和萨莎一起淘气。我们常常一连几个小时地大动脑子，想方设法捉弄他，惹他发怒。他发火的样子极其可笑，这让我们感到特别高兴（想起这一点，我感到羞愧难当）。有一次，我们把他气得几乎落下眼泪，我清楚地听到他低低地埋怨道："这是多么可恶的孩子！"我顿时惶恐不安，我很不好意思，很难受，也很可怜他。我记得，我顿时满脸通红，含着眼泪恳求他平静下来，不要为我们愚蠢的恶作剧而发怒。但是，他合上书本，不再给我们讲课，就返回自己房间里去了。那天我一直后悔不迭，内心很不是滋味。一想到我们两个孩子做出这种残酷的行为——把他弄哭，内心真不好受。这表明我们等着瞧他掉眼泪的样子，我们盼着他掉眼泪，我们硬逼得这个穷苦人联想起自己不幸的命运！我感到非常的懊恼、苦闷、后悔，整夜都没有休息。都说后悔能减轻心理的负担，实际上恰恰相反。我不知道，在我烦恼中怎么会含有自尊的因素：我盼他不再把我当作一个不懂事的孩子，当时我已经十五岁了。

从这天开始，我艰苦思考，冥思苦索，设计了无数种方案，无论如何都要让波克罗夫斯基完全改变对我的看法。但是，有时我特别胆小、容易害羞，处于当时的情况，我没有办法，拿不定任何想法，仅仅沉湎于幻想之中（天知道是些什么幻想），我只是不再和萨莎一起淘气顽皮，他也不对我们使性子了。不过，对于需要满足我的自尊心来说，这还不够。

现在我要说说我们遇到的人中间可能是最诡异、最有意思、但也是最可怜的一个人。之所以现在，正是在我的笔记写到这儿的时候才提及他，是因为在这之前我对他毫不留意，而现在，与波克罗夫斯基有关的一切事情都突然引起了我的兴趣！

有一个小老头会不时到我们这儿来，他身上脏兮兮的，衣衫褴褛；他个头矮小，头发花白，行动笨拙不堪，一点儿也不灵活，总而言之，他是一个非常奇特的人。刚见到他时，你会以为他有些不好意思，甚至自惭形秽，因为他总是有点畏葸不前，有点矫揉造作；他的这种扭捏的作态几乎能够使人毫不疑心地断言他的神经不正常。每次他来到这里，总是站立在过道屋的玻璃门旁边，不敢走进到屋里来。如果有人——我、萨莎或者他知道的待他比较好的佣人——从旁边走过时，他立刻就会挥手致意，招呼我们过去，做出各种暗示，只等我们对他点点头，叫他一声——这是约定俗成的暗号，表示家里没有外人，他可以随意进去——这时老头才轻轻地拉开门，笑眯眯的，满意地搓着双手，踮起脚来径直走进波克罗夫斯基的房间——这是他的父亲。

后来我才详尽地了解到这位可怜老人的身世。他曾经有过公职，由于能力不太好，一直处于最低层，只有一个最低等的位置。他的第一个妻子（大学生波克罗夫斯基的母亲）去世后，他想再婚，就娶了一个庸俗的小市民。新妻子进门以后，家里闹腾得天翻地覆，有了她，旁人就别想再过太平生活，她把所有的人都掌握在手心内。大学生波克罗夫斯基当时还小，大约只有十岁，后妈将他视作眼中钉、肉中刺。不过，小波克罗夫斯基运气很好。老波克罗夫斯基的朋友兼恩人——地主贝科夫领养了这个孩子，并且把他送进学校读书。他对孩子如此关照是因为他认识孩子死去的母亲——她在做姑娘的时候曾受到过安娜·费奥多罗夫娜的恩惠，并由后者做主嫁给了老波克罗夫斯基；贝科夫先生是安娜·费奥多罗夫娜的朋友，他们之间颇有交情，出于恻隐之心，他送给新娘五千卢布作为陪嫁。至于这笔钱的下落——不得而知。这些情况都是安娜·费奥多罗夫娜告知我的，大学生波克罗夫斯基从来不喜欢说起自己的家庭情况。听说他的母亲非常漂亮。我真奇怪，为什么她的婚姻会如此不幸，嫁给了这样一个无用的人……她死去的时候年纪很轻，结婚才四年左右。

小波克罗夫斯基读完小学又去念中学，接着又读了大学。贝科夫先生常常到彼得堡来，从来没有停止过对他的照料。由于身体状况不好，波克罗夫斯基不能继续待在大学里完成学业，贝科夫先生就介绍他与安娜·费奥多罗夫娜认识，并且亲自推荐他过来，这样，年轻的波克罗夫斯基就寄住在这儿，食宿皆免，条件是给萨莎上课，让他教授什么科目就得教授什么科目。

老人波克罗夫斯基受到妻子的虐待，哀伤不堪，因而染上恶习，几乎总是醉醺醺的。妻子殴打他，让他住在厨房里，把他逼到只能逆来顺受，从不抱怨的地步。他的年龄并不很大，但是由于酗酒导致几乎神志不清，在他的身上残留下来的人类美好的感情只剩一点儿，那就是对儿子无限的爱。大家都说年轻的波克罗夫斯基和他去世的母亲长得犹如两滴水一般相似，莫非是对贤惠前妻的怀念使陷入绝境的老人对儿子产生了深深的爱？老人的谈话内容都是关于儿子的事情，除此以外，没有任何其他话题；通常，他每周看儿子两次。他不敢多来，因为年轻的波克罗夫斯基从不喜欢父亲的拜访。毫无疑问，在他的所有缺点当中，最严重的头一条无疑就是不够尊重父亲。不过，这个老头有时确实是世界上最令人厌烦的人，第一，他的好奇心太重，爱管闲事；第二，他的嘴太琐碎，废话太多，喜欢刨根问底地东问西问，搅和得儿子没法读书；再者，有时他还醉醺醺地跑过来。儿子渐渐地使老人改掉了坏毛病，不再多管闲事，不再唠唠叨叨，最后，他已经把儿子的话当作神谕，完全服从，不得到儿子的允许就不敢说话。

这位可怜的老人对自己的佩坚卡（这是他对儿子的称呼）敬畏不已，疼爱有加。他来看望儿子的时候，总是一副焦虑不安、畏畏缩缩的样子，大概是因为猜不清楚儿子会如何接待他，通常很久不敢进门。

如果我恰巧经过那儿，他就会详细地询问我二十分钟，比如佩坚卡今天怎么样？他的身体还好吗？他的情绪如何？是不是在做什么重要的事情？

他到底在做什么，是在写东西呢，还是在思考问题？我总是再三给他鼓劲，让他安下心来，这样，老人才敢进去。他蹑手蹑脚、小心翼翼地拉开房门，先将头探进去瞅瞅，如果看到儿子不发怒，而且对他点点头，他就轻轻地走进房间，脱下大衣，摘下那顶总是皱巴巴的、已有破洞、帽檐脱落的帽子，挂到挂钩上。这些事情他做得蹑手蹑脚，毫无声息；然后他在椅子上慢慢坐下，目不转睛地盯着儿子，注意他的一举一动，想从中猜出他的佩坚卡的心情。如果儿子稍有不快，老人察觉出来以后就会立即站起身来，解释说："佩坚卡，我只待一会儿。我走路走多了，经过这儿，就顺便进来休息一下。"然后默默无语地、恭顺地拿下自己的大衣、帽子，重又蹑手蹑脚地打开房门，走出去了。他勉强挤出笑容，用以掩饰满腹的伤痛，不想让儿子知道。

但是，假如儿子好好对待老人，老人就会高兴得忘乎所以。他的神情、手势，他的一举一动都表露出他极大的满足感。如果儿子和他攀谈起来，老人总是从椅子上稍稍欠起身子，毕恭毕敬地低声答应，几乎带着景仰的神情，而且总是尽量选用最最优雅的词汇，实际上是令人捧腹的说法。但是，他根本不善辞令，总是心慌意乱，结结巴巴，弄得自己手足无措，此后又久久地低声嘀咕，似乎想纠正自己的话语。如果他能够做出得体的回答，老人就会整整自己的背心和领带，拉拉燕尾服，装饰一番，摆出一副特别尊严的气派；他神情振奋，胆子也大了起来，甚至会轻轻站立起来，走到书架跟前，随便的抽出一本书来，也不论是什么书，就在那儿翻阅起来。他做这些事情的时候，总装出一副镇定自若、理所应当的样子，好像他一直可以随便动用儿子的图书，好像儿子的亲情对他来说并非罕事。

不过有一次，我恰巧看到波克罗夫斯基要求他不要再碰书，这个可怜的老头真是吓坏了。他手足失措，诚惶诚恐地把书倒着插了进去，他想重新摆好，把书正过来，却又把书脊朝里了。老人讪讪地笑着，满脸通红，不知道该如何弥补自己的过错。波克罗夫斯基经常劝诫父亲，让老人渐渐改掉不良嗜好。只要看到父亲接连两三次都没有酗酒，临走的时候他就会塞给老人一枚二十五戈比的银币，或者一枚半卢布的银币，有时甚至更多一些；有时也会给老人买一双鞋子，一条领带或者一件背心。老人一旦收到了新的物品，就会显得神气活现，趾高气扬；有时他到我们这儿来的时候，还给我和萨莎带些公鸡形状的蜜糖饼干或苹果，总是和我们唠叨诉说他的佩坚卡，他要我们好好读书，听他说，佩坚卡是个心地善良的孝顺孩子，而且很有学识，这时他会对我们滑稽地眨一下左眼，可笑地扮个鬼脸，逗得我们忍俊不禁，畅快地哈哈大笑。妈妈非常喜欢他。别看老人在安娜·费奥多罗夫娜面前唯命是听，非常顺从，心底里却非常恨她。

很快我就不再到波克罗夫斯基那儿去上课读书了。和从前一样，他还是把我当成一个不懂事的孩子，一个顽皮好动的小丫头，和萨莎没有两样。这使我很灰心丧气，因为我已在使尽力气改正过去的行为，而他却对我视而不见，毫不在意，这让我越想越生气。课外，我几乎从来不和波克罗夫斯基说话，而且也说不出来。我脸会涨得通红，窘得发慌，事后躲到角落里懊恼地哭啼。

我至今都没有想清楚，如果不是因为一件奇遇使我们变得亲近起来，这种情况将会如何结束。一天晚上，妈妈坐在安娜·费奥多罗夫娜那儿，我一个人悄悄地走进波克罗夫斯基的房间。我知道他不在家，但是说实话，我自己并不清楚我为什么要走进他的房间。虽然我作为他的隔壁邻居已经一年多了，但是在这之前我从来没有走进去过。这次我的心儿怦怦直跳，跳得可真厉害，好像要从胸膛里蹦出来似的。我特别好奇地向四周打量。波克罗夫斯基房间里的陈设相当简陋，也显得非常凌乱。墙上钉着五条长长的搁板，搁板上面放着几本书。桌子上、椅子上堆放着纸张。全是书和纸！我产生了一种诡异的想法，同时也有一种令人不快的愤怒之情。我觉得，我的友情，我的爱慕对他来说无足轻重；他有学问，而我既蠢且笨又一无所知，没有读过书，一本都没有读过……我以嫉妒而又羡慕的眼光瞅瞅被沉甸甸的书压得几乎就要断裂的搁板，心头阵阵懊恼、怅然、近乎疯狂。我非常盼望，而且当即痛下决心，读他的书，读他的每一本书，越快越好。我不知道，也许在我的潜意识中，我认为学会了解了他知道的一切，我就有资格获得他的友情。我奔到第一个书架跟前，不假思索、毫不犹豫地随手抽下一本满是灰尘的旧书，脸上红一阵，白一阵，内心又激动，又恐惧，浑身发抖，偷偷地把书带回房间，打算在夜里等妈妈睡熟以后，借着小灯的亮光阅读。

　　返回我们的房间，匆忙打开一看，这才发现这是一本被虫蛀过，书页烂损的用拉丁文书写的旧书，我懊恼不已，又立即折回他的房间。

　　我正想要把书放回书架，走廊里有动静传来，我听见了有人走近的脚步声，这使我心慌意乱，急得要死，但是搁板上的书排列得非常密致，在这本倒霉的书被抽出之后，其余的书又自动合拢起来，已经没有任何丝毫空间留给原先的这个伙伴。我没有足够的劲儿把书插入进去，只好使尽劲儿推开那些书。一根支撑搁板的锈钉，好像故意等待着这个时刻，一下子折断了，搁板的一端塌落下来，上面的书稀里哗啦地掉落到地板上。然后房门打开，波克罗夫斯基走了进来。

　　应当先说一点，他最无法忍受的事情就是别人在他的地盘上胡作非为，谁擅自动他的书，肯定倒霉！您设想一下，当那些大小、厚薄不同的各种各样的书从搁板上猛冲下来，又撞到或者跳到桌子下面，椅子下面乃至整个房间的时候，我早已吓得魂飞魄散！我本想溜走，但为时已晚。我想："这下真的完了！我完蛋了，我死定了！我就像个十岁的孩子，又调皮捣蛋，又瞎闹瞎玩，我是个蠢丫头！我是个大傻瓜！"波克罗夫斯基简直被我气疯了，他大声训斥道："居然胡闹到这种地步！你捣蛋，怎么就感到不害臊呢……什么时候您才能守点规矩？"说着，他赶紧捡书，我也弯下腰去，想帮他一起干。"走开，走开，"他大声说道，"如果您能够不闯到别人没有邀请您的地方去，那就够不错的了。"不过，我那听凭发落的恭顺模样让他稍微平静了一些，他说话的声音也低沉了下来，他利用不久前还是我老师的身份，用教训的口吻对我说道："唉，什么时候你才能长大，变得稳重一些呢？什么时候你才能变得通晓事理？你瞧瞧自己，要知道，你已经不再是小孩子，不再是小姑娘了，要知道，你已经十五岁啦！"说着，大概他想验证一下，我是否真的已经不再是小姑娘，就朝我看了一眼，顿时，他的脸变红了，一直红到了耳朵根。我不明白出了什么事，我站立在他的面前，瞪大眼睛，惊讶地望着他。他站起身来，不好意思地踱到我跟前，样子非常尴尬，他说了些什么，好像是表示歉意，可能是说刚才他才明白我已经是这么大的姑娘了。我终于明白了。我已经记不太清楚我当时是怎么回事。我心慌意乱，手足无措，满脸涨得通红，比波克罗夫斯基还要红。我用双手捂住脸，从房间里跑了出去。

　　我不知道我该怎么做，羞愧得不知躲到哪儿去才好，他撞见我在他的房间里——仅这一点就让人羞得无地自容。整整三天我没有瞧他一眼，难受得落下眼泪，脑中盘旋着一些诡异的、可笑的想法，其中最荒唐的念头就是想去找到他，向他表白，向他承认发生的这一切，把一切明明白白地告知他，让他相信，我的行为不是蠢丫头的胡闹，而是用心良苦。我已经下定决心要这么做了，不过，感恩上帝，幸好我还没有足够的勇气去这样做。我在想，如果我去了，真不知又会生出什么事情来！想起这件事情，我现在仍然感到不好意思呢。

　　数日以后，妈妈的病情突然恶化，她已经两天没有起来床，第三天夜里开始发高烧，说胡话。我服侍妈妈，已经一夜没有休息，一直守在她的床边，给她端茶送水，按时喂药。第二天夜里我已经疲惫不堪，不时地犯困，眼睛发花，大脑发晕，随时都有可能倒下。但是，母亲微弱的呻吟声会把我惊醒，我浑身一颤，清醒片刻，随后又打起了瞌睡。我痛苦不堪。我不知道，我是说我已经想不起来了，但是，一个可怕的梦境，一种恐怖的幻象在我拼命挣扎着摆脱困意的难受时刻突闯进我迷迷糊糊的脑袋，我惊醒过来。房间里昏暗逼仄，小灯已经快要熄死，一条条的光带时而突然照亮整个房间，时而在墙上左右闪动，时而又完全消失。我突然感到恐惧，一种恐惧的念头袭上心头，可怕的梦境害得我胡思乱想，哀伤紧紧揪住我的心……我从椅子上跳了起来，某种痛苦、沉重的压抑感使我不由自主地大喊一声。这时，门开了，波克罗夫斯基走进了我们的房间。

　　只记得苏醒过来的时候，我是在他的怀里。他疼爱地让我坐到沙发椅上，递给我一杯水，又提出一连串的问题。我不记得我回答时说了些什么。"您生病了，您自己也病得不轻，"他握住我的一只手说道，"您在发烧，您糟蹋自己，您不爱惜自己的身体；您放宽心，躺下来睡一觉，两个小时以后我会叫醒您，别担心了……躺下！躺下！"他继续说道，不容我有一个字的反驳。我已经累得没有一点劲，虚弱之极，两只眼睛也合上了。我在沙发椅上躺下，本来只打算睡上半个小时，结果一直睡到天明，直到该给妈妈喂药的时候，波克罗夫斯基才把我叫醒。

　　第二天白天稍稍休息之后，我又坐在妈妈床边的沙发椅子上准备陪夜，下定决心这次再也不休息了。十一点钟左右，波克罗夫斯基敲开我们的房门，我把门打开。"您一个人待着很无聊，"他对我说，"给您一本书，拿去看吧，这样就不会太无聊了。"我把书接了过来。我已经记不清楚这本书的名字了，即便彻夜不眠，当时也未必会去翻看这本书。内心一种莫名的激动驱除了我的睡意，我无法安安静静地老呆坐在一个地方，好几次从沙发上站起身来，在房间里来回踱步，一种内心的满足感传遍全身。我不禁为波克罗夫斯基对我的关心而心花怒放，为他对我的爱护、体贴而深感心满意足。我整整一夜都浮想联翩。波克罗夫斯基没有再过来，我也知道他不会来了，我猜想着第二天晚上会发生什么情况。

第二天晚上，屋里的人都已休息之后，波克罗夫斯基打开自己的房门，站在我们房间的门口上和我说起话来。当时我们交谈的内容，现在已经一点儿也记不清楚了，我只记得，我羞羞答答，心猿意马，对自己的回答很不满意，又迫不及待地希望早点儿结束谈话，虽然我曾全身心地期盼着和他说话，整天想入非非……我们的友谊就是从这天晚上开始的，在妈妈患病期间，每天夜里，我们总有几个小时待在一起。虽然每次交谈之后我对自己总是还有些不满意的地方，但我已经渐渐克服了害羞怯场的心理；其实，看到他为了我丢开他的那些讨厌的书，我不禁暗自高兴，有点窃喜呢！有一次，我们偶然开玩笑地谈及书从搁板上掉下来的事情，真是奇异美妙的时刻，当时我几乎坦率真诚得过分了，我满怀激情，带着莫名的冲动，向他说明了一切……我说，我想学习，多学点知识；我说，我讨厌别人把我看作是小丫头，不懂事的孩子……真的，当时我的情绪特别奇怪，心中满怀柔情，满眼却噙着泪水，我没有隐讳地倾诉了一切，告知他我对他的友情，我想爱他，和他心心相印地生活在一起，安慰他，让他宽心。

他用奇异的眼光瞅瞅我，显得局促不安，惊讶不可名状，一句话也没有对我说。我顿时感到非常痛苦，心中一片悲凉之情。我觉得他无法理解我，也许他还会对我大加嘲讽。我突然哭泣了起来，像小孩一样号啕大哭，简直无法抑制自己，就像什么毛病发作似的。他抓住我的两只手，亲吻着，又把我的手贴在他的胸口，劝我，安慰我。他深深地被我感动了。我记不得他对我说了些什么，只是我哭哭，笑笑，又哭哭，满脸绯红，兴奋得一个字也说不出来。不过，我发现，虽然我很激动，波克罗夫斯基却仍然显得有点茫然，比较拘谨，我的迷恋，我的欣喜和突如其来火焰般热烈的感情着实让他大为吃惊。也许，起初他只觉得奇怪，后来疑虑消除，他带着与我同样淳朴、真实的感情，接受了我对他的依恋，我的亲切话语，我对他的关爱，而他也报以同样的关爱。那么友善，那么亲切，就像是我的知心好友，我的亲哥哥。我感到无比的温暖，内心乐融融……我从不掩饰什么，也不想隐讳什么，他把一切都看在眼中，对我越来越依恋了。

是啊，在我们相聚的这些既痛苦又甜蜜的时光，夜深人静时分，在摇曳不定的灯光下，几乎就在我可怜妈妈的病榻旁边，我们无所不谈，谈脑子里想到的，内心急于诉说的一切一切，我们几乎感到非常幸福……哦，这是悲喜交加的时刻，有着各种复杂莫名的感情。现在，当我想起他的时候，心中依然既忧伤，又愉悦。不管是欢乐的回忆，还是痛苦的回忆，回忆总是折磨人，至少对我是如此，不过这折磨又是甜蜜的。当一个人的心情变得沉重、痛苦、压抑、怅然的时候，回忆能够使他感到振奋，给他带来生机，犹如炎热的白昼过后，晚上湿润的一滴滴露珠能够让被炎炎烈日烤得发蔫的花儿重现生机一样。

妈妈的身体状况逐渐好转，但我还是继续在她的床边陪夜。

波克罗夫斯基常常给我送书过来。我读书，起初是为了解乏，后来渐渐读得入神，再后来便如饥似渴。我的面前突然展现出许多我从来就没听说过、不了解的新奇事物。新的思想，新的印象，一下源源不断地涌进我的内心，越是让我不安、令我羞愧，要我费思才会领会的印象。可越是这样，越让我喜欢、珍爱，越能甜蜜地震惊我的整个心灵。这些印象蜂拥而至，积压在心头，使我内心无法平静，某种奇特的纷乱繁杂搅乱了我的整个身心。但是，这种精神上的重压不可能，也没有能力将我完全击倒；我太爱幻想，这倒拯救了我。

妈妈的病体痊愈之后，我们中止了夜间的聚会和倾心的长谈，只能偶尔聊聊天，常常是无关紧要的闲聊，但我总喜欢从中琢磨出一点儿意义，再赋予它特别的含意。我的生活非常充实，我很幸福，安详温顺，不动声色地享受幸福。这样过了几个星期……有一次波克罗夫斯基老人来到我们这儿，他和我们聊天了很长时间。他出奇地兴高采烈，精神抖擞，说个不断；他高兴地笑着，不时说几句他的玩笑话，最后终于把使他如此兴高采烈的谜底揭晓，告知我们，再过整整一个礼拜就是佩坚卡的生日，到时他一定要来看望儿子，他要穿上新背心，妻子也答应给他买双新的鞋子。总之，老人高兴至极，想到什么就说什么。

居然是他的生日！这个即将到来的生日搅得我日夜不得安宁，我一定要再次向波克罗夫斯基表达我的爱慕之情，送给他一件礼物。但是送什么好呢？

最后我想送书给他。我知道他想收藏一套最新出版的《普希金全集》，于是我决定买一套《普希金全集》。我有大约三十个卢布的私房钱，是做针线活儿挣来的，我本来打算用这笔钱添置一些新衣裳。我当即让我们的厨娘马特廖娜老奶奶去打听《普希金全集》的价格。真糟糕！全套总共十一册，加上装帧费用，至少需要六十卢布。到哪儿去弄钱呢？我想来想去，还是不知道该怎么办。我不愿意向妈妈要钱,虽然,妈妈肯定会帮助我,但这样一来,房间里的人都会知道我送礼物的事情,而且这个礼物就会变成是对波克罗夫斯基辛苦一年的酬谢。我想自己送他一份礼物,悄悄地,不让别人知道。至于他辛苦一年,教我读书,我只想永远用我的友谊表示感谢,而不用任何其他形式的酬劳。最后我终于想出了摆脱困境的办法。

我知道在中心商场的旧书摊上,只要会砍价,就能用对半的价格买下便宜书。况且这些书往往并未被用得太久,它们几乎还是崭新的。

我决定到中心商场走一趟。事情真凑巧,第二天恰好我们和安娜·费奥多罗夫娜都需要买点东西,妈妈身体不好,安娜·费奥多罗夫娜又实在懒得动弹,这样,所有的差事都落在我的头上,于是,我和马特廖娜一起去了。

非常幸运,我很快就找到了《普希金全集》,而且装帧得相当漂亮。我开始讨价还价。最初,旧书摊的要价比书店里还高,后来,费了不少唇舌,反复来回好几趟,终于使书摊老板把价格降低至十个银卢布。我觉得讨价还价很有意思,让我很高兴……可怜的马特廖娜不明白我是怎么一回事,为什么要买回这么多的书。但是,真要死!我的全部积蓄仅有三十个纸卢布,而书商无论如何也不愿意再降价了。最后,我只好哀求他,一再哀求,终于打动了他的心,但是只肯减少两个半纸卢布,他还指天发誓,只有对我他才肯作出如此大的让步,因为我是一个非常可爱的小姐,换了别人,他是无论如何也不肯降价的。还差两个半纸卢布!我简直愤怒得快要哭了,但是,完全意外的情况帮助我解决了难题。

在距离我不远的另一个书摊面前,我看到了波克罗夫斯基老人,四五个卖旧书的人围在他身旁,拼命忽悠他,拉生意,把他折腾得团团转。每个人都向他兜售自己的旧书,什么样的书都塞给他,而他样样都想买!可怜的老人站在他们中间,就像受尽了折磨似的,可是又不知道应该从他们推销的书中挑选哪一种。我走到他的面前,问他在这儿干什么。老人见到我非常高兴,他很疼爱我,其喜欢程度不比对佩坚卡差。"我在这儿买书呢,瓦尔瓦拉·阿列克谢耶夫娜,"他回答说,"我想给佩坚卡买书,他的生日快要到了,他喜欢读书,所以我就给他买一些书……"老人说话一向总是惹人发笑,现在又极其惊慌无措。不论问哪本书的价钱,总是一个银卢布、二个银卢布、三个银卢布;那些厚书他就不敢再询问价格了,只是羡慕地翻翻,用手指头翻动几页,放在手里转来转去,然后再放回原来的地方。"不行,不行,太贵了,"他低声咕哝道,"说不定这儿能挑出合适的。"接着,他开始翻寻那些薄薄的本子，歌本和一些丛刊，这些东西都很便宜。"您做什么想买这些东西，"我问他，"这些东西一点儿用处都没有。"他回答我说："呵，不是，不是，您瞅瞅吧，这里有这么多好书啊，非常非常好的书！"说到最后一句话的时候，他伤心地拖长着声调，我觉得，由于好书太贵，他已经愤怒得快要哭出声来了，泪水就要从他苍白的面颊流到红鼻子上面。我问他有多少钱，这个可怜的老人当即把包在一张油污报纸里的钱全部一一掏了出来："瞧，就这些钱，半个银卢布，二十戈比银币，还有二十戈比铜币。"我立即把他拉到我买书的书摊前。"这是一套十一本的《普希金全集》，总共只要三十二个半卢布，您再添上两个半，我们就把这套书买下来，我们合送吧。"老人高兴得简直要发狂，把自己的钱全部一一倒了出来。旧书商把我们合买的这套分量很重的书交给了他。老人把书分别塞进各个口袋，捧在手上，夹在腋下，带回自己家中，并与我约定第二天悄悄地把这套书送到我那儿去。

第二天，老人来看望儿子，他和往常一样，在那儿坐了一个小时左右，然后来到我们房间，在我身旁坐下，那种神秘的样子真让人忍俊不禁。因为心中藏了这个秘密，他笑眯眯地、得意扬扬地反复搓着双手，告知我说全套书已经神不知鬼不觉地被带到我这儿来了，放在厨房的角落里，由马特廖娜看管。而后，话题自然转到即将到来的庆祝的生日；老人啰啰唆唆地谈到我们应该怎样把礼物送出去；这个话题他越是不断地说，说得越多，我越清楚地发现他的内心有话，他不能，没有勇气，甚至恐惧把它说出来。我一直等待着，沉默不言。本来，他举止奇特，扮相诡异，眨眨左眼，从中我明显地感觉到他内心的快乐，满腔的得意，可是这一切现在都消失不见，他表现得越来越不安，越来越郁闷。终于，他不能容忍了。

"请您听我说，"他忐忑不安地轻轻说道，"您听我说，瓦尔瓦拉·阿列克谢耶夫娜……您可知道，瓦尔瓦拉·阿列克谢耶夫娜，"老人显得非常困窘、慌乱，"这样，生日的那一天，您拿十本书送给他，也就是说以您自己的名义送给他，我呢，就拿一本书，也以我自己的名义送给他，您瞧，这样的话，您也送了礼，我也送了礼，我们两人都可以送他礼物了。"说着老人又明显不安地沉默下来。我看了看他，他心神不宁地等待着我的表态。"那您，扎哈尔·彼得罗维奇，为什么不愿意由我们来送呢？"

"不为什么，瓦尔瓦拉·阿列克谢耶夫娜，不为什么……我，您知道，那个……"总之，老人惶惶不安，满脸涨得通红，结结巴巴，再也说不下去了。

"您知道，"他终于向我解释道，"瓦尔瓦拉·阿列克谢耶夫娜，我有时无法管住自己……我是想告知您,我几乎常常管不住自己,总是管不住自己……我沾上了各种坏毛病……就是说,您知道,外面冷得要死,有的时候,内心有各种不痛快的事情,或者内心憋闷得很,或者发生了什么糟糕的事情,在这种时候我就不能容忍,管不住自己,有时喝酒喝得太多。佩坚卡为这件事情很不高兴呢。您知道,瓦尔瓦拉·阿列克谢耶夫娜,他发怒,他责怪我,给我讲各种道理,所以呢,我现在自己送给他一件礼物,向他证明我在改正,已经开始约束自己的行为。"

"为了给他买书,我努力攒钱,攒了很长时间,因为除了佩坚卡有时给我一点儿钱以外,我几乎从来就没有任何钱,这个情况他是知道的。这样,他看到我用钱买了书送给他,他就会清楚,我做这一切都是为了他。"

我非常可怜这位老人。我考虑了片刻,老人不安地望着我。

"这样吧,扎哈尔·彼得罗维奇,"我说,"您都送给他吧。"

"把什么都送给他?您是指把整套书都送给他……"

"是啊,把书都送给他。"

"由我送给他?"

"由您送给他。"

"我一个人送?就是说用我一个人的名义?"

"是啊,就用您的名义……"我觉得我已经讲得非常清楚,但是老人久久不能明白我的意思。

"对喔,"他想了一会儿,说,"对!这很好,这简直太好了!只是您怎么办呢,瓦尔瓦拉·阿列克谢耶夫娜?"

"我就不送了。"

"什么?"

老人突然大叫一声,几乎吓了一跳,"您就什么也不送佩坚卡,您不想送他什么礼物了吗?"老人大为吃惊。这时,他好像准备取消原先的计划,好让我也能有东西送给他的儿子,真是一个善良的老人家!我努力地说服他,告知他我很愿意送礼物给佩坚卡,我只是不想让他扫兴,夺去他的欢乐。"如果您的儿子满意,"我补充说道,"您会高兴,那我也就高兴了,因为暗地里,我的内心会感觉到我实际上已经给他赠送了礼物。"听了这番话,老人完全放心了。他在我们这儿又待了两个小时,不过一直坐不住,常常站起身来,啰啰唆唆,吵吵嚷嚷,逗弄萨莎,偷偷地吻我的手,悄悄地对着安娜·费奥多罗夫娜扮鬼脸,最后终于被安娜·费奥多罗夫娜撵了出去。总之,老人一直兴冲冲的，高兴得有些忘乎所以，这在他身上也许还是从来没有过的。

生日那天，他十一点整就来了，是做完弥撒后就直接来的，穿着缝补得很好的燕尾服，果真穿上了新背心和新鞋子，两只手里各托着一摞书。当时我们大家都在安娜·费奥多罗夫娜的客厅里喝咖啡（这天是星期日）。老人好像从普希金是一个非常伟大的诗人谈起，后来内心一慌，出了差错，忽然转到别的话题，说什么人要品行端正，如果品行不好，那就是放纵自己；还说坏习气害人，能把人毁了，甚至举出好几个没有节制导致自我毁灭的例子。最后，他说，从某个时刻起他已经改邪归正，现在的表现无可挑剔。他说从前他就知道儿子的劝导很有道理，他早有体会并且会牢记在心头，而现在已经付诸于行动，他用长期积攒的钱买书送给儿子，这就是一个证明。

听着这位可怜的老人的这番表白，我禁不住含着眼泪笑了，在需要的时候，他真能编造忽悠！我们把书搬进波克罗夫斯基的房间里面，摆放在书架上。波克罗夫斯基很快猜到了事情的真相。老人应邀留下来吃了午饭。这一天我们大家都非常高兴，午饭以后我们玩方特，打纸牌，萨莎尽情嬉戏，我也不甘落后。波克罗夫斯基特别照顾我，一直寻找机会想和我单独说话，但是我没有给他机会，这是我整整四年的生活中最美好的一天。

下面就要开始悲哀而沉重的回忆——讲述我那惨淡生活、痛苦不堪的时光——也许正是因为这样，我的笔滑动得越来越慢，好像不愿意继续写下去；也许正因为这样，我才会这样饶有兴致、带着深厚的感情回忆起愉快的生活里我的那些普普通通日常生活的枝枝节节。幸福的生活非常短暂，随之而来的只剩下苦难，不见天日的苦难，只有上帝知道什么时候才是尽头。

我的不幸从波克罗夫斯基生病和去世时开始。

我在上面描述了庆祝生日的情景，两个月以后，他病了。在这两个月里他四处奔波寻求谋生工作，因为至今他还没有确定的职业。

和所有染上肺病的人一样，在生命的最后时刻里，他仍然抱有长久生活下去的希望。他曾经有过一个教师的职位，但是他厌恶这个行当；由于身体不好，他也不能获得公职，再说，要等很长时间才能拿到第一次的俸禄，简而言之，波克罗夫斯基四处碰壁，他的脾气也变得急躁起来。

他的身体状况越来越差，但他没有放在心上。秋季降临。每天，他穿着单薄的大衣出门，四处奔波、哀求，想谋得一份差事做，内心则苦闷不已。他常常淋雨，双脚浸湿，最后终于病倒不起，从此再也没有起来……他死在深秋，十月末。

在他患病期间，我几乎没有离开过他的房间，一直照料他，服侍他，常常彻夜不眠。他很少有神志清醒的时候，时常说胡话，上帝才知道他在说些什么，他说到自己的职位，自己的书，说到我，说到他的父亲……从中我听到了许多有关他的、过去不知道、甚至意想不到的情况。在他患病的初期，我们屋里的人都用一种奇怪的眼光打量我，安娜·费奥多罗夫娜连连摇头，但是，我理直气壮地盯着他们的眼睛，从此他们再也没有指责我对波克罗夫斯基的关心，至少妈妈是这样。

波克罗夫斯基有时能够认出我来，但是这种情况很少出现，他几乎一直处于昏迷状态。有时，他会整夜说些含混不清、无法理解的话语，好像在和别人说话，谈得很久很久，嘶哑的嗓音回荡在狭窄逼仄的房间里，犹如闷在棺木里一般，发出低沉的回音，当时我真感到恐惧，特别是临终的那天夜里，他几乎处于癫狂之中，他太遭罪了，疼痛得太厉害了，一声声呻吟撕扯着我的心，屋里的人都感到毛骨悚然，安娜·费奥多罗夫娜一直在祈祷，求上帝快点把他带走。我们请来了大夫，但大夫说病人肯定熬不到第二天清晨。

波克罗夫斯基老人彻夜守候在走廊里，站在儿子房门口，就在那儿的地上铺了一张草席。他不时走进房间里来，那模样真是可怕极了；痛彻肺腑的痛苦将他击垮，他失魂落魄，痴痴呆呆，吓得直摇脑袋，浑身颤抖，不断地低声嘀咕，呢喃自语。我觉得，痛苦快把他逼疯了！

黎明前，老人终于心力交瘁，支撑不住，躺在草席上沉沉地睡去。七点多钟，儿子已经快要死去，我叫醒了他的父亲。波克罗夫斯基非常清醒，他和我们大家一一告别。真是怪事！我竟然哭不出来，但是我的心已经碎了。

波克罗夫斯基在临终前时刻让我备受煎熬，痛苦不堪。他一直不断地表示着某个心愿，但是他的舌头已经僵硬，我一点儿也听不清楚他的话语，我急得心乱如麻。整整一个小时，他显得焦虑不安，始终想要说些什么，使尽最后的劲用冰冷的一双手做出某种暗示，然后又用嘶哑、低沉的嗓音苦苦哀求，可是他的话语仅仅是一些不连贯的嘶哑，我仍然一点儿也不明白。我把所有的人都带到他的面前，给他水喝，但是他依然苦闷地摇摇头。我终于明白了他想要什么：他要拉起窗帘，打开百叶窗，他一定是想最后一次看一眼白天，看一眼世界，看一眼阳光。我拉起窗帘，不过，这是一个阴冷而惨淡的早晨，犹如可怜的快要离开人世者正在渐渐熄灭的生命。阳光一点儿也没有，云层像一团团浓雾遮盖住天空，雨蒙蒙的，阴沉而抑郁。细雨敲打着窗户，沿着玻璃流淌，变成一股股冰凉的、脏兮兮的水流。四周昏暗逼仄，微弱的晨曦射进房间里来，勉强与圣像前神灯颤抖的火苗争辉。快要去世的人凄凄惨惨切切地看了我一眼，困难地摇了摇头，不一会儿，他就走了。

安娜·费奥多罗夫娜亲自处理、善后。她买了一口最普通的棺材，雇了一辆拉货的马车。为了充抵丧葬费用，安娜·费奥多罗夫娜拿走了死者所有的图书和物品。波克罗夫斯基老人和她大吵大闹，拼命从她那儿夺回一些图书，并把这些书放满所有的口袋，还塞在帽子里，只要能放书的地方都放上了，接下来的三天就带着这些书跑来跑去，甚至去教堂的时候也没有把书放下。这些生活里，他像个傻子似的懵懂无知，浑浑噩噩，总在棺木四周忙乎，做出一些不知所以的举动：时而理理死者额头上的丝带，时而点燃蜡烛，时而又把蜡烛拿走。显然，他的思绪非常紊乱。妈妈和费奥多罗夫娜都没有去教堂参加葬礼：妈妈病了，而安娜·费奥多罗夫娜本来是打算去的，后来和波克罗夫斯基老人发生了争吵，也就待在家里未去。参加葬礼的只有我和老人。祈祷的时候，一种恐惧感在我的心头油然升起，好像是对将来的一种不祥的预感。在教堂里，我勉强支撑着自己。最后，盖上了棺木，钉好了钉子，放在马车上，运走了。我跟在后面送葬，只能走到街的尽头。马车跑得快了起来，老人跟在后面跑着，放声大哭，由于奔跑着，他的哭声发颤，时断时续。可怜的老人的帽子在奔跑中掉在了地上，他也没有停下来捡起帽子；他的头被雨水打湿，这时又刮起风来，寒气逼人，刺脸生痛，老人似乎没有感觉到恶劣的天气，一边哭泣着，一边在马车两边跑来跑去。他的旧衣服的下摆被寒风吹起，像翅膀似的向两旁飘起，衣服的每个口袋都有书本露出，手里还有一本大书，被他紧紧地抱着。过路人脱下帽子，画个十字，有的人停下脚步，惊讶地望着这位可怜的老人。书本不时地从口袋里掉下来，落在泥水之中。人们喊住他，告知他丢了东西。他捡起书本，又向重棺木跑过去。在街道拐角处，一个乞讨的老婆子跟随着他一起去送葬。马车拐过弯去，终于从我的视野中完全消失。

返回家中，我悲痛欲绝地扑到妈妈怀里，紧紧地搂住她，亲吻着她，哀戚哭啼而不成声，似有所惧地紧紧依偎在她的身上，好像竭力要把我的最后一个亲人留在我的怀抱之中，不把他交给死神……但是，死神已经快要降临到我的可怜的妈妈头上了！

…………

马卡尔·阿列克谢耶维奇：

　　非常感谢您昨天能陪我去岛上玩耍，那儿的空气多么清新，多么怡人，那儿好多树木花草啊！我已经很久没有见过绿色的植物了。在我患病期间，我一直觉得我快要死了，我一定活不过来了。您想想，昨天我会有什么样的感觉，什么样的体会！昨天我有点忧伤，请您不要见怪。昨天我非常舒心，非常放松，但是，在我感觉最好的时候，不知为什么，我总会有点哀伤。

　　至于我会哭，这是一件不值一提的小事，连我自己也不清楚，为什么我总是爱哭。我多愁善感，容易受到刺激；外界留给我的感受总是痛苦的，近乎病态的。没有云，彩霞的、灰暗的天空，西下的夕阳，黄昏的沉默，这些景象，我自己也不明白，昨天竟会使我触景生情，让我感到沉重和痛苦，心中憋屈得难受，眼泪都要掉下来了。但是，我为什么要给您写这些呢？这些难以心领神会，要想表达清楚却更加困难。不过您是能够谅解我的。又可怜又可笑！真的，马卡尔·阿列克谢耶维奇，您的心地多么善良！昨天您注视着我的眼睛，想从中看出我的心情，只要我高兴，您就兴奋不已。但凡碰上小灌木丛，林荫道或者小溪，您总会站在那儿；您站在我的面前，整理衣衫，目不转睛地望着我的眼睛，好像在向我展示您的财富。这都表明您有一颗善良的爱心，马卡尔·阿列克谢耶维奇，就是因为这一点，我才那么的爱您。好了，再见吧。今天我又病了，昨天我的脚趟过水里，受了凉。费奥多拉也有点不舒适。这样，我们两人现在都成了病号。不要记不清楚我，请时常过来看望我。

您的瓦·多
6 月 11 日

我的亲爱的瓦尔瓦拉·阿列克谢耶夫娜：

　　我本来以为，宝贝儿，您对昨天一切情况的描绘会像真正的诗篇，没想到您只写了总共一张纸面。我是说，虽然您在您的信中写得很少，但是描绘得非常美好，相当迷人。自然风光，乡村的各种景色以及其他种种感觉。总之，这一切您都写得非常精彩，我可没有这样的才华，就是写满十页纸，也还是说不出什么东西，写不出什么名堂，我曾经试过。我的亲爱的，您在信中说我是一位善良的人，为人宽厚，不会损害他人，天生一副慈悲心肠，通情达理，还说了许多好话。您说的这些都是实情，宝贝儿，这一切都是千真

万确的实情，我确实就是您所说的这种人，我自己知道这一点。但是，读完
您的来信，我的心不由得还是大为感动，而后又产生了各种令人痛心的念头。
现在您就听我说吧，宝贝儿，我有一些事情要告知您，我的亲爱的。

我从我开始从事公职说起，那年我才十七岁，我的公职生涯已经快满三
十年了。当然，不用说，我已穿破了好几套制服。我长大成人，变得比原来
聪明一点儿，也认识了不少人。我过着快乐的生活，我可以说，我在世上过
着幸福的生活，甚至有一次我还被授予十字勋章呢。您也许会疑心，可我对
您说的都是实话，这都是真的。有什么办法呢，宝贝儿，总会有恶人对别人
的好事心怀恶意！我告知您，我的亲爱的，就算我再无知识，人再蠢笨，我
也有一颗和别人一致的爱心。

您可知道——瓦连卡——这些恶人对我做了、耍了什么坏心眼吗？要说
出他们的所作所为，那真是耻辱！您会问我，他们做什么要这样干呢？就是
因为我太好说话，因为我总是沉默不言，因为我做人过于宽厚！我不合他们
的胃口，他们就欺负我。起初他们这样对我说："您，马卡尔·阿列克谢耶维
奇，这个……那个……"，后来变成了："您别问马卡尔·阿列克谢耶维奇"，
而现在已经成为"不用说，一定是马卡尔·阿列克谢耶维奇！"您瞧瞧，宝贝
儿，事情已经发展成了这种地步：所有的过失错误都会算在马卡尔·阿列克
谢耶维奇的头上，他们能够把马卡尔·阿列克谢耶维奇弄得在我们整个机关
都出尽风头，不仅如此，他们把我的名字变成口头禅，几乎成了骂人的代称。
我的皮靴，我的制服，我的头发，我的样貌都成为他们攻击我的对象，什么
都不合他们的意，什么都需改造！很早以前就天天如此。我对此已经习以为
常，因为我对一切都可以习惯，因为我是一个与人为善的人，因为我是一个
小人物。但是，这一切究竟是出了什么问题？我得罪什么人了吗？我抢了谁
的升官之路了吗？我在上司面前说谁的坏话了吗？我强求恩赐了吗？我签过
什么债务契约，亏欠人家什么钱了吗？您连思考到这些事情都是罪过呀，宝
贝儿！我怎么可能做出这种事情呢？您只要仔细想一想，我的亲爱的，我有
没有足够的能耐耍东窗之计，贪图功名利禄？那么究竟为什么我要这样遭罪
呢，我的上帝？您倒是认为我是一个可以受人尊敬的人，您比他们那伙人好
得多了，好得没法比较，宝贝儿。什么是最重要的公民美德？不久前叶夫斯
塔菲·伊万诺维奇在一次私人谈话中说，最重要的公民美德就是发财。他们
说的是玩笑话（我知道是在开玩笑），这话的寓意在于不要成为别人的负担累
赘，而我就从不依赖任何人。我有自己的一小块面包可吃，确实，只是一块

普普通通毫不起眼的面包，有时甚至是又干又硬的面包，但是，这块面包是我用自己的劳动挣来的，我可以不受指责地、合法地享受它。有什么办法呢？我自己也不清楚，我只是做一点儿抄抄写写的事情，但是，我为此感到自豪，因为我在劳动，我在流汗工作！做点抄写的工作也是罪过吗？他们说："他就是个抄写工而已！"

"他是个抄写老鼠官！"抄写工作有什么丢人的吗？我书写清晰工整，看上去很赏心悦目，上司对我的工作都很满意，我还为他们抄过最重要的文书呢。是的，我写东西没有文采，这一点我有自知之明，就是缺少这个该死的文采，就是因为这个缘故，我得不到任何的提拔，就连现在给您写信，我的亲爱的，也是直来直去，没有修辞，内心想到什么就写什么……这些我都清楚。但是如果人人都去写文章，那抄抄写写等工作谁来做呢？我就提出这个问题，请您回答我，宝贝儿。现在我已经想到，我是有用的，我是必不可少的一个人，做什么要被别人的胡言乱语搅昏头脑呢。如果他们认为我像一个"老鼠官"，那就算是老鼠官吧！不过这个老鼠官是有用处的，老鼠官能带来好处，人家养着这个老鼠官，还要给这个老鼠官发放奖赏呢。瞧，这个老鼠官做得还不错吧！呵呵，这个话题说得太多了，我的亲爱的。我本来并不想讨论这些事情，只是内心有点火气。有时自己还自己一个公道，内心总是痛快的。再见，我的亲人儿，我的亲爱的，您是我最好的安慰天使！我会去的，一定会到您那儿去拜访您的，去瞅瞅您，我的心肝儿，您暂且等候，不要愁闷，我会带书给您。好了，再见吧，瓦连卡。

衷心祝福您的人 马卡尔·杰武什金
6 月 12 日

尊敬的马卡尔·阿列克谢耶维奇先生：

现在我匆匆忙忙给您回信，因为我还要赶做手上的活儿，我必须如期交货。您知道，是这么回事！您可以做一笔好生意买卖。费奥多拉说，她的一个朋友要卖掉工作服，是一套崭新的制服，还有内衣、背心和帽子，听说价格非常便宜，您就买下来吧。您现在的经济并不紧张，您的手头有钱——您自己说您还有钱。请您千万不要舍不得花钱，这些都是必需用品呀。您瞅瞅您自己，身上的衣服已经损坏成什么样子了，真是不好意思！一个挨着一个的补丁；您又没有新衣服，虽然您总是说您还有新衣服，其实我知道您已经没有了。上帝知道您把衣服出手卖到哪儿去了？

请您听听我的话，去买下来吧。为了我，您就去这样做吧。如果您爱我，您就把它买下来吧。

您送给我几件内衣，您听我说，马卡尔·阿列克谢耶维奇，您确实太破费了。这可是非同小可的事情，您在我身上花了这么多钱，简直太多啦！唉，您真喜欢乱花钱！我不需要这些，它们都是完全多余的。我知道，我深信您爱我，可是您完全没有必要非要用礼物来向我表示。

我接受了您的礼物，但内心感觉沉甸甸的，我知道花钱买礼物对您来说是很困难的。到此为止，再也不要送任何礼物给我了，您明白没有？我求您，恳求您了。马卡尔·阿列克谢耶维奇，您要我把笔记后面的部分送给您，盼望我把它写完。我都不知道哪些已经描述出来的部分我是怎么写出来的！但是现在我没有勇气谈论我的过去，我的往事不堪回首，那些回忆让我感到恐惧不安，谈到我的可怜的妈妈，她丢下她苦命的孩子，让她的孩子成了这帮撒旦们的猎物，令我痛苦不堪。每想到这些事情，我的心就在流血。这一切依然记忆犹新，我还没有清醒、回过味儿来，更谈不上平静下来。虽然事情已经过去一年多了。这些情况您都知道。

我对您讲过安娜·费奥多罗夫娜现在的想法，她责怪我忘恩负义，把她和贝科夫先生合谋的罪责推卸得一干二净！她叫我到她那儿去，说我现在是乞食度日，说我走上了邪路。她说，如果我返回她那儿去，她会去找贝科夫先生把事情摆平，并一定要他向我赔礼，赎罪自新。她还说，贝科夫先生非常愿意给我一份嫁妆。见他们的鬼去吧。在这里，和您在一起，住在我的好心肠的费奥多拉家里，我生活得很好。费奥多拉对我非常依恋，和我那已经去世的保姆一样；您虽然只是我的远房亲戚，却用您的名义保护我。至于他们，我内心没底。如果能够做到，我真不想把他们记清楚。他们还要把我怎么样呢？费奥多拉说，他们说的全是骗人的谎言，最终还是会把我抛弃不管的！求上帝保佑！

瓦·多
6月20日

　　我的亲爱的，我的宝贝儿：

　　我想给您写信，可是又不知道从何处开始写起。这真是奇怪的事情，宝贝儿，我和您现在过着这样的生活，我是说，我从来没有过过这样快活的生活。好像是上帝恩准，给了我一个小窝，给了我一个家！您是我的好宝贝！您做什么还要提起我给您那四件衬衣的事情，您是需要的呀，我从费奥多拉那儿知道的。能够满足您的需求，宝贝儿，就是我特别的幸福，这就是我的快乐，您就让我这么干吧，宝贝儿，别管我，也不要和我顶撞。我还从来没有过过这样美好的生活，宝贝儿，现在，我看到了光明，生活有奔头啦！第一，我现在不是为自己一个人活着，因为您就住在离我很近的地方，给我种种安慰；第二，今天有一个租客，我的邻居拉塔贾耶夫，就是那个经常举办文学宴会的文官，他请我饮茶，今天也有聚会，我们要朗诵一些文学名著。瞧，宝贝儿，我们现在过得怎么样，您瞧瞧！好了，再见吧！

　　我只是随便写一下，没有任何特别的用意，只是为了让您明白，我过得非常满意。我的心肝，您让捷列扎告知我，您需要刺绣用的彩色丝线。我这就去买，宝贝儿，我去买，我能把丝线买来的。明天我就能非常高兴地让您称心满意，我知道卖丝线的在什么地方。

　　您的忠实的朋友

马卡尔·杰武什金
6月21日

尊敬的瓦尔瓦拉·阿列克谢耶夫娜女士：

　　我要告知您一个不幸的消息，我的亲人儿，我们这儿发生了一件凄惨无比的事情，确确实实让人同情！今天凌晨四点多钟，戈尔什科夫家的一个小孩子离开人间了。我不知道孩子得的什么病，是猩红热呢，还是别的疾病呢，只有上帝才知道！我去探望了戈尔什科夫一家人，唉，宝贝儿，他们家可真贫穷啊！到处乱七八糟！这也难怪，全家人就挤在一间房屋里，只是为了照顾面子，才用布幔将房间隔开。棺材也停在他们家里面，是一口极普通的，但是看上去相当不错的小棺材，他们买的是成品。孩子才九岁左右，听说是一个很有发展前景的孩子。

看到他们，我的内心真难受，瓦连卡！孩子的母亲没有哭泣流泪，但是神情极其哀伤，真可怜。他们也许会变得轻松愉快些，因为现在从肩上卸掉了一个包袱，不过，他们还有其他两个孩子，一个尚在襁褓之中，还有一个六岁多的小女孩。说实话，眼看孩子在那儿遭罪，还是自己的亲生骨肉，又没有任何办法可做，这还能乐得起来吗？！父亲穿着满是油污的旧燕尾服，坐在一把破椅子上。他一直在流着眼泪，不过可能不是因为伤心，而是习惯性的做法，因为他的眼睛已经溃烂。他真是一个奇怪的人！只要有人和他讲话，他总是满脸涨得通红，一副窘态，不知道该说什么。他的女儿，那个小姑娘，站着，把身体倚在棺木上，那么可怜，那么哀伤，那么忧心忡忡！瓦连卡，宝贝儿，我可不喜欢忧心忡忡的小孩子，看上去叫人很心痛！地板上躺着一个用破布缝制的布娃娃，就在她的脚边，她也不玩，只把一根手指头压在嘴唇上，呆呆地站在那儿，一动也不动。女房东给了她一粒糖果，她拿了，但是不吃。真让人难受啊，瓦连卡，您说是吗？

马卡尔·杰武什金

6月22日

最亲爱的马卡尔·阿列克谢耶维奇：

把您的一本书带去送还给您，这是一本没有用处的书！根本就不值得阅读。您从哪儿挖来得这么一件宝贝？说真的，难道您喜欢这种书吗，马卡尔·阿列克谢耶维奇？有人答应这几天借点书给我阅读，如果您想看，那也可以拿去瞅瞅。现在再见吧，我实在没有时间写信了。

瓦·多

6月25日

亲爱的瓦连卡：

宝贝儿，我确实没有读过这本书。是的，我看过几页，发现里面全是胡言乱语，就是为了搞点笑料，给人们逗乐。瞧，我想，说不定瓦连卡会喜欢呢，没有多想就把书给您送去了。

拉塔贾耶夫答应给我送一些真正的文学作品，这样，您也有书可以去阅读了，宝贝儿。拉塔贾耶夫精通文学，是个行家，他自己也从事写作，哦，写得可好呢！他写得很快，又有许许多多的表达方式，就是说，每一个词汇，不论什么词汇。即使是最没意思的词汇、最普通的，还有偶尔我和法尔多尼亚或者捷列扎说过的下流字眼儿到了他的笔下也变得有文章、有华彩了。我常常参加在他那儿举办的晚宴，我们抽着烟，他给我们念他写的作品，能够一直念到五点钟，我们一直听着。这简直就是一顿美味，而不是文学！多么迷人啊，鲜花，简直就是鲜花，从每一页上都能采集一束鲜花。他是多么的彬彬有礼，心地善良，温和亲切。瞧，在他面前我算得了什么？算得了什么？一无是处。他是一个有显赫名望的人，而我呢？默默无闻，就像不存在似的，可是他还如此厚遇我。

我常常替他抄写一些东西，只是，瓦连卡，您可别以为这儿有什么任何交易，以为他厚待我就是因为我替他抄写作品。您可别听信那些闲言碎语，宝贝儿，千万别相信那些无耻的谣言！不，是我自己要替他抄写的，完全出于自愿，我这么做是为了让他高兴，而他对我好也是为了让我愉快。做人的道理我还是知晓的，宝贝儿，他真是一个好人，一个非常善良的人，也是一位了不起的作家。

文学真是个好东西——瓦连卡——是个非常好的东西，这是我前天从他们那儿听到的，这门学问深奥得很！文学能够振奋人心，教诲人心，在他们的书中包罗万象，事事俱全，写得真好啊！文学就像一幅画，就是说，从某种意义上来说是一幅画和一面镜子，它是感情的抒发，中肯的批判，有益的教诲和真实事件的记录。这些，我都是在他们那儿学的，我现在有点在行了。我坦诚地告知您，宝贝儿，我坐在他们中间，听他们讨论（我也和他们一样，大家一起抽着烟斗），听他们争吵、辩论各种各样的问题，而我只能甘拜下风，在这种场合下，宝贝儿，我和您只能甘拜下风；我简直像个木头人似的呆坐着，自己都感到害臊不安，所以整个晚上都在寻找机会，盼望能在一般性的话题中插进哪怕一句或半句，可是就连这一言半语也没有！瓦连卡，这种时候，我真可怜自己这儿也不知道，那儿也不通晓，就像谚语里说的那样：徒长个头儿，不长脑瓜儿。现在，有了闲暇的时间，该做什么？睡个大觉，真是个十足的傻瓜。我真不该睡懒觉，应该干点儿令人高兴的事情，比如坐下来写点儿东西，这对自我，对别人都有好处。哦，宝贝儿，您可知道，他们能挣很多钱呢，愿上帝保佑他们！就拿拉塔贾耶夫来说吧，挣得可多了！写一页对他来说简直不费吹灰之力，有时他一天能写五页，他说一页纸的稿费就达到三百卢布，随便写个笑话，或者什么趣闻——五百卢布！不管您愿意不愿意给这个价，您也得想尽办法给！要是不给，下次的要价就是一千卢布！您能想得到吗，瓦尔瓦拉·阿列克谢耶夫娜？这算什么？他手头还有一本诗集，都是一些短诗——价值七千卢布，宝贝儿，他说要七千卢布，您想想看！这简直就是一笔不动产，一幢很像样的房子！他说，别人给他五千，他不肯出手；我就开导他，劝他出手。他说，老兄，只要他们五千卢布，太便宜他们了。我说，毕竟是五千卢布哪！不行，他说，他们这些滑头会出七千的。他真精明啊！

宝贝儿，既然我们已经讨论到这个话题，那我干脆从《意大利式的情欲》中给您抄录一段，这是他写完的书名，您读一读，瓦连卡，然后自己判断一下。

弗拉基米尔浑身一惊，他的情欲疯狂地冲动起来，全身的血液开始沸腾……"伯爵夫人，"他大声叫道，"伯爵夫人！您知道吗，这种情欲是多么可怕，这种疯狂是多么猛烈？不，我的幻想没有欺骗我，我爱你，热烈地爱你，疯狂地爱着你！你的丈夫即使用全身的血液也浇灭不了我心中疯狂的、沸腾的激情！

毫不足道的障碍阻止不了越燃越烈的地狱火焰，这股火焰在我受尽折磨的胸腔内纵横交错。哦，季娜伊达，季娜伊达！……"

"弗拉基米尔！……"伯爵夫人倚在他的肩头，情不自禁地呢喃。

"季娜伊达！……"心旌神摇的斯梅利斯基叫喊道。

从他的胸膛里迸发出一声哀叹，爱情的祭坛上燃起熊熊的烈火，填满了两个不幸受难者的胸膛。

"弗拉基米尔……"伯爵夫人沉醉地低声喊道，她的胸脯上下起伏，双颊绯红，眼睛在燃烧……可怕的苟且就此产生……半个小时以后，老伯爵走进妻子的小客厅。"我的宝贝，您怎么没有吩咐为尊贵的客人端上茶炊？"说着，他爱抚地拍拍妻子的面颊。

怎么样，宝贝儿，我想请问您，读完这一段您的感觉如何？确实，有点过分，这一点无可挑剔，但是写得非常精彩。精彩的东西就是精彩！下面，我再从中篇小说《叶尔马克和久列伊卡》给您抄录一小段。

宝贝儿，您设想一下，威严的西伯利亚征服者、剽悍的哥萨克叶尔马克爱上了被俘虏的久列伊卡公主——西伯利亚王库丘姆的女儿。您瞧，这个故事直接取材于伊凡雷帝时期。下面是叶尔马克和久列伊卡的对话：

"你爱我，久列伊卡！哦，再说一遍……"

"我爱你，叶尔马克。"久列伊卡轻声低语。

"苍天啊，大地呀，我要感谢你们！我真幸福……你们给了我一切，给了我从少年时代起所孜孜追求的一切，正是你，我的指路明灯，引我来到这里，是你指引我越过石林地带来到这里寻找我的心爱之人！我要让全世界瞅瞅我的久列伊卡，人们，那些疯狂的、凶狠残暴的人，也不敢对我横加指责！哦，但愿他们能够理解她那颗温柔的心默默承受的痛苦，但愿他们能够看出我的久列伊卡的一滴泪珠真是一首完整的诗歌！哦，让我用亲吻拭去这滴泪珠，让我吮干这滴泪珠，这滴圣洁的泪珠——不是世俗的泪珠！"

"叶尔马克，"久列伊卡说，"世间险恶，人类蛮横！他们会迫害我们，我的亲爱的叶尔马克！一个可怜的少女，在西伯利亚白雪皑皑的故乡，在父亲的帐幕里长大，如今来到你们这个冰冷的、残酷无情的、只图私利的世界，她可怎么办呢？他们不会理解我，我的亲爱的，我的爱人！"

"如果是这样，哥萨克的马刀会在他们的头顶上飞舞，呼啸！"叶尔马克大声叫道，气势汹汹地向四处张望。

瓦连卡，现在，当叶尔马克知道他的久列伊卡惨遭杀害，他会多么疯狂！没有头脑的老头利用黑暗的晚上，趁叶尔马克不在的时候，偷偷潜入他的帐篷，杀死了自己的女儿，想以此给夺去他的权杖和王位的叶尔马克以致命的打击。

"我喜欢磨刀霍霍！"叶尔马克狂暴地叫喊着，一边在萨满教磨石上磨着他的钢刀，"我要让他们流血去死，流血去死！要把他们砍死！砍死!! 砍死!!!"

在这之后，叶尔马克因为失去自己的久列伊卡而痛不欲生，跳入额尔齐斯河自尽身亡。故事就这样结束了。

瞧，比如下面这一小段，是用诙谐的笔法，只是为了制造笑料而写的：

"您认识伊万·普罗科菲耶维奇·热尔托普兹吗？瞧，就是在普罗科菲·伊万诺维奇的腿上咬了一口的那个人。伊万·普罗科菲耶维奇脾气专横，独断独行，但却是一个少有的好人；与此相反，普罗科菲·伊万诺维奇特别喜欢某个人，还在佩拉格娅·安东诺夫娜与他相识的时候……那您认识佩拉格娅·安东诺夫娜吗？瞧，就是那个总是反穿裙子的女人。"

真是滑稽可笑，瓦连卡，简直滑稽之极！他给我们读这一段的时候，我们笑得合不拢嘴。噢，这个人哪，愿上帝宽恕他！不过，宝贝儿，这一段虽然写得稀奇诡异，有点轻薄，但是并无恶意，也没有任何散漫放纵的意思。应当指出，宝贝儿，拉塔贾耶夫人品端正，因此和别的作家不一样，他是一个非常优秀的作家。

真的，有时就会有一个念头突然钻进脑子里来……瞧，假如我也写一点儿东西，那会如何呢？瞧，比如，我们假定说，突然不知所以地出了一本书，书名是《马卡尔·杰武什金诗集》！那时您会怎么说呢，我的小天使？您会觉得怎么样呢，做何想法呢？我先说说我的想法，宝贝儿，如果我的书能够出版的话，那我绝对不敢再在涅瓦大街上露脸。到时人人都说，瞧，那人就是作家兼诗人杰武什金。他们说，哈哈，这人就是杰武什金，那可怎么办呢！瞧，比如说，我的鞋子怎么办？顺便告知您，宝贝儿，我的鞋子几乎总是打着补丁，那鞋底呢，说实在的，有时实在太不像样。瞧，要是大家都看出来作家杰武什金的鞋子打满补丁，那可怎么办！要是那儿有个伯爵夫人或者公爵夫人认出来了，那她会怎么说呢？也许她不会发现鞋子上的补丁，因为，我想，伯爵夫人不会关注鞋子，更不会注意小公务员的鞋子（要知道鞋子和鞋子也是不相同的），不过，总是有人会告知她的，我的朋友会泄露秘密，那个拉塔贾耶夫会第一个说出实情。他常常到伯爵夫人家里去，他说，每次到她那儿去都是随意进出；他说，她是一个很有诱惑力的漂亮女人，是一位很有文学修养的夫人。这个拉塔贾耶夫，真是个灵活能干的人！

是啊，这个话题已经讲得够长了。我只是随便写一下，我的小天使，为了解闷，也让您高兴一下。再见了，我的亲爱的！我给您乱七八糟地写了许多，这实在是因为今天我的内心特别快活。今天，我们大家一起在拉塔贾耶夫那儿吃午饭（他们也喜欢起哄调侃呢，宝贝儿），还喝上了罗马涅酒……哦，我给您写这些干什么呢！

只是，您千万别对我有什么想法，我只是随便写写。书我会给您带去的，一定会给您带过去……这儿现在传望着保尔·德·柯克的小说，但是，保尔·德·柯克的书我是不会带给您的，宝贝儿……绝对不带给您！保尔·德·柯克的书不适合给您阅读。大家都在争论他，宝贝儿，说他引起彼得堡所有评论家理所当然的公愤。给您捎去一磅糖果，特地为您买的。您吃吧，我的心肝，每吃一块糖果都要想起我哟。硬糖块您可不要咀嚼，只能吮吮，否则牙齿会疼的。您大概也喜欢吃蜜饯吧？您告知我，好了，再见吧，再见。基督与您同在，我的亲人儿。

永远是您最忠诚的朋友

马卡尔·杰武什金

6 月 26 日

尊敬的马卡尔·阿列克谢耶维奇先生：

费奥多拉说，有人非常同情我的处境，如果我愿意的话，他们乐意为我谋得一份好差事——当家庭教师。您觉得如何，我的朋友，去还是不去呢？当然，那样我就不会再拖累您了，看来，这份差事收入应该还是不错的。但从另一方面来说，我有点恐惧走进一个陌生的家庭。他们都是些地主，他们会打探我的情况，好奇地盘问不休，刨根究底，到那时可怎么说呢？何况，我已经习惯一个人待着，不愿意和陌生人打交道，只喜欢在住惯的小窝里一直待下去。我总觉得在住惯的地方比较好，即使免不了哀伤，内心总归要舒坦一些。再说，这次还要出远门，究竟干什么事情还不知道，说不定就是要我带带孩子，而且这些人也难伺候，两年当中这已经换第三个家庭教师了。

看在上帝的份上，您给我出出想法吧，马卡尔·阿列克谢耶维奇，我答应还是拒绝呢？您怎么从来不主动到我这儿来？只是偶尔露一下面，几乎只有在星期天做弥撒的时候我们才会见面。您也太封闭自己了，简直和我一样！而我可以算得上是您的亲人哪，您不爱我，马卡尔·阿列克谢耶维奇，我一个人常常非常抑郁。有的时候，特别是黄昏时分，我孤孤单单地干坐着，费奥多拉到别处去了，坐在那儿就会思绪万千，回想起过去的一切事情，高兴的事情、哀伤的事情，一件件都涌现在面前，好像在迷雾中闪过。我见到一张张熟悉的脸（几乎就像真的见到一样），最常见到的是母亲……我做了一些多么可怕的梦啊！我觉得我的身体完全垮掉了，虚弱不堪。就在今天，早晨起床的时候，突然觉得很不舒适，另外，我也咳嗽得很厉害！

我感到，我知道，我快要死了，可是谁来埋葬我呢？谁会为我送葬？

谁会可怜我呀……也许，我肯定要死在一个陌生的地方，死在陌生人的家中，死在一个不知名的角落里……我的天哪，生活多么悲惨，马卡尔·阿列克谢耶维奇……我的朋友，您做什么总给我买糖果？真的，我不知道，您从哪来这么多钱？哦，我的朋友，您别乱花钱，看在上帝份儿上，不要乱花钱。费奥多拉去卖我绣的一张地毯，人家给了五十个纸卢布，这太好了，我本来以为卖不到这个价钱的。我要给费奥多拉三个银卢布，给我自己做一件衣服，普普通通的就可以，但要暖和一些。

我要给您做一件背心，我亲自动手做，并且要挑选上好的面料。

费奥多拉帮我借到一本书——《别尔金小说集》，如果您想读的话，我就把书带给您，只是您可别把书弄脏了，也不要耽误太久，因为书是别人家的。这是普希金的作品，两年以前，我和妈妈一起读过这几篇小说作品，现在重读的时候，非常伤感。如果您有什么书，请给我带过来，不过，我不要您从拉塔贾耶夫那儿借来的书。如果他有作品出版，他一定会把自己的书拿出来。您怎么会喜欢他的作品呢，马卡尔·阿列克谢耶维奇？非常无聊的东西……好了，再见吧！我真啰唆！心情郁闷的时候，我就喜欢说说话，随便唠叨唠叨，这倒是一剂良药，会顿时感到轻松一些，如果能够尽情倾吐心中的一切，那就特别轻松。再见，再见了，我的朋友！

您的 瓦·多
6 月 27 日

瓦尔瓦拉·阿列克谢耶夫娜，宝贝儿：

别再烦恼了！您怎么不害臊呢，别再这样了，我的小天使，您怎么会有这种念头呢？您没有病，我的心肝，根本没有病，您正当青春年华，身体很好，虽然脸色稍微有点苍白，但毕竟年轻而且健康啊。您的那些梦，那些幻觉有什么了不起的！真害臊，我的亲爱的，别再这样。您别在乎那些梦，根本不必理睬。为什么我会休息得很好呢？为什么我什么事儿也没有呢？您就瞅瞅我吧，宝贝儿。我过得很自在，睡得很安稳，没病没痛，身体棒棒的，看上去特别精神。别再这样，别再这样，我的心肝，真让人不好意思呢，改改您的脾气吧。我知道您的那个小脑袋，碰上一点儿事情，就会胡思乱想，开始发愁。为了我，您别再这样，我的心肝。到别人家里去？绝对不要去！不要去，不要去，绝对不要去！您怎么会产生这样的念头，竟会有这种想法？而且还要出远门！不要，宝贝儿，我不会让您去，我要使尽力气反对这个想法。我就是把旧的燕尾服卖掉，只穿一件衬衫上街，也不让您再受苦挨穷。不去，瓦连卡，不去。我是了解您的，这是胡闹，纯粹是胡闹！一点儿不假，这一切都是费奥多拉的错，她真是个愚蠢的婆娘，总是给您出坏想法，您别听她的，宝贝儿。您大概对她还一无所知吧，心肝……她是个蠢婆娘，整天胡言乱语，她把自己的丈夫都逼死了，是不是她在那儿又有什么事情惹您发怒啦？不，不，宝贝儿，无论如何也不要去，您一走，我怎么办，我还能做什么呢？不，瓦连卡，心肝，您打消这个念头吧，在我们这儿您还缺什么呢？我们非常喜欢您，您也爱我们，那就好好地、平平安安地过生活吧，做做绣活或者读读书，也可以不做绣活，这没有关系，只要和我们生活在一起就行。您倒自己想想，要不还像什么话……我会给您弄到书，以后我们还要出去玩耍。只是您呀，宝贝儿，千万别走，您要学聪明一点儿，不要在小事情上面犯傻！我会去看您，很快就会去的，只是您一定要接受我坦诚的忠告：别去，心肝，一定别去。我当然是个没有知识的人，我自己也知道我没有学问——因为贫穷，我没有读过几本书。不过，我不是要谈这些事情，也不是谈我自己，我是要为拉塔贾耶夫辩护，听不听由您。他是我的朋友，所以我要为他辩护。他写作不错，可谓很好，很好，非常好。我不同意您的意见，无论如何我也不能同意。他的文笔非常华丽，情节起伏波动，形象生动，而且表达了各种不同的思想，写得非常好！您大概没有投入感情去看，瓦连卡，或者您读书的时候恰巧心情不好？为了什么事情正在生费奥多拉的气，或者是出了什么不高兴的事情？

不，您得带着感情去读书，最好是兴高采烈、心情愉悦的时候读书，比如嘴里含着糖果的时候你可以读书。我不否认（谁也不会否认这一点），还有比拉塔贾耶夫更好的作家，甚至比他强得多的作家，但是，他们是好作家，他也是好作家；他们写得好，他写得也好，他有自己的特色，自己的特色。他能够偶尔写点东西，这一点做得很好。好了，再见吧，宝贝儿，我不能再写下去了，我要赶紧去办事情。您自己要小心翼翼呀，宝贝儿，我的极宝贵的心肝，别再胡思乱想，上帝会与您同在的。

　　　　　　　您的忠实的朋友　马卡尔·杰武什金

　　　　　　　　　　　　　　　　　　　　　　6月28日

　　又及：非常感谢您带来的书，我的亲爱的，我们也要读普希金的作品。今天晚上我一定去看您。

我的亲爱的马卡尔·阿列克谢耶维奇：

　　不，我的朋友，不，我不能再生活在你们中间了。我做了全面的思考，觉得如果放弃这么好的工作，那真是太蠢了。在那儿，我至少可以有可靠的生活来源。我会努力，我会去博取别人的好感，如果有必要的话，我甚至会尽量改变自己的性格，固然，生活在陌生人中间，求得他人的恩惠，掩饰自我，勉强自己，这很痛苦，也很困难，但是上帝会保佑我的。我总不能永远不和别人接触呀。以前，我有过这样的经历。我记得，我还是小孩子的时候，我在寄宿学校读书，每到星期天都在家里，又蹦又跳，尽情玩耍。有时妈妈骂我一顿，我也毫不在意，还是那么高兴，内心仍乐陶陶的。天色渐黑，无限的愁绪涌上我心头，因为九点钟我得返回学校里去，而那儿的一切又那么陌生，那么冷酷，那么严厉；每逢星期一，女教师的脾气特别暴躁，我常常心里憋得慌，总是想哭；于是我就躲在某个角落里，一个人偷偷地哭，不让人家看到我的眼泪。他们说我是个懒惰的学生，其实我根本不是因为怕学习而哭。瞧，这又能怎么样呢？我还是习惯了。后来我离开寄宿学校，和女友们告别的时候，我还哭了呢。我住在这儿，依赖你们两个人，这种做法很不好，想到这一点，我内心就很痛苦。我坦率地把一切都告知您，因为我已经习惯于向您倾诉衷肠。难道我就没有看到费奥多拉大清早就起来洗刷不断，一直忙到深夜吗？——他那老骨头也该歇歇了。难道我没有看到您为我大为破费，把所有的钱都花在我的身上了吗？您的经济状况不允许您这么做呀，我的朋友！您在信中说，您可以把最后一点儿东西卖掉，也不让我受苦受穷。我相信，我的朋友，我相信您的一片好心。但是，现在您是这么说，现在您有一些活钱，您领到了赏金，但是以后呢？您自己也清楚，我总是生病，我不能像您那样工作，虽然我内心非常乐意去做，何况，也不是总能找到活儿干。那我能怎么办呢？望着你们两个心爱的人，我的心都碎了，非常难受。我怎样才会——哪怕只能给您稍稍帮点儿忙呢？您为什么这样需要我，我的朋友？我对您做过什么好事吗？我只是全身心地依恋您，深深地、真心真意地爱您，可是，我的命苦啊！我懂得爱，我能够爱，但是我无能为力，没法报答您给予我的恩惠。别再阻止我了，请您好好想一想，再把您最后的意见告知我。等待您的答复。

爱您的瓦·多

7月1日

胡闹，胡闹，瓦连卡，简直是胡闹！只要您一个人待着，您那小脑袋就会胡思乱想，什么奇怪的念头都有，这也不好，那也不行！现在我可看清楚了，这一切都是胡闹。您在我们这儿到底还缺少什么呢，宝贝儿，您倒说说看！大家都爱您，您也爱我们，我们大家都感到心满意足，称心如意——这还不够吗？唉！您到陌生人的家里去做什么？您大概还没有领教过陌生人是怎么回事……您不妨向我打探一下，我会告知您陌生人是怎么回事。我非常清楚他们，宝贝儿，非常了解，因为我吃过他们的面包。他们可凶狠呢，瓦连卡，他们非常凶狠，您的小心脏是无法忍受的，他们会用责备、抱怨、心怀不轨的眼光折磨您的心脏。您在我们这儿会感到温暖、舒心，就好像生活在安乐窝里。可是您却不动动脑子，就要把我们撇下。没有您，我们可怎么办呢？我这个老头儿又该如何呢？我们不需要您？您对我们没有用处？不，宝贝儿，您自己好好想想，您怎么会没有用处呢？您对我非常有用，瓦连卡，您对我产生了非常有意义的影响……现在，每当我想起您，我就非常高兴……有时我给您写信，在信中倾诉所有的感受，又能收到您详尽的回信；我给您买衣服，定做帽子，有时您委托我办点事情，我也托您……不，您怎么会没有用处？我已经一大把年纪，一个人怎么办呢？还有什么用处？您也许都没有思考到这一点，瓦连卡。不，您一定得好好思考这个问题，就是："没有我，他可怎么办呢？"我已经不能离开您了，我的亲爱的。如果您离开了，会造成什么结局？我就跳进涅瓦河，一了百了。真的，瓦连卡，结果就是这样，没有了您，我活着还有什么意思！唉，我的心肝，瓦连卡！看来您是盼望那拖货的马车把我拉到沃尔科沃墓地，只有那个讨饭的老婆子一人扑哧扑哧地跟在棺材后面送葬，然后在我身上撒满泥土，将我埋葬，把我一人孤零零地扔在那儿吧。罪过，罪过呀，宝贝儿！真是不应该，千万不能这么做！我把您的书还给您，我的朋友，瓦连卡，如果您——我的朋友——要问我对这本书的看法，那我要告知您，我还从来没有读过这么精彩的书呢。现在，我常问自己，宝贝儿，我怎么会像个大笨蛋似的活到现在？求上帝宽恕！

我有什么作为？我是从哪个荒山老林里来的？我怎么什么都不明白，宝贝儿，我真正是一无所知，一无所知啊！瓦连卡，我老老实实地告知您，我是一个无知无识的人，我以前看过的书很少，少得可怜，我几乎没有看过什么书。我只看过《人的画像》，这是一本好书；还读过《用铃铛奏出各种曲调的男孩》和《伊维克的仙鹤》，仅此而已，再也没有读过别的书了。这次，我看了您这本书里的《驿站长》，我要告知您，宝贝儿，竟然会这样——一个人活着，却不知道他的身旁有着一本书，书里面详尽描述了他的整个生活；有些过去没有想到的事情，可是在读了这本书之后，你就什么都慢慢想起来了，搞清楚了，看透了。我之所以喜欢您的这本书，这还有一个缘故：有些作品，不论写的内容是什么，你读啊，读啊，有时费尽心思，可是它高深莫测，你好像就是看不懂。拿我来说吧，我很愚钝，天生愚钝，所以看不了过于正经的作品。可是看这本书呢，好像就是我自己写的，打个比方说吧，就像是我自己的一颗心，不管它是什么样的，掏出来翻给人家瞅瞅，然后再详尽地描述下来——就是这样！事情很简单，我的上帝，一点儿也不难！真的，我也能这样写书，我为什么不写呢？

要知道，我也有过同样的感受，和书中描写得一模一样。而且，比方说吧，我也有过与可怜的萨姆松·维林相似的遭遇，在我们中间不知有多少像萨姆松·维林这样命苦的亲人儿！这一切写得多么生动！当我读到他借酒消愁，喝得烂醉如泥，感到罪过无比，痛苦万分，整天盖着一件羊皮袄休息，一想起他的迷途羔羊和心爱的女儿杜尼皿莎就心痛不已，伤心得老泪纵横，撩起脏兮兮的衣服下摆就擦眼睛时，宝贝儿，我也禁不住要掉眼泪了。啊，这写得多么自然！您读一读吧，他写得非常真实，生活中确实有这样的事情，我亲眼见过，这一切就发生在我们的周围。就拿捷列扎来说吧，远的且不用谈！

还有我们一位可怜的公务员，他也许就是这样一个萨姆松·维林，只不过他姓戈尔什科夫，姓氏不同罢了。这是常见的事情，宝贝儿，也许就会发生在您和我的身上；就是那些住在涅瓦大街或者河滨大道上的伯爵，他们也不例外，只不过看起来不同而已，因为他们有自己的一套生活方式，更加高贵，但是他们也是一样，什么事情都有可能发生，同样，什么事情也都可能降临到我的头上。就是这么回事，宝贝儿，可是您还想离开我们，瓦连卡，您知道，我会遭遇不幸的，您会害了您自己，也害了我，我的亲爱的。唉，我的心肝，看在上帝的份儿上，把这些不切实际的想法从您的小脑袋里赶走吧，别再平白无故地折磨我了。您是我的一只柔弱的小鸟，羽毛还未丰满，您怎么可能自己养活自己，怎么可能保护自己免遭暗算和欺凌！别再这样，瓦连卡，改改您的脾气，不要听信那些胡诌的想法和闲言碎语，把您的书再读一遍，用心地读，这对您会有益处的。

　　我和拉塔贾耶夫讨论起了《驿站长》，他告知我，这已经是过时的东西了，现在流行带有插图和文字说明的图书。说实话，我也没有搞懂他指的是什么东西。不过，最后他说，普希金是一个了不起的作家，为俄罗斯增了光，还说了许多有关普希金的事情。是的，很好，瓦连卡，很好，您再用心地读一下这本书吧，听听我的建议，并且用您的顺从来让我这个老头高兴高兴吧。那样，上帝会奖赏您的，我的亲爱的，一定会奖赏您的。

您的真诚的朋友　马卡尔·杰武什金
7月1日

尊敬的马卡尔·阿列克谢耶维奇先生：

　　今天，费奥多拉交给我十个银卢布，当我给了她三个银卢布的时候，这个可怜的人，她是多么高兴啊！我匆匆忙忙地给您写这封信。我刚刚给您裁剪了背心，布料好极了，淡黄色带碎花的。我给您带去一本书，这本书里收了各种内容的小说，我读了其中几篇。您该读一读其中的一篇，题目是《外套》。您要我和您一起去看戏，这样的花费是不是太大了？就买票价最便宜的楼座吧。我已经好长时间没有到访过剧院了，说实在的，什么时候去过，我都记不清了。

　　不过，我还总是会担心，买戏票要花很多的钱吧？费奥多拉连连摇头，她说，您现在过的生活已经不量入为出了，这一点我也看出来了，您在我一个人身上花了好多钱啊！您要小心呢，我的朋友，可别出什么事情。费奥多拉就告知过我，说外面传闻，好像您和房东之间发生过争吵，因为您没有付钱给她。我真替您担忧。好了，再见，我得赶紧干活儿事情倒是不大，我要换一换帽子上的绸带。

瓦·多
7月6日

　　又及：顺便说一下，如果我们去剧院的话，我就带上我的新帽子，披上黑披肩。这样会漂亮吗？

尊敬的瓦尔瓦拉·阿列克谢耶夫娜女士：

我一直在思考昨天的事情。是的，宝贝儿，过去我们也胡闹过。我恋上了一个女演员，爱得发疯，这倒也不算什么，最令人奇怪的是我几乎从来没有见过她，剧院里我总共去过一次，就这样我还迷上了她。当时，我的隔壁住着五个喜欢寻衅滋事的年轻人，我和他们厮混在一起，虽然我总是和他们保持一定的距离，但还是不由自主地混在一起，为了不显得落伍，我凡事都随声附和。他们对我讲了许许多多关于这个女演员的事情。每天晚上，只要剧院开演，他们就一窝蜂地赶往剧院——在正经事上他们可从来不花一个子儿——一窝蜂地冲上最便宜的楼座，拼命地鼓掌喝彩，一次又一次地喊着这个女演员的名字，要她上台，简直发了疯！然后他们不休息，通宵达旦地谈论女演员，每个人都把她叫作"我的格拉莎"，大家都爱上了她一个人，大家心中只有她这一只金丝雀。他们也挑逗我，怂恿我，而我又没有抵御诱惑的能力，当时我还年轻，自己也不知道是怎么回事，就和他们一起去了剧院，到了第四层的楼座。说看戏吧，其实我只能看到舞台的一个角落，但是听得非常清楚。这个女演员的嗓子好极了，嘹亮、甜美，像夜莺的歌声般动听。我们使劲鼓掌，不断地大声叫好，总之，闹到差点被人家收拾的地步。有一个人还被拉了出去，真的。我返回家里，仍然陶醉其中。口袋里总共只剩一个银卢布，离发薪的生活还有整整十天。您想我会干什么，宝贝儿？第二天，在去机关办公之前，我走进法国商人的化妆品商店，掏空口袋，买了香水和香皂，我自己也不知所以，那时为什么要买这些东西？中午，我不回去吃饭，一直在她的窗口下面转来转去。她住在涅瓦大街，四楼。我返回家中，休息了个把小时，重又来到涅瓦大街，只是为了从她的窗户下面经过。这种状态我持续了一个半月，轻薄地追逐着她，我还雇了漂亮的马车不时地在她窗口晃来晃去，结果弄得精疲力竭，背上了债务，而后也就不再喜欢她了，我厌倦了！您瞧，一个女演员能把一个正派人弄到这个地步。宝贝儿！不过，当时我还年轻，太年轻了……

马·杰
7月7日

我尊敬的瓦尔瓦拉·阿列克谢耶夫娜女士：

本月 6 日收到的那本书，现在赶紧还给您，同时，我急于在这封信中和您讲清楚。很不好，很不好，您让我无地自容。您要明白，宝贝儿，任何社会地位都是命中注定的，是全凭上帝的旨意的。那个人注定要带上将军的肩章，这个人只是一个九等文官；有的人发号施令，有的人则逆来顺受，唯命是从。这些都是按照人的能力加以区分，有的人适合干这个，而另一个人则适合干那个。至于才干，那由上帝亲自分配。我担任公职已有三十年，我的工作无可指责，头脑清醒，品行端正，一向循规蹈矩。我清楚地意识到，作为一个公民，我自认有许多缺点，但同时我也有不少美德。上司看重我，那些大人们对我很满意，虽然至今他们并没有对我特别表达出赏识，但是，我知道他们是满意的。我已经活到头发灰白了，却没有犯过大错误。当然，又有谁能够连小过失也没有呢？人人都有过失、错误，连您也是有的，宝贝儿！但是，我从来没有做过违法乱纪的事情，比如违抗法令，或者破坏社会治安之类，这类事情我从来没有做过，从来没有，此外，我还差点被授予十字勋章呢——谈这些干什么呀！这一切您凭良心都应该知道的，宝贝儿，他也应该知道呀。既然要动笔写东西，就该了解一切。不，我没有料到您会这样，宝贝儿，不，瓦连卡，我真没有想到您会这样。

还用说吗！从此以后我再也不能在自己的小窝里（不管是什么样的小窝）过着安安稳稳的生活了；我向来安分守己，从不惹是生非，正如俗话所说，夹着尾巴做人；我不犯人，人不犯我，大家相安无事。但愿别人不要溜进我那不像样的住处偷看，过问我的琐碎生活，比如，我有没有像样的背心，有没有齐全的内衣，有没有鞋子，钉的什么鞋掌，吃什么，喝什么，抄写什么……比如，有的地方道路不平，我爱惜鞋子，有时踮起脚来走路，宝贝儿，这有什么值得大惊小怪的！为什么要写别人有时穷得连茶也喝不起呢？就好像人人都非得饮茶不可？难道我要往每个人的嘴里瞅瞅，闻闻他们吃的是什么吗？我这样做过，羞辱过别人吗？没有，宝贝儿，人家又没有冒犯你，你做什么呢要去伤害别人！瞧，我给您举个例子，瓦尔瓦拉·阿列克谢耶夫娜，您瞅瞅出了什么问题：你工作得非常好，兢兢业业，勤勤恳恳，简直棒极，上司也看重你（不管怎么说，他们是看重你的），竟然会有人在你面前平白无故、不知所谓地说坏话。当然喽，确实有这样的情况，你给自己添置了一件新的东西，内心就会很高兴，高兴得连觉都睡不着，比如说买了一双新鞋子，穿在脚上，内心喜滋滋的。这是真的，我就有过这样的感觉，因为我看到脚上的鞋子如此精巧别致，我内心舒适，这一点描绘得非常真实！但是我仍然感到非常奇怪，费奥多尔·费奥多罗维奇怎么会毫不在意地放过这种书，不为自己辩解一番？确实，他官职不小，年纪还轻，有时还喜欢大声训斥别人。但是，为什么不能训斥呢？

既然有必要训斥我们的同僚弟兄，又为什么不训斥呢？瞧，我们比方说，这是为了摆摆架子，那为了摆摆架子也未尝不可呀；应当教训一下他，必须吓唬吓唬，因为，这只能在我们两人之间说说，瓦连卡，要不吓唬吓唬，我们的同僚弟兄什么也不肯干，每个人都只想在哪儿挂个名，说他在哪儿在哪儿，其实任何事情他们都设法绕过，什么也不干。官职有高低之分，因此，每个官员对别人的训斥必须与他的等级完全一致，这样，训斥别人的语气各不一致也就是再不过自然的事情！我们每个人都会在别人面前摆谱，我们当中的任何人都会教训别人，宝贝儿，这是构成世界的基础，没有这种预防措施，世界就无法存在，也谈不上任何秩序。我真感到奇怪，费奥多尔·费奥多罗维奇竟然毫不在意地受这种气！

再说，为什么要描写这种东西呢？有什么必要？难道读者看了以后会给我做一件外套吗？还是会给我买一双新的鞋子？不可能，瓦连卡，他们读完以后还会要求把故事继续写下去。有的时候，你东躲西藏，没有过失错误也要掩护自己，不敢在任何场合出面，因为恐惧流言蜚语，因为不论出什么事情，他们都能捕风捉影，制造谣言，把你的公民生活、家庭生活搬进文学作品并印刷出来，让大家阅读、取笑、议论！这样，你连街上都不能去，因为作品里的一切都写得一清二楚，现在一看走路的样子就能把我们的同僚弟兄认出来。

瞧，如果在结尾的地方作者稍稍改动一下，不要太刺激，变得温和一些，那该多好！比如说，在人们把碎纸头撒在他的头上这个情节之后，再加上几句话，就说，不过他是一个高尚的人，是一个优秀的公民，同事们不该如此对待他；他服从上司（在这一点上他是榜样），对任何人向来不存坏心，他笃信上帝，死了（如果作者非要他死不可），有人为之悼念。最好不让这个可怜的人死去，而是写成这样的结局：他的外套找到了，那位将军得知他的种种美德之后，重新让他返回部里，给他晋升了级别，增加了俸禄。这样，您瞧，就做到了恶有恶报，善有善报，而部里的那些同事也就枉费了心机，一无所获。如果是我，我就会这样描写。他的那种写法有什么特别的地方？有什么好处？只不过是我们日常平庸生活中的一个微不足道的例子而已。

您竟然会送这样的书给我看，我的亲爱的，这本书居心不良，瓦连卡，这本书简直不可理喻，因为事实上不可能有这样的小官吏。因此，我要发发牢骚，瓦连卡，正儿八经地发发牢骚。

您的最恭顺的仆人 马卡尔·杰武什金
7月8日

尊敬的马卡尔·阿列克谢耶维奇先生：

最近发生的一些事情和您的来信让我担心，令我震惊不已，我感到疑惑莫解，不知道是怎么回事。费奥多拉向我说了一些情况，总算让我知道了原委。您怎么会如此灰心丧气，突然跌进这样的坑里，马卡尔·阿列克谢耶维奇？您的解释根本不能令我满意。您瞧，我坚持接受别人提供给我的那份好差事，我做得对呀，更何况最近的意外遭遇真吓坏我了。您说，正因为您爱我，您才不得不对我隐讳实情。其实，我早就明白，我对您亏欠太多。您一再向我表示，说花在我身上的钱是您的积蓄，您说，是存放在抵押银行里以备万一的。现在我才知道您根本就没有这笔钱，您偶尔得知我的穷苦状况，动了恻隐之心，决定预支自己的薪水，在我生病期间，甚至卖掉了自己的大衣。知道这些事情真相之后，我的内心痛苦万分，至今不知道怎样承受这一切我应该如何对待？唉，马卡尔·阿列克谢耶维奇，您出于同情心，又顾及亲情，好心地接济了我，这就够了呀，后来真不该把钱浪费在不必要的地方。您背叛了我们的友情，马卡尔·阿列克谢耶维奇，因为您没有对我坦诚相见；现在，当我发现您把最后的一点儿钱都用来为我添置衣物，购买糖果，带我出去玩耍、看戏、买书，为了这一切，现在我要付出沉重的代价，我深深痛悔自己的不可饶恕的轻率（因为我接受您给予的一切，却从来没有为您着想）；您原本用来让我快乐的一切，现在却变成了我痛苦的根源，只留下了没有意义的后悔。我发现您最近闷闷不乐。虽然我自己也非常担心会出什么事情，但是现在发生的这种事情，我却连想也没有想过。居然会这样！您居然会灰心丧气到如此地步，马卡尔·阿列克谢耶维奇！现在，所有认识您的人会怎么看待您！他们会怎么议论您？您心地善良，为人朴实，处事理智、慎重，我一向尊重您，如今您却突然染上这样的恶习，以前好像从来也没有过呀。费奥多拉告知我，您喝得醉醺醺的，躺在街上，被人家发现了，后来警察将您送回家中。听到这个情况，我是一种什么感觉?！我简直惊呆了，虽然我已经有了内心准备，知道会出事情——因为您已经失踪四天了！您有没有想过，马卡尔·阿列克谢耶维奇，一旦您的上司了解到您不去工作的真正缘故，他们会怎么说？您说大家都在嘲笑您，大家都知道了我们的关系，我也成了您邻居们嘲笑的对象。

您不要在意，马卡尔·阿列克谢耶维奇，看在上帝的份儿上，别把这些事情放在心上。您和这些军官的事情也让我担忧不已，不过这个情况我只是略有所闻，请您详尽告知我，这到底是怎么回事？您在信中写道，您恐惧向我坦陈一切，担心因此会失去我的友谊；您不知道用什么来帮助我治病，因而陷于绝望之中；为了接济我，不把我送进医院，您卖掉了所有的东西；您四处借债，现在已经无处可借，而且每天都和房东发生争吵——这些情况您都瞒着我，其实，这样更加糟糕，现在，我不是一切都清楚了吗?！您本不想让我感觉到是我让您陷入了如此不幸的境地，可是您的做法却让我加倍地痛苦不堪。这一切令我非常震惊，马卡尔·阿列克谢耶维奇，呵，我的朋友！不幸是一种传染病，不幸者和穷人必须避开他人，以免使更多的人遭遇不幸和贫穷。我给您带来许多不幸，是您从前过着俭朴、孤独的生活时从未有过的不幸。这一切令我痛苦，令我心碎。

现在请您写信坦率地告知我，您究竟出了什么事，您怎么会做出这样的行为。如果可以的话，请您让我的心情平静下来。我在这里谈及心的平静并不是为了自己，而是出自对您的友谊，对您的爱，这种感情无论如何也不会从我的心中消失。再见吧。我迫不及待地等待着您的回信。您对我并不真正了解，马卡尔，阿列克谢耶维奇。

真心爱您的　瓦尔瓦拉·多布罗谢洛娃
7 月 27 日

我的无比珍贵的瓦尔瓦拉·阿列克谢耶夫娜：

好了，一切不幸都结束了，一切都在渐渐恢复原状。我要对您说说，宝贝儿。您一直担心别人对我的看法，关于这一点我要赶紧告知您，瓦尔瓦拉·阿列克谢耶夫娜，对我来说，自尊心比什么都宝贵，因此，传到您耳中的那些乱七八糟的事情，我郑重告知您，我的上司们都一无所知，以后也不会知道，因而他们还会一如既往地重视我。我只恐惧一件事——流言蜚语。我们这儿的女房东就喜欢大吵大闹，不过，现在我用您给我的七个卢布还清在她那的部分欠债之后，她就只是唠叨唠叨，也不会再有别的事了；至于别人吗，他们没有关系，只要不向他们借债，他们就不会管你的事情。最后我还要告知您，宝贝儿，我把您对我的尊重，看得胜过世界上的一切，眼下，在我暂时处于一片混乱的逆境之中，您的尊重就是对我最好的安慰。感恩上帝，第一次打击和第一场风波过去了，虽然因为我实在无法和您分离，我爱您，您是我的小天使，我就坚持把您留在我的身旁，而对您隐讳了一些事情，但是您并没有因此而认为我是一个背叛您的朋友，认为我是一个自私的人。现在我要勤奋努力地工作，恪尽职守。昨天，我从叶夫斯塔菲·伊万诺维奇身旁经过的时候，他居然一句话都没有说。我不瞒您，宝贝儿，我拖欠了许多债，真是不堪重负；我没有像样的衣服，只有一副穷酸相；不过，这也没有什么关系，我恳求您，不要再为此伤心难受，宝贝儿。瓦连卡，您再给我半个卢布吧。这半个卢布也能刺痛我的心，现在怎么变成了这样?! 不是我这个老傻瓜在帮助您——我的小天使，而是您——我可怜的孤儿——帮助我！费奥多拉弄到了钱，她做了一件大好事。眼下，宝贝儿，我还没有任何指望能弄到钱，如果有了盼头，我立刻写信详尽告知您。流言蜚语，流言蜚语，这是我最担心的事情。再见吧，我的小天使，吻您的手，愿您的身体渐渐痊愈起来。我写得不太详尽，因为我急着去工作，我想用自己的勤勉来弥补我玩忽职守的一切失误，晚上我再写信，告知您一切情况，还有军官的事情。

尊敬您，真心爱您的　马卡尔·杰武什金
7 月 28 日

　　唉，瓦连卡，瓦连卡，这实在是您的过失，您应该受到良心的责备。您的来信让我手足失措，把我彻底搞糊涂了，直到现在我不再忙碌，而是好好审视自己的内心，这才发现我没有错误，我完全正确。我不是指我那胡乱折腾的事情（宝贝儿，别再提它了，别再提了），而是指我爱您这件事，我爱您完全不是不理智的，根本不是不理智的。宝贝儿，您什么也不知道，只要您知道这一切的缘故，知道我为什么一定要爱您，您就不会这么说了。您的这些道理只是说说而已，我相信，您的内心根本不是这样想的。

　　我的宝贝儿，和那些军官之间的事情，我自己也不明白，也记不明白了。我必须告知您，我的小天使，在那之前，我处于极度恐慌之中，您想想，整整一个月，这么说吧，我神经一直绷得紧紧的，犹如大难临头。我一直隐讳着您，也瞒着这里的人，但是我的房东总是大喊大叫，搅得人不得安宁。不过我倒也不再重要。但是，就让这个恶婆娘去吼叫吧，一来真丢脸；二来吗，

天知道是怎么回事，她居然知道了我们之间的关系，说出那些难听的话，叫得满屋子的人都能听见。

我吓坏了，用手堵住耳朵。但是问题在于别人可没有捂住他们的耳朵，恰恰相反，还竖起耳朵听呢。直到现在，宝贝儿，我都不知道躲到哪儿去才好……唉，我的小天使，就是这个，各种各样倒霉的事情可要了我的命。

突然，我又从费奥多拉那儿听说了一件意料不到的事情：一个歹人寻上门来，厚颜无耻地向您求婚，深深地羞辱了您。他伤害了您，深深地伤害了您，我自己就能体会得到，宝贝儿，因为我也受到了深深的伤害。我的小天使，当时我简直气得发疯，又像丢了魂儿似的，彻底完蛋了。瓦连卡，我的朋友，我怒气冲冲地冲了出去，我要去找他，找那个坏东西。我不知道我会干出什么事情来，因为我不愿意让我的小天使被别人欺负！唉，心里真难受啊！当时天下着雨，路上泥泞，心中空落落的……我本来已经打算回家了……就在这时候，我完了，宝贝儿，我遇到了叶梅利亚，就是叶梅利亚·伊里奇，他是公务员，我是说他以前当过公务员，现在已经不是了，因为他已被我们机关清除了，我也不知晓他现在在干什么，再怎么苦混生活。我就和他走了，这样……嗨，瓦连卡，看到您的朋友惨遭悲痛、遇到灾难和受人诱惑的过程，难道您会觉得高兴吗?! 第三天晚上，就是这个叶梅利亚撺掇我去找他，找那个军官。我已经从我们的门房那儿打探到了他的住址。说句实话，宝贝儿，我早就注意这个人了，他还住在我们庭院里的时候，我就注意他了。现在我已经知道，我做的事情不光彩，因为人家领我们去见他的时候，我神志不清。说实在的，瓦连卡，我什么也记不清了，我只记得，他那儿有许多军官，也许是我眼睛发花，以为有许多人——只有上帝知道。我也不记得我说了些什么，我只知道，我义愤填膺，说了许许多多话，后来就被人家赶了出来，从楼梯上抛了下来，也不完全是抛，只是那么推了一下。我是怎么返回家里的，瓦连卡，您已经知道了。这就是事情的全部经过。当然，我给自己丢脸，我的自尊心受到了损害，但是好在没有人知道这件事情，除了您，旁人都不知道，瞧，在这种情况下，有这件事情就等于没有这件事情，也许就是这样，瓦连卡，您说呢? 我就确确实实地知道一件事情：去年，我们那儿的阿克先季·奥西波维奇也是这样大胆地收拾了彼得·彼得罗维奇，不过是偷偷摸摸干的，他是偷偷摸摸这么干的。他把他拉到门卫室，我从门缝里看得一清二楚，就在那儿他按照自己的心愿，把一切处理停当，而且做得体面，因为除了我以外，没有人看到。瞧，我看到了，这没有关系，我是想说，我不会告知别人。在这以后，彼得·彼得罗维奇和阿克先季·奥西波维奇竟然相安无事，您知道，彼得·彼得罗维奇的自尊心很强，他对别人只字不提，所以现在，他们现在会面时仍然点头、握手。我不争辩，瓦连卡，我不敢和您争论，我大大伤害了自己的名声，最可怕的是我自己也看不起自己，但这一切确实是命中注定的，这确实是命啊，您也知道，命中注定的事是逃脱不了的。瞧，我对您详尽讲述了我的不幸和灾难，瓦连卡，这种事情，就是不读，也知道就是那么回事。我有点不舒适，我的宝贝儿，一点儿精神也提不起来。现在向您表示我的眷恋、爱心和敬意，我的尊敬的瓦尔瓦拉·阿列克谢耶夫娜女士。

您的最恭顺的仆人　马卡尔·杰武什金
7月28日

尊敬的马卡尔·阿列克谢耶维奇先生：

　　我读了您的两封来信，惊讶不已！您听我说，我的朋友，或者，您还有一些事情对我隐讳，只写了您不幸遭遇的一部分，或者……真的，马卡尔·阿列克谢耶维奇，您信中所写的内容非常混乱……到我这儿来一趟，看在上帝的份上，今天就过来。对了，您听我说，您干脆就到我们这儿来吃午饭。我还是不知道您在那儿怎么过生活，您和您的女房东是怎样和解的，这些情况您只字不提，好像故意对我隐讳我似的。再见吧，我的朋友，今天一定到我们这儿来；如果您能一直到我们这儿来吃午餐，那就太好了，费奥多拉能做一手好菜呢。再见。

您的　瓦尔瓦拉·多市罗谢洛娃
7月29日

瓦尔瓦拉·阿列克谢耶夫娜，宝贝儿：

　　您终于高兴啦，宝贝儿，上帝给了您机会，让您以恩报恩，来报答我了。我相信您会这么做，瓦连卡，我也相信您有一颗天使般善良的心，只是，我说这话并不是怪您，您可别像以前那样责备我一大把年纪了，还做这么荒唐事情，有什么办法呢，只是听到您，我的朋友，这么说我，内心很不好受！我说这话，请您不要发怒，宝贝儿，我的内心苦闷得要死。穷人也有怪脾气，这是人的天性，这一点我以前就有感觉。穷人，他也会挑刺儿，他会用另外一种眼光看待人世，斜着眼睛打量每一个过路人，惶恐不安地四处胡乱张望，留神听别人说的每一句话——他们是不是在议论他啊！是不是说他怎么那么难看呀？

是不是为了让他也产生这种幻觉？比如说，从这边看他怎么样，从那边看又怎么样？人人都知道，瓦连卡，穷人连一块破抹布都不如，不可能得到别人哪怕一丝一毫的尊重，只好让人家胡诌一通！他们这些不高明的作家，简直是胡诌一通！穷人身上的一切都和过去一样，为什么就该是原来的样子呢？这是因为，他们认为穷人的一切都应当反常，他们不应当有任何珍藏于内心的愿望，不应该有自尊心，一丁点儿都没有！不久前，叶梅利亚就告知过我，有个地方为他募集捐助，每给他十令戈比，从某种程度上说，就要做一番正式的审查。他们以为这十个戈比是白给他的，根本不是！他们看到了穷人的穷酸相，为此，他们就该出钱。宝贝儿，现在连慈善事业好像也不大对头……也许一直都是这样，谁知道呢？或者，他们不会办事，或者，他们都是老手——两者必居其一。这些事情，您可能不知道吧，瞧，现在讲给您听听！在别的事情上我们一无所知，可是在这些方面我们知道得一清二楚。为什么穷人知道这些情况，而且都有这些想法？为什么呢？瞧，凭经历吗！比如说，他能知道在他身旁有位正要去哪个饭店的老爷正在自说大话，他说：嗨，这个穷光蛋公务员今天吃什么呀？我去吃浇汁的煎肉卷，他恐怕连不放油的稀粥也喝不起呢。那我喝没有油的稀粥，关他什么事？

就有这种人，瓦连卡，常常就想这种事儿。

那些放肆的专门造谣生事的文人晃来晃去，专门瞅你是整只脚踩在石子路上，还是只用脚尖踮着走路，他们又说某某机关的某某文书、九等文官，光脚趾头从鞋子里露了出来，他的衣袖肘部也已磨破——然后，把这全部一一写下来，又把这些乱七八糟的东西印成书……我的衣袖破了，这与你有什么相干。请您原谅，瓦连卡，我要说句粗野的话，在这方面，穷人和你们，比如说吧，和你们姑娘一样，也有羞耻心，要知道，你们绝对不会在众人面前（请原谅我说这样粗鲁的话）脱光衣服，穷人也是一样，他们不喜欢别人偷窥他们的隐私，津津乐道他的家庭关系——就是这么回事。瓦连卡，您做什么呢要和我的敌人一起为难我呢，他们故意要毁坏我这个老实人的名声和尊严呀！

今天我在办公室里就像一头狗熊，就像一只被脱了毛的麻雀，连我自己都羞愧得满脸发红，我真不好意思啊，瓦连卡！如果你赤裸的胳膊肘从衣服里面露了出来，如果你衣服上的纽扣勉强挂在线上晃荡，你就必然抬不起头来，而我偏偏就是这么一副衣冠不整的样子！那还能不垂头丧气，用得着说吗……今天，斯捷潘·卡尔洛维奇刚开始和我谈公事，说着，说着，好像无意间他说了这么一句："唉，您呀，马卡尔·阿列克谢耶维奇老兄！"却又没有把他想说的话说出来，不过我已经猜到了他的意思，我顿时满脸通红，连秃顶上也泛了红色。这些事其实都没有什么，但总是让人心浮气躁，胡思乱想。他们已经打探到了什么！上帝保佑，他们怎么会打探到的！我承认，我在疑心，非常疑心一个人。要知道，这帮坏蛋什么都不在乎，他们专会出卖别人！无谓地把你的私生活全部一一抖搂出去，没有神圣可言。

现在我已知道，这是谁干的好事，是拉塔贾耶夫干的。在我们机关有他的一个朋友，是的，肯定是这样，在谈话之间他添枝加叶地把一切情况都讲了出去；或者，他在自己的机关里讲了这件事，然后又传到了我们机关。在我们这幢房子里已经人人尽知，他们还对着您的窗户指指点点，我知道他们在指什么。昨天我刚出来到你那儿去吃午饭，他们大家都把头从窗子里伸了出来，女房东说什么"老鬼和小妞儿泡上啦"，还用难听的话骂您。但是，这一切比起拉塔贾耶夫的险恶用心简直不算什么。拉塔贾耶夫打算把我和您写到他的作品中去，并且用微妙的讽刺手法描写我们。这是他自己说的，我们这儿的好心肠的人告知了我。我的脑子已经动不起来，宝贝儿，我简直不知道该怎么办才好。没有什么可隐讳的，我们触怒了上帝，我的小天使！宝贝儿，您想送本书来给我解解闷儿，得了，再别提书啦，宝贝儿！书是什么玩意儿？书是谎言！小说也是胡言乱语，为了瞎扯，写出来给那些闲着无事的人消遣消遣，您要相信我的话，宝贝儿，相信我多年的经历。如果有人和您谈起什么莎士比亚，说，您看，莎士比亚在文学界是个人物，那么，莎士比亚也是胡言乱语，这一切都是确确实实的胡言乱语，目的只有一个：造谣中伤！

您的　马卡尔·杰武什金

8月1日

尊敬的马卡尔·阿列克谢耶维奇先生：

不论发生什么事情，您都别放在心上，上帝会妥善解决的。费奥多拉给自己，也给我找到一大堆工作，我们非常高兴地开始干活儿了。也许我们能够改变现在的情况。她一直疑心，最近我的那些倒霉事儿都与安娜·费奥多罗夫娜有关。不过，现在我已经不再重要了。今天我内心特别高兴。您想借债，千万别这么做！愿上帝帮帮您吧！等到要还钱的时候，您就要吃苦啦。您最好和我们亲近一些，常到我们这儿来，不要理睬你们的女房东，至于您的其他不对头和心怀不轨的人，我认为您是无端生疑，自寻烦恼，马卡尔·阿列克谢耶维奇！记住，我上次就对您说过，您的文笔很不通顺。好了，再见，再见吧。

盼您一定到我们这儿来。

您的瓦·多

8月2日

瓦尔瓦拉·阿列克谢耶夫娜，我的小天使：

我急忙想告知您，我的命根子，我有点盼头了。真对不起，我的小姑娘，您写信让我不要借债，小天使？我的亲爱的，不借债不行，我的情况很糟糕，而您呢，万一出点儿什么事情，情况就会变化！

您的身体这么弱，所以我才说我一定要借债。是的，我还是要去借债。

我告知您，瓦尔瓦拉·阿列克谢耶夫娜，工作的时候，我和叶梅利扬·伊万诺维奇坐在一起，这不是您知道的那个叶梅利扬，这个人跟我一样，也是九等文官，在我们整个机关内，我和他是年纪最大，资格最老的职员。他心地善良，没有私心，不爱多说话，总是一副孤僻阴沉的样子，不过，他非常能干，写得一手漂亮、整齐的好字，说实在话，他写得不比我差，是个值得尊敬的人！我和他的关系从来不非常亲密，只是按照礼仪告个别，问声好；如果有时我需要用刀子，我就会向他借，对他说，叶梅利扬·伊万诺维奇，请您把刀子借给我用一用，只有一般接触需要说的那些话，今天他对我说："马卡尔·阿列克谢耶维奇，您怎么总是这样忧心忡忡？"我看得出来，他对我是一片好心，所以就对他说了，我就对他说，情况是这样，叶梅利扬·伊万诺维奇……我并没有把全部情况说出来，上帝帮帮我吧，我永远也不会说出来，因为我没有勇气；就这样，我只对他说了一点儿情况，我说我缺钱花，等等。叶梅利扬·伊万诺维奇说：

"您哪，老兄，您不妨先借点儿用用，可以到彼得·彼得罗维奇那儿去借，他放债，收点儿利息。我向他借过，利息还算公道，不太高。"

　　瞧，瓦连卡，我的心动了。我想了又想，说不定上帝能打动彼得·彼得罗维奇的心，让他发发慈悲，借债给我。我已经做了盘算，借到钱可以把女房东的债还掉，可以帮帮您，也给我自己好好添置一些衣服，像现在这样，实在太丢人了！就是坐在那儿不动，我也胆战心惊，而且那些喜欢嘲弄别人的家伙总是笑话我，让他们见鬼去吧！另外，上司大人有时会从我们的办公桌旁走过，瞧，上帝保佑，万一朝我看一眼，就会发现我的衣着太不像样！而他们最看重的就是衣冠整洁。他们也许什么话都不会讲，可我自己真要不好意思死了——肯定会是这样。所以，我壮起胆子，把自己的羞耻心藏进破口袋里，去找彼得·彼得罗维奇；我满怀盼头。却又因为恐惧盼头落空而忐忑不安，心情非常复杂。瞧，没有办法呀，瓦连卡，结果却是一场空啊！他手头正有事情，和费多谢伊·伊万诺维奇说着话；我从侧面走到他身旁，拽了拽他的衣袖，我说，彼得·彼得罗维奇，哎，彼得·彼得罗维奇！他回过头来，我又继续说，我说，什么什么事儿，需要三十卢布，等等。起初他没有明白我的意思；我再次对他做了解释以后，他笑了起来，但是没有任何反应，默不作声。我又把我的恳求对他说了一遍，而他对我说——您有东西做抵押吗？

　　然后他继续埋头瞧他的文件，写他的东西，看也不看我一眼。我有点手足无措。"没有，"我说，"彼得·彼得罗维奇，我没有做抵押的东西。"接着，我又对他说明，我说："一旦发薪水，我立刻就还，一定还，还债第一。"这时正好有人叫他，我就等了他一会儿；他回来以后又动手削鹅毛管笔，就好像没有看到我似的。我又提起我的恳求，我说："彼得·彼得罗维奇，无论如何您能不能帮帮忙？"他就像没有听见，一句话也不说；我站在那儿，等了又等，瞧，我想，再试最后一次，于是又拽了拽他的袖子。他就是说句话也好啊！可是他削好了鹅毛管笔，又开始写东西。我也就走了。他们这些人，宝贝儿，您瞧，也许都很不错，就是太傲慢，非常傲慢——我算个什么！我们怎么能够得罪他们呀，瓦连卡！我就是想把这些情况告知您。叶梅利扬·伊万诺维奇也笑了起来，摇了摇头，不过，他说总会有办法的，亲爱的。叶梅利扬·伊万诺维奇真是个好人，他答应把我介绍给一个人，这个人呢，瓦连卡，住在维堡街，也是收利息放债的，是个十四等文官。叶梅利扬·伊万诺维奇说，这个人一定会借给我们的，明天我就去，我的小天使，好吗？您看怎么样？要知道，再借不到钱可就坏事了！

女房东差点没把我撵出去，也拒绝给我供应伙食。再说，我的鞋子已经破得不成样子，宝贝儿，衣服上连扣子也没有……我缺的东西实在太多啦！如果那个上司发现我的衣着这样不体面，那该怎么办？糟糕，瓦连卡，糟糕，真糟糕！

马卡尔·杰武什金

8月3日

亲爱的马卡尔·阿列克谢耶维奇：

看在上帝的份儿上，马卡尔·阿列克谢耶维奇，您尽快去借点儿吧。在目前的情况下，我是无论如何也不应该求您帮忙的，但是，您要知道，我实在没有办法！我们无论如何也不能再在这儿住下去了，我这儿出了极其可怕的事情，您可知道，我现在真是六神无主，惊惶不安！您想想看，我的朋友，今天上午有一个陌生人来到我们这儿，他已经上了年纪，可以算做老人了，戴着许多勋章。我很惊讶，不明白他到我们这儿来干什么。当时，费奥多拉去小铺子了。

他开始询问我生活得怎么样，做些什么，没有等我答话，他又告诉我，说他是那个军官的叔叔，他说他很生气，因为他的侄子行为太不规矩，而且还散布流言蜚语，败坏我们的名誉，弄得这里的住户人人尽知；他说他的侄子既顽皮又轻薄，因而他准备保护我；他还要我不去听信年轻人的流言蜚语，并且补充说，他对我非常怜爱，就像是我的父亲一样，他对我怀有慈父般的感情，会在各个方面给我帮助。我顿时满脸绯红，不知道该怎么办，但是也没有急忙表示感激。他硬拉住我的手，摸摸我的面颊，说我长得很漂亮，还说最喜欢我脸上的小酒窝（天知道他在说些什么）；最后，他说他已经是老年人，想吻我一下（这个人真无耻）；这时费奥多拉走了进来，他显得有点慌张，接着他又说他很敬重我，因为我为人质朴，品行端正，并且非常希望我不要回避和他交往。后来，他把费奥多拉叫到一旁，找了一个不知所谓的理由，要塞给她一点儿钱，费奥多拉当然没有接纳。终于他打算走了，又重新信誓旦旦地表白一番，说他还会来看我，并且把耳环送给我（好像他自己也很尴尬）；他劝我换一个住处，还把他看中的一处很漂亮的房子推荐给我，说不要我花钱；他说他很喜欢我，因为我是一个纯洁、明理的姑娘。他还要我提防那些花花公子；最后，他才说出，他认识安娜·费奥多罗夫娜，安娜·

费奥多罗夫娜委托他转告我，她要亲自来看我。这时我才明白过来。我不知道当时我究竟怎么了，平生第一次遇到这种情况，我气得要死，把他狠狠羞辱了一番；费奥多拉也帮我，差点将他从屋里赶了出去。我们认定这是安娜·费奥多罗夫娜搞的名堂，否则他怎么会知道我们的情况？

现在我求您帮忙，马卡尔·阿列克谢耶维奇，求您帮我一把。

看在上帝的份儿上，别丢下我不管！您赶快去借债，不管多少，弄点钱来；我们现在没有钱搬家，可是这里，无论如何也不能再住下去了。费奥多拉也是这个想法。我们至少需要二十五个卢布，这些钱我一定偿还，我会做工挣回来的。费奥多拉这两天还会给我找到活儿，因此如果利息太高，您感到为难，那也不要在乎，只管答应好了。这笔钱我会如数偿还，看在上帝的份儿上，只是不要丢下我不管。您现在的境况也非常困难，我们还要给您添麻烦，内心真是过意不去，但是，我们的盼头只有寄托在您一个人的身上！再见，马卡尔·阿列克谢耶维奇！为我想想，愿上帝助您成功！

瓦·多
8月4日

瓦尔瓦拉·阿列克谢耶夫娜，我的亲爱的：

所有这些突如其来的打击大大令我吃惊！这些可怕的灾难要把我搞得灰心丧气！这帮各种不同的小无赖和老恶棍想把您，我的小天使，推倒在病榻上，这还不算，他们，这帮无赖，还想把我折磨死。他们要折磨我，我可以发誓，他们会这么干的！现在，如果我不能帮助您，那我宁可去死！如果我不能帮助您，那我就不想活了，瓦连卡，我真的不想活了，我只有死路一条；如果能够帮上的话，那您——就像窝里的小鸟——赶快从我们这儿飞走吧，那些猫头鹰和凶猛的飞禽要来吃您呢。这又让我内心非常痛苦，宝贝儿，再说，您呀，瓦连卡，您也太狠心了！您怎么会这样呢？别人羞辱您，欺侮您，我的小鸟，您在忍受煎熬，却还要因为需要烦劳我而感到痛苦不安，还向我保证，要挣钱还债，这就是说，老实说，为了让我能够按时还债，您要折腾您那弱不禁风的身子骨。您呀，瓦连卡，您要想一想，您说的是什么话！您为什么要做针线活，为什么要干活，为什么要担心劳神，让您那可怜的小脑袋不得安宁，又损害您的漂亮的眼睛，还会糟蹋您的身体呢？唉，瓦连卡，瓦连卡，您瞧，我的亲爱的，我是个无用的人，我自己也知道，我摆在哪儿都无用，但是我一定要让我变得有用！什么样的坎儿我都要迈过去，我要自己去找一份额外的活儿干，为各色各样的作家抄写各种不同的文稿，我要去找他们，亲自上门拜访，求他们给我活儿干，因为他们，宝贝儿，也在寻找好的抄写员，这我知道，他们在物色人选。我可不让您把自己的身体搞坏，不会让您实行这种要死的打算。我的小天使，我一定去借债，我宁可去死，也要把钱借到。我的亲爱的，您在信中劝我不要恐惧利息太高——我不恐惧，宝贝儿，不恐惧，现在我什么都不怕。宝贝儿，我去借四十个纸卢布，这不算太多，瓦连卡，您说呢？我一开口就借四十卢布，人家肯借吗？我是想说，您认为我给别人的第一眼印象能取得人家的信任吗？第一次会面，我的长相能给人家一个好印象吗？您想一想，小天使，我能不能让人家产生信任感？您是怎么看的？您知道，我总是担心恐惧——怕得要死，真是怕得要死！借来四十个卢布，我给您二十五个，瓦连卡，给房东两个银卢布，余下的我留着自己用。您瞧，本来应该给房东再多一些，甚至必须这样，但是，您通盘思考一下，宝贝儿，算一算我需要的花费，那您就会明白，无论如何不能多给了，因此这件事情也就不用再说，再也不要提了。我要花一个银卢布买双鞋子，我简直不知道明天我穿着这双鞋子还能不能走到办公的地方；领带也非常需要，因为旧的一条领带已经戴了快一年啦，但是，您答应过，说用您的一条旧裙子不仅能改做一条领带，还能裁剪出一件衬衣假前胸，所以领带的事情就不用再考虑。这样，鞋子和领带就都有了，现在就是纽扣了，我的小朋友！您得承认，我的小宝贝，我不能没有纽扣，可是我身上的纽扣差不多已经掉了一半！想到上司大人可能会看到这副破烂不堪的样子，我内心就打哆嗦，他们会说……管他们说什么呢！宝贝儿，他们说什么我已经听不见了，因为我会死的，会死的，当场死掉，就这么活活羞死，就为这个！唉，宝贝儿！除去种种必要的开支，只剩下三个卢布，就用这点钱过生活，我还要买半磅烟草，因为，我的小天使，没有烟草我可过不下去，到现在我已经九天没有抽一口烟了。说实话，我买烟草这件事也可以不告诉您，但是良心不让我这么做。您那儿现在有难，已经快要分文不剩，可我还在这儿还享受这个，享受那个，所以我要告知您，免得自己受到良心的责备。我老老实实向您承认，瓦连卡，现在我真是到了山穷水尽的地步，就是说，以前我绝对没有碰上过如此困窘的情况。女房东看不起我，没有一个人对我有一点点尊重。我穷困潦倒，债务缠身，在机关时，我的那些过去的同僚弟兄就没让我过过舒适自在的生活，现在就更不用提了。我什么都不说，小心翼翼地瞒着大家，我把自己也藏起来，尽量不引起别人的注意，走进机关的时候，我总是侧着身子溜进去，避开大家。所有这一切，我只敢向您坦白……唉，如果他不肯借，那可怎么办！唉，别去想，瓦连卡，最好不要这样想，不要情况还不清楚，就瞎想一气，自寻烦恼。我写信给您，就是为了提醒您，让您不要想这些事情，不要胡思乱想，折磨自己。唉，我的上帝，如果真借不到钱，您可怎么办！那时候，说真的，您就不会从这里搬离，我还和您在一起。啊，不，到时我就不会回来了，我会在某个地方死掉，再也不见踪影。瞧，我只顾给您写信，其实我该刮刮脸了，刮了脸样子会好看一些，而好看的样子总能占点便宜。好了，愿上帝保佑吧！我要祈祷，然后就上路！

马·杰武什金

8 月 4 日

最亲爱的马卡尔·阿列克谢耶维奇：

您就别再想不开啦！痛苦的事情已经够多的了！给您送去三十个银戈比，我实在拿不出来更多的钱。您就买点儿急用的东西，好歹先活到明天。我们自己也几乎一无所有，都不知道明天的生活怎么过。愁死人了，马卡尔·阿列克谢耶维奇！不过，您别难受，借不到钱，那又有什么办法！费奥多拉说，没有关系，暂时我们还可以住在这里，即便我们搬了家，也不见得有多大好处，只要他们打定了想法，到处都能找到我们。不过，现在再在这儿待下去总是不大好。我内心非常苦闷，否则我会给您多写一些。

您的性格多么诡异，马卡尔·阿列克谢耶维奇！您把什么事情都放在心上，这样，您就永远是一个不幸的人。我仔细读了您的所有来信，发现每封信中您对我真是关怀备至，可是您从来都不为自己考虑。当然大家会说您有一颗善良的心，但是我要说，这颗心善良得过分了。我要给您一个忠告，马卡尔·阿列克谢耶维奇。我感谢您，非常感谢您为我所做的一切，对这一切我都有深切的体会。那么，您想一想，我迫不得已，给您带来了许多不幸，经历这些不幸之后，您现在仍然为我而活着，为我的欢乐而欢乐，为我的哀伤而哀伤，生活在我的情意之中，看到这一切，我会怎么样?! 如果您对别人的事情都这样关心，如果您对别人总是抱有如此强烈的同情心，那您注定就是一个最不幸的人了。今天您下班以后来到我这儿，我看到您，真的吓了一跳！您的脸色那么苍白，一副失魂落魄，垂头丧气的样子，您气色很不好，这都是因为您怕告知我您没有借到钱，恐惧让我伤心，让我惊慌；当您看到我的脸上露出了笑意，您才如释重负，心上的石头总算落了下来。马卡尔·阿列克谢耶维奇，您不要难受，不要绝望，要沉着理智一些——我求您，求求您了。

您一定要看到，一切都会好起来的，一切都会向好的方面转化，否则您总是为别人的不幸而忧郁、痛苦，生活就会沉重而困难。再见了，我的朋友；我恳求您，不要为我过分担心。

瓦·多

8月5日

我的亲爱的瓦连卡：

哎，我的小天使，真好，真得太好了！您认为我没有借到钱，这没有关系，这可太好了，我可以放心了，因为是您，我才这样幸运！

我甚至感到很高兴，因为您不会离开我这个老头，您要待在此处不走了。我还想告知您，当我看到您在信中把我写得这么好，还对我的感情给予应有的赞美，我的内心真是乐滋滋的。我这样说并不是因为我很得意，而是因为我看到您非常关心我的心情，这表明您很爱我。瞧，算了吧，现在谈我的心情有什么意思！心情是由不得人做主的！宝贝儿，您嘱咐我不要沮丧畏缩。是的，我的小天使，我自己也会说，不应当沮丧畏缩。可是，您倒说说看，宝贝儿，明天我穿什么鞋子去工作！问题就在这儿，宝贝儿，您要知道这样的心思能把人憋死，活活地憋死。我的亲爱的，我主要不是为自己哀伤，不是为自己难受。我根本不再重要，就是冰冻三尺的大冷天，没有外套，不穿鞋子，我也能忍受，什么都能挺过去，我不在乎，我是一个普普通通的小人物吗。可是，人家会怎么说？要是不穿外套，我的那些对头，那些喜欢嚼舌头的人会怎么说？外套是为别人穿的，鞋子呢，也是为别人穿的。在这样的情况下，宝贝儿，我的心肝，穿鞋子是为了维护我的尊严和我的好名声，要是穿上一双破鞋子，就把尊严和好名声都丢了。您要相信我的话，宝贝儿，相信我多年的老经历，您要听我的话，我一大把年纪，懂得人情世故，您可别去听信那些耍着笔杆乱涂胡诌的家伙。

宝贝儿，我还没有告知您今天这件事情的详尽情况，没有告知您我遭了多大的罪。今天一个上午我在精神上经受的压力和痛苦，比别人一年中所受的气还厉害呢。事情的经过是这样的：我去了，我一大清早就先赶了过去，这样才能见到他，然后再赶去工作。

今天，又是雨又是雪，路上泥泞，我把外套裹得紧紧的，我的心肝，走啊，走啊，心里一直在想："上帝啊，宽恕我的一切罪过，保佑我实现愿望吧。"从一座教堂边走过，我画了个十字，忏悔自己的一切过失错误，可是又想到我不配和上帝谈条件。我只顾埋头想着自己的心事，什么也不想看，走路也不辨认，就这么瞎走着。街上空无一人，偶尔遇到人，他们也都匆匆忙忙，愁容满面。这没有什么可奇怪的，谁会一大清早冒着这个坏天气跑出来溜达呢！我遇到一群衣衫褴褛的工人，这些汉子对我推推撞撞！我突然感到胆怯，内心恐惧起来，说实话，连借债的事情也不愿再想了——碰运气，那就碰碰运气吧！我走到沃斯克列先桥那儿，一只鞋底掉了下来，所以我都不知道我是怎么走去的。这时我遇到了我们的录事叶尔英拉耶夫，他直挺挺地站在那儿，一双眼睛望着我走过去，好像想讨杯伏特加喝喝。哎呀，兄弟，我内心想，您想喝杯伏特加，可现在哪还谈得上伏特加呀！我累得要死，站下来休息了一会儿，然后又拖着步子向前走去。我故意往四周东看西看，盼望能有东西吸引我的注意，让我排解我的愁绪，打起精神。谈何容易！没有一样东西能够引起我的注意，加上泥水把我全身都弄脏了，自己望着都害臊。我终于看到远处有一幢黄色的木头房子，顶楼的形状类似瞭望台。

我想，就是这儿，这就是叶梅利扬·伊万诺维奇所说的那幢马尔科夫的房子（宝贝儿，马尔科夫就是收利息放债的那个人）。我当时真是糊涂了，明明知道这是马尔科夫的宅子，却还要去问岗警。我说，兄弟，这是谁家的宅子？岗警是个粗人，他好像在发怒，爱理不理地从牙缝里迸出一句话，说：这不就是马尔科夫的宅子。这些岗警都是冷血动物。其实，岗警与我有什么关系？可我就是感觉很不舒适，内心不痛快，总之，不称心的事情一件接着一件，人要是倒霉，喝凉水都会塞牙，常常就是这样。我在街上走了三个来回，三次经过这幢房子的门口，越走，内心越不踏实。我想，不，他不会借的，他肯定不会借的！他不认识我，我的事情挺让他棘手，我的外表又不能让他信任——算了，我想，听天由命吧，为了以后不后悔，还是去试试吧，他们又不会把我吃掉；于是，我就轻轻敲开了边门。

在这里就碰上了麻烦：一条该死的看家狗缠住我不放，拼命地狂吠。这些该死的小事就能把人气疯，宝贝儿，让人忐忑不安，也就毁了你原先狠下的决心。我半死不活地走了进去，一走进去又碰上倒霉的事情：门槛里边黑乎乎的，我没有看清楚脚边是什么东西，一脚踩上去，结果绊在了一个女人身上，这个女人正在把桶里的牛奶装进水罐，这下把牛奶全打翻了。这个蠢女人尖声叫了起来，叽叽喳喳地说：你往哪儿闯哪，大爷，你想干什么？接着大肆哭诉自己的不满。宝贝儿，我告知您这些情况，因为我老是碰到这类事情，好像是命中注定的，永远要缠上一些不相干的事情。听见外面的吵闹声，一个老妖精，就是女主人，芬兰老婆子探出身来，我径直走到她的面前，问她："马尔科夫是住在这里吗？"

"不是。"她回答说。她站了一会儿，将我仔细打量了一番，又问我："您找他有什么事？"我向她做了解释，讲到叶梅利扬·伊万诺维奇如何介绍我来，等等，"瞧，还有点其他的事情。"我说是一点儿小事。老婆子叫女儿，女儿进来了，是个大姑娘，光着脚丫子。"去叫你父亲，他在上面租客那儿。您请进来吧。"我走了进去。房间还不错，墙上挂着油画，都是一些将军的肖像；有一张长沙发，一张圆桌，还有木樨草，凤仙花。我内心一直在想，我是不是趁早知趣地离开这里？走还是不走？说实话，宝贝儿，我真想溜走！我想，最好明天再来，明天天气会好些，我能够再等一等，可今天牛奶打翻了，将军的样子也都是凶巴巴的……我已经走到门边，就在这时候他进来了。他的样子很平常，头发花白，小眼睛贼溜溜的，穿着油污的长袍，腰间系一根带子。他问我来干什么，是怎么回事，我就告诉他，如此这般，是叶梅利扬·伊万诺维奇介绍的，我说想借四十卢布。我想说明缘故，但是没有讲下去。我从他的眼光中看出，事情没有希望。他说：

"不行，我没有钱。那您是不是有什么可以抵押的物品？"我向他解释，说我没有可以抵押的东西，又说到叶梅利扬·伊万诺维奇，总之，该说的我都说了。听完以后，他说："不行，叶梅利扬·伊万诺维奇管什么用！我没有钱。"我想只好这样啦，我早就料到是这个结果，我有预感。唉，瓦连卡，这时候我真巴不得地下有个缝，好让我钻进去。天气那么冷，脚都冻僵了，背上一阵阵寒战。我望着他，他也望着我，好像在说，你走吧，老兄，这里没有你的事儿。如果在其他场合发生这样的场景，那真让人无地自容。"那您是怎么回事？要钱做什么呢？"（宝贝儿，您瞧他问的什么话）我已经张口准备回答，不想就这么呆呆地站着，可他又不要听了。他说："不，我没有钱，如果有钱，我倒是愿意借给您的。"我再三向他解释，请他帮忙；我说，我要的数目不大；我说，我一定偿还，如期归还，也可能提前还呢；我还说利息要多少都接受，我对天发誓，一定还给您。宝贝儿，就在这一瞬间我想起了您，想起了您种种的不幸和穷困，想起了您的半个银卢布。"不行，"他说，"利息倒没什么，但必须有抵押品！再说，我现在没有钱，我向上帝起誓，真的没有，要不我倒愿意借给您。"他还指天发誓呢，这个强盗！

喔，我的亲爱的，我已经记不得我怎样走出来，怎样走过维堡街，怎样走上了沃斯克列先桥。我已经累得没有一点儿劲，冷得要死，浑身发抖，直到十点钟才赶回机关。我本来想把身上的泥水刷刷干净，可是门卫斯涅吉廖夫禁止这么做，他说这样会把刷子弄坏的，他说："老爷，刷子是公家的财物。"现在，他们就是这副嘴脸，宝贝儿，在这些先生的眼里，我连一块擦脚的破布都不如。瓦连卡，您知道是什么让我在精神上受到极度的折磨？我不是为了钱而受到折磨，就是这些日常生活中的烦恼，所有这些风言风语，冷嘲热讽让我不能安生。上司大人不经意间也会对我评头论足——唉，宝贝儿，我的黄金时代已经过去啦！今天，我把您的信全部重新读了一遍，内心真难受啊，宝贝儿！再见，亲爱的，愿上帝保佑您。

马·杰武什金
8月5日

又及：真是令人哀伤，瓦连卡，我本想在给您描述这件事情的时候写得有趣一些，显然，我没有这方面的才华，我是想让您高兴。我会来看您的，宝贝儿，一定来，明天就来。

瓦尔瓦拉·阿列克谢耶夫娜：

我的亲爱的，宝贝儿！我完了，我们两人都完了，两个人一起彻底地完蛋了。我的名声，我的尊严——全部——都没有了！我完蛋了，您也完蛋了，宝贝儿，您和我一起无法挽回地死定了！这都怪我，是我害了您！他们折磨我，宝贝儿，瞧不起我，拿我当笑料，女房东干脆就对我叱骂了；今天，她冲着我大喊大叫，破口大骂，把我看得连根草都不如。晚上，在拉塔贾耶夫那儿，他们有人大声朗读我写给您的一封信的底稿——这是我不小心从口袋里掉出来的。我的宝贝儿，他们大伙儿起哄，闹得很疯狂呢！他们想出各种戏称耍弄我们，然后哈哈大笑，笑了一阵又一阵，这帮不讲道理的坏蛋！我进去找他们，责备拉塔贾耶夫不够朋友，我说他缺德，可拉塔贾耶夫回敬我说我才缺德，他说我乱搞女人；他说："您还瞒着我们大家，您真是洛弗拉斯式的人物。"现在大家都叫我洛弗拉斯，我已经没有别的称呼了！您知道吗，我的小天使，您知道吗，他们现在什么都知道了，对所有事情都一清二楚，我的亲爱的，他们也了解您的情况，什么情况都知道。

还有更让人生气的事情：法尔多尼亚居然也和他们一个鼻孔出气。今天我让他到灌肠店去给我买点儿东西，他不肯去，推说他没有空！我说，这可是该你做的事情呀。他说："不该我做，您不付钱给我的老板，那我就不该去做。"这个大字不识一个的下人也来欺负我，我真受不了，我就骂他是蠢蛋，可他回我一句："蠢蛋在骂人。"我想他大概是喝醉了，所以才这么粗鲁，我就对他说："你喝醉了吧，真是乡巴佬！"可他对我说："难道是您给我喝的不成？我看您连点醒酒的钱都拿不出来呢，还去找娘儿们，每次讨上十个戈比吧。"接着，他又补充了一句："嗨，还是老爷呢！"您瞧，宝贝儿，事情竟然弄到这个地步！瓦连卡，真没脸活下去呀！简直让人发疯，我比那没有身份的流浪汉还要糟糕。压死人的灾难啊！我完了，真的完了！

无法挽回的一切都完了！

马·杰
8 月 11 日

最亲爱的马卡尔·阿列克谢耶维奇：

一个接着一个的灾难降临在我们身上，我自己真的也不知道该怎么办了！您那里的情况很糟，而我也没有什么指望。今天，熨斗烫伤了我的左手。我不小心让熨斗掉了下来，把手碰疼了，又烫伤了。我已不能儿，费奥多拉又病了三天。我非常焦虑不安。给您送去三十个银戈比，这几乎是我们仅剩的最后一点儿钱了，上帝做证，我是多么希望能够帮助您摆脱现在的困境，我难受得直想掉泪！再见吧，我的朋友！如果今天您能到我们这儿来，那将是对我最大的安慰。

瓦·多
8 月 13 日

马卡尔·阿列克谢耶维奇：

您这是怎么啦？您就不恐惧上帝！

您简直要把我逼疯了，难道您就不害羞！您要毁了自己，您就想想自己的名誉吧！您是一个正派人，行为高尚，有自尊心，瞧，大家对您都是这样的看法！现在您可真该羞愧去死！您对得起您那一头白发吗？唉，您竟然不怕上帝！费奥多拉说，以后再也不帮助您了，我也不会再送钱给您，您把我害得多苦，马卡尔·阿列克谢耶维奇！

您大概以为，您这样胡闹跟我没有什么关系，您还不知道，我为您忍受了多少耻辱！我现在都不敢下楼，所有的人都要望着我，对我指指点点，还说那些不忍卒听的难听话。是的，他们毫不隐讳地说，我勾搭上了一个酒鬼！多难听啊！人家抬您回来的时候，所有的租客都一脸不屑地指着您，说，瞧，把那个办公的老爷抬回来了！

我简直为您羞愧得无地自容，我向您发誓，我要从这儿搬离，随便到哪儿去，当女仆，替人家洗衣服都行，就是绝对不待在此处。我写信让您到我这儿来，可是您没有来，大概，我的眼泪，我的恳求对您来说已经不再重要了，马卡尔·阿列克谢耶维奇！您的钱是从哪儿找到的？看在上帝的份儿上，您要当心！否则您就要毁了，白白地毁了！多么羞愧！多么可耻！昨天房东没有让您进去，您是在弄堂里过的夜，我全知道。您要知道，我在知道这些情况之后，内心多么沉重，多么痛苦！您到我们这儿来吧，在我们这儿高兴些，我们一起读书，一起回忆往事，费奥多拉会给我们讲她去圣地朝拜的经历。为了我，我的亲爱的，不要毁了您自己，也不要毁了我，您要知道，我活着只是为了您，为了您，我才留下来和您在一起。可是您现在却变成这样！在逆境当中，您要保持人的尊严，要坚强，您要记住，贫穷不是罪过，做什么要灰心丧气呢，这一切都只是暂时的！上帝保佑，一切都会好起来，只是您现在一定要坚持住。给您送去二十戈比，您给自己买点烟草或者买点您所需要的物品，只是，看在上帝的份儿上，别去花在那种坏事上。到我们这儿来吧，一定要来。您大概和以前一样，又会感到羞愧了。您不必羞愧啦，羞愧是虚伪的，只要真心悔过就行。相信上帝吧，上帝会把一切都变得好起来的。

瓦·多
8 月 14 日

瓦尔瓦拉·阿列克谢耶夫娜，宝贝儿：

我真不好意思，我的心肝，瓦尔瓦拉·阿列克谢耶夫娜，我内心羞愧得要死。不过，宝贝儿，这又有什么大不了的！做什么不能让自己高兴高兴？那样，我就不会想到我的鞋底，因为鞋底不过是小事一桩，它总归只能是一只普通的、被踩在脚下面的、沾满泥水的鞋底。鞋子也不算什么！希腊的圣人走路就不穿鞋，那我们这些人又何必为这种不值一提的东西担心呢？既然如此，为什么我要被欺负，为什么要被人看不起呢？哎，宝贝儿，宝贝儿呀，您这是写的什么呀！您告知费奥多拉，她是个多嘴多舌的婆娘，总是不安分，喜欢惹是生非，而且还愚蠢，愚蠢透顶！至于说到我的白发，那您就错了，我的亲爱的，因为我根本还没有老到您所想象的程度。

叶梅利扬向您问好。您在信中告知我，说您很伤心，哭了；我告知您，我也很伤心，也哭了。最后祝您身体健康，平平安安。至于我呢，我身体也不错，一切顺利。

永远是您的，我的小天使的朋友　马卡尔·杰武什金
8月19日

尊敬的瓦尔瓦拉·阿列克谢耶夫娜女士，亲爱的朋友：

我感到我有罪您，我感到对不住您，不过，依我看来，即便我都察觉到了，也不论您对我说些什么，这一切都没什么用。我在犯错之前就有感觉，可是我还是自暴自弃，明知故犯。我的宝贝儿，我不是坏蛋，心也不狠，如果要想撕碎您的心，我的亲爱的，那必须是一只不折不扣的凶狠残暴的老虎，可我天生一副绵羊心肠，您也知道，我根本没有伤害别人的念头，所以，我的天使，我的行为并不完全是犯罪，就好像不论是我的心，还是我的思想，它们都没有犯罪一样。我只是这么说，其实我也并不清楚什么是犯罪，这种事情很难说清楚，宝贝儿！您先给我送来三十个银戈比，又送来二十戈比，望着您这个孤儿送来的钱，我的心隐隐作痛。您把自己的手烫伤了，这意味着您立刻就要挨饿，可是您还写信要我去买烟草，这叫我如何是好？莫非我就像个强盗似的，昧着良心去打劫您这个孤儿！这样我就自暴自弃了，宝贝儿，起初我不由自主地感到自己是个没有用处的人，我比我的那只鞋底也强不了多少，认为看得起自己则不合情理，相反，我觉得自己很不体面，甚至有点像个无赖。瞧，一旦一个人失去了自尊心，否定了自己的优秀品德和自己的人格，那一切都完了，他立刻就会堕落！这是命中注定的事情，不是我的过失和错误。最初，我出去是为了透透新鲜空气，可是后来阴差阳错地就

发生了这件事情。周围那么阴沉，那么让人感伤，天气又冷，还下着雨，就在这时我遇到了叶梅利扬。

瓦连卡，他已经把他的东西全部当完，他所有的东西都进了当铺，我遇到他时，他已经两天两夜没有吃过一丁点儿东西了，所以他又想去当东西，可是这些东西不能当，这些东西从来不能作抵押品的。

唉，瓦连卡，当时我就管不住自己了，这并不是因为我自己爱好这个，这只是我出于对别人的同情，这样就作了孽，惹了麻烦，宝贝儿！我和他一起痛哭流涕！我们还想起了您。他是个大好人，他非常善良而且多愁善感。宝贝儿，这些我都能够感觉到，因为我也是这样，所以我深有体会。我知道，我的亲爱的，我为什么要感激您！认识您之后，第一，我对自己有了更多的了解，我也爱上了您；在认识您之前，我的小天使，我很孤独，我浑浑噩噩，暮气沉沉，就好像没有活在世上。他们，我的那些克星，说，连我的长相都是不体面的，他们嫌弃我，我也就开始嫌弃自己；他们说我愚蠢，我也真的以为我很愚蠢。自从您在我面前出现以后，您给我黑暗的生活带来了生机，因此我的心，我的灵魂也活跃起来了，我得到了心灵的平静，懂得了我并不低人一等，我只不过是没有什么才华出众的地方，我不风度翩翩，不气派十足，但我毕竟是一个人，是一个有心灵、有思想的人。可是现在我觉得，我受尽了命运的玩弄，我被命运羞辱，我失去了自己的尊严；种种灾难使我的精神受到极度压抑，我心灰意懒，我自暴自弃。既然这些情况您都已经知道，我流着泪水恳求您不要再追问这件事情，因为我的心已经碎了，我太痛苦、太压抑了。

宝贝儿，向您表示我的敬意。

您的忠实的朋友 马卡尔·杰武什金
8 月 21 日

上封信我还没有写完，马卡尔·阿列克谢耶维奇，因为我写不下去了。我常常喜欢一个人独自待着，独自忧伤，独自悲戚，不与他人分享，这样的时刻现在越来越多了。在回忆往事的时候，我总觉得还有一些我说不明白的东西，它不知不觉地并强烈地吸引着我，以致我能够一连数小时沉迷其中，对周围的一切视而不见、听而不闻并完全忘却了眼前的一切景象。现在我生活中的一切感受，不论是令人高兴的，还是令人沉重的、哀伤的，都无不使我联想起我的过去，特别是我的童年，及类似我的金色的童年时代的事情！

但是，每次回忆过后我的心情总是非常沉痛。我好像变得很虚弱，我喜欢想入非非，这消耗了我的精力，这使我疲惫不堪，况且我的身体本来就已经越来越糟了。

但是，今天早晨天空晴朗，空气清新，令人心旷神怡，是这儿秋季少有的好天气！这样的天气给我带来了活力，我快乐地迎接这一天的开始。是啊，我们这儿已经是秋季啦！在乡下的时候，我是多么喜欢秋季啊！虽然当时我还是个孩子，但是我已经能够感受许多事情了。比起早晨，我更喜欢秋季的晚上。我记得，在离我们家不远的山脚下有一个湖（好像我现在又见到它了），湖面广阔，湖水透明、清澈见底，像水晶一般！在没有风的时候，湖水宁静，湖边的树上的叶子纹丝不动，湖面波平如镜。空气多么清新，周围的凉意沁人心脾！露珠落在草地上，岸上的小屋里亮起了灯火，一群群牲畜被赶着回家，就在这个时候，我会悄悄地从家里溜出去，去看我的湖，常常看得出了神。渔夫们在湖边燃起一捆干树枝，火光沿着水面映得很远很远；天气清冷，天空湛蓝，天边射出一道道火红色的光带；这些光带的色彩渐渐暗淡下来，月亮出来了。四周一片静寂，空气中的回声很响。无论是受惊的小鸟飞起，还是芦苇被微风吹得左右摆动，抑或是鱼儿溅水——所有的声音都能听得到。湛蓝的水面上弥漫着水汽，薄薄的、透明的一层。远处渐渐暗了下来，一切都好像淹没在迷雾之中；近处，一切依然清楚可辨，就好像是雕刻出来的——小船、湖岸、小岛；一只被扔掉或者是被遗忘在岸边的木桶在水面上轻轻晃荡；叶子已经发黄的爆竹柳枝垂挂在芦苇丛中；一只晚归的海鸥突然跃起，时而浸入寒冷的水中，时而又蹿出水面——消失在迷雾里。我出神地望着，并细细聆听——我觉得奇异、美妙无比！而我当时年龄还小，还只是个孩子……我非常喜欢秋季，特别是深秋季节，这时，田里的庄稼已经收割完毕，所有的农活儿都已完结，晚上人们聚在小屋里做做手工活儿或者享受一下，大家开始等待冬天的降临。这时，一切渐渐变得非常阴沉，天空中乌云密布，林边的小路上铺满黄叶，树林枝叶光秃秃的并渐渐发蓝，发黑，特别是在晚上，林间弥漫着潮气非常重的浓雾，高大的树木隐约可见，犹如一个个巨人一般，也犹如丑陋的、可怕的幽灵。有时，在玩耍的时候我没有赶上伙伴们，落在了他们的后面，一个人走着，慌慌忙忙，内心就怕得要死。我像一片树叶似的瑟瑟发抖，内心在想着，说不定有个可怕的东西会突然从这个树洞里跑了出来。这时，一阵风刮过树林，呜呜地吹着，低低地吼着，把树枝上的树叶一簇簇吹落，它们在空中盘旋飞扬；接着，一大群鸟儿尖声怪叫着，浩浩荡荡地飞了出去，遮蔽了天空，这时天色顿时暗了下来——真让人感到恐惧。这时，我好像听见有人说话，有一个嗓音对我轻轻说道："跑吧，跑吧，孩子，别再耽误啦；这儿立刻会很吓人呢，快跑吧，孩子！"一阵恐惧感掠过心头，我拔腿就跑，跑得上气不接下气。我气喘吁吁地跑回家中，家里又热闹，又高兴，所有的孩子都有分派的活儿干：剥豌豆或者剥罂粟壳。潮劈柴在炉子里噼啪作响，母亲高高兴兴地望着我们高高兴兴地干活儿，老保姆乌里扬娜给我们讲过去的故事或者讲关于巫师和死人的可怕童话，我们几个孩子紧紧依靠在一起，但是每个人的脸上都挂着笑容。突然，我们都安静下来……听！有声音！好像有人敲门！才不是呢，这是弗洛罗夫娜老奶奶家的纺车发出的声响。好笑的事情可多啦！然后到了夜里，我怕得睡不着觉，我老是做噩梦，醒来以后动也不敢动，埋在被子里哆嗦，一直等到天明。早上起来，一切神清气爽，就像一朵朵盛开的鲜花。瞅瞅窗外，整个田野都上了冻，光秃秃的树枝上铺着秋季的薄霜，湖面上覆盖着纸片儿似的薄薄的冰，冰的上面腾起茫茫的水汽；鸟儿快乐地叫个不断，明媚的阳光开始普照大地，并慢慢地融化着玻璃似的薄冰。多么鲜亮，多么明快，多么欢畅！炉火又噼噼啪啪地响了起来，大家围着茶座坐下来，我们家那条在外面冻了一夜的黑狗——波尔坎扒在窗上往里面看，亲切地摇晃着尾巴；一个庄稼汉骑着一匹壮马走过我们窗前，他到林子里去拖劈柴。大家都很满足，大家都很快乐……啊，我的童年多么美好……我痴痴地回忆往事，禁不住像个孩子似的痛哭失声，过去的一切都记忆犹新，非常鲜活地出现在我的面前，而现实却是这样暗淡，这样阴沉……死后的结果是什么？这一切最后的结果是什么？您知道吗，我常有一种预感，我感觉今年秋季我会死去——肯定是这样。

我病得很重很重。我常常感到我快要死了，但是我不想就这样死去——躺在这里的泥土里。也许，我会像春季那次一样，又会躺倒在床上，其实，我还没有完全复原呢。现在我就觉得非常难受。费奥多拉今天出去了，要出去整整一天，我一个人待在家中，从某个时候起，我已经恐惧一人独处；我老是觉得房间里好像还有另外一个人，他还和我说话，特别是在我陷入沉思，又突然清醒过来的时候更是如此，因此我会感到恐惧。这就是我给您写这封长信的缘故。

写信的时候，我就没有这种感觉。再见，信就写到这儿，纸已经写满，也没有时间写了。我原来攒下来准备买衣服和帽子的钱只剩下一个银卢布了。您给了房东两个银卢布，这很好，现在您和她都可以安静一阵子了。

尽量把您的衣服搞得整洁一些。再见，我感到很累。真不明白我怎么会变得这样虚弱，做一点点小事情就会被累得够呛。如果能够有工作的机会，那我还怎么干？这使我非常烦恼。

瓦·多
9月3日

瓦连卡，我的亲爱的：

今天，我的小天使，我的感受很多。首先，我的头痛了整整一天，为了呼吸点新鲜空气，好让头脑清醒起来，我就去了丰坦卡河边。

外面已经昏暗，空气很潮湿；五点多钟天色就暗了下来，现在竟然变成这样！没有下雨，但是有雾，比下雨的湿气更重。天上，又长又宽的一块块乌云来回移动，河滨大道上人群熙攘，来来往往，人们好像故意作对似的，摆出一副可怕、沮丧的面孔。有喝得醉醺醺的庄稼汉；有长着翘鼻子的芬兰老婆子，穿着鞋子，光着脑袋；有搬运工、马车夫，有有事外出的我们的同僚兄弟，还有一群孩子；有个钳工学徒，穿着条纹长衫，长得瘦小，身子虚弱，满脸煤烟油垢，手里拿着一把锁；还有一个退伍兵，个子有两米多高——就是这么一群人。

显然，这个时间就是这样，不会有别人的。丰坦卡河是通轮船的河流，一眼看过去，全是平底驳船，简直让你搞不清楚，这怎么能容纳得下。桥上，一些婆娘坐在那儿销售已经受潮的蜜糖饼干和烂苹果，那些婆娘也是脏兮兮的，身上一股潮气。在丰坦卡河岸上散步真没意思！脚下是潮湿的花岗石，两旁是被煤烟熏黑的高楼；脚下是雾气，头顶上也是雾气，这是一个非常抑郁，非常阴暗的晚上。

当我返回豌豆街的时候，天色已经完全黑了，人们点起了煤气灯。我已经很长时间没有来豌豆街，我一直都没有机会。这条街可真热闹啊！

店铺里的东西多极了，真气派。布料，玻璃罩里的鲜花，各式各样带彩带的帽子——样样东西都光彩耀眼，闪闪发光，你会以为这些东西都是为了漂亮摆出来做做样子的，其实才不是呢，就有人买这些东西送给自己的妻子。这条街真奢侈，真奢侈！豌豆街上住着许多开面包铺的德国人，他们一定也很有钱。一辆又一辆的马车川流不息地驶过，这条马路怎么能够承受得住！豪华的马车，窗玻璃亮得像镜子一样，马车里面蒙着天鹅绒和丝绸；贵族的仆人戴着肩章，腰间挂着长剑。每辆马车驶过，我都向里面张望：坐在马车里的都是高贵的女士，打扮得非常漂亮，大概都是公爵夫人或伯爵夫人。是啊，已经是人们赶去参加舞会或聚会的时间了。能在近处看到公爵夫人和任何一位贵夫人真有意思，应当说很好，我还从来没有见到过，只能像现在这样，往马车里面瞅瞅。我立刻就想起了您，唉，我的亲爱的，我的亲人，现在每当想起您，我内心就隐隐作痛！瓦连卡，您为什么如此的不幸？我的小天使，您哪一点不如她们那些人？您又善良，又漂亮，又有学问，可是为什么您的命这样苦？

为什么好人总是经受这么多磨难，而别人却会天生好运？我知道，我知道，宝贝儿，这样想不好。这是瞎想，可谓胡思乱想。不过，说真的，说实话，为什么一个人还在娘胎里，掌管命运的乌鸦就指定了他一生的幸福，而有的人却从育婴堂来到这个世界？您知道，常常有这样的情况，幸福总是落在傻瓜伊万努什卡的头上：你，伊万努什卡，到祖先的口袋里去翻寻吧，喝吧，吃吧，尽兴享乐吧，而你，某某人，只能馋涎欲滴地望着别人吃喝，你，只配如此，兄弟，你就是这种人！

罪过，宝贝儿，这样想真是罪过，可是这罪过就会不由自主地往你内心钻进去。我的亲人儿、心肝，如果您也能乘坐这样的马车，那该多好啊，那么想博取您的青睐的就是那些将军们，而不是我们这类职员，您不会再穿破旧的粗布衣服，而是穿绫罗绸缎，还要披金戴银；您不会像现在这样羸弱，憔悴，而是有着诱人的身材，清新可人，红润丰满，而我只要在街上从灯火辉煌的窗口瞅瞅您，哪怕只是看到您的身影，也会幸福无比；只要想到您——我的可爱的小鸟——在那儿幸福而快乐，我也就会感到快乐。可是现在的情况多么糟糕！那帮恶人伤害了您，这还不算，如今一个放荡的坏东西又来欺负您，他穿着燕尾服，趾高气扬，手里拿着金边长柄眼镜望着您，这个没有廉耻的东西，好像他能无所顾忌地为所欲为，好像他的那些下流话别人也得洗耳恭听！太过分了，是这样，先生们！为什么会这样呢？就是因为您是一个孤儿，因为您无依无靠，因为您没有有权势的人做您的靠山，而那些随心所欲欺侮一个孤苦伶仃的弱小女子的人算是什么人？

他们是畜生，不是人，是不折不扣的畜生，他们是衣冠楚楚的禽兽，对这一点我深信不疑，这些人就是这种货色！在我看来，我的亲人儿，今天我在豌豆街遇到的那个背着手摇风琴的流浪乐师都比他们更令人尊重，虽然他天天东游西荡，劳累不堪，只能挣一点儿小钱，混口饭吃，但是他是自己生命的主人，他能自己养活自己，他不会恳求别人的施舍。但是为了别人的欢乐，他像一部开动的机器一样转动不断，为人们演奏手风琴听，他说："我要尽我的一切力量给人们带来快乐。"他是个穷光蛋，确实，他真的只是个穷光蛋，但是，他是品德高尚的穷光蛋。

就是挨饿受累，他仍然在工作——当然是以他自己的方式——但这毕竟是劳动。有许多正派人，宝贝儿，虽然他们付出了很多，给别人带来了利益，但得到的报酬却是微乎其微，但是他们从来不向任何人乞求，不向任何人乞讨。我和这个流浪乐师完全一致，当然不是说我和他做同样的事情，我是指在高贵方面，在贵族的气度方面，我和他完全一致，我也尽我的一切努力辛勤工作，但这已经达到了极限，我再也没有劲儿可使了，俗语说，巧媳妇难做无米之炊呀。

我和您谈到那个流浪乐师，宝贝儿，这是因为我今天更加体会到自己的贫穷了。我站下来瞅瞅流浪乐师。老是有各种各样的想法钻进脑子里来，我想打打岔，便站下来瞅瞅。我站在那儿，周围还有一些车夫，一个姑娘，还有一个浑身肮脏的小男孩，他十岁左右，如果不是一副病态，不是显得非常赢弱，那模样还是挺漂亮的。他穿着一件衬衫，脚上拖着一双破鞋，几乎是光着脚的。他张大嘴巴站在那儿听音乐——真是个孩子！他津津有味地望着德国人表演的洋娃娃跳舞，他手和脚都冻僵了，在那浑身发抖，嘴里咬着袖口。我看到他的手中有一张小纸条。有位先生从这儿走过，扔给流浪乐师一枚小硬币，硬币很准地落进了箱子里，箱子上画着一个法国人和几个女人在菜园里跳舞。硬币咚的一响，那个小男孩猛地一抖，怯生生地向四周张望，显然，他以为这枚钱是我给的。他跑到我的面前，两只手哆哆嗦嗦，连嗓音都在发抖，他递给我一张纸，说："纸条！"我打开纸条——瞧，都是那些套话："我的恩人哪，孩子的母亲快要死了，三个孩子尚在挨饿，求求您现在救救我们吧。如果您现在能够关照一下我的孩子，我死了以后，我的恩人哪，在那个世界我也不忘了您呀。"您瞧，就是这么回事，一清二楚、平平常常的事情，可是我应该给他们什么呢？唉，我什么也没有给他，我心里真是难受。这个可怜的孩子，脸上冻得发青，大概肚子也饿着吧，他没有说谎，真的没有说谎，这种事情我知道。只是这些可恶的母亲为什么不爱自己的孩子，在这么冷的天气，还打发这些几乎光着身子的孩子出来拿纸条乞讨呢？这太恶劣。她也许是个愚蠢的婆娘，什么事儿都做不来，也许没有人替她出力想办法，她就只好盘起腿坐着，也许她真的病了。

　　但是，她应当到该去的地方求救呀。不过，说不定她就是个骗子，故意打发羸弱的孩子饿着肚子出来蒙骗路人，惹得他们生病。可怜的孩子拿着这些纸条能学会什么呢？他的一颗心只会变得硬起来。他晃来晃去，四处奔跑，到处讨钱，可是来往的人们没有工夫搭理他们，他们的心肠硬如石块，他们说的话气势汹汹："走开！滚开！你抢钱哪！"所有的人都这样咒骂他们，于是，孩子的心也变得冷酷，这个可怜的、战战兢兢的孩子就像从破鸟窝里掉下来的一只小鸟，徒劳无益地在寒冷中颤抖，他的手脚冻僵，气喘不上来，瞧他已经在咳个不断了，不用多久，疾病就会像一条龌龊的虫爬进他的胸膛，而此时，死神已经躲在某个阴暗的角落里守候着他；没有人照料他，没有人帮助他，他的生命也会这样终结！生活往往就是这样！唉，瓦连卡，听到乞讨的人说："看在基督的份儿上"，却什么也不给就走了过去，只说一句"上帝会赐予你的"，内心真难受。有些人说"看在基督的份儿上"倒没有什么，因为"看在基督的份儿上"有各种各样的说法，宝贝儿。有的人把声音拖得长长的，显得自然、老练，这些已经成了乞讨时的口头禅，对这种人不给施舍倒也不是非常难受，因为他们是老乞丐，把乞讨当作职业，他们已经习以为常，他们能熬得过去，他们也知道怎样熬过去。而有的"看在基督的份儿上"，说得那么不自然——粗声粗气，让人恐惧。就说今天吧，我在接过小男孩手中纸条的时候，在篱笆旁边有一个人站着，他没有向所有过路人乞讨，只是对我说："老爷，给两个小钱吧，看在基督的份儿上！"他的声音那么瓮声瓮气，我不由得产生了一种恐惧感，浑身哆嗦了一下，我一文钱也没有给他，因为我没有钱。还有，富人总是不喜欢穷人向他们抱怨自己的苦命，他们说："这些人总是让我们不得安宁，真讨厌！"是啊，贫穷总是让人讨厌的，莫非穷人饥饿的呻吟声会影响富人的休息么？！

　　坦白地告知您，我的亲爱的，我给您描写这些事情，部分缘故是为了和您说说心里话，但更主要的缘故是为了让您瞅瞅我的文采，因为您一定也已感觉到，宝贝儿，不久前，我的文章已经通顺了。

　　可是现在我，心头充满了哀伤，我不由得从心底里赞同我自己的想法，虽然我也知道，我的亲人，我常常会不知所谓地败坏自己，把自己看得一文不值，甚至觉得自己连根稻草都不如。打个比方说吧，产生这种感觉可能是因为我甚至和那个向我讨钱的可怜的小男孩一样，因为受尽折磨而变得怯懦畏惧。现在我要打个比喻给您听，宝贝儿，您好好听我说。常常有这样的情况：清早在赶着去工作的路上，我着迷地欣赏着这座城市，望着它苏醒过来，开始活跃，冒起炊烟，开始投入沸腾的生活并发出各种声响；面对此情此景，有时我会感到自己非常渺小，好像有人对着我好奇的鼻子使劲地弹了一下，于是，我就开始比水更安静，比草更谦卑地迈着蹒跚的脚步走了，不再东顾西盼。现在您再仔细瞅瞅，这些被烟熏黑的大楼房里是一副什么情景。请对此深入了解了以后，您再评判一下。这时您就会没有道理地把自己划为另类，自叹不如别人而看轻自己，不知这是否公平。请您注意，瓦连卡，我只是打个比喻，这并不是真实情况。好，让我们瞅瞅这些大房子里是什么情况？在一个烟雾弥漫的角落里，在一个潮气很重的、又暗又脏的小屋内（因为贫穷，主人只得将它作为住宅），一个手艺人刚刚醒来，而在梦中，比方说，整夜都在想那双昨天他无意间剪坏了的鞋子，好像人就应该梦见这种倒霉的事情！是啊，他是个手艺人，是个皮匠，难怪他老想着这些事情。他的孩子在哭哭啼啼，他的老婆在挨饿；不仅是皮匠早晨起床是这样，我的亲人。这本来是平常的事情，不值得写出来，但是，宝贝儿，这里还有另外一种情况：就在这幢房子里，在楼上或者楼下的一个镶金、豪华的房间里，有个大富翁在夜里或许也梦见了鞋子，当然，鞋子的款式不同。款式虽然不同，毕竟也是鞋子。从我想表达的意思来说，宝贝儿，我们大家就差不多都是皮匠。这些还不算什么，只是最糟糕的事情就是在这个大富翁的身旁，从来没有人在他的耳边悄悄说道："行啦，别再想这种事情，别只为一个人着想，别只为自己一个人活着；你又不是皮匠，你的孩子们健康苗壮，您的妻子不愁吃穿；瞅瞅您的周围，难道你看不到比你的鞋子更高尚、更值得关注的事情吗？"这就是我打比方要给您讲的意思，瓦连卡。也许这种想法过于放纵，我的亲人，但是，这种想法时常产生，一旦产生，就会不由自主地从心头迸出激烈的言辞，因此，完全没有必要把自己贬得一文不值，或仅仅因为那些议论、训斥就被吓倒！最后，我要对您说，宝贝儿，您可能会以为我在胡言乱语，或者这是抑郁所至，或者这是从哪本书上抄来的？

不，宝贝儿，您千万别这么想，不是这么回事：我最讨厌胡言乱语，我没有抑郁，也没有抄书，就是这样！

我满怀心事地返回家中，在桌旁坐下。给自己热了一壶茶，准备喝上一两杯。突然，我们的穷邻居——戈尔什科夫——来看我，我早上就注意到他总在其他租客身旁转来转去，他也想来找我。顺便说一下，宝贝儿，他家的情况比我还要惨得多，惨多啦！有妻儿老小呀！如果我是戈尔什科夫，如果我处在他的位置上，我真不知道该怎么办！就这样，戈尔什科夫走了进来，对我鞠躬问好，像往常一样，他的睫毛上挂着泪珠，双脚在地上蹭动，却一句话也说不出来。我请他坐到椅子上，确实，这是张破椅子，可是这就只有这一把椅子。我请他饮茶，他不好意思地推让，再三地推辞，最后才接过杯子，他本来不想放糖，我对他说，应当加块糖，他又推辞，谦让了很长时间，他才拿起最小的一块糖放进茶杯，还说他的茶已经很甜很甜了。唉，穷苦会把人逼得如此低声下气！"瞧，有什么事找我吗，老兄？"我问他。

他说："是这样，是这样，大好人，马卡尔·阿列克谢耶维奇，求您发发慈悲，帮帮我们不幸的一家人吧，孩子、老婆，他们都没有东西可吃了，我这个做父亲的，心里是个什么滋味！"我刚要说话，他又抢着说："这里的人我都恐惧，马卡尔·阿列克谢耶维奇，也不是说恐惧，而是说，您知道，我没脸见他们，他们这些人都很傲慢，很自高自大。老兄，大好人，我本来也不想让您为难，我知道您也有许多麻烦事情，我知道您也拿不出多少钱来，但是，好歹您能借我一点儿吧，所以我就鼓足勇气来求您，我知道您的心肠好，我知道您自己手头也很紧张，您现在也尝到了穷的滋味，所以您就更应该会有同情心。"最后他说："请您原谅我的冒昧和唐突，马卡尔·阿列克谢耶维奇。"我回答他说：我心里很想帮他，但是我没有钱，真的没有钱。他对我说："马卡尔·阿列克谢耶维奇，老兄，我不借很多，是这样（这时，他满脸涨得通红），老婆、孩子们，都在挨饿，您哪怕借给我十戈比银币也好。"这时，我的心犹如刀绞一般，我想，我的境况比别人差得太远啦！我总共只剩下二十个戈比，而且它们对我是有用处的：明天我要用这二十个戈比去应付最急用的花费。"不行呀，我的亲爱的，我不能借给您，真是这样。"我说。他说："老兄，马卡尔·阿列克谢耶维奇，那您看着办吧，哪怕借给我十个戈比也行。"我就从抽屉里拿出二十个戈比——全部——给了他，宝贝儿，这总是做件好事吧！哎呀，真是穷啊！我和他聊了起来，我问他：老兄，您的境况这么困难，那您怎么还租五个银卢布的房间呢？他对我解释说，这房子是半年之前租下的，先预付了三个月的房租，后来情况急转直下，弄得他这个可怜的人走投无路。他本来指望事情能够在这之前了结，他有麻烦事呢，您知道！瓦连卡，他成了法庭上的被告了。他和一个商人打官司，这个商人在承包公家的工程项目中耍了欺骗手段，事情败露后，商人被告到法庭，可他把与这件事情也有点关系的戈尔什科夫牵涉了进去。其实，戈尔什科夫的过失只在于办事不认真，疏忽大意，严重无视公家的利益。官司已经拖了几年，戈尔什科夫碰到了重重障碍。戈尔什科夫对我说："我蒙受了耻辱，其实我没有罪，一点儿罪也没有，我没有犯诈骗罪和敲诈罪。"这件事情败坏了他的名声，他被开除公职；虽然没有发现他有重大的犯罪活动，但是，在完全证明自己清白无辜之前，他至今不能从商人那儿拿到哪怕一分钱，这笔钱本来是他应该得的，可是现在成了法庭上有争议的问题。

我相信他，可是，只凭他说，法庭不肯相信，情况就是这样，案件错综复杂，被搅成一团，一百年也理不出头绪。只要案件稍微有点眉目，那个商人就又节外生枝，连续设置一个又一个的障碍。我真心怜悯戈尔什科夫，我的亲人，我替他难受。他现在没有职业，因为传言说他不可靠，没有地方肯要他，他那一点儿积蓄都花光了。案子搁在那儿，不得解决，他们家偏偏又生了个孩子——真不是时候，要花钱呀。儿子病了，要花钱，死了，还要花钱；他的妻子有病，他也有久治不愈的老毛病，总之，遭罪啊，真是遭罪啊。不过，他说他的案子有望在近日内顺利解决，这已经没有任何问题了。可怜，可怜，真可怜呀，宝贝儿！我待他很亲切。我慰问他，他受了冤屈，无人理睬他，他要寻找别人的理解和支持，所以我要亲切地对待他。好了，再见吧，宝贝儿！基督和您同在，愿您身体健康，我的亲爱的！每当想起您，我受伤的心灵就像被敷上了良药。虽然我为您而悲痛，不过苦中有乐。

您的真正的朋友　马卡尔·杰武什金
9月5日

瓦尔瓦拉·阿列克谢耶夫娜，宝贝儿：

我在给您写信，神情恍惚，我被一件可怕的事情吓坏了。我的头发晕，我觉得周围的一切都在打转。唉，我的亲爱的，现在我要告知您一件多么糟糕的事情啊！瞧，我们根本没有想到会发生这样的事情。不，我不相信我没有预感，我全预料到了，所有这一切我的心早就有了预感！前两天，我甚至还梦见了类似的事情。

事情是这样发生的，现在我原原本本地讲给您听，不加任何修饰。今天我去办公，来到机关，坐下来抄写。应该告知您，宝贝儿，昨天我也抄东西了。事情是这样的：昨天季莫费·伊万诺维奇走到我跟前，亲自吩咐我说："这是一件要用的公文，很急；您把它抄一遍，马卡尔·阿列克谢耶维奇，抄得清楚些，快点抄，仔细一点儿，今天要送去签字。"还得告诉您，我的小天使，昨天我的心情很坏，什么都不想看一眼，心头充满抑郁和苦闷！内心没有一点儿热气,打不起一点儿精神,脑子里总是想着您,我的可怜的心肝。瞧,我就在这种情况下动手抄写公文,抄得倒是挺工整,也漂亮,只是我不知道怎么才能对您说得更清楚一些,不知是我自己遇到鬼了呢,还是命运暗中捉弄,或者就是该发生这种事情——我漏抄了整整一行,这样一来只有上帝能够知道文中的意思,真是文理不通了。昨天就把文件给耽误了,直到今天才送到上司那儿去签字。今天我若无其事地在通常的时刻来到机关,在叶梅利扬·伊万诺维奇旁边坐了下来。我要告知您,亲爱的,不久前我开始变得比从前更加的自惭形秽,总是羞于见人,近来我对任何人都不看上一眼,谁的椅子嘎吱一响,我就会吓得心惊肉跳。今天也是这样,我老老实实、安安静静地坐在那儿,像刺猬似的蜷缩着,惹得叶菲姆·阿基莫维奇(他是世界上最会惹是生非的人)用大家都能听见的大嗓门说:"马卡尔·阿列克谢耶维奇,您这是什么坐法呀,呜……呜?"接着还扮了一个鬼脸,逗得他和我旁边的人都笑得前仰后合,当然,这是在笑话我。他们笑啊,笑啊,笑得没完没了!我捂住耳朵,眯起眼睛,一动不动地坐在那儿。这是我的老办法,这样就会让他们觉得没趣,早点儿平息下来。突然,我听见一片喧哗声,人们忙乱地跑动声;我还听见——是不是我的耳朵听错了?有人叫我,找我,喊着杰武什金。我的心在胸膛里怦怦乱跳,我自己也不知道我恐惧什么,我只知道,我怕极了,在我的一生中还没有如此怕过。我仍然蜷在椅子上,一动不动,只当没有发生任何事情,只当不是叫我。但是我又叫起来了,而且声音越来越近,而且已经就在我的身旁了:"杰武什金!杰武什金!杰武什金在哪儿?"我抬起眼睛。叶夫斯塔菲·伊万诺维奇站在我的眼前,他说:"马卡尔·阿列克谢耶维奇,大人找您,快去!您抄的公文出了问题啦!"他就说了这么一句话,不过,宝贝儿,这句话就够啦,是不是?这句话足以让我胆战心惊。我吓得面无人色,浑身发冷,失去了任何感觉。我去了,简直就是半死不活、痴呆呆地走着。他们领着我穿过一个房间,又穿过一个房间,再穿过第三个房间,这才来到大人的办公室!当时我在想些什么,现在真的无法向您说清楚,我只看到大人站在那儿,那些上司站在他的周围。我好像记不清楚向他鞠躬行礼了,我完全忘了。我内心慌得要死,嘴唇发抖,两条腿也在发抖。为什么会这样呢,宝贝儿?第一,我感觉羞死人了。我朝右边的镜子里看了一眼,我在镜子里看到的自己的那副样子简直能让人发疯;第二,我一向让自己默默无闻,好像世界上没有我这个人存在,因此大人未必会知道我,也许,他只是偶尔听说过在他们的机关里有个叫杰武什金的,因此他与我从来没有过比较亲密的接触。

大人怒气冲冲地说："您出了什么问题，先生！您是怎么抄写的？一份要用的文件，很紧急的文件，您竟然把它抄错了，您怎么会这样。"接着，他转过身去和叶夫斯塔菲·伊万诺维奇讲话，我只听见了飘进耳朵里的几句："玩忽职守！不小心！惹下了麻烦事情！"我本来想张口说话，我想恳求宽恕，但我说不出口。我想逃走——又没有这个胆量，这时……这时，宝贝儿，竟发生了如此尴尬的事情，直到现在我都不好意思提笔把它写出来：我的一颗纽扣（见它的鬼吧），本来挂在线上的一颗纽扣突然掉落了下来（一定是我不小心碰着纽扣了），跳呀蹦的，这颗该死的纽扣，骨碌碌滚着，恰恰就滚到了大人的脚边，而这又发生在大家鸦雀无声的当口！这就是我的表白，这就是我的道歉，这就是我的回复，这就是我要向大人禀明的一切！后果真是严重之极！大人立即注意到我的样貌和我的衣服，我想起了我在镜子里看到的形象：我就奔过去抓纽扣！我真是个大傻瓜！我弯下身子，想把纽扣捡起来，可是纽扣不断地又转又滚，我抓不住它，总之笨手笨脚，出足了洋相。当时我觉得我最后的一点儿力气也已消失，一切，一切都完了！所有的尊严都失去了，整个人格都没有了！这时，我的耳朵里不知所以地响起了捷列扎和法尔多尼亚的声音，此起彼伏，叽叽喳喳。我终于抓住了纽扣，站起来，挺直了身子；就是傻瓜也会两手下垂，直挺挺地站好，毕恭毕敬！可是我却不是这样，我着手把纽扣拴到那根断线上，好像这样纽扣就会粘牢似的，而且我还在笑，还带着微笑呢。大人起初将身子转了过去，而后又朝我看了看；我听见他对叶夫斯塔菲·伊万诺维奇说："这是出了什么事？……您瞅瞅他这副模样！……他出什么事啦！……他是什么人！……"唉，我的亲人，大人说什么呢！他说，他怎么啦？他是什么人？我真是出尽了洋相！我听见叶夫斯塔菲·伊万诺维奇说："他没有什么不好的作为，没有任何不良行为，品行非常端正，薪俸也够用，按数发放……"

"那就想办法帮助他，"大人说，"给他预支薪水……"

"已经预支了，听说已经预支了，已经预支了好长时间的薪俸了。确实，情况确实困难，不过，品行端正，不干坏事，从来不干坏事。"我的小天使，我浑身发烧，我在地狱的火焰中受煎熬！

我活不下去了！"好吧。"大人又大声说道，"赶快再重新抄写一遍。杰武什金，到这儿来，您再重抄一遍，不要抄错。你们听着……"这时大人转身对别人分别作了不同的指示，他们便各自散开。他们刚刚散去，大人匆忙掏出皮夹，从中抽出一张一百卢布的票子，他说："给您，我只能尽点绵薄之力了。"我不知道当时的我是怎么搞的，我想去握他的手，而他却顿时满脸通红——我的亲爱的，接着，我没有说一点点假话，我的亲人——他居然拿起我的卑贱的手握了握，的确拿起我的手握了握，好像我们是平等的，好像我和他一样，也是将军似的。"去吧，"他说，"一点儿绵薄之力……别再抄错，而这次功过相抵。"现在，宝贝儿，我打定想法，我要请您和费奥多拉向上帝祈祷，如果我有孩子，那我会吩咐他们也这样做，不是为亲生父亲向上帝祈祷，而是为大人祈祷，天天祈祷，永远祈祷！我还要对您说，宝贝儿，郑重其事地对您说，您好好听我说，宝贝儿，我发誓，只管在我们遭遇不幸的困难生活里，望着您，望着您的困苦，望着我自己和您的卑贱，我的无能，我因为内心极端伤痛、无力自拔，曾经自暴自弃。尽管如此，我向您发誓，我感到更可贵的并不是这一百个卢布，而是大人亲自和我这个醉汉，这个连根草都不如的人握手，握住了我的卑贱的手！他的这个举动让我找回了自己，他的这种做法振奋了我的精神，使我的生活变得永远甜美，而且我坚信，只管我在上帝面前是个罪人，但是我祝福大人幸福安康的祈祷一定能传到上帝那儿……宝贝儿，现在我心乱如麻，激动不安，无法自已，我的心激烈地跳动，好像要从胸膛里跳出来，我自己也没有一点劲，浑身软瘫。

给您送上四十五个纸卢布，我要给房东二十个卢布，自己留下三十五，花二十个卢布添置衣物，另外十五卢布做日常花费。只是上午的这段经历仍然让我震惊不已，我要稍稍躺一会儿。不过，我的内心挺安详，非常安详。只是心在隐隐作痛，能听到心在那儿，在胸膛深处发抖，颤动，跳跃。我要来看您；现在我仍然兴奋不已，沉浸在这种种感受之中……上帝看到一切，我的宝贝儿，我的最宝贵的亲人儿！

您的当之无愧的朋友　马卡尔·杰武什金

9月9日

我的亲爱的马卡尔·阿列克谢耶维奇：

您碰上这样的好事，我真有说不出的高兴，同时，我也非常敬佩您的上司的高贵品德，我的朋友。这样，您可以摆脱痛苦，稍微喘口气了！不过，看在上帝的份儿上，您可不能再去乱花钱，您要平平淡淡地过生活，尽可能省吃俭用，从今天起就该攒点钱，哪怕很少，也要时时攒点儿，以免又突然遭遇不幸。看在上帝的份儿上，您不要为我们担心，我和费奥多拉能够对付得过去。您做什么给我们送这么多钱来呢，马卡尔·阿列克谢耶维奇？我们根本就不需要，我们对现有的钱已经感到满足。确实，我们很快会需要一笔钱从这所房子里搬走，但是费奥多拉有可能能够收回一笔很久以前借出去的老债；我还是留下二十个卢布以备急用之用，其余的钱给您送回去。马卡尔·阿列克谢耶维奇，您要爱惜钱，不要乱花。再见，现在安心好好过生活吧，祝您身体健康，心情高兴。我本来想给您多写一些，但是我觉得浑身无力，疲惫不堪，昨天我一整天都没有起床。您答应来看我们，这真太好了，请一定要来瞅瞅我，马卡尔·阿列克谢耶维奇。

瓦·多

9月10日

我的亲爱的瓦尔瓦拉·阿列克谢耶夫娜：

我恳求您了，我的亲人，现在，我非常幸福，在我对一切都心满意足的时候，请不要离开我。我的亲爱的，您不要听信费奥多拉瞎说，您让我怎么做，我就会去怎么做，我要好好做人，就是出于对大人的尊重，我也要好好做人，清清白白做人。我们又可以满心欢喜地相互通信，倾诉我们的想法，分享我们的欢乐，如果还有烦恼，那么我们也共同承担；我们会和谐、幸福地生活在一起，阅读文学作品……我的小天使，我的命运有了彻底的改变，一切都变得好起来了：房东变得比较通情达理，捷列扎也变得聪明了，就连法尔多尼亚也变得机灵了。我和拉塔贾耶夫已经言归于好，是我心里高兴而主动去找他的。

说实在的，他是个好人，宝贝，人家讲他的那些坏话纯属胡言乱语，我现在已经发现，这一切都是恶意中伤，他根本就没有打算写我们的事情，这是他亲口对我说的。他给我读了他的新作品；至于那时候他称呼我为洛弗拉斯，其实，这不是骂人的话，也不是不体面的称呼，他对我做了解释，这是从外语音译过来的，意思是机灵的小伙子，如果解释得生动一些，文气一些，那就是这个小伙子可不是好惹的，就是这样，没有什么别的含义！这是没有恶意的玩笑话，我的小天使，可我这个无知无识的人，莫名其妙地发怒了，现在倒是我向他道了歉……今天天气多好啊，瓦连卡，天气真好。早晨是下过毛毛细雨，就像是从筛子里筛下来似的，这没有关系，而且空气还变得更加清新一些。我去买了鞋子，买了一双极好的鞋子；我逛了涅瓦大街，读了《蜜蜂》。对了，我记不清楚告知您一件重要的事情。

是这么一件事。

今天上午我和叶梅利扬·伊万诺维奇、阿克先季·米哈伊洛维奇聊天，谈起了大人，原来他并不是只对我一个人这样仁慈，他不只是向我一个人施恩，大家都知道他乐善好施，在许多地方，人们对他交口称赞，还为他流下感激的泪水了。他抚养了一个孤儿，还安排了她的终身大事，把她嫁给了一个有名望的人，这个人在大人手下担任特别职务；他把一个寡妇的儿子安排到某个机关，还给予各种各样的恩惠。宝贝儿，我立即觉得我有责任做点小小的贡献，要把大人的善举公开告知大家。我没有隐讳地对他们讲述了事情的经过，把羞耻心藏进了口袋：在这种情况下还有什么羞耻，还谈什么尊严！就是要宣扬光大大人的高尚行为！我讲得绘声绘色，非常动情，没有脸红，相反，我还为能够讲出这一切而感到骄傲。所有的情况我都讲了（只是非常理智地隐讳了关于您的事情，宝贝儿），提到了我的房东，提到法尔多尼亚、拉塔贾耶夫，提到了鞋子，还有马尔科夫——和盘托出。有人在那儿窃窃私语，确实，他们都在那儿相视而笑，这一定是他们在我的身上发现了可笑之处，或者是因为我的鞋子，其实他们并没有什么恶意，这是因为他们都还年青，或者是因为他们都是有钱人，但是他们绝对不会怀着恶意，恶意嘲笑我所讲述的内容，也就是关于大人的事情，他们绝对不会这样做。

是不是这样子呢，瓦连卡？

我直到现在还没有平静下来，宝贝儿，所发生的一切让我无法安静下来。您那儿劈柴还有吗？可别着了凉，瓦连卡，您是很容易生病的。呵，我的宝贝儿，您的那些抑郁的想法令我非常痛苦，我要向上帝祈祷，宝贝儿！比如说，您有没有羊毛袜子，或者有没有暖和一点儿的衣服。请多多保重，我的亲爱的，如果您那里需要什么，看在上帝的份儿上，可别让我这个老人不高兴，您就直接来找我。现在，痛苦的生活已经过去，您不用为我担心，将来的一切都是那么光明，那么美好！

过去的生活真是愁死人啊，瓦连卡！好在没有关系，一切都过去了！再过几年，我们又会为现在而叹息。我还记得我的年轻时代，那是什么生活！有时连一个戈比都没有，又冷又饿，可内心无忧无虑，快快活活。早晨走上涅瓦大街，遇到一个漂亮脸蛋，就能高兴一天。多么美好，多么美好的时光，宝贝儿！活在世界上真好，瓦连卡！特别是生活在彼得堡。昨天，我含着眼泪向上帝忏悔，祈求上帝宽恕在这哀伤生活里我的种种罪愆：满腹怨气，思想放纵，寻衅争吵，言行过激。在祈祷的时候我一直想着您，内心非常感动。小天使，只有您一个人支撑着我，只有您一个人给我慰问，给我许多忠告和指点，对此我永远不会记不清楚，宝贝儿。今天我吻遍了您的所有来信，我的亲爱的！好了，再见吧，宝贝儿。听说这儿附近有卖衣服的，我要去瞅瞅了。再见，小天使，再见！

您的无限忠诚的　马卡尔·杰武什金
9 月 11 日

尊敬的马卡尔·阿列克谢耶维奇先生：

　　我非常惶恐不安，您听听我们这儿所发生的事情。不知为什么，我预料到要有不祥的事情发生，您自己来判断一下，我的亲爱的朋友：贝科夫先生在彼得堡。费奥多拉遇到了他，他坐在马车上吩咐停车，亲自走到费奥多拉跟前，打探她住在什么地方。费奥多拉起初没有告诉他。后来他冷冷地笑着说，他知道谁住在她那儿（显然，安娜·费奥多罗夫娜把情况都告知了他）。这时费奥多拉不能容忍了，就在大街上开始指责他，数落他，说他是一个不道德的人，说我的一切不幸都是他一手造成的。他回答说，当一个人一文不名的时候，当然是不幸的。费奥多拉对他说，我本来可以靠干活儿养活自己，可以嫁人，要不也可以随便找个差事干干，可是现在我的幸福已经永远逝去，而且我病得很重，快要死了。对此他说我还太年轻，我的脑袋很糊涂，连我们的高尚情操也没有光彩（这是他的原话）。我和费奥多拉以为他不知道我们的地址，谁知道昨天我刚出门到大商场去买东西，他就突然来到我们住的地方，他似乎不愿意在家里碰上我。他久久地向费奥多拉细细打探我们的生活状况，在我们屋里东看西看，还看了我的手工活儿，最后他问："你们认识的那个在机关里做事的人是什么样的？"这时候您恰巧从庭院里走过，费奥多拉就把您指给他看。他看了一眼，冷笑了一声，费奥多拉再三请他离开，告诉他我太伤心，身体都愁垮了，如果您看到他在我们这儿，我会非常不高兴的。他沉默了一会儿，后来他说，他只是无事可做，随便走走，并且要给费奥多拉二十五个卢布。费奥多拉当然不肯拿。这算什么意思？他为什么要到我们这儿来？我真弄不明白，他从哪儿把我们的情况打听得一清二楚？我真猜不透。

　　费奥多拉说，她的一个小姑子，就是常到我们这儿来的阿克西尼娅认识洗衣女工纳斯塔西娅，纳斯塔西娅的表兄在一个机关里看门，而安娜·费奥多罗夫娜的侄子有一个朋友就在这个机关里工作，那些闲言碎语也就这样传出去啦？不过，很可能费奥多拉搞错了；我们不知道该怎么办。就怕他还要到我们这儿来！想到这件事我就怕得要死！费奥多拉告知我昨天的情况之后，我简直吓坏了，吓得差点晕倒过去。他们还要怎么样？我现在不想和他们联系！他们为什么要缠住我这个苦命人不放?！唉，我现在时时刻刻胆战心惊，总是想着：贝科夫就要来了。还会有什么事情降临到我的头上，命运对我又做了什么样的安排?！看在基督的份儿上，现在就来瞅瞅我吧，马卡尔·阿列克谢耶维奇。您来吧，看在上帝的份上，一定要来。

瓦·多
9月15日

瓦尔瓦拉·阿列克谢耶夫娜，宝贝儿：

　　今天我们这儿发生了一件非常凄惨，无法解释的意外事件。

　　我们可怜的戈尔什科夫，应当先告知您，宝贝儿，完全清洗了罪名。

　　案子早就判决了，今天他去听最终的裁决。对他来说，裁决的结果非常圆满，原来指控他玩忽职守，疏于管理的罪名一律不予追究，并且判他应该从商人那儿提取一笔数目不小的款子，因此他的境况有了很大的改善，他的污点被洗刷干净，他恢复了名誉；一切都好了起来，总之，完全称心如意。今天下午三点他返回家中，脸色很差，白得像张纸，嘴唇直发抖，可是脸上却挂着笑容。他拥抱了妻子和孩子们。我们一起去向他道贺，我们的做法令他感动不已，他向四面八方鞠躬，每个人的手都握了好几次。我甚至觉得他的个头变高了，腰也挺直了，眼睛里已经没有了泪水，这个可怜的人，真是万分激动，总也不能在一个地方安静地站上两分钟，手边有什么就拿什么，拿了又丢下，一直笑呵呵的，不断地鞠躬，坐下去，站起来，又坐下去，嘴里嘟嘟囔囔，不知道说些什么。他说："我的名誉，名誉，好名声，我的孩子们……"就说这些！还哭了呢。我们多数人也都热泪盈眶。拉塔贾耶夫大概想让他振作起来，叫道："老兄，要是连饭也吃不上，名誉有什么用，钱，老兄。钱才重要呢，您要为这个感恩上帝!"说完又拍了拍他的肩膀。我觉得戈尔什科夫发怒了，他倒并没有直接表示不满，但是用一种奇怪的眼神瞅瞅拉塔贾耶夫，并把他的手从自己的肩膀上拿开。这可是从来没有过的事情，宝贝儿！不过，人的性格各有不同，拿我来说吧，遇到这么高兴的事情我就不会表现得傲慢，您要知道，我的亲人，一个人有时候显得过分谦让，过分忍让，这没有别的缘故，只是因为他大发善心，他的心肠太软……但是，这与我无关！"是啊，"他说，"钱是好东西，感恩上帝，感恩上帝……"接着，我们在他家里的那段时间里，他就不断地念叨："感恩上帝，感恩上帝……"他的妻子订了比较可口的午餐，我们的房东亲自为他们上厨房。房东还算是个心眼好的女人。

午饭前，戈尔什科夫坐立不安，不管别人有没有请他，他跑到每个人的房间里去，就这么径直走过去，笑一笑，在椅子上坐下，说点儿什么，有时候一句话也不说，就又走了。在海军准尉那儿，他还把扑克牌捏在手中，人家就把他请到三缺一的地方，让他打牌，他玩啊，玩啊，乱打一气，出了三四张牌以后又不玩了。"不，"他说，"我就这样，我只能这样。"说着就离开了他们。在走廊里遇到了我，他握住我的双手，定定地看着我的眼睛，只是神情诡异，握了握我的手，又走开了。他一直笑意盈盈，但是看上去那么难受，不自然，好像僵化在脸上。他的妻子高兴得直掉眼泪，一家人快活得像过节似的。

他们很快吃完了午饭。午饭以后，他对妻子说："您听我说，亲爱的，我要躺一会儿。"说着就上床了。他把女儿叫到身旁，把手放在她的头上，久久地抚摸孩子的头。后来又转身问妻子："佩坚卡怎么啦？我们的佩嘉，佩坚卡呢……"妻子在胸上画了个十字，回答他说，佩坚卡已经死啦。"是的，是的，我知道，我都知道。佩坚卡现在已经到了天国。"妻子望着他有点不大对头，眼前发生的事情对他刺激太大，于是对他说："亲爱的，您还是睡吧。"

"好的，我立刻就睡……稍微睡会儿。"说着转过身去，躺了一会儿，又转过身来想说什么。妻子没有听清，问他："您说什么，我的亲爱的？"但是他没有回答。妻子等了一会儿，以为他睡着了，就到房东那儿待了大约一个小时。一小时以后，她返回家里，看到丈夫还没有醒过来，仍然一动不动地躺着，她以为他还在休息，便坐下来干点活儿。她说，她大概做了半个小时，脑子里胡思乱想，现在都记不起来当时想了些什么，她只说，她把丈夫都忘了。突然，一种惊恐不安的感觉让她回过神来，首先是房间里死一般的沉寂令她心悸。她瞅瞅床上：丈夫还睡在那儿，姿势一点儿没变。她走到他的身旁，扯下被子一看，丈夫的身子已经冰凉，他死了，宝贝儿，戈尔什科夫死了，突然死了，就像被雷劈死的！他怎么会死的——只有上帝知道。

这件事情对我的打击是这么得大，瓦连卡，直到现在我还无法安定下来。我总不能相信一个人会这么容易死去。这个戈尔什科夫真可怜，真命苦呀！唉，命苦，苦命呢！他的妻子惊慌失措，泪流满面，小女儿缩在角落里，家里乱成一团，还要来验尸……我已经不能再说了。真可怜，唉，真可怜呀！说真的，谁也不知道在哪天哪个时候就这么……想想真让人伤心，就这么不知所以地死了…

您的　马卡尔·阿列克谢耶维奇
9 月 18 日

尊敬的瓦尔瓦拉·阿列克谢耶夫娜女士：

我急忙告诉您，我的朋友，拉塔贾耶夫替我在一个作家那儿找到了工作。来了一个人，给他带来厚厚的一叠手稿——感恩上帝，工作量很大。只是手稿的字迹非常难以辨认，我都不知道如何下手，可是他们要求快点抄好。不知为什么总是写那些好像你都看不懂的东西……他们讲定，每抄一页给我四十戈比。我写信就是为了告诉您，我的亲人，现在就会有额外收入了。好了，再见吧，宝贝儿，我立刻就开始工作。

您的忠实的朋友　马卡尔·杰武什金
9 月 19 日

马卡尔·阿列克谢耶维奇，我的亲爱的朋友：

我已经三天没有给您回信了，我的朋友，其实我有许多许多的烦心事，有许多许多的担忧。

前天，贝科夫又来了，当时我一个人在家，费奥多拉出去了。

我打开门，一看是他，简直吓呆了，站在原地不能动弹，我感觉到我的脸色变得苍白；他走了进来，像平常一样，哈哈大笑着，拿了一把椅子，坐了下来。我很长时间未能回过神来，最后终于坐在角落里做我的活儿。他很快就不笑了，好像我的样子让他大为吃惊。最近我瘦得厉害，连面颊和眼睛都凹陷进去，面无血色，就像一张白纸……确实，一年之前认识我的人现在很难认出我来了。他久久地注视着我，终于又活跃起来。他说了几句话，我已经记不起来是怎样回答他的；他又笑了。他在我这儿坐了整整一个小时，和我谈了很多事情，详尽询问了一些情况。最后，临走之前，他握住我的手说（我按照他的原话写下来）："瓦尔瓦拉·阿列克谢耶夫娜，我们俩私下里聊聊，您的亲戚，我的老相识，朋友安娜·费奥多罗夫娜是个非常险恶的婆娘（这时他还骂了一句难听的话），她诱骗您的表妹走上歧途，又亲手毁了您，从我这方面来说，我在这当中也扮演了非常不光彩的角色，不过这也是很平常的事情。"说着，他放声哈哈大笑。后来，他说他不善说话，需要加以解释的主要问题以及出于高尚品质的要求不能隐讳的东西他都已经说了，现在要简短地聊一下其他事情。这时他说他要向我求婚，他认为挽回我的名誉是他的义务；他说他很富裕，结婚以后要把我带回草原上他的庄园，他想在那儿打猎，用猎狗追捕兔子；他说以后他再也不会到彼得堡来，据他自己说，这是因为在彼得堡他有一个不成才的侄子，他起誓要取消他的继承权，正因为这个缘故，也就是说，他盼望有合法的继承人，他才向我求婚，这是他向我求婚的主要缘故。接着他又说，我的生活实在太苦了，住在这样破旧的房子里，当然会生病，如果我在这儿即便再待上一个月，准会把性命送掉。他说彼得堡的住房条件都很差，最后问我是否还需要什么东西。

他的求婚使我感到震惊，我自己也不知道为什么，竟会哭泣起来。他把我的眼泪当作是对他的感激，于是对我说，他一直相信，其实我是一个懂感情、有学识的好姑娘，不过，这次是在详尽了解我现在的人品之后，才下决心向我求婚的。这时，他详尽地询问了您的情况。他说，他都听说了，听说您为人高尚，可是他也不想欠您的情，为了感谢您为我所做的一切，给您五百卢布够不够？我对他解释说，您为我所做的一切是无法用金钱来补偿的。他却对我说，这是无稽之谈，这都是小说中的事情。他还说我太年轻，喜欢读诗，而小说常常害了年轻的姑娘们，书只能败坏道德，他就讨厌任何图书，他建议我等我活到他那个岁数的时候再去评价别人，他说："到那时候您才会对人有所了解。"接着，他要我慎重考虑他的求婚，他说，如果我轻率地迈出如此重要的一步，他会感到不快，他还补充说，轻率和冲动会毁掉缺乏经历的年轻人；但是他极其盼望我能给他圆满的回答，否则，他只好在莫斯科娶一个商人的女儿，因为，他说："我发誓一定要取消我的侄子——这个坏蛋——的继承权。"他硬把五百卢布放在我的绣花架子上，说让我买点糖果。他说，到了乡村，我会胖得像圆面饼似的，我在他那儿会过得非常富足，要什么有什么；他说他现在事务繁忙，整天在外面四处奔走，这是抽空来瞅瞅我，说完他就走了。我考虑了很多时间，翻来覆去想了许多，左思右想，内心非常痛苦，我的朋友，最后我终于下定了决心。我的朋友，我决定嫁给他，我应该接受他的求婚，因为只有他才能够让我洗刷耻辱，恢复名誉，只有他能够让我将来不再贫穷困苦，不再遭遇不幸。

对于将来，我还能指望什么呢，我还能向命运祈求什么呢？费奥多拉说，不应当放过自己的幸福，在目前的情况下，还有什么算是幸福呢？至少我是找不到其他的出路了，我的珍贵朋友。我该怎么办呢？我干活儿，已经把身体完全累垮了，现在已经不能长时间地工作。到社会上去找工作？我会痛苦不堪，再说我又不会讨别人的欢心。我天生多病，因此今后也永远是别人的累赘。当然，现在我去的地方也不是天堂，但是，我又能怎么办呢，我的朋友，我怎么办呢？我还有别的出路吗？

我不请您给我出想法，我想自己仔细考虑一下。我现在告诉您我的决定不再改变，我也会立即把这个决定通知贝科夫，他正迫不及待地催促我拿定最后的决定呢。他说，他的事情很多，不能久等，必须尽快地离开，他不能为了一些小事而拖延。只有上帝知道我会不会幸福，我的命运掌握在他神圣的、神秘莫测的控制之中，但是，我已经做出了决定。听说贝科夫为人善良，他会尊重我，或许，我也会尊重他。对于我们的婚姻，还能有什么其他的期盼呢？

我把一切情况全部告诉您，马卡尔·阿列克谢耶维奇，我相信，您会理解我的苦衷。请您不要设法让我改变决定，如果这样，您只会是白费心思。

请您设身处地地为我考虑一下，我只能这么做。起初我非常惊慌，不过现在已经平静多了。至于将来会怎么样，我不知道。听天由命吧，一切听从上帝的意旨……贝科夫来了。我不再写下去了，其实我还有许多话想和您说，但贝科夫已经在门口了！

瓦·多

9月23日

瓦尔瓦拉·阿列克谢耶夫娜，宝贝儿：

我急忙给您回信，宝贝儿。我想赶快告知您，宝贝儿，我很惊讶，这一切总有点不大对头……昨天我们安葬了戈尔什科夫。是的，瓦连卡，是这样，贝科夫做得很大度得体，只是，我的亲人，您就这么答应啦？！当然，一切都是上帝的意旨。就是这么回事，一定是这么回事，就是说，这里一定有上帝的意旨。当然，天意既是有助的，也是不可知的。命运也是如此，命运也是这样。费奥多拉也赞同您的决定。不用说，您就要得到幸福，宝贝儿，您会感到心满意足，我的亲爱的，我的心肝，我的心爱的，我的小天使，只是，您瞧，瓦连卡，怎么这么快呢……是啊，事务繁忙……贝科夫先生事务繁忙——当然，谁没有事务？他当然也会有事务……他从您那里出来的时候，我看到他了。他身材魁梧，是个仪表堂堂的男子汉，甚至可以说非常出众，只是这一切总有点不大对头，问题根本不在于他是不是仪表堂堂；我现在有点魂不守舍，那以后我们还怎么相互写信呢？我，我，就只剩下我孤身一人了。我都想过了，我的小天使，就像您在信中对我说的那样，我替您设身处地地考虑了种种缘故。我已经快要抄完第二十页了，可是却忽然冒出这样的事情！

　　宝贝儿，您就要走了，那您必须购置各种东西，要买各式鞋子，各样衣服，恰好在豌豆街上我有一家熟识的商店。还记得吗，以前我还对您描绘过。呵，不行！您怎么啦，宝贝儿，您怎么啦！您现在不能走，千万不能走，绝对不能走，因为您需要买很多东西，还要添置一辆马车；再说，现在天气也很糟糕，您瞧瞧，正下着瓢泼大雨呀，那么潮湿，还有……还有，您会冻着的，我的小天使，您的小心窝会着凉！！您不是恐惧陌生人吗，可您还要走，而我一个人留在这儿，我还能指靠谁呢？费奥多拉还说，好生活在等着您呢……她可真是一个刁婆娘，她想把我毁掉。今天您去不去做祈祷，宝贝儿？如果您去的话，我就可以到那儿去看望您。宝贝儿，她说您是一个懂感情、有知识的姑娘，这可说得对，这千真万确，不过，最好还是让他迎娶商人的女儿吧！我要去看您，我的瓦连卡，天一擦黑，我就到你们那儿去待上个把小时，现在天黑得早，我可以去了。宝贝儿，今天我一定要到您那儿去坐上个把小时。您现在先等贝科夫，等她一走，那就……等着我，宝贝儿，我一定来……

马卡尔·杰武什金
9月23日

马卡尔·阿列克谢耶维奇，我的朋友：

　　贝科夫先生说，我必须有三打荷兰麻布衬衫，要是这样的话，我就必须尽快找几个女裁缝做两打衬衫，我们的时间已经很紧张了。贝科夫先生发怒了，他说，这些破布烂衫的事儿实在麻烦透顶。五天后我们就要举行婚礼，婚礼后的第二天我们就动身离开这儿。贝科夫先生很着急，他说没有必要在无关紧要的事情上浪费精力。我忙得筋疲力尽，几乎都站立不稳了。事情实在太多，说真的，如果没有这事儿反倒是好些。还有，我们这儿还缺棕黄色丝绸花边和钩花花边，所以还得去购买一些，因为贝科夫先生说，他不盼望他的妻子穿得像个厨娘，我一定要打扮得"让所有的地主太太哭鼻子"，这是他亲口说的。马卡尔·阿列克谢耶维奇，劳驾您到豌豆街希丰太太那儿去一趟，一是得请她派几个女裁缝来；二是麻烦她亲自来一躺。我今天身体不舒适，我们的新住所冷得要死，又乱七八糟。贝科夫先生的姑母年事已高，呼气都感到困难，她差不多都要奄奄一息了；我真担心在我们动身之前她就会死去；但是，贝科夫先生说：不用担心，她会好起来的。我们家里简直乱得一团糟，贝科夫先生不和我们住在一起，所有的人都不知道跑到哪儿去了，常常只有费奥多拉一人接待我们，贝科夫先生的总管家也已三天不见踪影。贝科夫先生每天上午都会过来，他还是老使性子，昨天他还在家里动手打了管事，为了这件事还差点跟警察局惹上了麻烦……没有人可以送信给您，我就从邮局邮寄吧。

啊，差点把最重要的事情给忘了：请您告诉希丰太太，一定要把丝绸花边换掉，和昨天的花样必须相匹配；还要把她挑选的花样亲自送来给我瞅瞅。还要请您告诉她，我改变了想法，薄上衣不用绣细花了。还有，手帕上的花字字母要用锁针绣，您知道了吗，要用锁针绣，不要用平针，千万要记得啊，是用锁针绣法！呵，还有一件事情差点忘了：看在上帝的份儿上，请您转告她，短披肩的垂片要做得鼓起来，带子和衣襟要镶上细边，还有领子要滚钩花边或者宽宽的荷叶边。请您转告她，马卡尔·阿列克谢耶维奇。

您的瓦·多

9月27日

又及：我真的非常抱歉，总是有这么多的事情劳烦您，前天您就跑了一个上午。但是，有什么办法呢！我们家里杂乱无章，而我身体又不好。请您不要抱怨我，马卡尔·阿列克谢耶维奇。我心浮气躁！将来究竟会怎么样，我的朋友，我的亲爱的，我的善良的马卡尔·阿列克谢耶维奇！我不敢展望我的将来，我一直有一种说不清的预感，就这么迷迷糊糊地过生活。

又又及：看在上帝的份儿上，我的朋友，今天我对您说的几件事情，千万不要记不清楚，我一直担心您会说定会弄错。记住，是锁针绣法，不是平针。

尊敬的瓦尔瓦拉·阿列克谢耶夫娜女士：

您所交代的事情我一定全部尽心办好。希丰夫人说，她也已经想到要用锁针绣法。这样看上去会更加体面一些，是不是？我可不懂，我一点儿也不在行。还有，您在信中提到荷叶边，所以她也谈到荷叶边的事情了，只是，宝贝儿，我记不起了她关于荷叶边都说了些什么，我只记得她说了很多话，这个令人讨厌的女人！她到底说什么来着？反正她自己都会对您说的。我的宝贝儿，我真是忙得一点儿力气也没有了，今天没有去办公。只是您呀，我的亲人，没有必要这样担心着急，为了让您安心，我准备跑遍所有的商店。您说您不敢奢望将来，不过今天六点多钟您就能知道一切，希丰夫人亲自到您这儿来，所以您不要失望，您要满怀盼头，宝贝儿，说不定一切都会安排得很好——真是这样，就是那个，我总是丢不开那荷叶边的事情，该死的荷叶边，唉，真烦人哪，荷叶边，荷叶边！我真想来看您，小天使，真想来，就是想来看您，我已经两次走到你们家的门口。都是那个贝科夫，我是想说，贝科夫先生总是气呼呼的样子，因此也就那个……好了，不谈这些了。

马卡尔·杰武什金

9 月 27 日

尊敬的马卡尔·阿列克谢耶维奇先生：

看在上帝的份儿上，您赶快到珠宝匠那儿去跑一趟，告诉他珍珠耳环和绿宝石耳环都不用做了。贝科夫先生说这太奢侈，价格太昂贵，他买不起。他使性子，说我们就这么掏他的口袋，说我们是在抢劫他的钱财；昨天他还说，要是早知道花费这么大，他就不结这门亲事了。他说，我们一结婚立刻就动身，不邀请客人，让我别指望去应酬、跳舞，离好生活还远着呢。这就是他说的话！上帝可以做证，我要这些东西了吗?! 一切的一切都是贝科夫先生自己安排的。我连一句话也不敢回他。他的脾气很暴躁。今后我的生活该怎么过呀！

瓦·多

9 月 28 日

瓦尔瓦拉·阿列克谢耶夫娜，我的亲爱的：

我……唉。珠宝匠说："行。"开头我本来想讲一下自己的情况。我病了，不能起床了。现在正是事情一大堆的时候，需要奔忙的时候，我却患了感冒，真见鬼！我还要告知您，除了这些倒霉的事情，大人也变得严厉起来，他对叶梅利扬·伊万诺维奇不断地发火，不断大声呵斥，最后终于疲惫不堪了，真让人可怜。我把所有的事情都告知您了，本来还想再写些什么，但是又怕打扰您。您要知道，宝贝儿，我是一个笨人，一个头脑简单的人，我只是想到什么就写什么，这样，也许您会有点儿——好了，不说这些了！

您的 马卡尔·杰武什金

9 月 28 日

瓦尔瓦拉·阿列克谢耶夫娜，我的亲人！

今天我看到费奥多拉了，我的亲爱的，她说你们明天就要结婚，后天就要立刻动身，贝科夫先生已经租了马车。关于大人的事情我已经对您说过了，宝贝儿。还有：豌豆街上几家铺子里的账单我已经核对过了，没有任何问题，只是价钱太贵。贝科夫先生干嘛要对您使性子呢？好了，祝您幸福，宝贝儿！我很愉快，是的，只要您能够幸福，我就会高兴。我本该到教堂去，但是去不了，我的腰很疼。我一直还惦着写信的事情：现在谁来给我们送信呢，宝贝儿？对，您还对费奥多拉施恩，给了她赏钱，我的亲人！您这是做了一件好事，我的朋友，您做得很好，这是件大好事！您每做一件好事，上帝都会降福于您。做好事不会得不到好报的，这永远会得到上帝公正的恩赏的，不过是早晚的问题而已，宝贝儿！我想给您写很多很多，就这样每小时，每分钟一直写下去，一直写下去，一直不停地写下去！我这儿还有您的一本书，是《别尔金小说集》，宝贝儿，您就不需要从我这儿拿回去了，把这本书送给我吧，我的亲爱的。这倒不是因为我非常喜欢看这本书。您自己也知道，宝贝儿，冬天就要到了，漫长的冬夜里，如果我心中愁闷，到时可以瞅瞅。宝贝儿，我要从我的住处搬到您原来住的地方，向费奥多拉把房子租住下来，无论如何我和这个忠实的女人是分不开了，再说，她也非常勤奋。昨天我仔细看过您那已经搬空的房子，那儿有您的绣架，绣架上还放着您的绣活儿，这些都原封不动地放在角落里，我还仔细看了您的绣活儿。那儿还留下各种各样的零碎布头，您用我的一封信绕了一些丝线，在桌子里面我还找到了几张信纸，有一张上面写着："尊敬的马卡尔·阿列克谢耶维奇先生，我急……"，下面就没有了。显然，您正想写一些有意思的事情，却被别人打断。屋角屏风后面放着您的小床……您是我亲爱的人儿啊！好了，再见，再见。看在上帝的份儿上，随便写点儿什么，尽快给我回信吧。

马卡尔·杰武什金

9 月 29 日

马卡尔·阿列克谢耶维奇，我最珍贵的朋友：

　　全部事情都已做好了！我的命运已被决定，我不知道我的命运如何，但是我服从上帝的意旨。明天我们就要动身，最后一次和您再见，我的珍贵的，我的朋友，我的恩人，我的亲爱的！不要为我哀伤，请快快活活地过生活，不要记不清楚我，上帝会保佑您！我会常常想您，常常为您祷告。这个时期总算结束了！我带进新生活的对往事的回忆没有多少欢乐的成分，因此我对您的思念会更加珍贵，您在我的心中也更加珍贵。您是我唯一的朋友，在这里，只有您一个人爱我，我都看到了，我都知道，您是多么的爱我！我的一个微笑，我的一行书信都能让您感到幸福，现在您必须习惯没有我的生活！您一个人呆在此处怎么办！您呆在此处指靠谁呢，我的善良的、珍贵的、唯一的朋友？我把那本书，绣架和刚刚写了开头的信留给您；在您看到开头这几行字的时候，您可以把下面的内容想象成您想听到的一切，或者是您盼望我写的一切，无论是我现在已经写过的，还是欲言又顿的！记着您的可怜的瓦连卡，她是那么深深地爱过您，您的所有信件都留在了费奥多拉的屉柜里，放在最上面的一个抽屉里。您说您病了，可是贝科夫先生今天不让我到任何地方去。

　　我会给您写信，我的亲爱的，我答应您；不过，只有上帝知道会出现什么情况。那么，永别了，我的朋友，我的亲爱的，我的亲人，永别了……哦，我现在真想拥抱您！再见，我的朋友，再见，再见。好好活下去，祝您健康，我永远为您祈祷。哦，我是多么怅然，我的内心多么压抑。贝科夫先生在叫我。

永远爱您的　瓦

9 月 30 日

又及：现在我的内心充满泪水，已经泪水盈盈……泪水让我窒息，现实撕裂了我的心。再见啦。

上帝啊，这让人无尽的怅然！

记住我吧，记住您的可怜的瓦连卡！

宝贝儿，瓦连卡，我的亲爱的，我的珍贵的人儿：

他们要把您带离了，您立刻要动身了！是啊，他们要把您从我这儿带离，那还不如把我的心从胸腔里挖出来！您怎么能这样！您明明哭了，可是您还要走?！瞧我刚刚收到的您的来信，上面泪痕点点，可见您并不愿意走，可见是他们硬要把您带走，可见您舍不得我，可见您爱我！这以后您将和谁在一起？过什么样的生活呢？

在那个地方，您的小心窝里会抑郁，会愁闷，会凄凉，哀伤会吞噬您的心，痛苦会把您的心撕成两半。您会死在那儿，被人家往潮湿的泥土埋葬，在那儿连一个为您流泪的人都没有！贝科夫先生只会顾着猎兔子……唉，宝贝儿，宝贝儿！您下定决心做的是什么事儿，您怎么能走出这一步呢？您做的是什么，您做的究竟是什么，您对自己做的是什么呀！要知道，在那里他们会把您关进坟墓，在那里他们会把您折磨致死，我的小天使。可是您，宝贝儿，柔弱得像一根小羽毛。可是我在哪儿呢？我这个傻瓜怎么就无动于衷地当个旁观者呢！我明明看出这是小孩子的胡作非为，是孩子的小脑袋瓜有了毛病！我应当不客气地想法干涉一下——可是没有，我简直傻透了，我什么也不想，什么也没看到，好像这样做才是对的，好像事情与我没有关系，居然还为了荷叶边跑得起劲呢……不，瓦连卡，我要起来，也许明天我的病就好了，这样我就能够站起来……宝贝儿，我要扑到车轮下面，我不让您走！呵，不行，这到底算怎么回事？我有什么权力这样做？我要和您一起离开，如果您不带我离开，我就跟在您的马车后面跑，只要我还有一口气，我就要拼命地跑。您到底知道不知道，那儿是个什么地方，您这是到哪儿去呀，宝贝儿？

也许您并不清楚，那您该问问我呀！那儿是草原，我的亲人儿，那儿是一大片的草原，光秃秃的草原，就像我的手掌一样，光秃秃的！那儿的婆娘冷酷无情，那儿的庄稼汉没有文化，都是醉汉；在那儿，现在树叶已经掉落，雨水不断，寒气袭人，可是您还要到那儿去！当然，贝科夫先生在那儿有业务要忙。他可以去猎杀他的兔子，可您能做什么呢？您想做个地主太太，还是一个宝贝儿？不过，我的小天使，您瞅瞅您自己，您像地主太太吗……怎么会这样，瓦连卡！我以后给谁写信呢，宝贝儿？是啊，您得好好想想，宝贝儿："他以后给谁写信呢？"我再叫谁宝贝儿呢？这些亲切动人的称呼，我用来叫谁？以后我在哪儿才可以找到您，我的小天使？我会死去，瓦连卡，我一定会死去，我的心承受不了如此巨大的不幸！我爱您如同爱上帝的光辉一样，我爱您如同爱我亲生的女儿，我爱您的一切，宝贝儿，我的亲人！

我只是为了您而活着！我工作，我抄文件，我来回奔波，散步玩耍，我把自己的观感倾诉在纸上，写成情深意切的信件，这就是因为您，我的宝贝儿，住在这里，就在我的对面，在我的附近。您也许并不知道，可是一切确确实实是这样的！您听我说，宝贝儿，您好好地想一想，我的亲爱的，您要远离我们，远走他乡，这怎么可能呢？我的亲人，您不能走，千万不能走，无论如何您绝对不能离开！要知道，天还下着雨，您的身子那么柔弱，会着凉的；您的马车会被淋得湿透，肯定会被淋得湿透，您一出城门，马车就会出毛病，偏偏会出毛病，因为在彼得堡这儿，马车的质量简直糟糕极了，这些造马车的人我都认识，他们只能做做模型、玩具之类的东西，就是这些东西他们做得一点儿也不结实，我发誓，一点儿也不结实！宝贝儿，我会跪在贝科夫先生的面前，我要向他倾诉，向他诉说一切！宝贝儿，您也要说明，向他说明白道理！您说您要待在此处，您不能走……唉，他为什么不可以在莫斯科娶一个商人的女儿？他要在那儿娶一个商人的女儿该多好啊！他要娶个商人的女儿会更好，商人的女儿对他更合适，要合适得多呢，其中的道理我明白！而我就把您留在此处，留在我的身旁。他，这个贝科夫，对您来说算得了什么，宝贝儿？他怎么突然让您觉得那么的亲切可爱？这也许是因为他总是给您买荷叶边，也许就是这个缘故！

其实，荷叶边算得了什么呢？荷叶边有什么用呢？您要知道，宝贝儿，荷叶边没有意义！我们的话题牵涉到人的生命，而荷叶边，宝贝儿，不过是些碎布条。等薪水一发下来，我亲自去给您买荷叶边，我给您买荷叶边，宝贝儿，我在那儿有一个熟悉的小商店，只是您要让我等到发俸禄，我的小天使，瓦连卡！唉，上帝，上帝啊！可是您却一定要和贝科夫先生去草原，而且一去就不再返回！唉，宝贝儿！

　　不，您一定还得给我回信，告诉我一切情况，在您走了以后，您就从那儿给我写信，要不然，我的小天使，这就是最后一封信了，这样是绝对不可以的，这封信不能成为最后一封！这封信怎么可能突然就无法挽回地成为最后一封信呢?! 不行，我还要写信，您也要写……事实上，我的信现在已经有些文采了……唉，我的亲人，还谈什么文采呢！您要知道，我自己现在都不知道我在写些什么东西，一点儿不知道，什么都不知道，我也不想再看一遍，不做文字上的修改，我一门心思地写，只想不停地写下去，只想给您写得再多一些……我的亲爱的，我的亲人，我的宝贝儿。